南无袈裟理科佛 著

金蚕往事 ⑦

上海社会科学院出版社
SHANGHAI ACADEMY OF SOCIAL SCIENCES PRESS

本故事纯属虚构。

目录

第二十三卷　生死试练　001

第三章　要道山下，白露潭急咒问神　001

第四章　黄鹏飞的陷阱　005

第五章　有请金蚕蛊大人　009

第六章　破阵狂战　013

第七章　我需要一个解释　017

第八章　爬鬼坡上的傈僳族山村　021

第九章　小屋黑眸　024

第十章　肉灵芝，加藤亚也现踪影　027

第十一章　林间枪响　030

第十二章　故人：刘明与魏沫沫　034

第十三章　你能帮我卖钱吗？　038

第十四章　第一个死亡名额　042

第十五章　营地血腥，断送的暗恋　045

第十六章　我们从不怕战斗　048

第十七章　驼背老头，神通恶鬼　051

第十八章　战战战，或者生，或者死　055

第十九章　索魂燃命，天降巨鬼　058

第二十章　烈阳破空，震镜浸染　062

第二十一章　溪边恶斗的黑袍人　066

第二十二章　震镜异变，遭遇鬼咬　070

第二十三章	老友相见，不胜唏嘘	074
第二十四章	大阴谋	078
第二十五章	血族诅咒，床头有字	082
第二十六章	正统巫藏，山阁老著	085
第二十七章	洞口外面的枪声	089
第二十八章	剑拔弩张	092
第二十九章	演尸舞，是谁的援兵？	096
第三十章	退守回洞，互诉经历	099
第三十一章	步步算计，险境危机	103
第三十二章	敌袭，风紧扯乎	107
第三十三章	内奸	110
第三十四章	垂直极限，刘明的救赎	113
第三十五章	商议伏击，海市蜃楼	117
第三十六章	恐怖深潭，青铜棺椁	121
第三十七章	初次交锋，林中处处是高手	124
第三十八章	意外的意外，只恨当初不珍惜	128
第三十九章	身藏黑暗中，统御千万虫	133
第四十章	金蚕蛊、蜒蚰蛊，两蛊相斗	137
第四十一章	幽蓝鬼火，一网打尽	141
第四十二章	尹悦的秘密手段	145
第四十三章	翻脸无情，黎昕毙命	148
第四十四章	险恶时分	151
第四十五章	白纸扇逞凶顽	154
第四十六章	师徒	158

第四十七章　可恨之人必有其可怜之处	161
第四十八章　那一抹红色	164
第四十九章　信任和抉择	167
第五十章　同归于尽，杀人灭口	170
第五十一章　诸般算计，反误卿卿性命	174
第五十二章　一波未平一波又起	178
第五十三章　山穷水尽，唯有搏命	181
第五十四章　霸气的后果：瘫痪在床	185
第五十五章　尾声	189

第二十四卷　养伤期间三五事　193

第一章　时间如流水，寒光照辐衣	193
第二章　几瓢大粪，无数倒霉	197
第三章　带病坐班	200
第四章　主动脱衣的女人	203
第五章　恐怖的莲蓬乳	206
第六章　验蛊	210
第七章　重逢	214
第八章　死路	217
第九章　隐忧	220
第十章　暧昧	223
第十一章　买凶	227
第十二章　大妇	230
第十三章　文身	233
第十四章　报应	236

第十五章　印记	239
第十六章　故怨	242
第十七章　祸不及家人	246
第十八章　浴室	249
第十九章　高坎	253
第二十章　超度	257
第二十一章　幕后	260
第二十二章　枪击	264
第二十三章　代号黄鳝	267
第二十四章　踪迹	271
第二十五章　大头	275
第二十六章　减肥妙术	279
第二十七章　红姐	283
第二十八章　闵魔弟子	286
第二十九章　一梦	289
第二十五卷　洪大校园笔仙杀人事件	**292**
第一章　笔仙之诡异密码	292
第二章　社团之诡异活动	296

第二十三卷 生死试练

第三章 要道山下，白露潭急咒问神

被众人团团围住，大势已去，在最后突围无果之后，福妞束手就擒，不再抵抗。

我们背包里面有登山绳，掏出来将福妞给紧紧捆住，不让其有挣脱的余地，然后把她带到了刚才遇到埋伏的地方，推到了秦振的旁边蹲下。一天不见，她身上出现了好多伤痕，有的是树枝刮的，有的是蚊虫叮咬的，就连此刻，在她腿肚子上面还有一条墨绿色的蚂蟥在扭动。

真的不知道她是怎么在这个地方潜伏下来的，而且还是一个人。

因为同为女性，我们队里面的三个女生跟福妞还算是熟悉，而朱晨晨甚至跟福妞在同一宿舍。

秦振的毒已解，我们自然不好太为难她，只是要她说明为何出现在此处。

福妞告诉我们，她用卦法推算出将会有人绕过几条要道，从他们的集结地经过，于是打算在此设伏，先解决掉一部分对手。然而她的计划并没有得到其他队员的认可，黄鹏飞他们认为她的推测是无稽之谈，没有人愿意留下来耽误宝贵的时间，去做他们认为没有意义的事情。

于是她和大部队大吵了一架，然后分散了，她留下来布置陷阱，阻击对手，而其他人则赶路去了。

她说得爽快，然而我们却是疑虑重重，当问及黄鹏飞等人的前进方向时，福妞便不再开口，闭口不言。她虽然失手被擒，但是这次试练是小组对抗，如果黄鹏飞等人能够赢得头筹，她的分数依然会比旁人高——所以她并不傻，自然不会开口。

我们不知道福妞说的话是真是假，也不知道黄鹏飞等人是在前方埋伏着我们，还是已经赶路去了。这两种结果，会导致不同的情况，如果出现误判，我们定然会很吃亏的。

然而面对着不肯说话的福妞，我们束手无策，毫无办法。

倘若她是真正的敌人，我们便可以不择手段，采用各种方法刑讯逼供，或者我的那二十四日子午断肠蛊,也可以拿来开张了;退一万步说,我们若毫无顾忌,不怕她变成植物人的话,也可以强行对她施用迷幻术,把这些有用的信息,从她的脑子里给掏出来。

然而此刻的她只是一名落败的学员而已,如果我们做出了超出底线的事情,那么尹悦这个教官,定然会在我们的记录上记上一笔黑叉的。

软磨硬泡、威胁恐吓都没有作用之后,我们只有摘下福妞胸前的金属牌子,然后把她交给了游离在我们周围不远处的教官尹悦。被摘了牌子的福妞就出局了,不再有参加试练的资格。对于这个结局,她的眸子中满是灰暗。显然,作为一个隐藏了自己大部分实力的人来说,这样黯然退出,实在是心有不甘。

出师未捷身先死,长使英雄泪满襟。

不过,她的情绪并不是我们所要考虑的事情。我们现在所面临的问题,是直接上去跟黄鹏飞小队硬拼呢,还是绕过他们的必经路线,另走别路?

关于这个问题,我们发生了激烈的争论。持激进论的朱晨晨说依黄鹏飞的个性,他自然会在必经之路上埋伏路过的队伍,我们无论怎么避开,终究是要遇上的,既然我们已经知道了他们的大概方向,不如衔尾而击,打他们一个措手不及;而老赵对黄鹏飞这个家伙似乎并无所谓,他在乎的只是胜利的结果,而不是我们之间的仇怨,所以坚持要避开这些人,抄小路离开。

双方公说公有理,婆说婆有理,一时之间,相决不下。

作为临时队长的我并不是一个领导者,更多的时候,我的位置起到了一个组织和协调的作用。僵持不下,最后投票决定。很显然,对黄鹏飞这个家伙心怀不满者实在太多,导致大家都有要将其先灭了的想法,于是最终决定跟随上去,伺机而动。

对于这个结果,老赵显得十分不满,几次欲言又止,最后还是忍住了。

作为队伍临时的负责人,我自然不能让这颗雷埋下来,于是找到老赵谈心,问他的想法。他直言不讳,说他跟黄鹏飞并无任何矛盾,我们这么做,有把他绑上战车的嫌疑。我觉得很无辜,试练的规则是集训营的教官们制定的,一旦完成了分组,相互之间便是对手,不存在矛盾不矛盾的说法,比如朱晨晨和福妞,两者还是室友,但并不影响福妞伏击我们时,差一点让我们的队员丧命。

说到底,还是因为这个老赵独行侠没有做好角色的转换。

没有人希望战争,我们多么希望和平,希望能够与天斗、与地斗,然后顺顺利利地比试大脚丫子,看看谁先到达月亮潭。然而没有中途的这些冲突和争斗,便显不出试练中的凶险来,于是以慧明为首的教官团就准备了这规矩,我们既然参与了,就不得不执行,如此而已。

贾团结此人,我总是叫他慧明、慧明的,但他并不是一个慈眉善目的老和尚;恰恰相反,他是一个已经还俗四五十年的有关部门领导,喝得酒吃得肉,娶得老婆生得孩子,并不超脱尘世。论能力论资历,他本应该早就进总局的,可是为人刻薄、不善于团结同志，风评很差，故而才一直混到大区副职退休。如今执掌集训营，用这种养蛊的方式来选拔人才，多少也让我感觉到一种恐惧。

跟老赵好好是一番解释，他才勉强认可，说好，他同意大家的意见，不过他会盯着我，不会让我因为个人情绪而连累大家，把事情搞砸。我说好。

于是大家收拾行囊，再次前进。秦振受了伤，虽然经过肥虫子的疏通，而后又经过了紧急治疗，但是难免有些妨碍，影响行动，于是滕晓顶替了他尖兵的位置。

我帮秦振把背包接了过来，并且给他做了一根拐棍，虽然速度放慢，但好歹也能够自己行走。

出了福妞的事情，我们格外小心，一路上走得并不算快，总是提防着对手从林中突出来。

黄鹏飞等人一路上都留有蛛丝马迹，细心的老赵总能够从复杂的环境中找出来，并且分析大概是什么时候留下的。我们走了很久，翻过了几座小山，前面就出现了一个很大的山口，往上走，空气就变得寒冷起来，而这个时候已经到了下午时分，如果不在太阳落山之前到达山对面的爬鬼坡，我们可能就要在湿热的丛林中过夜了。

周围都是悬崖峭壁，到达爬鬼坡，那个山口是必经之路，而那里只有能容两匹骡马行走的古道。黄鹏飞等人既然和我们在同一区域，那么必然会经过那里，只是不知道他们是选择赶路，还是在要道扼守，等待着鱼儿们自动进网。

我们隐在山道的转弯处，看着另一边陡峭的斜坡，心中发愁。

老赵提出来，要不然由他用登山绳从悬崖攀爬而下，绕过对面去看看，如果真有埋伏，他也好示警，总比这样懵叉叉地上前好。我摇摇头，说不行，走那悬崖太危险，很容易就坠落崖间，生死不知，我来想想办法吧。我正想用肥虫子或者小妖朵朵前去探路呢，白露潭咬着嘴唇说她来吧，让她来试试。

我们皆一愣，我晓得她以前的身份，但是不知道她有何手段，能够看出有没有埋伏。

白露潭的脸红了一下，然后让我们都扭过头去，不要看她——记住，千万不要回头，听到任何动静都不能胡乱说话。我们都允了，背过身。白露潭找了一个阴凉的地方席地而坐，口中喃喃自语，似乎在用苗话与谁沟通，这声音一开始还算正常，而后就变成了情人之间的呢喃之音，让人心中痒痒。空气里也有了一股女性的异香，说不出的动人。

我有些发愣，白露潭这哪里是咒语，简直就是闺房私话啊？

就在这声音越发低沉软糯的时候，我心脏骤然收缩，感觉有一股阴沉的气息，从四面八方朝这边悄然凝聚而来，身上仿佛有某种滑腻的东西划过，一阵鸡皮疙瘩就泛起来。旁边的人都感觉到了这异状，相互对视，彼此发现对方眼中的惊讶。不过有了白露潭之前的警告，我们都不敢回头，只是默默地等待着。

我心中隐隐有一些答案，白露潭这一招跟万三爷所使的那灵宝道"燃阳问神"一般，是请来此地那并不存于此界的山神野鬼，问明缘由。

然而万物有得必有失，如同西方传说中与魔鬼的交易一般，绝对没有白占便宜的道理，你要得到，就要付出一些东西。万三爷付出的是阳寿，而白露潭付出的到底又是什么呢？正当我蒙着心思猜测的时候，突然感到浑身一暖，那种浑身难受的湿滑感悄然无踪，而我的肩膀则被轻轻一拍，面若桃花的白露潭出现在我旁边。

她指着远处山口旁边的榕树林子，说四男一女，黄鹏飞他们就埋伏在那里。

第四章　黄鹏飞的陷阱

白露潭说得言之凿凿，而综合她刚才的行为，我认为她说的应该没有虚假。

不过那四男一女之中到底有没有黄鹏飞，白露潭也不能确定，她只能提供具体的方位。

既然她不愿提起自己的这门手段，所有的队员便没有追问起红潮满面、媚眼如丝的白露潭，关于刚刚术法的事情，而是商量着如何将那几个埋伏者给一网打尽。我在计算我们这里的战斗力，从人员配比上来看，如无意外，那埋伏者定然就是和我们同路的黄鹏飞等人，那么我们将要面对的，是包括黄鹏飞在内的三个道门真传弟子、八极拳高手陈柯还有一个来自江浙的女子。

抛除那个叫做孙静的女孩子不算，黄鹏飞他们那边四个爷们，全部都是从小习武，岁月打熬的糙老爷们，打架自然不会发怵，而且道门手段也是一等一的嫡传功夫。我们这一边，除了老赵这个家伙深藏不露、王小加偶尔爆发之外，似乎都不是主战的角色。

那么我们只有智取了，但如何智取呢？这个就需要大家献计献策，将自己压箱底的本事给亮出来了。

盘坐在一片芭蕉树后面，我们开始商谈起来，首先发言的自然是我，我说我是一个养蛊人，这个大家都知道，不过道门防蛊，各有绝招，像黄鹏飞他们这些真传弟子，身上莫不有一些浩然正气的玉简，将蛊毒给排斥于体外。十年修得同船渡，相聚是缘，各位有什么好本事，都亮一亮吧。

紧要关头，也藏不得拙，依照顺序来。秦振说他的这一身本事，是小时候得自乡间一野和尚所传，那野和尚也吃酒来也就荤，来者不拒，自言乃迦叶尊者一脉。这迦叶尊者，便是十八罗汉中的第十七位，也唤做降龙罗汉。坊间传闻的南宋高僧济癫和尚，正是他们这一脉的师祖。而传至他这一代，所学不多，区区诵经念咒之事，倒也做得。

滕晓说他在学校所学的，是刘贵珍老先生所传的狭义内养功，平日不作数，爆发起来，并不比那黄鹏飞差，而且他脚力惊人，有佛家神足通的潜质；老赵所言不多，他自言乃川南一居家道士的弟子，捉鬼拿妖，连番打斗皆可，一会儿那八极拳高手，便交由他吧；朱晨晨说她懂医，会原始五禽戏，会飞针，暗中伤人，专破人护体气场。

至于白露潭和王小加，一个是请神上身，一个是身化自然，皆有保身之道。

大家说得谦虚，不过显然也都留有一手。既然知道了大家实力，我也好作安排，将各人的对手都罗列清楚，七打五，我发现我们的胜算其实非常大，但是要不折损一人，这难度其实还是有的。白露潭给我指着山口转坡处那里，在那几株密榕后面，便藏着那几人。

他们居高临下，若是弄些滚石机关，我们定然招架不住。而如何将他们引下山来呢，这是一个值得思考的难题。

不过我们头顶上突然传来的一片动静，将我的这个疑惑给解开了。

那是好几只红毛猴子，它们好奇地看着突然闯进自家地盘的我们，十分不解蹲在这里商量诡计的我们。见我们抬起头来，便从树上面扔下了些青色的果子，狠狠地砸在我们的头顶上，我中了个正着，吧唧一下果子烂了，糊了一脸。

猴子们见我狼狈的模样，哈哈地笑，红色的脸上满是得意；我也笑了，伸出手，一道暗金的光芒射了出去。

在所有人的目光中，最雄壮的那个野猴子浑身一震，突然嗷嗷地叫唤起来。

旁边的小弟并不懂它的意思，去挠挠它的脑门和胳肢窝，被一巴掌拍到了一边儿去，委屈得直叫唤。然后，那野猴子将四五只小家伙撺着，朝山口的那条道路旁的树枝攀去，不一会儿就消失在了我们的视线尽头。秦振看了一会儿，这才反应过来，说陆左，你这就把那几只猴子搞定了？

我点头，他一脸诧异，说，你们蛊师不是下蛊毒人的吗？什么时候转职成了驯兽师了？

我含笑不语。而老赵则若有所思地看着我，不说话。

我说过一会儿那几个猴子定然会将埋伏在树林中的那几个龌龊家伙给鼓捣得直跳脚，跑出来，我们怎么对上他们才好呢？滕晓笑了，说我们潜伏上去，前面的一截路在那个方向，是瞧不见的，等他们稍一不顾及，我们便直接冲上去就是了，只要不是仰攻，我们这些人未必会怕他。

我转头看大家伙儿，询问意见，然而王小加的脸色突然阴沉下来，仰首望天。

我抬起头，发现头顶乌云卷动，山风呼呼地刮起来，呜呜吹响，将周遭的植被吹得一阵乱晃，天色顿时黑了下来，一副山雨欲来风满楼的情形。

此处属于热带雨林气候，是一个气候多变的地方，看这气势，估计要真的下起雨来，定然是暴风骤雨，麻烦得紧。我们的地图上，爬鬼坡那里有个老寨子，是原傈僳族的聚居地，后来政府将这些深山中的山民给迁出了大山，就留下了这么一个空寨，正好用来避雨歇息。

见到这天气，所有人都急了，集训的时候我们见过这山间的暴雨，打在头上像敲闷棍一样，嗡嗡响，若没有一个避雨的地方，那就真的是十分难熬了，说不定还要感冒生病，如何前行？

于是我们都肯定了滕晓这个并不成熟的方案，低伏着身子，尽量靠近山道内侧的

林子往上爬行。

等我们接近山口时,听到一阵嗷嗷的叫唤声,那六只毛猴正跟黄鹏飞等人玩得愉快呢。他们被果子扔得恼怒,见这边也没啥子动静,便顾不得隐匿身形,与猴子们相互扔果子石块,不亦乐乎。

山口处有一小块草地,展平,在我们左侧是斜立的山坡,而右侧则是数十米、上百米的深涧,道路宽约三米,而我们离那山口后面的槐树林子,则有三十多米。

我们伏在山道转弯处,不敢再前行。通过金蚕蛊的视觉,我能够看到,即使黄鹏飞等人再闹腾,那个叫做孙静的女孩子,目光仍死死地盯着这边。

就在这个时候,被撩拨了好几次的黄鹏飞勃然大怒,从怀里摸出了一柄红色尾巾的飞刀,使劲儿一甩,竟然直接戳进了一个小猴儿的眼眶里,小猴直接从树上坠落下来,砸在了孙静头上。从金蚕蛊的角度,那飞快的一刀略微迟缓,然而却沉重。

这个小猴儿一死,旁边儿个坑闹的猴子便吓得魂飞魄散,顾不得老大的吩咐,四处逃散而去。

黄鹏飞不依不饶,再出一刀,又射死一只猴子,得意地哈哈大笑。

我额头上的青筋直跳,这个家伙竟然如此暴戾,真不知道他这"道",是如何修成的。金蚕蛊控制的那只猴子也往远处蹦,但是视线仍停留在那几人处,孙静似乎在跟黄鹏飞争吵,不知道是嫌这个家伙残忍,还是嫌自己被那猴血和脑浆淋了一身,而旁边几个人则是劝解。

我心中虽然不舒服,但是机会难得,叫大家伙儿解下背包,开始冲锋,争取第一时间冲上那个平台去。

一听吩咐,滕晓一马当先,脚尖点地,犹如飘飞一般地狂奔上去。男士们上前,连腿伤未愈的秦振也不落人后,我自然把那虎牙拿出来,一阵狂奔。

三十米的山路,一旦将身体全部舒展开来,便根本不是距离。当滕晓冲上了山口平地时,在争吵的几个人也第一时间反应过来,分散开来,朝着这边望过来。我仅仅落后滕晓一秒钟,往前一看,突然瞧见黄鹏飞等人满脸的狞笑,并不似我预想中那惊慌失措的样子,顿时有一阵不安的感觉浮现,浑身不自在。

同样的感觉,几乎我们每个人都同时感受到了。我刚想上前与之交战,突然眼前一阵错乱,天地摇晃,四下居然一阵黑雾浮现,景物也顿时消失无踪,只剩下这狭窄的平台。

我瞧见了右边十米处有一根三角黄色黑边令旗,心中暗骂一声,居然又中了圈套。

这黄色黑边令旗杂毛小道曾经跟我说起过,叫做黑幻斗罡令旗,起的作用是快速布阵,聚阴凝气。他说李道子曾经制作过几套,分流各处,估计这令旗是传到了杨知修那里,而后又由这个茅山宗话事人传给了自家外甥。那令旗看着在十米远处,但是我知道若我前行数步,估计会跌落百丈深涧中去。

突逢此变,我们所有人的心中都不由得一阵惊慌,纷纷背对而站,四处打量。

天地一片鸦黑,浓雾翻滚,在我的面前,突然出现一张恐怖扭曲的恶鬼脸孔,朝着我惨然一笑,然后嘎嘎地发出了恐怖的声音来。

第五章　有请金蚕蛊大人

那鬼脸一人多高,黑气浮现,满目的狰狞和恐怖,空洞的眼眶处尽是邪异的黑暗。

空间似乎被浓雾包裹成了一个狭窄的小圈,鬼脸嘎嘎大笑,声波在四周回荡,印在心里,让人心头震撼,毛毛的。我曾说过鬼叫并不属于这界的声音,频率也是这世间不可知的,它是一种诡异的磁场,映射入人的心头时,便会莫名其妙地恐惧,觉得周身鬼影幢幢,身心崩溃。

好在我们这一伙人并不是没有见过世面的普通人,这等小场面比起黑竹沟那十二魔星之一李子坤依靠山战场怨灵大阵,所弄出来的景象,也实在是差得老远。片刻之后,我们就稳住了心神。

既入阵中,空间错乱,前不是前,后不是后,唯恐一步踏空,跌落山涧,于是便不敢胡乱走动。

我们僵身而立,小心防备着,静等着敌人出招。

那鬼叫猖獗一会儿后便消失了,四面八方,传来了黄鹏飞得意的狂笑。

许是空间折射的缘故,他的声音尖厉,使劲儿奚落我:"陆左,你这个来自蛮荒的乡巴子,没有师父的野路货色,你以为弄几个猴子出来,就能够分散贫道的注意力?简直就是在弄巧成拙嘛!你这点本事,也好意思和我来做对,真的是茅房里面点灯啊!我忍你很久了,没想到道祖垂怜,让我在第一时间就遇到了你,你说这事儿巧不巧?哈哈,受死吧,你们这些垃圾货色,你们根本就不配与我为伍,还是消失才好!"

他说得畅意,每隔几句话就忍不住大声地笑着,开心之极。

我也冷笑,就这区区一个迷阵,他便如此开心,果然是个心性还须磨炼的家伙。我也不慌张,问他为何老是跟我作对?我为人处事向来谦和,从来没有惹你。抛开试练不说,如此咄咄逼人,是不是有些过了,是不是与你所持的道,南辕北辙了?

听到我的质疑,黄鹏飞不屑地大声反驳,说我的道,岂是你这连《道德经》都不能背诵的家伙,所能够理解的?燕雀安知鸿鹄之志,蝼蚁又怎么能够明白我们这些人的想法!

我笑了,说:"得了吧,说得这么天花乱坠,还不就是心中放不下小时候的仇怨?我会跟别人说你小的时候,因为凭着自己舅舅的权势太过嚣张,于是被人恶整,在茅山宗里被人骗着吃泥巴,鸡鸡老是被人揪着弹,到现在都还没有消肿的悲惨往事吗？看在我为你保守秘密的份上，要不然我们相逢一笑泯恩仇，握手言和，共谱一曲将相和？"

我满口子的胡诌让黄鹏飞气得怒火焚身，连那鬼脸都一片恍惚，凝结不稳。

一个陌生的男声在旁边冷哼说道："老黄，又不是老和尚，打什么机锋偈语？图口舌之快，还不如赶紧将他们给灭了，这天气若是转晴，你的鬼阴火旗阵定然破了！"

这话说完，这些人就变得静默无声了，唯有我们身边的这黑雾在翻涌。

在我与黄鹏飞对话的时候，其他六人在各施本领：滕晓已然弄出一个罗盘，蹲地摆弄，想算计出此阵的破门；而老赵手中的桃木剑挥舞如龙，将边界的那些黑雾给驱散一些；朱晨晨手中多了四朵纸扎的红花，花上绘有符文，往前后左右一扔，便囊括出了一个小空间来，可以自由无碍地踩踏上去，不用担心走空……

滕晓瞧了一阵，说早已经算计好，暂时没有明显的破绽。

被这阵法困住，对于常人来说定然会惊慌失措地四处乱跑，跌落山崖，又或者被这阴森森的黑雾给浸染，浑身发冷而亡。不过我们却不会如此，一边防备，一边盘算着阵法的漏洞，然后脱困。就如同再完美的盾牌都会被捅破，再厉害的防火墙都会有病毒一样，但凡是阵法，总是有漏洞，也就是所谓的生门，只要认真推演，总是能够找到的。

然而黄鹏飞显然不会给予我们充分的时间，四面八方传来了恶鬼的呼啸声，阴灵陡显。

这些显然是被黄鹏飞那个家伙拘过来的孤魂野鬼。茅山宗虽为正道，但门下弟子却多有些性格古怪之辈，就喜欢研究死人骨头、鬼魂的玩意儿，五鬼搬运术以及小鬼养灵术之类的，都是茅山门下所创，不过因为名声不好听，故而一直不被茅山宗正统所承认。此等厉鬼一出现，便在我们的前方游弋，张牙舞爪，发出女鬼哭泣的瘆人声响来……

呜呜呜……呜呜……

这声音在耳边萦绕，影响人的心志，就变得十分恐怖，让人心神震荡，莫名地烦躁起来，只想冲上前去，将其打得灰飞烟灭。秦振便忍耐不住，双手结出与寻常手印不同的形状，作降龙伏虎状，准备前冲，没走两步身子就往下滑去。

所幸我心神绷得紧紧，伸手将他紧紧拽着，拉了上来。

秦振一脸后怕地大叫，朱晨晨，你这镇雾红花怎么作不得准？害得哥哥我差一点就报销了性命！

朱晨晨一脸委屈，说，你的左脚已经跨出了范围，自然要跌落的……

两人正斗着嘴，我突然闻到一股生肉烂烂的恶臭，猛地一转头，发现从黑暗处冲出一道黑影，直直地朝着我这边扑过来。猝不及防之下，我将秦振往上一拉，推到了滕晓的怀里，然后抽刀往前劈去。那黑影不闪不避，我右手中的虎牙匕首结结实实地砍在了它的肩膀上面。

这家伙的肩膀又松又软，我一刀砍下，切落肌肉，溅起了许多黏稠的汁液来。

接着它与我重重地撞在一起，巨大的力量将我往地上推去。

我被这道黏滑腐烂的黑影撞得喉头一紧，眼前有些发黑，当我勉强瞧见这东西的时候，见到半张腐烂的脸，全是烂肉，张着嘴朝我咬过来。这时天色模糊，但是还能够瞧得见景物，我分明看见一具高度腐烂的尸体冲入我的怀中。在这张寻常人见到一眼就要做好几宿噩梦的脸上，我瞧见了许多黑头白身的肥硕蛆虫，正在那烂得发白的眼窝子里翻滚。

炎热的夏季里，家住农村的朋友参加别人家的丧事，应该有闻过那种腐烂发臭的死人味。

我怀中的这气味，比那种死人味浓烈千百倍。

这东西根本就不是什么僵尸，而是一具十成十的腐尸，它一张口，嘴里面黄色的尸水和白色的蛆虫，便滴滴答答地掉落到我的脸上来。那黏液的臭味让我有一种想死的冲动，愤怒之极的我连着避开了这腐尸的几口撕咬，右手终于抓着了它的胳膊，使劲一拽，便将其左臂给轻松地撕扯了下来。

它断臂的伤口处有许多碧绿发黑的蚂蟥在扭动，仿佛外星怪物的蠕虫杨柳一般摇动着，就要往我的身上爬过来。

刚刚站稳身形的秦振顾不得这恶心至极的肮脏，伸手抓住了这头腐尸的脖颈，往后使劲一掰。那高度腐烂的尸体，哪里经得住他这么大的力道？一爪之下，一大坨爬满蛆虫的烂肉就抓了出来。

这家伙看着烂得跟骨头架子没什么区别，然而力道却是大得出奇，喉咙里面有古怪的咀嚼之声，十分恐怖。我推了几把，都被这个家伙欲女缠郎一般地抱着，尖锐的黑指甲透过厚厚的军服往里面伸展，让我一阵又一阵地肉麻，头昏欲裂。

老赵果断出手，手指法诀，桃木剑断然定在了这头腐尸的太阳穴上，运劲儿吞吐。

秦振顾不得恶心，在后面搂着这个家伙，口中突然高念一声佛号，曰"阿弥陀佛"，浑身突然有金光外放，将这腐尸又臭又烂的身躯给震得如同过电一般，抖如筛糠。而我双手的恶魔巫手也开始发力，在我们三个人的齐心协力之下，这头腐尸失去了力量，软趴趴的如同一条死狗。我翻身起来，把这个浑身腐肉都快要散架了的家伙抓起来，往我刚刚看到的那面黑幻斗罡令旗，使劲儿砸去。

那具七零八落的腐尸带着一阵腥风飞出，然后黑雾一卷，腐尸陡然不见，所有的景象又都消失，唯有那一支小旗在那里，浮于空中，静静飘动。

那东西消失无踪，然而它并非幻象，我身上的这些黄津津的尸水和蠕动的蛆虫，依旧存在，散发着让人作呕的气味。秦振身上也有，不过并没有我这么恐怖。

我们两个一阵疾拍，抖落不少黑头白蛆，旁边的几个女孩子吓得尖叫，顿时一阵呕吐，脚步也不知不觉就离得远远的。

而在黑雾的外围，开始传来了沙沙沙的声音，如同我小的时候养蚕，那肥嘟嘟的蚕宝宝吞噬桑叶的声音。敌暗我明，事态十分严重，当下我也不能顾及太多，双手合拢，大声一喝，曰：有请金蚕蛊大人！

第六章　破阵狂战

　　在周遭女孩子嫌弃恐惧的目光中，我宝相庄严地双手合十，高声念了起来。

　　我不知道黄鹏飞他们到底还有什么手段，也不知道黑雾外面那恐怖的沙沙声响到底是什么，我等不及让他变着法子过来虐待我们，于是将希望寄托于阵外的金蚕蛊，让它帮助我们来脱阵。

　　肥虫子向来都是个听话的好孩子，也从来都不辜负我的期望，在我话音落地的下一秒，一只强壮的猴子突然出现在了那支黑幻斗罡令旗旁，往上一拔，那一面的黑雾顿时收敛殆尽，然后我看到了站在对面、虎视眈眈的黄鹏飞等人，万分诧异的面容。

　　黄鹏飞正手持着七星木剑在十持汰阵，呼风唤雨，黑烟滚滚，道人甲在准备几扎纸人，道人乙蹲立在一具腐尸的额头上面，用符笔画画，而八极拳陈柯的脚下，则有一小堆准备妥当的石头，正眯着眼睛往这边瞧过来呢。

　　视线之中，没有见到唯一的女性孙静。但是我感觉她应该在某一个看不见的地方，弄那沙沙的声音以及相关的事情。

　　那一套黑幻斗罡令旗共五面，每一面对应"金木水火土"中的一项。那野猴子手中的一支，便是黑水斗罡。见到半路杀出的这程咬金，黄鹏飞不由气得吐了一口老血，从角落里窜出来的黑色火焰顿时一暗，不再嚣张。他费尽心思搞出来的鬼阴火旗阵，便已然破解一半。

　　八极拳陈柯在计划中本来就是作为人型投石机而存在，只是刚才黑雾遮挡了视线，而且黄鹏飞在作法，法阵轻易不能承受外力，为避免旁生枝节，故而没有发动。此刻见到这阵法摇摇欲坠，他知道术法或许并不能将我等困住，不知又要耗费了多少力气，于是恼怒异常，把这邪火给发泄到了拔了旗子的猴子身上，手中那碗口大的石块儿，"嗖"的一声飞，转瞬即至，直奔其身。

　　金蚕蛊控制了这猴子，但是猴子干瘦如柴的躯体跟它那肥硕而小巧的身子，自然不可同日而语，故而反应迟钝，躲闪不及，脑门就被这飞掠过来的石头重重砸上，一头栽倒在地，不再动弹。却是半个脑瓜儿，被开了瓢。

　　无论是黄鹏飞，还是陈柯，他们的特点都是杀伐果断，出手毫不留情。

　　在他们心中，似乎没有对于生命的敬畏，就如同日日杀猪的屠夫，弄死个把猴子，也只是为了让自己心中畅快而已。不过我很快发现，在陈柯的心中，我们跟那猴子并没有什么区别——他的脚尖一挑，又一块碗口大的平扁石头跳入了他的手里，抬腿扭胯，右臂使劲儿一掼，那石头便化作了一道白光，朝着我们这边飞来。

目标,似乎是我。

这东西厉害,梁山好汉没羽箭张清就是凭这一手,连败了包括青面兽杨志、美髯公朱仝、插翅虎雷横、大刀关胜在内的十五员战将,端的是凶猛。那石块如一道白光转瞬即至,我并不敢接,一个铁板桥翻下,石块擦着我的额头掠过,划拉出一道血口子来,火辣辣的。

还没等我反应过来,风声又至,这石块竟然朝着我的下身击来,以这力道,中了必然是断子绝孙,蛋碎一地。

忒狠毒了!我顿时怒火中烧起来。

所幸王小加前跨一步,双手划圈,托住了这块石头,以柔劲将其团团转于手心处。

阵法一破,老赵、滕晓和拖着腿伤的秦振都迎着这飞舞的石块冲了出去。

陈柯有石块,朱晨晨却是双手飞针,簌簌地飞。

这飞针射出,是有讲究的,轻轻巧巧的一根飞针,成纺梭型,重量不达几克,若无方法,自然几米即落,毫无力道;若说这世间玩这东西最出名的,莫过于金庸文中以丝线操控的东方不败,而朱晨晨这飞针,却与东方不败的银针有着相似之处,是采用特殊材质铸就,念头留于针尖,仿如御剑。

然而跟话本传奇中不同的是,朱晨晨这飞针并没有那般神奇,留在针尖的念头也只是能够保持牛顿第一定律的存在,叮叮叮几声响动,与陈柯扔来的几块石头擦出了好几朵火花,在这昏暗的空间中,让人心惊肉跳。

在我站直起身来的时候,老赵、滕晓和秦振已然跟黄鹏飞、两个道人对上了手。

朱晨晨的飞针已然射完,也跟陈柯交手了两个回合。

王小加正在大步冲上前,去支援朱晨晨,一番昏天暗地的大战要开场了。而就在白露潭冲出这三面黑雾环绕的法阵时,草丛中突然跳出了许多黑色甲壳略带些绛紫色光芒的小虫子,趴在了她的腿上,厚厚一层,如同鳞甲。女孩子向来怕虫,即使生活在苗疆的白露潭也是如此,她惊声尖叫,"啊"的一下,使劲儿跺脚,不过随着那些虫子爬满她的双腿,她终于忍耐不住,突然跪倒在地,浑身直抽抽。

这些黑色甲壳的小虫子,便是刚刚黑雾周围传出来的沙沙声响,倘若不是肥虫子及时破了那鬼阴火旗阵,估计不但会有幽暗的鬼火缠身,而且这些密密麻麻的小东西也会将我们给吞没。

黄鹏飞筹谋已久,阴损得没屁眼的招数是一套又一套。

听到白露潭惨烈到极点的尖叫,我一边快步追上,一边紧张地高声叫唤不知道藏在哪里准备阴人的金蚕蛊过来解毒驱虫。然而,此刻,我们在山道下面所感受过的那一股阴凉滑腻的气息,又从地心处汇集而来,钻进了白露潭的身子里。

这股气息一开始缓慢,然后骤然一收缩,将已经靠近旁边的我给吓了一跳,连忙越过去。

只听到一声"砰"的震响,缠在了白露潭长腿上面的黑甲壳小虫子全部都散落一旁,而这个女孩儿的浑身则直冒青光。

我瞧了一眼,感觉她似乎还有一些主动的意识,想来便算是请神上身了。

这股气息与我们所能够感受到的灵体不一样,阴冷中带着一股子正气,似乎与这空间中的能量全然不同。我知道白露潭暂时没事,便快步赶往主战场,朝着黄鹏飞那小子冲去。

老赵并没有如同一开始自我介绍的计划,去与八极拳陈柯对阵——那人型投石机已经被两个巾帼英雄给缠上——而这里面身手最厉害的,依然是那个阵破了之后吐了几口老血的黄鹏飞。两人都手持木剑,老赵手中是肥城桃木,黄鹏飞则是茅山加持过的七星木剑,一时间剑走如龙,上下翻飞。

刚才在阵中对我们蛊惑萦绕的那些野鬼灵物,被黄鹏飞拘了,在身边飘荡,声威猖獗。

两人打得旗鼓相当,但似乎黄鹏飞的木剑要更厉害些,剑法也一如杂毛小道的手段,十分犀利。相较而言,老赵似乎吃力一些,然而我心中却有一种这个家伙好像并没有用尽全力的感觉。见到我冲了上来,黄鹏飞到底也是个聪明人,身形一张一缩,往后面疾退几步,左手朝着怀中摸去。

老赵是个十分敏感的人,见到此情景,立刻往旁边一闪,一道黑光就朝着跑近前的我射来。

我眼皮急跳,这东西似乎十分危险。

这时,我胸前一阵晃动,小妖朵朵已然冲出了槐木牌,双手往前一推,那道黑线就停留在了她手心前十厘米处。我定睛一看,竟然是一团柔嫩的树叶,里面似乎还包裹着什么。

这小狐媚子毫不犹豫地左手一挥,那东西便朝着旁边的道人甲飞去。

那道人甲的对手是滕晓,他进营不久便臭味相投和黄鹏飞混在一起,据说是鲁东崂山的真传弟子,因为是无关紧要的小人物,故而与道人乙一般,不叙名字。不过说是小人物,但是能进这营中的,有几个是草包?他之前便已然在准备送葬的那种剪纸人儿,此刻已经活灵活泛起来。

那金童玉女的纸刀锋利,将他的对手滕晓逼得左闪右避。

滕晓自言曾习得刘贵珍老先生所传的狭义内养功,爆发起来威力惊人。然而他在没有爆发的时候,也就是个脚快的家伙,此刻应付得狼狈不堪,没想到小妖朵朵这一下子,那卷树叶砸在了道人甲的左臂上,顿时墨绿色的浆汁四溅,一股熏臭焦熟的肉味,便升腾而起,在空间中飘散。

没想到这树叶包裹的植物浆汁,竟然有浓硫酸一般的效果。

道人甲惨叫着往后退去,从腰间掏出水壶,往胳膊上面倾倒清水,那一对红色的纸影在给他做着掩护。

一直如同余则成一般潜伏着的肥虫子骤然发威，它悄然潜入了陈柯的后门处，奋力一顶，那个双手战巾帼的八极拳高手一阵惊天动地的嘶嚎，不顾形象地跪倒在地，双手不再防守，而是往屁股后面抠去。

见这两人受损，形势十分不利，黄鹏飞眉头一皱，大声喊道风紧扯乎，毫不犹豫地纵身就往路边山涧下跳去，连小妖朵朵挥手指挥的那疯狂青草，都留不住他的身形。

那道人乙第一时间反应过来，也是纵身往下跳去。不过道人甲和倒地的陈柯倒是被野草缠住，接着一道红色的身影越过白露潭，跳下了山涧。

这山涧深近百米，跳下去自然会死人。我们跑到旁边一看，只见几道登山绳在岩壁上挂着。秦振一身的伤，恼怒得很，腿上的虎牙顿时弹起，要往那绳子砍去，突然一个粗豪的声音响起："不可……"

第七章　我需要一个解释

　　这声音陌生，并不属于我们小队中的任何一个人。
　　秦振浑身皆是腐尸身上的腌臜物，已然打出了火气，哪里会听？眼见那把尖锐的虎牙匕首就要斩在了登山绳上面。那根绳子正好就是黄鹏飞那厮的，若能将其斩断，他便会坠落山崖，不死也残。
　　一道白光"唰"地从我们身边掠过，精准地打在了秦振的匕首上面，昏暗的视线中，火花一闪。
　　是一块小石子！
　　秦振的匕首被猛然荡开，握刀的右手虎口崩裂，用不上劲儿，那刀子便掉落到山崖底下去。我们愤怒地扭头一看，只见一个身材魁梧雄壮的男子，从一个隐匿的角落走出来。来人正是集训营里的那黑脸教官。
　　原来跟黄鹏飞他们这一队的教官，竟然是这个对我向来没有好脸色的家伙。
　　他一步一步地走过来，盯着秦振说，你是想犯规，恶意杀死这些学员吗？
　　秦振右手受伤，心中憋着一大团火，大声说，报告教官，我们只是在阻拦他们逃跑而已，并没有恶意犯规。
　　朱晨晨也一步踏上前，说，报告教官，刚才的情形你也看到了，最先要我们死的，是他们。
　　黑脸教官走到崖边往下望了一眼，厉声大喊道："怎么，你们是想吃我的红牌吗？居然敢跟教官用这种口气说话？谁是谁非，难道我自己就没有判断么，再争辩，信不信我直接判你们所有人退出试练？"
　　"你……"面对着这个教官蛮横无理的偏袒，秦振和朱晨晨顿时无语。
　　而队里的其他成员都圆瞪双目，一副愤愤不平的表情。
　　作为队长，我正想上前争辩，但是见到我们的随队教官尹悦出现在角落，朝我不动声色地摇头否定。我想了一下，民不与官斗，这会儿还是息事宁人的好，回头再听尹悦给我的解释。于是拦住了身边的队员，冷冷地对着拦住我们的黑脸教官说，教官，我们尊敬你的身份，但是并不认可你的做法，这件事情，我将会在回去之后，向上面报告的，请吧……
　　黑脸教官瞪了我一眼，没有说话，而是从怀里掏出另一把虎牙匕首，拍在了秦振的怀里，然后捉住那根登山绳，飞速地攀爬下去。
　　我瞥了一眼，我们携带的登山绳并不足以支撑这么长的高度，他们只是速降到半中央，然后通过坡边的树枝撤离。就这么一会儿工夫的耽搁，黄鹏飞、道人乙和那个红衣孙静便已然不见了踪影。显然他们是找好了退路，整个埋伏圈，重重陷阱、围攻、反应以及后路的选择，都是专家级的布置。

黄鹏飞这一伙人，端的是不可小觑。

朱晨晨脾气不好，伸手拽住我的衣袖，横眉竖眼，说，陆左，就这么算了？瞧瞧他们刚才那架势，可真的是要杀死我们啊！

秦振、滕晓和老赵的脸色都不好看，显然对于这样的结果，也十分不满。

我并不解释，转头看向了青光消散的白露潭，说，小白，你没事吧？

她的面色潮红，似乎在忍受着莫大的刺激而发不出声来，见我问起，嘴角抽动，说还好，没事。

我问她，那虫子可有毒？白露潭说毒已经被逼震出去，起不了作用的。见她没事，我这才放下心来，环绕一周，跟所有人解释道："我明白大家的心情，我也很愤怒，作为一个刚刚从鬼门关口绕了一圈的人，我何尝不想跟他们干一架，弄死他们？但是这事情，周黑子既然判定我们是恶意，如果我们再出手，那么只怕麻烦的，是我们！"

我停顿了一下，抖抖身子，感觉浑身都是腐肉的恶臭，不自在，又接着讲，我们既然能够赢他们齐装满员一次，那么又何必惧怕那几个残兵败将呢？这样的家伙，再多，也不过是我们的磨刀石而已！

见我说得信心满满，回想起刚才那一场混战中所有人的出色表现，大家的心情又不由得好了起来。

王小加说，也是，既然都是同学，能够打败对手就好，未必要人性命、生死相搏的。

秦振左手捂着裂出口子的右手，虽痛，但在笑，说："刚刚的那一场战斗虽然惊险，但是把我们这个团队给磨合在了一起来，特别是你，陆左，要不是你，我们可能就要陷在那阵里面了。你完全就改变了我对蛊师的看法，这种恐怖的职业，不躲在阴暗的角落里筹谋算计，居然会有如此的妙用，我认为你作为一个队长是合格的！"

我伸手拍了拍他的肩膀，刚刚在最紧急的时刻，是秦振不顾恶心肮脏，将那头腐尸给拉起来，他实现了他的承诺，让我能够把自己的后背放心地交给他。

正当我们两个大男人惺惺相惜的时候，朱晨晨的尖叫声打破了宁静。我们寻声望去，角落里刚刚被道人乙在额头上作符的那头腐尸，正缓慢地移动，嘶嚎着朝着我们这边走来。这东西虽然有毒，力量也凶悍，但是对于我们来说，其实威胁不大，不过它主要的作用就是来恶心你、恐吓你，让你心里不自在。其恶心程度，简直就是五颗星。

便是见过无数肮脏的我，此刻看着身上这些黄色白色的尸浆，也忍不住犯呕，头大得很。

不过这个家伙此刻出现,却成了我们发泄怒气的对象,所有人都冲着他猛烈攻击,最后头颅被老赵用桃木剑斩下,在地上骨碌碌转动。老赵一边嫌恶地将剑往草地上面抹,一边蹲下身来观察,瞄了一会儿,跟我说这尸体似乎死得不久,穿的是这附近山民的衣服,应该是被人为杀害的。

从时间上来看,黄鹏飞他们应该不是凶手,不过是就地取材而已。

谁杀了他们?这就不得而知了,尹悦会联系上级侦查的。

刚才孙静弄出的黑壳甲虫还在草丛里爬行,王小加将被缠住身子不得动弹的八极拳陈柯往旁边移动,那地上的青草开始往回缩去。滕晓早已准备好绳子,将这个家伙给捆得结结实实,又看向了被一对金童玉女剪纸人儿守护的道人甲,说,李欣力,你是准备负隅顽抗呢,还是束手就擒?

在刚才的那一空档,道人甲已经控制纸人将缠绕自己的青草藤蕨给斩断几回,然而那些植物却又冒了出来,将其紧紧缠绕住,越发地动弹不得。见我们都围将上来,他脸上又恼又羞,手臂上的灼伤还辣得疼痛难当,却闭口不言,只是用怨愤的目光看着我们。

集训营的日子里,因为和黄鹏飞一起,他没少对我恶言相向。

秦振将防水打火机拿出,点燃火焰,说,要不然我把我老李你这纸人儿宝贝给烧了吧,反正留着也没有什么用。这句话戳中了他的要害,这个傲气的道人终于低下了头颅,那两个小心防备的纸人软了下来,变成了两张红色剪纸。他说我输了,任由处置便是。

秦振走上去,一把扯下他脖子上面的金属牌,还故意把手上的肮脏尸水,涂在道人甲的脖子上。

滕晓和秦振将两块金属牌交于我的手里,我笑了,说黄鹏飞这个屌毛,倒是孝敬得很,老是给我们送牌子,搞得我都不好意思了。大家伙儿哈哈大笑,盘问了两人一番,都闭口不言,审不出个所以然来。聪明人知道利用规则,而老实人则容易被规则限制,我们有些头痛。

不过既然得不到什么有用的信息,那么就只有把这两个家伙交给随行教官尹悦,使其出局了。

牌子摘下,代表他们的试练已然结束,一切仇怨都勾销。尹悦过来给他们松绑,然后两人一言不发,收拾着自己的东西下山去。尹悦发出了信号,自然会有人过来监视和接应他们。

肥虫子目标小,犹抱琵琶半遮面;小妖朵朵这么大个儿,自然瞒不过众人。见到这么厉害的小女孩子陡然出现,并且大展神威,队员们都不由得好奇,忍不住地瞟那飘在空中的小狐媚子。只是见我不提,也不好发问。小娘并不是一个喜欢隐藏的人,大大咧咧地跟众人打招呼:大家好,初次见面啊,我家陆左承蒙大家一路关照,在这里,我先给大家道个谢……

好吧，这小狐媚子说话的口气，感觉就像我家长辈一样。三个单身男眼前一亮，而几个女性则犹如老龙看到了珠宝，喜爱异常，不一会儿就跟小妖朵朵聊到了一起，叽叽喳喳，如同郊游。

我们将这里收拾停当，折回山道下面去将行李带上。我一身尸臭，但是也没有办法，找了些水嫩的树叶子将恶心的尸水揩干，等翻过这山，再找水来洗——早知道就将道人甲或者李柯的衣服扒下来好了，想想还要忍受一路的尸臭，我就有些郁闷。

继续前行，我们翻过山口，沿着山壁往前行走。因为被嫌弃，我落在了最后，前面是几个女孩子与小妖朵朵一路的笑声。

不过，我也等到了处理事情后赶上来的尹悦。

我需要她给我一个解释。

第八章　爬鬼坡上的傈僳族山村

尹悦给我的解释并不多，就只有一句话，周啸天是从西南局二处调过来的教官，以前一直待在贾总教官手下做事！都是聪明人，我立刻明白了前因后果，不过仍然忍不住地多问了一句，慧明这么做，是不是有些过线了？

尹悦笑了，告诉我，你太天真了，周啸天所做的一切，都是为了防止学员之间的恶意伤害，当时的情况，他的所作所为能够讲得过去，你倘若让你的金蚕蛊或者小妖精缠住山壁上逃跑的人，再追击下去，说不定他并不敢拦。他们这些人，都是玩弄规则的老油条，所以你终究会吃亏。

我沉默了，看到前面精神抖擞的队员们，心中有些闷。

尹悦见我不说话，有些担忧，说，陆左，你怎么了？我摇头，说没有，感觉心里憋闷而已。当初张伟国曾经试图招揽我到他的麾下，我因为老萧而拒绝了。事后老萧告诉我，说体制内其实一点儿也不好混，有着一身本事，还要战战兢兢，生怕做了什么错事，惹到不该惹的人，还不如两袖清风，自在逍遥地当一个闲散高人来得畅快。现在我算是明白了其中的道理。

尹悦见我意兴萧索，便解释说其实也不是，除了那些真正看淡风尘的高人，任谁有这么一身本事，也是不会甘于平淡的。人的天性就是要强，就是要斗争，没有这些，我们的辛苦修行又所为何来呢？是人总要吃饭，总要生活，便是那修为高深者，即使能够辟谷几个月，也总是要生存的，这是动物的天性。道法自然，是顺天意，而非逆天而为，除非你真的能够超脱于世，否则又怎么能够不落入这俗套呢？

我摇摇头说，我心中的慧明大师，本来不是这个样子，他应该是个高僧的！

尹悦叹息说，虽然不属于一个派系，说的话不太确信，但是我可以告诉你，贾总教官修的，并不是你所想象的小乘佛教，而且我还有一个信息可以让你知道——但也只能够说到这里——贾团结贾总教官固然是刚愎自用，不听招呼，但是他多年来一直得不到升迁的真正原因，是因为他老婆客氏跟西川鬼面袍哥会隐约有着联系，而鬼面袍哥会，其实就是邪灵教的酆都鸿庐。

我浑身一震，难以置信地看看她，说，既然这样，为何不把他拿下？

尹悦摇摇头说，陆左，这世间的事情，并不是非黑即白那么简单，而且我们也拿不出证据来，动静太大，反倒得不偿失。不过要不是如此，陈老大也不会把我和老林派过来了，你自己要小心为好。

我点点头，看着尹悦向林间隐去，又看着头顶上那黑沉沉的天气，心中略有些寒冷。

天地啊，你怎么就不能够明亮一点儿呢？

山路陡峭，这路是古时候的茶马古道，后来山外修了公路，便被废弃了，年久失修，十分难行。头顶上面的乌云越发地沉重，几乎就要压到了我们的头顶，让人喘不过气。我们脚步轻快，密而急，越过那杂草、泥土和苔藓植物，以及从道路旁侧冒出的一顶顶肉色菌子。老赵从尖兵的位置上撤下来，与我并排前行，见我心情不好，他仍然直言不讳地问道，你跟贾总教官有过节？

我摸了摸鼻子说，这很明显吗？

老赵摇摇头，又点头，说，看得出来，你们之前认识，我以前不知道他是对你爱护呢，还是对你刁难。不过现在看来，应该是厌恶你多一点。我耸耸肩膀，说人活一世，最怕的就是雁过无声，人过无名，如果能够给人留下些印象，未尝不是一件好事。

不过他显然不满意我的回答，咄咄逼人地问道，陆左，你的麻烦还真多。黄鹏飞也就算了，小角色而已，但是贾总教官，可不是什么人都能够惹得起的。我不知道你究竟犯了什么事，竟然能够惹上他？

我停下脚步，看着他说，老赵，你这是什么意思？

这个名叫赵兴瑞的西南行者眯着眼睛盯着我，说，陆左，我需要一个解释，作为小队中的一员，我不希望自己莫名其妙地死去。

见到老赵坚持要我回答，我知道如果我的答案不够诚恳，不能让他满意的话，估计这个独行侠定会脱离队伍，像福妞一样，独自前行，去找那几百里外不知何处的月亮潭。小队的每一个成员都是完成任务的重要支柱，何况老赵本身也是一个厉害角色。思考了一会儿后，我决定把真相告诉他。

听完我的讲述，老赵不确认地重复道，你是说你曾经和他女儿一同出过任务，后来他女儿死在了山沟里，你们大部分人则活着回来了？

我点头，说当时情况实在是太危险了，我都不知道下一秒自己能否活下来，而且那里的空间时间，完全错乱颠倒，想要再回去，也没有道路了。

老赵点头，说他曾经去过鬼城酆都，见过时空交叠的情况。

聊完这些，他说："陆左你别介意，我这个人直，而且冷静，不会为了任何事情失去自己的判断力。也不想因为你个人的原因，连累整个团队。所以无论是死是活，我总需要把事情弄清楚，这样自己才心安一些，知道自己的坚持是对是错。"

我点点头，表示理解，然而却又感觉老赵的话语中，似乎另有所指。

我们没有再说更多，老赵也没有提出单独行动，而是再次替下滕晓，担当探路尖兵。我看着那个斜背着桃木剑的男人，心中隐约有些不安。他是整个小队里面我唯一不了解其想法的人，就我个人而言，并不太喜欢这种不确定因素，总感觉会有什么意外会发生。

我们在这个山脊上行走了差不多两个钟头,头顶上面的黑云一直盘绕,却迟迟未曾有大雨浇下,偶尔会有几阵零落的小雨洒在头上,将这山上的空气洗去了许多尘埃。因为视线昏暗,所以人的心情便不是很好,走得急,但是我们依旧还是很细致,防止再有伏击的事情发生。

根据目前的情况来看,在我们这条线路上的队伍,应该有且只有两个:一个是我们,一个是黄鹏飞小队。

我在黄鹏飞等人落入山涧、安全无恙之后,将那几根登山绳斩断。如此陡峭,他们是攀爬不上来的,若在深涧下面的山谷中行走,又需要绕很大一个弯,没有小半天时间追不上来。而且黄鹏飞等人刚刚吃了大亏,损兵折将,他那令旗又少了一面,想来暂时只是窝起来舔伤口,而不会再来招惹麻烦。

我们越过了山峰,然后开始往下行走,因为天空阴沉,于是越走越急。突然一道金黄色的闪电划破天际,头顶炸雷一现,轰隆隆……这雷声在群山之中回荡,烈阳纯正的雷电仿佛就在身边炸响。小妖朵朵虽然已得麒麟胎体质,但也不敢在这雷雨天中出现,终于露出了柔弱的一面,乳燕投林,钻进了我的怀里,与呆朵儿挤一块槐木牌。

炸雷连绵不休,头顶上的雨开始"吧唧""吧唧"地砸落在头顶上,如同擂鼓,雨下如注,又如瓢泼。

我们那军用背包是用防雨帆布制成的,能够勉强挡水。在骤雨一起的时候,我们立刻拿出了一块防雨布,披在头顶。我们没有带野战兵的那种头盔,不过那种没有徽章的军帽倒是人人都有,于是披着这块防雨布使劲儿跑。为了避雷,并不敢跑到那林间的树下去躲雨。

人能够勉强坚持,然而脚下的路却越发泥泞。

不过我身上熏臭的味道却被洗刷一空,心情倒比下雨之前,要好许多。

倾盆大雨,前路一片白茫茫,我们咬着牙往前行了十多分钟,在茫茫白雾的前方小山坡上,终于出现了一个小村子,那里有十几座木质结构的房子以及一些荒废的田地。那便是我们所要找的落脚点。我们兴奋极了,不知道摔了多少跤的秦振高兴地大声怪叫起来,率先冲到了最前面的一栋木屋里面去。

不过他随即又出现在门口,喊说这里烂得不成样子,头顶在漏雨呢。

这破房子上面铺的,尽是那碧绿青苔的杉树皮,早已漏得不成样子。我抬头张望了一下,指着坡中间的那间大瓦房,说去那里吧,那里应该还不漏。我们沿着弯弯曲曲的道路前行,王小加突然拉住了我说,这个山坡上面的村子,风水学上呈大凶之象啊!在旁的人都懂些风水地势,看着都点头,说这个村子很邪门啊!

然而被这暴雨折磨得快疯了的我们最不怕的,就是邪门。当下也只想赶紧找一个干燥的地方休息一下,稍微一犹豫,仍快步走了过去。推开那扇残破的门,一股沉积的灰尘吹来,我们心中一松,奔行这么久,终于有了一个干燥之地,太好了。

第九章　小屋黑眸

终年生活在城市钢筋混凝土丛林中的人，是很难理解在林地旷野中遭遇暴雨时的人心里，那种对于头顶片瓦的强烈期望的。

因为没有亲身经历，所以不会有代入的感受。

这座大瓦房并不完好如初，里面也零星漏着小雨，不过大部分地方还算干燥，让人心中忍不住欢喜。我们鱼贯而入，各自找到一片干燥的地方停住，将自己背上的行囊给取下来，抖去上面的积水，然后通通放在正屋靠里的一张只剩床板的木床上。

将这些处置妥当，我们都忍不住美美地伸了一个懒腰，然后咒骂起这天气来。

老赵和滕晓已经将这个屋子给搜查了一番，是三间瓦房，不算大，一间堂屋两间卧房；屋子后面还搭了一个大木棚，是厨房和堆积一些工具的地方。在屋子左侧不远处还有两间小茅房，一个是茅坑，一个是养牲口的地方。

房间里没什么家具，当时住在这里的傈僳族山民虽然路远，但是搬迁的时候，能搬的还是都搬走了，所以整个屋子里除了几张光板床和一张粗制的小木桌之外，就剩下一些缺胳膊短腿的家具，凌乱得很。不过相比外面那瓢泼如注的大雨，我们已经对这家没有把头顶瓦片拆走的主人，十分感激了。

老赵和滕晓从后面的棚子下抱了几捆干柴，兴高采烈地来到了房中。

我上前去看，这些干柴虽然有些湿掉了，但在中间的，还是可以燃火的。有了这些干柴，我们便能够生火，弄点热的吃食，并且把自己湿透的身子和衣服给烤干净了。我看到大家都忙活着，便不上前去帮忙，而是走到了屋前，听着头顶让人发麻的雨打瓦片声，然后看看外面昏暗的大地。

王小加也没有待在屋子里，她依然是疑虑重重，用强光手电扫视着这已然快要陷入黑暗的爬鬼坡山村，见我过来，说，你知道这里为什么叫做爬鬼坡吗？

我摇摇头说不知道。她语气低沉，说在六七十年前的时候，在中缅交界（含中缅境内）曾经发生过一场战争，中国远征军和日本侵略者生死相搏，无数英勇的中华儿女倒在了这绿野丛中，也有无数可恶的侵略者不能再回返樱花树下。在这个地方发生的那一次战斗相较于整场战争，实在是很渺小，不值一提，但是后来这里的山民，总是能够听到枪声和鬼魂的哭泣，然后总能看见有黑影在山坡下蠕动。

傈僳族是南迁的古羌人，又叫"施蛮"、"顺蛮"、"乌蛮"，信奉巫术，所以，多年人心惶惶。终于在千禧年，在上级政府的协调下，完成了搬迁。

我叹气，人类的七宗罪是傲慢、妒忌、暴怒、懒惰、贪婪、贪食及色欲，但是最大的原罪却是战争。无论出发点是好的还是坏的，都会造成大量同类的死亡，而这些在战争中惨死的人们，通常都有不忿者，冤魂不散，若能够有足够的怨力，确实是能够造成传闻中的这种现象。

每逢乱世，人不如狗，那孤魂野鬼的传说便昌盛得厉害。当然，这个时候也容易出英雄，出大拿。

王小加说一会儿需要在外围布置一条警戒线，既防止有可能出现的其他小队，也能够预防此处有可能出现的危险——看看这山坡背阴朝北，座如山凹，积阴残气，十足的阴森恐怖地，也不知道以前这里的傈僳族巫师是怎么选址的。

我笑了，说你真的是职业病了。你看看这山村，算上垮了的那几处房子，也不过十来户。刀耕火种的生活，自然更多的是考虑农时了，所有的一切，都要满足最基本的生理需求，填饱肚子，再来说其他的事情。你先进去吧，把身上的衣服烤一下，不然感冒了可不好，过一会儿，我们一起布置。

王小加点头，转身进屋，而我则依旧望向了大雨浇注的大山。

我没有见到尹悦，这个女教官并不参与我们的行动，她只是作为一个随时接应我们的后援和与总部联络的人员存在，一直在我们的后方若即若离。不过我也不用太担心她，作为七剑之一、特勤局的翘楚，她身上肯定有着大量的资源，而且又没有试练的限制，身上的宝贝比我们要多得多。

只不过，一个姑娘家，在这深山里独自行动，未免太过孤独。便如同《我是传奇》中的罗伯特内维尔，孤独会让人的内心，遭受到最大的恐惧，很难解脱。不过我还是希望她能够自我调节，不要太累的好。

"陆左，陆左……"

有人叫我，我回身，走进了堂屋。不一会儿工夫，大家伙儿已经将火给生了起来，老赵找来一个只有半边耳的破锅，弄了些水，正在上面弄晚上的吃食。阳春三四月，正是春蕨旺盛的季节，而且一路行来，我们都有注意随手采集可食用的果子和茎块，再加上我们所带的一些调味料和干粮，将其熬成一大锅面糊糊。

虽然味道不尽如人意，但是也能够补充体能，填饱肚子。

锅里的浓汤还未开，秦振从怀里掏出一包东西来，打开，里面全部都是蠕动的肥白虫子，这些富有高蛋白的东西可以成为最好的营养品，给秦振的伤口带来快速的复原效果。

对于这些虫子，女士们自然是本能地恐惧，离得远远，而我们在有更好选择的时候，也没有兴趣尝一尝。秦振有些失望，自制了几根木签子，将这些虫子串起来，烤着吃。秦振腿上的伤因为赶了一天路，而且又泡了雨水，所以有些复发，朱晨晨来的路上找了一些草药，刚刚已经捣了些草汁，给他敷上，然后又用行军铁饭盒，熬了一些汤药。

美美吃着烤虫子的秦振显得十分享受，不断地用舌头舔嘴唇，诱惑大家来吃虫，却被人骂得狗血喷头。我让他分了一点儿虫子给我家金蚕蛊，作为报酬，肥虫子又给他疏通了一下伤口，他爽得啊啊叫，眼睛都眯住了，一口口地吸冷气。

经历过了生死，自然也不用太过避讳。小妖朵朵和朵朵都出来了，我给大家做了介绍——当然，我并不会将两个小家伙的所有底细都全盘托出。饶是如此，大家都纷纷侧目看着我，惊讶非常。

特别是络腮胡帅哥秦振，这小子的笑容尤其猥琐，一副你小子艳福不浅的表情。

看到他这贱样，我恨不得让肥虫子给他来一记绝学"菊花朵朵开"——老子可是很正经、很正经的人呢！

篝火生起，大家都脱去了长衣长裤，围在火堆边烘烤身子，等待着晚餐。

我将王小加和我的猜测说出，大家立刻反应过来，我们并不是在野营聚餐，而是一次生死试练。说到预警，白露潭和老赵都有独门的法子，于是在商议好晚上值班的人员后，我陪着白露潭布置内线，王小加跟着老赵去了外围，将这警戒线给布置起来。

小心驶得万年船，这个道理亘古不变。

披着防雨布，我和白露潭在这三四处人家、十几米的范围上布置。她的法子很简单，就是将口水吐在手心上，使劲儿搓动，口中还念念有词，然后拍打在树木、墙体和泥土上面。在我的感应中，白露潭根本就没有使用什么念头附加，只是将自己的气息，附着在了上面。

很神奇的法门，跟我所了解的道术或者巫蛊法门，都不相同。我忍不住好奇，问她，这个东西，到底是什么？她有些羞涩，想了一会儿，红着脸告诉我，你就当这是通灵术吧，跟你和你家朵朵一个样子。

布置妥当之后，我们回转到了瓦房堂屋里，在旺盛的篝火旁，我们吃了一顿热乎的晚餐，然后将木床拼凑在一起，开始研究明日的行进路线。我们的下一站是马吉洞，不过倘若这暴雨持续下的话，我们可能不能够在这暴雨浇头和泥泞危险的山路中行走，要耽搁一天。

毕竟，滑腻的山道一旦失足，跌落下去的话，必然不会存活。

不过那是明天的事情。疲累了一天，除了留着两个人值班，烘烤衣物，戒备外面，其他人都裹着潮湿的毛毯，围着篝火休息。我和白露潭值第一班，到了差不多十一点钟的时候，她突然眉头一皱，紧紧拉住了我，我不明其意，跟着她来到门口，看见黑压压的山坡斜对面，一个小屋旁，正好有几个缓慢移动的黑影。

那黑影似乎感觉到了我们的关注，也转头望了过来。我瞬间感受到了一双黝黑阴森的眸子。

白露潭浑身一紧，压抑不住地大声叫唤起来："有情况！"

第十章 肉灵芝,加藤亚也现踪影

非常时期,几乎每一个人都没有熟睡,一听到白露潭的叫唤,大家都跳起身来,迅速进入了临战准备。我的外衣放在火边烘烤,就穿着迷彩短裤和强力背心,那军靴倒挂着滴水,不过事情紧急,也来不及穿鞋,一个箭步就踏进泥地里,朝着出现鬼影的小屋子,冲了过去。

在我冲出去的那一刹那,在角落玩耍的小妖和朵朵也一同跟了上来。

我们所在的地方和那个小屋相隔不到十米,不过田地弯绕,周折路程却要几十米。我不走田埂,直接踏入荒废的田地里,快步靠近那个小屋。见我快速冲上前来,那些黑影也有些惊慌,唧唧呱呱说了几句,有人往后退,却有两个人持刀冲了上来。

这刀身修长,黑夜中,依然绽放着寒光。

看到这不属于集训营标准配置的长刀,我瞬间就反应过来这些家伙并不是其他小队的成员,也并非鬼魂之物,而是过路客。一想到这里,我的争斗之心也就没有那么强烈了,断然止步不前。然而我不想惹事,那两个刀客却不依不饶,刀势凶猛地前扑而来,唰唰唰,刀光在这黑夜闪耀,如菊花绽放,招招致命,歹毒之极。

看到这两个家伙毒辣的出手,我心中就有了些火气。

我不知道这些家伙为什么在我们过来的时候躲避不见,藏身在这小屋中,也不知道他们为何见人就砍,不问缘由,反正给人的感觉就不是善类,于是双手翻转,与这两个家伙周旋起来。

让人诧异的是,这两个家伙刀法精湛,似乎是受过训练的武者,若要硬拼,身无长物、两手空空的我在短时间内,拿他们还真的没有办法,而且还处处惊险,差一点就给人砍翻在地上。

不过我从来都不会单打独斗地装波伊,身怀吉祥三宝,我自然深谙围殴之道。

很快,左边那个刀法最凌厉的刀客被一个小小的黑影子给撞上,吃了好几下黑虎掏心拳,小肚子顿时一阵胃液翻涌,疼痛之极,跪在地上,一口老血就吐得稀里哗啦,哪里还握得住刀?另外一个家伙也很快吃到了苦头,脖子上陡然一沉,阴凉之气蔓延到了全身,身虚发冷,感觉意识在往上飘忽,已然控制不了自己,跪倒在地,当他额头触在了泥地上面的时候,也没有明白自己为何会如此。

转眼之间,两个攻势凶猛的家伙被我断然解决。

天空突然划过一道闪电,将我面前的一切给映照明亮——两个躺倒在泥地上的家伙西装革履,而在门口警戒的两个人,一个依然穿着黑西装,还有一个矮个儿瘦老头，脸上涂着厚厚的白粉，穿着藏青色简便和服，手上捧着黑木牌。

这个黑西装，似乎有些眼熟啊！

除了秦振留看家外，王小加、老赵一众人等全部围将上来，眼神闪烁瞧着堵在门口的这两个男人，神情不善。正当我准备上前问讯的时候，那个黑西装突然用蹩脚的普通话说道，陆桑，好久不见，请不要误会，我们并没有什么恶意的……

我眉头一皱，旁边的队员也都诧异地看着我。

说实话，我虽然觉得面熟，但是却并不认识面前这个黑西装。于是踏前一步，问道："你是谁？为什么会认识我？"那个黑西装急切地挥手说道："陆桑，我是直野啊，武田直野——哦，你应该不认识我，但是我见过你两次。你还记得你在仰光的时候，去见加藤社长的时候，我就站在旁边——还记得我不？"

白露潭手上的强光电筒照在黑西装的脸上，看到这副跟高仓健差不多的面容，我把记忆拉回到了以前的岁月。无数画面在脑海中飞掠而过，我想起来了，这个自称直野的家伙，我确实见过两次。

第一次是我在江城的某会所里跟加藤原二起冲突时，他便是旁边拉偏架的一个；后来我在仰光，去跟闻讯而来的加藤一夫通告原二的死讯，这个家伙也在旁边。

原来是加藤一夫的手下，虽然没什么交情，但是既然是老熟人了，我也便将杀心给收敛起来，问他们为何出现在这里，刚刚那两个屌毛，怎么又跟疯狗一样，胡乱攻击我们？

武田直野略为尴尬，指着那两个挣扎着爬起来的家伙，口中连说着误会、误会……

这时雨势略小，但是浇在头上实在难受。我说好，既然是误会，那你就把这些东西给我掰碎了、揉烂了，讲给我听听。我一边说，一边往小屋子里面走，那个眉目跟日本歌舞伎一般的老头子跨前一步，拦住了我，大声地说着日本话。我除了某些场合里面的日语，知道个大概的意思外，其他的一律不明白，但是里面有一句"八嘎"，我却知道是"混蛋"的意思。

见这和服老头强硬的态度，包括我在内的所有队员，脸都黑了起来——要知道，别的都不说，光地上这俩二饼贸然拿刀砍我，我们就能够治这几个小日本子恶意伤人的罪名。莫看这是中缅边界，但在我中华的土地上，小日本子嚣张的日子已经一去不复返了！这日本老头，真的要逼火我了。

见我们的脸色一变，武田直野立刻就着急了，跟这老头急速地说着什么，两人唧唧呱呱地说了一会儿，那老头妥协了，冷哼了一声，扭身走进了屋子，而武田直野则朝着我点头哈腰，说陆桑请进，诸君请进。

我们跟着走进了这个小木屋，发现屋内干燥，头顶上修葺过，并没有漏雨。屋子里除了武田直野和服老头外，还有一个风韵犹存的妇人、一个劲装少女、一个跟那和服老头一般打扮的少年，以及一个躺在床上、闭目而眠的女人。而当我、老赵、滕

晓看到木床上躺着的那个女人的时候,都不由得深吸了一口粗气。

这是一个美丽的少女,她的脸纸一样的雪白,没有血色,但是脸廓恬美,紧闭的美目上面,睫毛高高翘起,樱唇点印——我拿不出太多曼妙的形容词,来讲述我第一次看到这个少女的感受。她就这样静静地躺在那里,不悲不喜,然而却如同幽静深山中的一泓清泉,素雅而不作妆容的俏脸,光看看,就能够让人从这喧闹的雨夜中,剥离出来,安享深深的宁静。

见我眼中露出的疑问,武田直野挨个儿给我做介绍,说这位是伊势神宫的神官织田信玄,这是上杉奈美,这是安室由子,这是足利次郎,而这……是加藤社长的千金亚也小姐。

我一愣神,这个安静得像一汪清泉的女孩儿,竟然就是加藤原二口中那个出车祸变成植物人的琴绘姐姐?看模样,确实是一个可人儿,只是他们这一伙人,为何会出现在这深山老林子里呢?我提出这个问题后,武田直野连忙解释,说亚也小姐的病症在经过了日本各界人士的诊治无果后,加藤社长十分伤心,后来有消息说在怒江出现了一个成了精的肉灵芝,能够壮大残魂,或许对她的苏醒有救,」是便请了织田神官,带着我们过来这里了。

肉灵芝?我听到这个名字,心中不由得猛地一跳。

经过杂毛小道、虎皮猫大人和小妖朵朵这么久的熏陶,我已经不是刚刚步入这个世界的新人了,自然知道这种别名"太岁"的东西的好处。它在生物学上来说是一种特大型罕见粘菌复合体,既有原生动物的特征,也有真菌的特点,是活的生物体,世间罕见。常人服用可增强抵抗力,延年益寿,而我们这些修行者,则能够壮大神魂,将自己盛装力量的容器,给扩大数倍。

不过这种好东西,自然跟那龙涎液一般,非福缘深厚者不能得也。

倘若是肉灵芝,对于这个亚也小姐自然是有莫大的好处,只是这东西不能久置,很容易药效消失,变成普通补药,所以他们才会将还是植物人的加藤亚也,带来这深山中。只是,肉灵芝这种宝贝岂是那么好得的?也不知道他们的消息,算不算得准。

此刻的我,脑海中浮现出一个长相俊美犹如女子一般的少年来。那个少年算得上是为了救我而死,虽然他生前一直以我为敌,但是临死前却把我当作朋友,恳求我帮助他姐姐,恢复意识。

后来我一直奔波忙碌,而且因为跟他的交情真的也只是泛泛,所以并无暇理会这档子事情。

但我万万没有想到,命运之手似乎一直在幕后操纵着我们的人生,在这个最不可能相遇的时间和地点里,我们居然以这么一种方式,再次相见了。我在心中叹了一口气,缘来缘去,皆是因果,人这一生,有谁能够真正逃过命运的摆布呢?

第十一章　林间枪响

有了加藤原二的情分在，我们便没有为难这些同样寄宿在村子中的日本友人。

那两个持着武士刀的西装男子浑身哆嗦地走了进来，在武田直野的厉声呵斥下，向我们九十度鞠躬道歉。他们的解释是，太担心大小姐的安危了，所以才会有这么过激的表现。对于这个解释，我很不以为然，小日本刚才进攻之犀利，刀法之凌厉，简直是想要人性命，要是碰到了普通人，说不定已经命丧当场了。

不过加藤一夫既然放心这一伙人前来深山中寻找肉灵芝，想必总是要带几个亡命徒的。

这个世界上，谁都不是善类，不过大家都不想把话说得那么直白而已。

不过我不明白的是，他们是怎么在这人生地不熟的深山里搜寻的？

武田直野跟我们解释，说他们还有一队人马，于当地向导的指引下，在前方跟消息提供人在找，如果有消息，会第一时间传回来的。原来如此。我打量着这房间里大包小包的东西，又看了下这里的几个人，说这屋子里狭窄，又潮湿又阴冷，不如到我们那边去烤烤火，暖和暖和身子吧？

他们连忙推辞，说出门在外，哪里敢享受，只要亚也小姐无碍，其他一切都好说。

虽然奇怪他们为何不选择宽敞的瓦房，而蹲在这个寒冷阴森的小屋子里，但是很多东西问得太明，实在不是一件好事情。再聊了几句之后，我们与这里的所有人告辞，返回了篝火通明的那间瓦片覆盖的大屋。

秦振在此留守，见我们脸色阴晴不定地陆续回来，问是什么事情，滕晓将情况跟他作了介绍。

秦振听完，立刻表示了疑义，说这伙小日本未免太诡异了吧？我们傍晚的时候到这里，他们肯定是知道的，但并没有出现；这一大晚上的时间，既然是认识的熟人，为何不出来相见，反而还鬼鬼祟祟地在那里？是因为我们穿着这一身军装，还是因为陆左你跟他们之间其实是有一些仇怨的？所以他们才会怕你，一被发现，就拼死反抗？

见所有人都望向了我，我耸了耸肩，说仇怨也许有一点，但是不至于如此。至于其他的，我也不知道，反正我们只是在这里住上一晚，明天各自纷飞，管不得这么些闲事。

"恐怕不是闲事……"王小加在一旁突然出声说道。

见我们都疑虑地瞧过来,王小加不慌不忙地往外面瞥了一眼,说,也许大家都发现了,在那小屋里布置了一个日本东密广泽流的法阵,周边有游离的鬼魂灵力,说明那两个大小神官,身上也许还是有些真本事的。不过这不是重点——重点在于我能够听懂日语,所以武田直野和那个老神官织田信玄争吵的对话,其实我能听得明白的。

哦?我们的眼睛都亮了起来。秦振兴奋地说,那看日本片子不是很爽?

呃……秦振立刻迎来了一阵痛殴。大家忙催促,两个小日本都说了些什么?

王小加说两个家伙说得很快,不过大意就是那个老神官说我们会影响他们的大事,而武田则跟在老神官讲述你的厉害——虽然他对你的了解不多,但是实力却不是他们这几个所能够比拟的,不信就碰壁试试?最后老神官勉强低了头,不过还是心有不甘。

大事?是不是找寻肉灵芝的事情?

不管怎么说,反正这伙日本人出现在这里,都是一件十分蹊跷的事情,而且似乎还有日本神道教的神官在,所以必须得多留心才是。一番喧闹、折腾之后的我们有些睡不着,聚拢在一起聊起天来,说起如何找寻碧罗雪山神秘的月亮潭之事,一时间七嘴八舌,好是一番闹腾。

我心中有事,讨论得心不在焉,脑海里时不时就浮现起了加藤原二的身影来,感觉心中有挂碍,便不得宁静。过了好一会儿,我决定再过那边去瞧瞧,了解我曾经对那个少年的许诺。

外面不时有闪电划过,朵朵早就躲入了槐木牌中,而小妖朵朵则是一个傻大胆儿,牵着我的手,一齐走过去。再次来到小屋,我发现里面的大部分人都是一副戒备的表情。武田直野看着我,客气地问,陆桑还有什么事情吗?

我说你们家小少爷加藤原二曾经在临终之前,嘱托我一定要帮他姐姐恢复神志,所以我过来看看亚也小姐的情况,看看有什么可以帮助的。

听到我的话语,武田直野脸上露出了高兴的笑容,猛鞠躬,说原来如此,不胜感激。

我正想往前走,然而旁边一直阴着脸的老神官织田信玄,却伸手拦住了我,苦瓜脸威严地说道:"……"我听不明白,望向了武田直野,这个长相沧桑俊朗的中年男人跟老神官讲了几句话,又是鞠躬又是赔笑,那个老神官才收回手,慢腾腾地走到角落里坐下,不看这边。

我来到了加藤亚也的床前。即使在这样恶劣的情况下,日本人也依旧将这个女孩儿照顾得很好。我看着她因为营养不良而显得消瘦的下巴和苍白的脸,将手放在她的鼻子前,呼吸正常,翻开眼睑,那眸子如同透明黑亮的玻璃珠子,只是里面没有任何神采。

我以前讲过,人有三魂,藏于幽冥,亦有七魄,敛于内腑——三魂为天、地、命三魂,又名"胎光、爽灵、幽精",各有去处,常人或不能闻,捉摸不定,此乃神秘所在。依照这加藤亚也的情况，身体机能基本正常，说明她的七魄仍在体内，当然这也与她身上这些人工描绘的符文、符纸和镇守之物有关，不然换了一般的植物人，早会在数年之后，相继消散，不见踪影。

人体三魂当中，这天地命三魂并不常相聚首，天地二魂常在外，唯有命魂独住身体。

命魂于人体之中，透过七魄中的天冲灵慧魄主思想、主智慧，又通过体内各个灵魄轮场支配行为，若命魂残失，则性命朝夕不保。常人的命魂稳固，雄厚如林，修行者的命魂则株株粗壮，然而这加藤亚也灵台上的命魂，则如风中火烛，闪动不断，有摇摇欲坠之感。

当初加藤原二是希望通过十年还魂草来找回她游离不在的地魂，以那同源本体的地魂滋养命魂，然后得以茁壮回返，苏醒过来。不过那十年还魂草经过一番周折，到了我手，被炼制成九转还魂丹，被朵朵服用，后来才有的小妖朵朵，以及之后的一系列故事。

而这次他们所要找的肉灵芝，则是直接用天材地宝，滋润神魂，让其自由成长回复。

亚也小姐命魂微弱，随时可能熄灭，故而无论医者有再厉害的手段，如无配药，也束手无策。这也是日本国玄学如此昌盛，但仍不能够医治的原因。

我看过之后，对着武田直野说道："我现在身上有任务，不得停留，所以不能够随你们一起找寻那肉灵芝。不过我会把这事情记在心头，帮你们留心，如果得到了肉灵芝的线索，到时候一定会通知你们的。"武田直野连忙鞠躬，表示了感谢。虽然我没有带手机，不过还是跟他要了号码，以便日后联系。

一切完成之后，我牵着小妖朵朵的手，离开了这个小屋。

我感到身后有几双目光在凝视着我，似乎在怀疑，也似乎在诧异小妖的身份，不过我没有回头，这些人跟我并没有半毛钱关系，我也不是见到加藤亚也长得漂亮才会如此，而是因为我曾经对小日本加藤原二，有一个承诺，结下了因果，在不危害我原则的前提下，我还是要尽力而为的。

不过，加藤亚也，长得真的让人忘不了啊……

我回到篝火旁，其他人都已经睡去，剩下老赵和朱晨晨值班。见我回来，老赵欲言又止地看了我一眼，然后叹了口气，说早点睡吧，明天还要赶路呢。

我点点头，让小妖去外围转一圈，然后裹着毛毯，随便挨着一个人便睡了过去。

一夜无话。

第二天雨势一直到了中午十一点才稍微停歇了点。我们查看了一下地图，接下来的路程平缓，并没有多少陡峭的山峰需要攀爬，便决定起程。

临走之前，我前去小屋跟日本人打声招呼，他们都很客气地点头哈腰，说有缘再会。

继续赶路，浸泡过一天的小路泥泞，我们在皮靴下面绑上了一些树枝草叶，能够勉强防滑，但仍然十分难行，速度快不起来。走了几个小时，有一架直升机从远处的山脊飞过，也不知道发生了什么事。走到山脊下面的时候，路好走一些，我们不由得加快了脚步，试图在天黑之前，赶到马吉洞。

我们走到古家坡时，突然视线尽头出现了一行快速追逐的身影，然后有激烈的枪声，从山对面的林子中，传了过来。

第十二章　故人：刘明与魏沫沫

那枪声急促，长短不一，在小山窝里回荡，因为有林间树木松涛的吸收，并没有传太远。

我们站的位置正好是小山坡的腰口，听到枪声响起，都训练有素地往道路两侧猫腰躲去，避免被这些人瞧见。追逐的人在密林中穿梭，似乎有两拨人。逃的一方拿着山民的猎枪，而追击的人，则直接用上了手枪，而且还是人手一把，火力密集。

双方你追我赶，没一会儿，朝着我们这边跑了过来。

这两拨人应该都不是集训队的成员，因为除了一把虎牙匕首和工兵锹之外，我们所有学员都没有携带枪械。深山中，到底是什么人，胆敢在这里胡乱放枪呢？是部队，还是别的什么人？伏在草丛中，我疑虑重重，转头望向躲藏在山石或者荆棘丛中的队员，心中有一种古怪的感觉。

等了差不多两分钟，从林子里跑出一个肥硕的巨大身影来。

这个家伙的脚步迟缓，走走停停，似乎受了伤，或者脱力了。他手上拿着一把附近山民常用的苗刀，喘着粗气，跑动的时候浑身肥肉乱颤，抖啊抖、抖啊抖，蔚为壮观。看到这个胖子的时候，我的瞳孔陡然收缩，心里面一阵悸动，顾不上隐藏身形，朝他跑了过去。

那大胖子见到路边的岩石后跳出一个人来，吓了一大跳，一副胆小又恐惧的表情，扬着刀子远远地喊，你别过来，别过来啊，雅蠛蝶，过来就砍死你……

他还待装出凶恶的表情，脚下却被树根给绊倒，整个人腾空飞了起来，重重地跌落在地上。几百斤的肥肉一挤压，顿时惨叫一声，头也昏了，脑子也迷糊了，刀子就跌落在一旁，口中的血沫子也不断地涌了出来。我走上前去，大声叫道，魏沫沫，你还认识我吗？

大胖子艰难地抬起头来，看了我一眼，因为痛苦而挤成一团的脸孔松弛了一些，开心地说，陆左？你怎么会在这里？

我心中欢喜，这个大胖子是我刚刚出道的时候，在江城夜总会里碰到的一个小保安。当时他们夜总会里有一个小姐去淘宝上胡乱买了一个泰国古曼童来养，增加媚功，结果后来控制不住，导致客人身死。这个胖子是个有趣的人物，而且他的这三四百斤好肉，也让人记忆深刻，于是就没有忘记。

我记得最后一次见他，是我与他老板段叔翻脸，后来经过大师兄调解，最后钱别时，他跟我说他家里有人是神婆，想回家去学学本事，却没想到跑这儿来了。

魏沫沫并没有回答我的问题。他眼神涣散，口鼻处的血沫子越冒越多。

后面还有枪声在响，我连忙拖他起来，才发现他之所以起不来，不是因为被绊倒，而是身背后中了两枪，正在往外汩汩地冒鲜血呢。

这时候从林中又跑出一个手提猎枪的精干男人，正是魏沫沫之前的保安主管刘明。他见到我后，略微一诧异，也不问来由，冲过来，问沫沫怎么了？我忙说他背后中了两枪，然后又重重地摔了一跤，爬不起来了。你们到底是怎么回事？

听到同伴的伤势，刘明的眼眶顿时就变得通红，太阳穴上面的青筋冒起，大喊一声，欺人太甚！

话音刚落，远处就有一道枪声响起来，刘明的身子一震，往前扑到了躺倒在地的魏沫沫身上。

他背后有一个大大的铁盒子，子弹似乎卡在了那里，并没有对他造成什么伤害。刘明就地一滚，一边找地方躲避，一边朝我焦急地大喊，陆左，你赶紧找地方隐蔽，那伙人实在是太凶狠了，他们会连你也一起干掉的。沫沫，爬起来，翻到路边去躲着！

我反应敏捷，并不用刘明提醒就猫着腰闪到了丛林中。心中却更加疑惑，大声问刘明，你到底惹到谁了？若是官家，我们倒是能够说得上话的。

刘明没有回话，而是鼓捣了一下手上的猎枪，朝着林间开了一枪，把追击者的脚步给阻挡了一下。

那些家伙停在坡上，四下散开，看见躺在地上喘息的魏沫沫，竟然毫不犹豫地扣动扳机，将那个腼腆而害羞的大胖子给射成了筛子，不得动弹，血流了一地。我本来还有些懵，不知道发生了什么事情，也不知道刘明和魏沫沫到底处于什么境地，是好是坏，然而眼睁睁地看着这个可爱的胖子就这样死在了我的眼前，顿时胸腔里就如同点燃了一团怒火，大声质问那伙人，到底是谁？

回答我的是精准的点射，子弹擦着我的肩膀飞过，有一颗还射进了我藏身的树上，将这棵大树震得一阵颤抖。

我的心也在颤抖，我实在想不出到底是哪里冒出来的这么一伙暴徒，居然敢在这里肆意追杀，毫无顾忌地开枪射击任何人，这哪里还是在中国，简直就是战火纷飞的阿富汗。

这些家伙，也太嚣张了吧？如此明目张胆的暴行，实在让人愤怒。他们是毒贩子吗？

刘明见到魏沫沫被人射死，发出了一声受伤野兽般的嘶嚎，也不走了，不断地变换身位，找准人影射击。他据说是特种兵出身，枪法实在厉害，没两枪，林间就传来了一身惨叫。不过他手上的枪实在不给力，没一会儿就哑火了，反倒是被追击者打得露不出头来。

我已经跳到了一块石头的后面，偷偷地瞧向了丛林中，看到在绿色的笼罩下，有一些身穿黑西装的人影，在林间交替掩护，变换方位。

一阵激烈的射击后，双方僵持，出现了罕有的沉默。

过了一会儿，对面突然传来了一个带着本地口音的喊话："刘明，交出黄太岁，我们饶你一死！"我的左前方立刻传来了刘明愤怒的呐喊声："古搓，你个卖友求荣的狗东西，这黄太岁是我和沫沫在山里蹲守一个多月才挖到手的。你们这伙恶狼啥东西都不给就想强抢，还把沫沫给打死了。我就是扔到沟沟里，扔到山坡下，我也不给你们……"

刘明还待痛骂，从林子中突然丢了一个黑色的东西过来，一鼻子的硝烟。

是手雷！

我心头一紧，我和刘明相隔不过五六米，若这手雷是进攻型的，只怕我也要全身如同筛子了。这时，一道劲风吹过，那抛坠过来的手雷在空中突然一顿，然后朝反方向地跌落下去。

轰隆——砰！

一声巨响，热浪翻滚，硝烟卷席，我们都朝后扑倒在地。同时，我听到朱晨晨在某处忍不住一声痛叫——刚刚使手雷转向的正是她的飞针，不过因为念头附着于飞针之上，一经震荡，饱受冲击，难受得不行。

这伙人冷血无情的杀伐手段将我彻底惹怒了，我一边匍匐着身子转移到了后方丛林中，一边问不远处的刘明，一共有几个人？

刘明回答有七个，一个本地人，四个日本人，还有两个越南人，职业杀手那种。

根据目前的形势，我大概明白了，这些人应该跟武田直野那些家伙是一伙儿的，也就是武田口中的另一队人马。只不过让人没有想到的是，他们所谓的寻找，居然是如此蛮横不讲理的抢夺，而且动辄杀人，明火执仗，这种流氓行径，实在是太嚣张了！老子要不教训一下他们，简直都不配当这中华子民。

我点头，表示了解，然后大声地喊道，所有人注意，自由找寻目标，无差别攻击！

说完这话，我将肥虫子这个大杀器给放了出来，小妖朵朵也蹦跶了出来，这个暴力女撅着嘴巴就朝着前方冲了过去。

得到了我的命令，所有隐藏着的队员也都开始忙碌起来，各自找到位置，等待接敌临战的机会。拥有飞针等远程攻击手段的朱晨晨，已然抽空射出了两记——她总共有九根精心铸就的飞针，都是可以回收再利用的，不过这两日来的战斗，加上刚才被手雷轰击的那一根，她现在只剩下七根了。

当然，所有的手段中，最为见效的并不是其他，而是一直担当配角的肥虫子。

偷偷摸摸靠近追击者的它终于担当了一次主角，在一片惊叫和哀号声中，原本以碾压之势前冲而来的追击者遭遇了滑铁卢，发出了只属于弱者的哀鸣。

当枪声开始稀疏的时候，我、秦振、滕晓、老赵和几名女队员开始从道旁林中各处冒出头来,小心翼翼地接近,然后果断前冲,到达了追击者潜伏的地点。只见烂泥地上,横七竖八地躺倒好几个男人,而一个身穿黑色和服的中年男人,则沉着脸在与小妖朵朵的青木乙罡在作僵持。

野草游动,却始终也近不了这个浑身冒着红光的男人身子。

也就在我们围上来的时候,那个刚才还在做困兽之斗的中年男人脸容突然一紧,鼻子眼睛都凑到了一块儿去,双手捂着裤裆,跪倒在地。

第十三章　你能帮我卖钱吗？

肥虫子偷袭得手，那中年神官痛苦万分跪倒在地，额头上尽是豆大的汗水。

滕晓脚快，已冲到了近前，抬腿就想把那个家伙给踹倒在地，好捆起来。然而就要踹到那中年神官的肩膀上时，跪倒在地的那家伙突然抬起了头来，嘴唇红艳如火，咯咯地笑。

他使劲儿大声叫唤起来，音波震动，面上的黑气也就散开了一些。

伸出手，这人接住了滕晓的猛然一脚，抱着滕晓，往地上翻滚而去。

这个家伙似乎受过系统而高深的柔术训练，七手八脚，翻滚间，竟然将滕晓给擒拿住。不过作为广南民族大学年年都拿奖学金的高才生，面相老实的滕晓并非易与之辈，在被中年神官锁住关节的瞬间，他也是一声呐喊，就如同小猫叫春，咿呀一声，浑身的肌肉一收一胀，整个身子似乎胀大了一圈，脖子都短了一截，原本被锁住的关节立刻交错开来，反身压在了中年神官的身上。

被反骑压住，那中年神官也是一阵急促，手往怀里伸，似乎捏破了什么，结果滕晓被一股巨力给猛地弹开一边去，骨碌碌地在泥地里翻滚。

我瞳孔骤然一缩，视线中，中年神官怀中冲出一头青色蛮牛的影子，离头一米，又骤然钻入他的天灵盖里。此人浑身一震，眼睛变得炽红一片——式神附身，大荒野！

这头青色蛮牛便是日本民间传闻已久的"大荒野"，是个厉害的灵物。如此看来，这个家伙并不是无名之辈，相反十分辣手。我眼见中年神官似乎还在与那青色蛮牛契合，时机不可丢，当下也不管不顾，双手结大金刚轮印，前冲直突，一印击在了那个家伙的胸口，大喝一声："镖！"

同时，中年神官的听宫穴、翳风穴分别被打入了一根飞针，针尖在与这神官的红光一阵相搏之后，入体一分，将这个家伙的反应力给降低了一成。王小加、老赵、滕晓、秦振、白露潭分别将自家驱镇灵体的法子快速使上，将这个中年神官齐刷刷地狂轮了一遍。

就在我们将这个中年神官打得摇摇欲坠的时候，那头大荒野终于融入了他的身子里。式神从无尽灵界中引来的力量，源源不断地流入了中年神官的身体里。

他浑身一震，气劲飞扬，一股巨力将周遭的这些人都给震散到了一边，脚步跟跄地朝着后面退去。这里面唯一没有后退的，只有我，因为这个时候，我的双手已经亮了起来，深蓝透亮，如同梦幻一般，将这反震而来的气息给屏蔽于外。

恶魔巫手能够吸收大部分来自所谓"灵界"的力量，又遭受所有灵界生物的唾弃。

我一巴掌，扇到了这个连中国话都不会说的中年神官的老脸上。

啪——

他的脸上立刻出现了五道青紫色的手印子，身形都有些不稳，往后一退。在大荒野最初降临的时候，他便已然遭受了众多的攻击，而此刻更是碰到了我这灵界克星恶魔巫手，顿时满腹的怨气，强烈喷发，左脚一顿地，几米之内，地皮摇动，我们的心神都不由得一阵颤动。

一道消瘦的身影出现在了他的身后。

是王小加，她利用中年神官制造出来的颤动，顺势引导，将这力量积聚于自己的手掌之上，然后使劲一拍，以彼之力，还施于人。果然，中年神官被一掌拍得往前跌来。我已然站稳脚跟，双手积蓄力量，又往前一击，将其打返回去。其他人见得有趣，纷纷你出一拳，我出一脚，太平拳打得不亦乐乎。

可怜这中年神官，身携著名式神大荒野，必然是日本业界赫赫有名的人物，然而内有肥虫子牵扯困扰，外有我们这一伙初出茅庐的集训营学员千奇百怪的招数攻击，被揿辱得哭无泪。

不过人的名，树的影，大荒野能够出现在日本的民间传说中，必然是名不虚传的。

他开始反击了。

双手一抖，青光外放，肋下仿佛伸出了四只胳膊一般，四根青光带浮飘飞动，将围殴而来的集训队学员给一把扫开。这像彩带一般的玩意儿阴森森的，碰到人的身上，先是又阴又冷，然后就是一阵火辣辣的疼痛，十分阴毒，好几人都中了招，老赵的桃木剑与这青光缠绕，竟然冒出了几缕黑烟来。

这一下，大家都认真了，后退几步，宽宽围起，然后准备念咒画符，再次围殴。

唯有我并不惧怕这东西，揪住一根，犹如普通灵体，并无半分疼痛。

正当我想要表现一番，大显身手的时候，一直插不上手的暴力女终于忍耐不住了，一个前冲，来到了中年神官的身前，抬手就是一个冲天锤，将这个中年神官打得牙齿脱落；然而这个可怜的家伙灾难并没有结束，因为我紧紧拽住了他的青光带，走脱不得，于是被小妖朵朵一连串的组合拳，给打得嗷嗷叫唤。

更加让人绝望的是，小妖的出手并不光针对肉体本身，每一次出拳都附带有震灵的效果，中年神官身上的那青色蛮牛本来就不是很稳固，之前被大家一阵驱灵，此刻又被小妖朵朵暴风骤雨般地击打，根本就稳定不下来。

这些麻烦，还不计算上在中年神官体内奋力捣乱的肥虫子。

于是，我们根本就插不上手了。两分钟之后，这个中年神官发出一声悲惨的嚎叫，一股青色之气被震出了体外，然后小妖朵朵双手一卷，将那股气息揉捏挤压，一番动作，最后将那意识支配的暴戾之气给摒弃之后，一股脑地灌注到了我胸前的槐木牌中。

原来这股纯净的气息可以为朵朵所用，怪不得小妖朵朵如此卖力。

我突然有些明了这个小狐媚子的心思来——她总觉得自己夺走了朵朵行走于阳光之下的机会，所以什么都让着朵朵，有好东西，都拼命地给那个傻乎乎的丫头争取。一想到这里，我的眼眶不由得一酸，这个倔强的小妮子啊，还真的是个让人又爱又恨的心肝儿宝贝。

式神被驱，接着又灰飞烟灭，被揍得跟个猪头似的中年神官跪倒在地，浑身直颤抖，仿佛在抽筋。

不过长久以来形成的骄傲和武士道精神，让他重新又站了起来，这个男人悲愤地狂叫着一个日本名字，那个名字似乎就是他的式神之名，然后他用无比怨毒的眼神，看向了的小妖朵朵。下一秒，他踉踉跄跄地朝我这边张牙舞爪地扑来，看这架势，似乎想要把小妖朵朵给生嚼了。

不过我并没有在意他的情绪，没了式神的他就如同一头拔了牙的老虎——甚至连老虎都不算，一只病猫而已，留着他，我们可以问到很多事情。

有一个人从我后面冲出，手提长刀向这个中年神官疾奔而去。

唰——

刀光一闪，头颅飞扬，一具无头尸体在狂喷着鲜血；而一个男人则跪在地上，痛苦而畅意地哭嚎着。

刘明的手上，拿着的正是魏沫沫手上的那把苗刀。这把苗刀在大胖子魏沫沫手上就像小孩的玩具，只能够用来吓唬人，但是刘明却用它亲手斩下了仇人的头颅。好快的刀，好悲愤的英雄泪。我望着这个哭得像孩子一样的男人，看看地上翻滚哀号的六个追击者，看看队员们将地上散落的手枪和武器给收拾起来，心想，终于结束了。

情绪宣泄完毕之后的刘明，跟我一同来到了魏沫沫那肥壮如山丘一般的尸体前，检查了一番，发现他早已断了气。

杀过人之后的刘明手一直在抖，不知是伤心、恐惧，还是难过。他从怀里抽出一根劣质烟，递给我，我摇摇手，他给自己点上，然后深深地吸了几口。

我看着他鼻子里喷出来的青色烟雾，问他，刘明，你上次说要回家来干事业，帮助乡民做点事情，怎么就跑到这深山里来了？他看了我一眼，含泪说这里就是我的老家啊，你不记得了？我和沫沫还说让你过来这里玩呢，没想到我们居然会是这样子见面……

我点头，说这段日子太多事情，记岔了，最近过得怎么样？

刘明沉默了一会儿，说他回到家乡，本来准备大干一场，奈何这里的老爷们……唉，不说这些腌臜事，反正他把这些年赚的钱都捐给了村里的一所小学，然后和魏沫沫在那里当起了老师。后来二月暴雨，学校教室成危房，学生不能开课，重建钱又不

够,上面也批不下来,他就琢磨着进山里来淘弄些东西。结果,唉……

他脸色晦暗,说:"我懂法,我杀人了,但是我有不得不杀的理由。你们是官家人,我认栽。不过我这里有个好东西,你能够帮我卖出去,换点钱来帮我重建学校吗?嗯……要是能有多余,给沫沫家里面也寄一点吧,这死胖子家里也很困难的。"

他带着沉重的心情往身后掏去,然而摸到一半,脸色就变了,露出了难以置信的表情来。

第十四章　第一个死亡名额

见到刘明眼神骤变，我立刻察觉出不妙，忙问，怎么了？

刘明把身后的那个铁盒子整个掀开来，瞧见里面除了一些青草之外，别无他物，整个人顿时仿佛虚脱了一般，瘫坐在地下，半天都没有说出话来。我打量这个铁盒子，它是用薄铁粗糙焊成，造型像一个小提琴盒子。不过让人失望的是，这里面只有青草和一些黄色的黏液。

从刚才双方的对话来看，我知道刘明所说的这个宝贝，应该就是加藤亚也所需的肉灵芝，只不过在刚才一番追击的过程中，刘明不小心将那玩意儿给弄丢了——难道那肉灵芝也成了精，自己长脚走了不成？

沉默了一会儿，刘明突然趴在死去的魏沫沫身上，大声哭嚎起来，说沫沫老弟，看来我们这一个多月的辛苦，都是白费了，你死得不值啊……

女人哭娇媚心疼，男人哭悲怆心酸，这哭声把我们的心都给揪了起来，不知道怎么劝慰才好。

刘明哭了一阵，突然站起来，大步朝着地上一个戴着眼镜的年轻人走过去，大骂道："古搓，要不是你这个狗东西引狼入室，还想要独吞钱财，沫沫至于死吗？你下去给沫沫陪葬吧！"看他凶狠地又要杀人，我们连忙架住他。不过看来刘明之前当过特种兵的传言并不作假，这力气，贼大，我们费了好大的劲儿才把他给拉开来。我手捏智拳印，一下顶在了他的脑门上，口中高喝一声："裂！"

音波嗡动，刘明满是红色血丝的眼睛终于回复了一些清明，长吐了一口浊气。

我对着这个汉子叹了一口气说，刘明，一切因果，都会有法律来制裁，你不要太冲动了，得不偿失。那个戴着眼镜的年轻人也附和说，就是，刘明，一切自有政府帮我们做主，没有人会听你这一面之词的，你杀了赤松阁下，你是要赔命的，哈哈……

听到这个恬不知耻的狗汉奸在这里嗤笑，刚刚还在劝慰刘明的我顿时压不住心头这股邪火，将地上这个家伙一把揪起来，啪啪就是两巴掌，扇得他晕头转向，不知南北。他半边槽牙都松动了，一口的血，大声地叫，你知法犯法，不讲人权……

结果脾气火爆的朱晨晨给了他一记窝心脚，顿时躺倒在地。

而这个时候，他口中的赤松阁下，那具没头尸体突然肚子炸开，冒出了一大堆花花绿绿的虫子来。眼镜男吓得目瞪口呆，半天没敢说话。

所有人都被恶心到了，我也是。看着那堆翻滚的虫子，我四处打量，找寻肥虫子的身影，真想把这个恶心的家伙揪出来，打一顿。不过看到这伙被吓得脸色变青的俘虏，我心情又好转了些，将这几个家伙给分开捆绑各处，然后由王小加作翻译，挨个儿审问。

我则把刘明拉到一边说，虽然我很想帮你，但是你在那个家伙没有反抗力的情况下把他搞死，实在是太没有智商了——我要么把这一伙人都杀了消灭证据，要么就只有把你给拘了，你说怎么搞？

刘明叹气，说算了，不要枉造杀孽了，你把我拘了就是。

我没有接茬，说，你到底是怎么想到跑去当个山村老师的呢，而且连魏沫沫也跟着你去了？

刘明的情绪开始好了一点，他说："还不是那学校里没人肯教了，所以才赶驴子上磨呗，沫沫也是。也许以前在部队里面受到的压抑太多，也许是在江城昧着良心做事太久，我总感觉自己不是个好人，后来在村子里面教书，看着那群求知欲强烈的孩子，看着他们晶晶亮的大眼睛，我才知道自己这么容易就满足，学会了简单的快乐。"

我沉默了一会儿说，老刘，我身上有任务，恐怕不能够代你完成所谓的心愿，不过我会帮上面求情的，并且帮你证明你是属于自卫杀人，到时候，我想你应该不会有什么问题。沫沫的丧事，还是你来帮他办吧，送他走的路上，毕竟还是要由好哥们陪伴的好。

我和刘明谈了好久，并没有久别重逢的欣喜感，而是十足的惆怅。

过了一会儿，王小加过来给我汇报，说明了这里的事由。

我刚才还在犹豫，小日本这么有钱，为什么不用钱来砸，而是采用这么暴力的法子呢？结果一审问，相互印证，才知道一切都是那个叫做古搓的眼镜男从中做梗，挑拨离间，无所不用其极，手法之卑劣，简直让人恶心，所求的，不过就是日本人答应的一大笔酬劳而已。

而被古搓把情况弄得极其复杂的日本人也是相当恼火，除了从日本有名的阴阳社伊势神宫请来三个神职人员外，还花高价从越南请来了高明的杀手，大费周章，在这个林子里转悠了一个多星期，才找到了一直躲藏起来的刘明、魏沫沫两人。

古搓是个软蛋，刚才吓得直发抖，还交待了日本人一行上周在东北方向的林子里杀害了三个山民的情况。这和我们之前遭受黄鹏飞伏击时的那腐尸，相互印证。

贪婪和猜忌便是这一场闹剧最大的元凶，不过日本人的行为也实在是太肆无忌惮了，这股气焰不打压，他们还真的当这里是七十年前的旧中国，让他们为所欲为了。我虽然心中挂念那个成为植物人的加藤亚，但也不能够容忍这种暴行。

当然，这些事情都不在我们的职权范围之内，更何况我们此刻还是在试练之中。所有的一切，都要移交给上级才好。我掏出了队长才有的绿色丝巾，站在高处扬了扬。过了好一会儿，尹悦出现在了我们的视线里。

看到缓缓走近的尹悦，我开玩笑地问，离这么远，你怎么确定我们的表现啊？

她摇摇头说，我自有办法，这个你不用烦心。我把我们遇到的情况跟尹悦说明，她眉头皱起，说怎么会这样？我说我也不知道，情况就是这么一个情况，你向上级汇报吧。最好帮忙在这附近找一找，看看那个肉灵芝还在不在。

尹悦眉头不展，说这一片区域是抗战时著名的驼峰航线必经之地，磁场十分奇怪，根本就联系不到上级。

我发愣，说，那怎么办？

她想了一会儿，说："没事，我自有办法，不过可能不能够跟随你们了。你们的下一站是哪里？我把这里的事情处理好，直接去那里找你们。"我从怀里把防水地图找出来，给她指点，说："我们的下一站本来预计是马吉洞的，不过现在耽搁这么久，估计今天晚上也到达不了了，不行便找一个能避雨的地方将就吧。不过我们一定会去马吉洞的，到时候需要给你做什么标识吗？"

尹悦低头估算了一下，说不用，用不了半天时间的，我到时候自然会去找你们。这中途的时间里，你自己小心便是。嗯，时间不早了，你们先赶路吧，把他们留给我便好。

我点头答应，让队员们把那三个日本人、向导古搓和两个横眉瞪眼的越南杀手捆绑好拖过来，然后唤来了跟我躲猫猫的肥虫子，让它给每个中招的人解蛊。我问尹悦，要不要给刘明上措施？她看了一眼在魏沫沫尸旁不断抽烟的刘明，摇头说不用了，既然是你的朋友，相信人品不错，不会跑的——即使想跑，也跑不脱她的手掌心，所以还是算了。

我点头，表示知晓，然后唤来在休息的队员们，讲明原由，让大家再次上路，朝着马吉洞前行。

走之前，我跟刘明告别，互道珍重。他朝我挥挥手，当作什么事情都没有发生，说有空还来他家玩。我忍不住好奇，问他以前服役的部队叫什么名字。他摇摇头，说算了，他就是一个不敢上战场的胆小鬼，说出来惹人嗤笑，还是不说为好。每个人心中都有一些秘密，或者一些不愿意被人知道的过往，于是我没有再问，跟上了队伍。

继续前行，我的心情其实还是蛮沉重的。魏沫沫的死让我很难受，愤恨日本人的狠心，同时又纠结于对加藤原二的承诺，心怜那个沉入睡眠之中的姑娘。日本人千错万错，但是如同白雪公主的她，却并没有一点儿错，如果我能够找到肉灵芝，是不是应该给她呢？

不过，魏沫沫说起来，可是因为她而死的啊，谁的命不是命？没有谁生下来，就比人低贱一等。

我就这般纠结着，就像处在婆婆和媳妇之间的丈夫，不知所措。

因为这一段插曲，还有昨天晚上的滂沱大雨，我们终究还是没有在傍晚时分赶到马吉洞，不得不在前方一片岩地找地方休息。当我们满身疲倦地走到预定地点的时候，一大股血腥之气，迎面扑来。山道旁有一具尸体，我们小心上前，翻转过来一看，竟然是那个来自陈家沟的学员。

第十五章 营地血腥，断送的暗恋

看到这名叫做陈启昌的集训营学员伏尸道边，我的心忍不住剧烈跳动起来。

虽然我是一个养蛊人，但是就我个人而言，最厌烦的就是手足相残。

在最初的计划中，这一次试炼里我们小队将致力于跑路、跑路再跑路，除非遇到阻击，是不会陷入教官们的规则中，与其他小队恶意起冲突的，更不会处心积虑地去设伏——我相信持有这一想法的小队应该不少，这也是所谓的"做人留一线，日后好相见"的道理。毕竟大家以后都是一个系统内的同事，低头不见抬头见，没必要为了一个头名，去打生打死。

在我们的预想中，抄小路行走，我们会在碧罗雪山皑皑的白雪中，与陆续赶到的其他小队相遇，保持克制而君子的交手，然后皆大欢喜地手拉手，共同迎接试炼的胜利。然而残酷的现实，却在我们未曾预料的此刻，降临了。

没有人想过，我们的死亡名额会真的兑现。前几天还活蹦乱跳，一起训练、一起吃饭、一起骂娘的同学，就这么死在了荒山野林子里，悄无声息。

陈启昌真的死了，这个来自"太极起源"陈家沟的年轻人有着绝佳的武学天赋，虽然不修道、不修佛，却已经快要走进了"先天"，武技精湛，日后必定是一名大师级的武者。

可惜，他已然永远地闭上了眼睛，像包垃圾一样，被人扔在了路边。

他受到了致命的伤害，胸膛处有碗口大的一个洞，贯通前后。空荡荡的胸腔之中，血液半凝固，里面血肉模糊，脏器被撕裂成了肉末，心脏已没有了踪影。陈启昌的尸体已经冰凉，皮肤发青，瞳孔涣散，表面并没有中毒的迹象，就其死因来说，应该是被锐器将胸膛破开。而时间，则应是在今天早上或者中午。

好强的力量，好快的速度！要知道，以陈启昌的反应，被这般凶猛地掠杀，凶手必定是一个让人恐惧的近战高手。

在我检查尸体的时候，老赵和滕晓作为尖兵，已然谨慎地朝着前方岩地阴暗处摸去，其他人则扩散范围，开始了最高级别的戒备。一会儿，滕晓脸色苍白地跑回来，告诉我在前方发现了一个宿营地，但是……他抿了一下嘴唇，说又发现了三具尸体，是集训营里面的学员，跟陈启昌是一个小队的。

三个？加上陈启昌，不就是死了四个人？

所有人的脸色都变了，这哪里是试炼？简直就是在屠杀！我问前面的情况怎么样。滕晓说老赵在前面查探，战斗时间应该发生在六到八个小时之前，凶手应该早已撤离了，不在这里，老赵让我们赶紧过去，从目前的情况来看，并不像是集训营小队之间的战斗。

我们踩着湿滑的岩地，快速朝前方行去，很快就来到了事发现场。

当看到滕晓所说的三具尸体的时候，白露潭和朱晨晨忍不住蹲在地上，将早上吃的面糊糊给全部吐了出来。在我们面前的，是一大堆碎肉，残肢断臂，人体中各种的零件在地上散落着，有一根肠子被拖出了六七米。之所以能够认定是三个人，是因为在岩石凹地里，能够避雨的地方，整整齐齐地摆放着三个满脸血污的头颅，正是和陈启昌同一个小队的三名集训营学员。

因为过了一些时间，这个犹如修罗地狱般的案发现场，已经散发出让人发疯的恶臭；丛林中特有的绿头苍蝇在这里举行了最盛大宴会，密密麻麻地爬满了每一坨肉块；已经有蛆出来了，白花花的，蠕动着扁长的身子，正在跟它们的"学长"争夺着食物。

角落里还有一个白头秃鹫，正在懒洋洋地行走，时不时啄食一只淋漓血手。

臭，恶臭！让人直想大声呐喊、宣泄愤怒的臭！

我体内的肥虫子蠢蠢欲动。地上的尸块是苍蝇和食腐生物的盛宴，而这些虫子则是它这个金蚕蛊的美餐。我紧紧夹着腿，不让它溜出来，不然我可不敢再收留它住在我的体内。

在经过最开始的震惊、愤怒和恐惧之后，大部分人相继冷静下来，然后开始在四处查探，看看是否有人在潜伏，以及凶手有否留下蛛丝马迹。如此凶残的杀人手法，自然不可能是集训营的学员——这四个人并不是弱者，其中一个马脸汉子的道法实力，我个人感觉甚至能够在集训营中，排上前五；另一个原因，集训营的学员，即使平日里再有仇怨，便比如黄鹏飞与我，也不可能把人杀了，还碎尸泄愤，摆弄出这般的造型来。

这根本就不是试练，而是变态杀人狂了，随队教官肯定会在第一时间前来阻止的。

然而我们现在所遇到的情况是，四名学员遇害，死状凄惨，另外两名学员和随队教官不见踪影。而且这里根本就无法与外界联络，尹悦也因为要处理刘明和日本人的事情，不知道在何处。杀机四伏的丛林中，我们开始遇见最大的危机。

我们是该中断试练，原路折回，报告情况；还是不管不顾，继续前行？这无疑是一个很艰难的抉择。

扩大了搜索范围，我们在一棵高山松前找到了这个队伍的随队教官。

他是教我们武装泅渡和野外生存的一个助教，叫赵磊男，很普通的角色。我几乎没有为他费过笔墨，然而他表现出来的实力却比尹悦还要厉害一些。此刻的他安然坐在树前，头低垂，胸口插着的一根三指长、削制尖锐的半圆形竹扦，将他死死地钉在了树上。而且让人心生恐怖的事情是，在他的脸、脖子和胸膛处，被人用血描绘出了一幅幅让人看得头晕目眩的符文。这些符文，老赵认得，他告诉我，这是一种能够拘人魂魄、炼制法器的邪恶法子。这也就是说，赵磊男教官不但人死了，而且魂魄还被人用邪法拘去，做了个不得安生的器灵，说不定还要日日尝受那比鬼灵还要恐怖的阴风洗涤，迷失心智，变成心中完全只有仇恨的魔灵之物。

这一番番血腥残忍的场面，看得我们遍体生寒，湿热的天气里，冷得直发抖。

我返回岩壁凹口的时候，发现王小加跪在地上，泪流满面。

我诧异。白露潭凑过来跟我说，这三颗脑袋里其中的一个，是和小加她一个省的，小加心中其实对那个男的很中意，却一直不怎么敢于表达，反而是和我们混到了一块儿来——爱情便是这样，有的时候你明明很喜欢，然而却总是假装着不在意。

我心想难怪刚才王小加看到了陈启昌，脸就阴沉得如同昨天儿的天气。

看到了赵教官身上的符文，我才想到为何这里的几个学员会死得这么惨——恐怕凶手也是为了收集怨灵，所以才会如此凶残吧。连教官都敢杀，那这些人到底是谁呢？自从见到了日本人一伙，我心中就隐隐有些忧虑，在这崇山峻岭之中，似乎还隐藏着许多不为人知的秘密。

就在我们不知道怎么劝导王小加的时候，她突然前跨一步，将那个男学员的头颅给抱了起来。

她的本意应该是想将这学员的头颅给带回去。然而就在她摸到那个头颅的时候，我心中一跳，大叫不可，可是王小加已然提了起来。这个动作立刻引起了连锁反应，旁边的那两个头颅顿时往旁边跌去，然后一股黑色的阴森气息冒出，直接就灌涌进了王小加的体内。她的脸在那一刻，变得铁青。

我快步冲上前面来，一把扣住她的手，将那头颅甩开，闭目一窥，才知道这黑气并非是毒，而是一种念力标记。便如同我给雪瑞解降的时候，被记上的那一种标识。

这三颗头颅被人做了手脚，让大型食腐动物不得靠近，而一旦被人翻动，就立刻将印记标注在这人的身上，好知道会下印者，快速来袭。

我问王小加，你没事吧？她木然地摇了摇头，说没事，只是有一点儿冷。

秦振忧心忡忡地走过来，说事态已经超出了我们的控制范围，死了这么多人，而且我们随时都会陷入死亡的危险中，不然我们就回去吧，现在不是争夺名次的时候了。

朱晨晨也连声附和，她刚才吐得昏天黑地，现在又有一些犯呕了。

这里到底发生了什么事情？到底是谁将这一队的学员和教官给残忍地杀害？还有两个学员呢？

所有的疑问都摆在了我的面前。我转头问白露潭："小白，你的通灵术，能够知晓这里发生的事情吗？"她有些为难，沉思了一会儿后，点头，说不知道，但是可以试一试。

说完，她顾不得其他，蹲坐在了地上，让我们转过身去。

第十六章　我们从不怕战斗

二十分钟之后，白露潭很难为情地告诉我，说不行，她请神失败了，问不到。

我见她神情憔悴，精神萎靡，似乎耗费了很大的精力，便问她怎么了？

她摇头不答，显得十分内疚。显然她是因为做法没成功，不肯罢休，又反复地尝试了好几次，结果导致自己的精神损耗过度，才会如此。我拍拍她的肩膀，没有再说什么。王小加走过来，紧紧抱住白露潭，豆大的眼泪滴落下来，说谢谢你，小白，谢谢你……

白露潭能够理解王小加心中的愤怒和悲伤，还有所有队员的同仇敌忾，知道自己如果能请神成功，我们就能够知晓凶手是什么样的，而且也能够站在制高点上对付他们。所以她才会这样耗尽心力地作法。

任何一门术法，都不是万能的，总会有一些破绽。

我召集大家过来，问他们有没有办法消除王小加身体里的这死亡印记。大家都摇头，表示这实在不可能。秦振告诉我，或许有一种方法可以，那就是将王小加放入那名山古刹，或者洞天福地的道观中，由那些常年诵咏的佛经道言来熏陶，用浩然正气，将这股黑气给消磨殆尽——这需要时间，或者数日，或者数年，做不得准。

立竿见影的方法也不是没有，相传鲁东崂山道门中有一小术，名曰"隐身术"，这玩意儿并非能够隐身，而是收敛身形，将自己所有的气息给收敛殆尽，如同草木一般——诸如此类的法术，也可以。

不过我们并不擅长这些，而且在这荒郊野里，也使不得那水磨功夫，十分头疼。

王小加若能够融于这天地，或许可以，然而却行动不了。

对于接下来的打算，大家各有看法。稍微稳妥的比如秦振和朱晨晨，他们比较倾向于立马回头，找到尹教官，然后通报消息，回返百花岭基地；而带着侥幸心思的则有滕晓和白露潭，他们则认为这只是一次偶然事件，未必我们会有这么差劲的运气，不如直走，到马吉坡，与尹教官会合，再作打算；而王小加则是一脸的阴沉，默默看着地上的头颅，不说话。看来她的想法，是想要给这些学员们，报仇雪恨。

见大家的意见不统一，我问一直没有发言的老赵，征求他的看法。

一直在低头沉思的老赵见我问他的看法，凝重地说道："或许大家太过乐观了，你们并没有把小加刚刚被标记一事，放在心头。黑暗的森林中，大家都是猎人，同时也都是猎物。如果我们没有被发现，悄悄撤离也并无碍，倘若已经被人知晓了，不管是进，还是退，都已经被凶手给惦记上。对手能够灭掉赵磊男带队的大部分学员，说明实力很强，而我们若在行军的路上被伏击，估计胜算并不大。那么，既然迟早都要碰到，为什么我们不选择一个有利于自己的伏击地点呢？"

秦振眼睛亮了起来，说，老赵，你的意思是，我们打？

老赵点头，说我们这里根本就联络不上总部，离百花岭基地也有两二天的路程，而有被标记的小加在，他们必然会衔尾追击，各个击破。既然是这样，与其被人像狗一样追击，还不如主动找寻一个战场，张网等待敌人的到来，这样子，或者还有一搏之力呢！

老赵的分析征服了我们——困难便是这样，你既然避无可避，那么就得毫不犹豫地迎头上去，直接把它给干倒在地。

我之前说过，能够入选集训营的，都是各地一时之翘楚，一身本事。这样的人，哪个没有脾气？之前说要避开，是因为见这血腥，心有恐惧。而当老赵给我们详细地分析起了各种选择的得失和利弊之后，我们发现，其实我们的胜算还是很大的。这一切的关键，就在于所有人敢不敢撸起袖子上前去拼命。

说到这里，大家心中的愤怒和兴奋都开始从心底里翻腾上来，商量起各种阴人的法子。

说到埋伏、阴人、挖陷阱，其实我们都是一肚子坏水，层出不穷的妙计和点子往外冒，光听一听，都让人心中生寒，一点也不比黄鹏飞那一伙人差劲。大家商议得兴高采烈，竟然将所有的恐惧和愤怒都给压制下来。

最后，大家都看向了我。王小加咬着嘴唇问我，陆左，你是队伍的头儿，你说我们该怎么办？

我环顾一圈，发现所有人的眼睛都亮晶晶，各种愤怒和期待，然后大声说道："我知道各位在这两天里，被各种不公和突发事件搞得心中憋闷、难受，不得解脱之法。也知道大家因为看到一起摸爬滚打的同学惨死在自己眼前而同仇敌忾。作为大家推选的队长，我本来应该为所有人的安全和利益着想，但是——但是，我也忍不住了！谁没有火气？谁没有性子？谁不想爆发光亮，让这个世界围着自己而转动？既然麻烦找上来了，避无可避，那么我们就干，弄死这伙狗东西——让所有瞧不起我们的学员、教官，还有这全世界都看一看，我们，才是真正的No.1！"

"Yes！"

所有人欢呼，大家纷纷上前来推我，说，陆左，你终于不理智、疯狂了一回，爷们么，不冲动，不就像娘们一样？说得好，我们弄死了那一伙凶手，不管结局如何，我们都是最棒的。

既然豁出了命，所有人的情绪都上来了，将五名遇害的教官和学员草草埋葬之后，开始翻出防水地图，研究起伏击地点来。

激烈的争吵和辩论之后，我们终于选定在路过的登仙岭。

那是一个十分奇妙的地方，从它的名字便能够看得出来。它为何叫做这个名字，无人知晓。刚才我们路过的时候，向阳面一片光秃，泥地里有袅袅的白色水汽游出，里面蕴含着地热，乃融阳聚热的去处；而在山阴处林木却是尤其茂盛，枝丫旁出，地上的藓蕨杂草浓密得下不去脚，是汇阴纳虚之地。这样的地方，在风水学中来讲，是罕见的阴阳鱼旋地煞，用来布阵，是再好不过的。

而且那里林间草丛越密，里面潜藏着的毒虫便越多。作为一名养蛊人，我还从来没有认认真真地躲在暗处阴过别人，实在是太对不起这个技术工种。平时来往皆是普通人，我也没有好意思下那个黑手，而对于那一伙不知道从哪里冒出来的凶手，我自然不会手下留情，能够有多狠毒，就有多狠毒。

为了鼓劲，我特意把不知怎么变得有些黄的肥虫子拉到面前来，给它老人家鼓劲儿，说，看到没有，生意上门了，为你正名的光荣时刻也到了，要给力啊！

肥虫子回答：吱吱吱……

见它雄起赳、气昂昂，如此地配合，我让它给每个人都点了一颗殷红的美人痣，此乃"虫蛊驱避精元"，往日一滴可以持续半个时辰，但是作为气息，却能够维持大半天的时间，让被金蚕蛊震慑之后的毒虫们能够分辨敌我，不至于自家人不识自家人。

完成这些之后，我大手一挥，如同伟人一般，让它去丛林中召集手下，等待着敌人的到来。

在我忙着与金蚕蛊沟通的时候，队里面所有成员，都在为接下来有可能发生的战斗而忙碌——老赵和滕晓在山南向阳面，合作布置了一个吞噬阴物的紫薇融阳炎火阵，采用的多是坡地的煤石，依托地势，运用紫微斗数的规律布阵，隐秘而正统，倘若碰到什么斗不过的鬼邪之物，直接引入这阵中，将坡下的地火勾出，如同烈阳，将其毁灭；白露潭虽然之前损耗了太多精力，却仍然不肯停下，在外围四处游走，布置外线预警；跟她一般的还有小妖朵朵，虽然麒麟胎重修青木乙罡并不是很顺，但是她天性契合自然，也能够跟花草树木亲近，便四处和这些生长于深山之中的大树打招呼、拜码头，万一要打起硬仗来，一定要服从命令听指挥，跟着小妖大姐头的脚步走；朱晨晨和秦振则在布置阴面，在树木根底里绘制了许多符文，务必将这里的阴气引出，变化为迷障人的视野和感知之地，以便我等伏击……

所有的人里，唯有身中印记的王小加最悠闲。她一来到登仙岭，便找了一个密林遮盖的干燥之地，盘坐，尽力借周遭环境之力，尝试着压制和操控体内的气息。围绕着她，我们设置了种种陷阱和埋伏，无比险恶，等待开张。

如此这般，我们一边紧张地布阵挖坑，一边轮流放哨，一直忙碌到了月上中天，又缓缓西斜，都没有人过来。而过了半夜十二点，我们都用工兵锹挖好了掩体坑，留王小加在林中等待，其他人都藏了起来。月亮缓缓西移，当我们以为凶手不会来的时候，贴着地面聆听的我，发现从西面传来了轻碎的脚步声。

第十七章 驼背老头，神通恶鬼

天幕如盖，四下漆黑，乌麻麻的，有山风从林间穿过，发出如泣如诉如鬼啸的怪声。

登仙岭上，我们都在阵法边挖了一个可以容纳自身的小坑，将里面挖出来的蚯蚓、肥蛆、马陆和蚂蚁等寄生在泥土里的小东西，全部赶走，接着打理平整，蹲身在里面，用毛毯包裹自己，然后在上面覆盖着一层草毯，贴上老赵给的镇宁安心符，收敛锐气，静静地等待着敌人的到来。

我的耳朵贴着坑壁，静静等待，终于等到了从西面传过来的脚步声。

这脚步轻且碎，踩在腐烂的树叶和草皮上，发出一种"沙沙"的断断续续之声，让人心中生寒。我看到左侧不远的一个隐匿角落里，白露潭在给我们打手语，表示来人有三个，一个老者，两个少年人，皆身手利落，脚步如风。

白露潭设在外围的预警一个又一个地被触碰到，突然，她的脸色一变，双手在头顶划出了一个波浪形状来。这代表的意思，就是说来的并不仅仅只有这三个人，还有一些不可捉摸的东西。

什么是不可捉摸的东西？比如灵体。

窸窸窣窣的声音已经不用伏地就能够正常听到了，我们都收敛身形，尽量把自己的身子缩成一团，也不敢直视来人的方向，而是用余光去打量。王小加盘坐在一排野香椿树下，这枝叶间已经吐露了嫩芽，有白色的花骨朵儿冒出，有一股芬芳在空中漾动。她闭目静坐，不喜不悲，整个人的姿势与这身处的生态系统，达到了完美的和谐统一。倘若不是要身为诱饵而将自身的印记暴露，王小加甚至可以利用自己这种与生俱来的能力，将其分摊变薄，让标记者根本无从找寻，或者迷失在这莽莽林原里。

突然有一道怪风刮起，腥风扑鼻。在王小加身前十米处，传来了一下树枝断裂声，在静夜里格外响亮。我放目看去，只见在那里出现了一个身高两米、头长双角的人形怪物，手提阴森鬼缭的狼牙棒。那东西身形魁梧，浑身毛茸茸，面相丑恶至极，周身有白光游弋，阴气森森，让人心中不由得生出畏惧。

我快速地回想着这东西该是何物，很快便从《鬼道真解》中，找到其出处和来源。

神通鬼！

此物乃鬼中精灵，并非无中生有，也非生灵所化，而是那传闻中所谓的"鬼使神差"，也就是中国人所熟知的牛头马面、黑白无常之类比较有名的鬼灵大拿，与人世间那残留的女鬼行淫秽之事，吸求阴元，孕育而得。此鬼名列三十七正鬼行列，专门假借人之灵气，说神话，做鬼事，诱惑世人入迷崇邪，渐离人道，而行鬼道。因为父辈都是鬼道大拿，天生的优良血统，所以本事通常很大。每一头神通鬼，都是绝佳的法器幡灵。

然而这东西极其难炼，因为其性情暴戾诡诈，刚烈不屈，实力又强横，除非是在其幼年时期，将鬼母超度，引其上幡，日夜磨炼，不然绝对不会归人所用。然而常言说得好，世上无难事，只怕有心人，这东西到底还是被人炼制，成了为虎作伥的爪牙。

我的心不禁揪了起来，捏了一把汗，担心王小加会扛不住这鬼东西的攻势。因为那三人并没有都进入我们的伏击圈，我们忙活大晚上的布置，定然不能够发挥最大的功效，而能够拥有神通鬼的家伙，也未必是我们能简单拿捏的菜鸟。

那头生双角的神通鬼动了，它大步冲上前，手中的那狼牙棒高高扬起，准备朝着王小加砸去。

这通体乌黑的狼牙棒看着似乎很沉重，然而在它手中轻巧如无物，不知道是实体，还是鬼力所幻化而成，反正那遍体的尖锐狼牙，着实恐怖。王小加身旁的那些阵法开启，皆在她一念之间，不过当神通鬼袭来之时，她并没有启动，而是睁开眼睛，瞪向了这头形容恐怖的传奇鬼灵。

那狰狞的狼牙棒在空中划出一道完美的运行线，从后到前，高高扬起，重重落下，最后砸向了王小加的身上。

轰——

泥土飞溅，那狼牙棒砸在了王小加刚刚盘坐的草地上，棒头与地面作了最暴力的接触，连不远处的我们，都能够感觉到炸雷一般的震动。不过这狼牙棒到底是落了空，在最后一刹那，王小加身子微动，就如同那日与霸王比武的神奇情形，再次重现，身形摇动，幻影重重，凌波微步一般诡异地出现在这神通鬼的身后。

她的双手缠着开光持咒过后的细密红绳，丝线紧密，结印如拳，死死地印在了这神通鬼宽阔的腰间。

身高一米六七的王小加站在如同姚明一般高度的神通鬼面前，就如同一个孩子。所以她双手往前一印，便正中了这神通鬼的腰眼往下处。

这鬼凝化形，又或者依附人体，最恐惧的地方莫过于三处：一为头顶百会穴，二为胸部膻中穴，三为脐下三寸处之关元穴。如此正好对应道家内丹学中的上中下丹田之位，便如同蛇的三寸、七寸，是天然受克制的地方。

王小加饱受道学熏陶，自然知道攻击何处最为有效，也知道如何与之搏斗。

神通鬼受到王小加盘坐小半天、集聚精力的狂猛一击，顿时站立不稳，朝着后面连退了数米，轰然撞到了香椿树上，那半围粗、十几米高的大树竟然承受不住这力道，力量延伸，从中折断，哗啦啦，居然就这般倒了下来，砸得周围一片动静。

这一下，是王小加从傍晚盘坐到凌晨，汇集所有精力的致命一击，凝聚了整个炁场的至理，普通鬼物妖属，早已灰飞烟灭——便是一名真实的大汉，也会因为全身承受不住如此的力量，暴毙而亡。然而这头神通鬼却只是身形摇晃不稳，灵体在崩溃的边缘游走了一番，又恢复了过来。

不愧是牛头马面这类鬼道大拿的后代，果然不一般。

受到如此重创，那神通鬼往后疾走几步，稳住身形，防备着这个诡异的女人趁势追击。不过王小加并没有动，因为她的目光，已经盯上了前面出现的一个驼背老头。月光静幽，照在这个头上包裹着蓝色帕子的驼背老头脸上，将那些图形诡异的老人斑，通映照在隐藏在暗处的人们眼中。

这是一个看上去很普通的老人。穿着山民们常见的粗布衣服，脚底踏着半旧的解放胶鞋，驼着背，手上挂着一杆破烂的黑幡旗，脸上满是受尽一辈子苦楚的老年人所特有的迷茫和小心翼翼。

他走到王小加身前五米处，手中的黑幡旗朝着靠近而来的神通鬼刷去，每刷一下，那毛茸茸的恐怖人鬼怪，身形便稳固一分。王小加眼睁睁地看着这头被自己出手重创的神通鬼渐渐回复，却不敢动弹一步，因为她已经被那驼背老头儿的气机，给紧紧锁定。

所谓气机锁定，就如同你被一把开启保险的手枪给遥遥指着，不敢动弹，不然就会很危险。这样的比喻或许有些不恰当，但是多少也能够说明其中的凶险。

这个驼背老头很强，强得让我们都不敢直视他的身子，生怕不小心一瞥，就会被其发现，然后立刻暴起。若要比较，在所有对我产生杀意的敌人中，不算鬼灵邪物，单说人，我觉得他跟青虚的师父望月道人的水平相近，甚至有过之而无不及——望月道人在道门顶尖的门派龙虎山天师教中，也能够排得上前五。可想而知，这个驼背老头并不是我们这些新生代的修行者，所能够比拟的。

不过我们并没有太多的恐惧之情，因为我们并不是一个人在战斗；围殴，我们从来都很拿手。

"哎哟，你这个女娃娃，当真是凶老火噢！我的'索魂'嘟个厉害，都被你一掌打得直发抖噢。"

这个驼背老头用一口并不标准的川味普通话，开始跟王小加攀谈起来，就像看到了某个相熟的故人之后，十分自然和亲切。然而王小加瘦弱的身子却越发地紧绷起来，问，你是谁，为什么要派这鬼来害我？

驼背老头呵呵地笑了笑，说，你是不是在今天下午的时候，在前面那边的坡岩（念 ai）那边碰了什么东西？

王小加点头说是。

驼背老头又问，你是不是特勤局 2009 届集训营的学员？

王小加点头称是。

驼背老头叹气说，挺好的一个女娃娃，怎么就入了那伸手不见五指的官衙门里头了呢。他摇头叹气，手上的那杆黑色破烂幡旗不断地颤抖，似乎有某种无形的力量在承托牵扯着它，而那头神通鬼的身上，也开始长出了更加茂密的黑毛来，根根尖锐，如同刺猬。

那驼背老头突然动了，幡旗一扬，七八道鬼影弥漫，朝着王小加射去。

此刻，王小加突然往后一跳，大叫一声："破——"

第十八章　战战战，或者生，或者死

　　王小加舌尖如绽春雷，破字诀一经出口，立刻在空间中来回震荡。

　　在她面前，则出现了一大蓬黑色迷雾，皆为此地阴气聚集而成，将整个空间蒙上，让人难找踪影。然而身处于精准核算卦位上的我们，却能够透过那层迷雾，看到里面的动静——王小加启动法阵之后，轻盈的身子如同风中的垂柳，左三右四，几步便摇出了驼背老头的攻击范围。

　　那老头见此情形，并不惊慌，作为一个老江湖，他自然知道王小加盘坐在此处，不惊不慌，定然是有所凭恃，然而他本是高人前辈，艺高人胆大，并不在意这些什么阴谋阳谋，想以强横之力，蛮横地破除一切。

　　他哈哈一笑，佝偻的身子一挺，脚踩七星斗罡步，手中的黑幡舞动如龙，卷动那黑雾往两边退散。

　　空间一清，他幡旗中的六七条鬼影如水一般流淌而出，凭借着感应，朝着往后方退却而去的王小加衔尾追击。鬼影青色黑颜，无数骷髅头在周遭翻滚，十分吓人。瞧这情形，想来若沾在身上，定然是件十分恐怖的事情。

　　不过我们费尽大晚上的时间，依托地势布置的阵法，哪里有这么好相与？立刻就有股阴煞之气从一个卦点处喷炸出来，将这逐尾而来的鬼影给阻隔住。

　　这阴煞之气是用符纸从地底通过法阵凝结而来，寻常猛兽被这一洗，定然冻僵当场，意识涣散，动弹不得，然而同为阴灵之体，那些鬼影却并未曾受到影响。所不同的是，那阴煞之气将这些个鬼影如同胶水一般凝住，不让其再进一寸。鬼物若为灵体，穿墙过室，轻而易举，然而在这阵中，一举一动，却都受到炁场的严重影响，束手束脚，犹如水中行路，自由不得。

　　那神通鬼索魂却并没有这方面的担心，它若具象为实物，形如降临，便如同那水草鬼以及所有的灵界来客一般，有着生物体所有的特征。它大步朝着王小加追来，手中的狼牙棒再次高高挥起。

　　驼背老头也开始行动了，他走得慢腾腾，如同郊游一般，浑不在意。

　　我们布置的机关陷阱也开始启动了，抹了蛊毒的暗箭、削得尖锐的竹签木刺、铺上草皮的陷坑、牵扯绳子的秋千撞、潜伏已久的毒蛇……这些东西纷纷朝着驼背老头身上招呼过去。

　　让人震惊的事情出现了，虽然视线被黑夜和阵法中的迷障所阻拦，然而这个老头却仿佛浑身上下都长了眼睛一样，居然能够以最精准、最不费气力的闪避方式，巧妙地避开所有的攻击，连那弹射而起的碧绿青蛇，都被他提前一步挡住，那双老旧的、满是泥土的解放鞋轻轻一碾，这蛇便含愤死去，一点儿声息都没有地成了一摊烂泥。

这个驼背老头实在不简单，看来赵磊男、陈启昌等人的死亡并不是偶然。别的不说，光这家伙一个人，便足以应付那个小队的大部分成员。

这时，林子后边传来了几声童稚的叫喊声，接着便是一团乱斗，想来在外围布防的秦振、老庄和滕晓等人已经和驼背老头带来的那两个少年人接上了火。当下我们也不犹豫，除了让虚弱无力的白露潭继续隐藏之外，我和朱晨晨已然掀开了身上的草皮，朝着那个驼背老头冲去。

我们口含甘草茎，闯入迷阵中，那个牛轰轰的驼背老头立刻就发现了，猛然扭过头来，眯眼看我。

他的目光犹如两道尖锐锋寒的匕首，扎得我生疼。虽然知道这个家伙定然是名动一方的大拿，初生牛犊的我却并不惧怕，双手一搓，九字真言"灵镖统洽解心裂齐禅"默念了好几遍，顿时感觉无穷的力量源源不断地从虚空中涌到身上，微微发麻，结了个大金刚轮印，朝着这驼背老头的身上打去。

因为肥虫子需要指挥它的虫虫部队，或者说虫虫部队需要这个混世小魔王当督战队，所以它并不在我的体内。我完全就是凭借着自身的力量，以及与空间所契合的那股气场，在与驼背老头硬拼。

他不慌不忙，伸出一双枯瘦如柴的鹰爪子，回手平推，与我重重地撞在了一起。

火星撞地球！

这驼背老头的双手如同钢筋一般坚韧，身上传来一股巨大的反震之力，让我的双手都发酸发软，手腕和胳膊的关节处，竟然有要脱臼的迹象。要知道我的身体可是经过金蚕蛊近两年时间的反复疏通和温养，并不比杂毛小道这种自小出身道门、各种药材打熬的身体，弱上多少，没想到竟然被这么一个干瘦老头，给弄得有松垮崩溃的危险。

在我和驼背老头对拼的时候，朱晨晨已经甩出了两记飞针，朝着他的双目射去。

那飞针的速度和力道，堪比子弹，而且还准确无比，眼看着就要飞临驼背老头赤红的双眼，突然从他的脸上，伸出了几道黑色如同章鱼一般的触脚，将这飞针轻轻一粘，随意挥动，这携带着巨大动力势能的飞针立刻失去了威力，轻飘飘地跌落在了地上。

我被这反震的力道弄得往后疾退几步，而驼背老头也不好受，脸上青一阵红一阵，阴晴不定。

他脸颊边的黑色触脚无意识地在游动，给人阴森怪异的感觉。驼背老头并非什么怪物，他只不过将鬼魂之力融于体内，然后将其像寄生虫一样安置在脸上，随时可以用作支援。我胸中血气翻腾，然而并不气馁，反而变得异常高兴起来，刚一停稳，又跻身冲上。

这个家伙身上既然寄生得有鬼魂之力，那么不管他的力量有多么强横，都必定天然地受制于我。恶魔巫手，从属性上面来说，便是专门针对这种阴灵之力的，虽然他比我强上许多，但是每一次短兵相接，都会让他的力量变得更加紊乱、难以控制，甚至有可能会崩溃。我便用这般的水磨功夫，顶不住了就回撤，利用阵法的掩护调节气息，等到外围人员将那两个少年搞定，再过来将这个骄狂的老头儿给制住。或杀死，或擒获，没有第三条路！

　　这便是我们之前的数个作战计划中的一个——缠住强者，剪除羽翼，然后围殴。

　　我开始与驼背老头交上了手，在旁周旋，并不硬顶。作为一个年近古稀的老年人，长年来跟鬼魂邪物打交道，他的身体机能已慢慢减退，他虽然能够用术法维持身体的强壮，力量也强横，然而反应力却已经开始退化了，舞动着那黑幡旗，有一些跟不上节奏，一时之间，僵持下来。虽然他身体里时不时射出几道闪电一般的滑腻触手，但是却完全被我的恶魔巫手给克制住。

　　这时，小妖朵朵已经配合王小加缠上了神通鬼索魂；朵朵也陡然出现在夜空中，双手挥舞出种种玄妙的手印，与驼背老头黑色幡旗中的恶鬼相搏。朱晨晨手腕上有一串颗颗晶莹透亮的黄色玛瑙，上面的每一颗珠子，都雕刻有一个肥头大耳、面露笑容的弥勒佛。这串珠子此刻也闪耀出璀璨的光华，将那黑幡旗上面的黑色鬼影给压制得不敢嚣张。

　　朵朵和小妖朵朵的身上，时不时地洒落下青色的光华来——这是青木乙罡，最契合植物生命体的磁场。朵朵继承的是鬼妖之身的全部修为，尤为浑厚，而小妖朵朵则是重修再造，虽然稀薄，但是似乎更加精纯一些。这些光华一落地，那些听过招呼的草藤立刻疯长，如同游动的长蛇，朝着驼背老头和他的索魂身上，攀爬而去。

　　这些疯狂的草藤虽然并不能靠近他们，但是却牵扯住了其大部分心思。

　　天时、地利、人和，我们都占有优势，然而即便是如此，我们依旧是处于下风，大部分时间都被这个驼背老头追着打。这便是驼背老头无视任何阴谋、阳谋，敢于悍然直入的底气——他有远远强过我们的实力。

　　不过这样的优势在被我们一点儿、一点儿地磨减，它终有消失不见的一刻。

　　正斗得激烈，我的双臂发麻，刚想依托阵法，先潜出歇息的时候，突然从我们身后传来了杀猪一般的稚嫩声音。这声音并不属于我们，显然就是跟着驼背老头前来的那两个少年人发出的。而瞧这分贝，我估计定然是肥虫子那个小家伙在搞鬼了，因为我们这些人里面，最能够让人惊恐的，莫过于那小家伙。

　　驼背老头的脸色突然大变了。他原先还有些优哉游哉地与我们过手，到了此刻，终于明白也许我们有可能将他给弄死在这里。于是他脸上的那些老人斑开始如同活物一样游动起来，手中那黑旗幡往地上一插，口中一声大喝，顿时风卷云涌，大地震动，我们费尽心思一晚上布置的阵法，竟然给飓风席卷了一般，全然崩溃了。

　　"死……"

第十九章　索魂燃命，天降巨鬼

中医认为，五脏六腑气滞血淤，便会使得脸色晦暗萎黄，形成老人斑。然而这个驼背老头的老人斑竟然是一种厉害的皮肤符文，一经游动，就会变成摧枯拉朽的大招，将我们在登仙岭阴面中布置的迷幻雾障给一风吹散。一时之间符纸纷飞、石块移动，大部分构建法阵的符纸、石块和令旗，都在第一时间受到了大尺度的偏移，导致整个法阵都崩溃。

我们纷纷往后退，紧缩着身子，避免被吹飞而起。

飓风之中，唯一站着的只有驼背老头。他不到一米六五的身子佝偻着，在那一刻却显得无比伟岸。

气爆完成之后，见到狼狈趴在地上的我们，驼背老头哈哈大笑，说，看看你们这些娃娃，个个都凶老火。不过，倒是蛮有意思的，还想着在这里伏击我，想法蛮天真的。

说着话，那杆黑色幡旗终于停止了猎猎的舞动，周身都是黑气萦绕。

不知道怎么回事，在这黑夜之中，那幡旗的黑气让我们感觉周边似乎都光亮了一些，仿佛那种黑色，便是最纯粹、最黑暗的色彩，能够吸收所有的亮光，如此一番对比，倒显得旁边更加光明一点。

我咬着牙，往前一站，问，你到底是谁？前面岩地上的那些人，是不是你杀的？

这老头儿摸了摸下巴，那里光洁溜溜，没有一点儿胡碴，他略微一思考，竟然回答了我："我，自然是过来杀你们的人。至于为什么，我也不知道，听说是有人看了你们这一届培训的名单，觉得也许是黄金一代，如果茁壮成长，说不定大家混江湖、讨生活的苦哈哈，就没有活路了。于是我就被派过来，当个清理者，收拾收拾而已。至于那边死的人嘛，倒不是我干的……"

我接连着问，是谁派你过来的？

老头儿笑了，说，这么多问题，不如留着问问阎王吧？他话音刚落，朱晨晨突然在我后边大喊："小心左侧，陆左……"我身子并没有动，只是一伸手，掐住了左边冲来的一头游离不定的魂幡恶鬼，它张牙舞爪，然而脖子被我死死掐住，动弹不得。

我的左手寒冷如铁，一经发力，那虚无缥缈的恶鬼就变成了苍白惨淡的颜色，凝结成霜。

驼背老头笑了，说早听说这一届的插班生里，有一个男的是黑手双城亲手安插进来的，能够让那个修罗魔王走后门、批条子的，肯定是不凡之辈，现在一看，果然是个有趣的小家伙。若我看得不错，你这一双手，是经受过小恶魔级别的地下灵界生物诅咒之后，淬炼而成的恶魔巫手吧？

我看到那老头儿浑身有些发颤，显然刚刚那一招，似乎有些损耗了他的体能，所以才会在这里跟我瞎扯。不过我也正等待外围人员摆平两个少年之后过来增援，于是也不急，呼吸之间，气劲运转，将那头从朵朵战团中溜过来的魂幡恶鬼给骤然湮灭。

一缕缕寒劲飘散，我冷笑，说不敢当，机缘巧合而已。

此刻，刚才一直在持续的杀猪般尖叫声已然停止了。驼背老头眉头一挑，大声叫道，好胆！双手一搓，黑色幡旗上面又跳下一个黑甲铁武士，身着明光铠，手上一把长剑，如同坦克般朝我冲来。王小加、朱晨晨和两个朵朵，也和对手战成了一团。

因为没有退路，所以更加拼命。

像这个黑甲铁武士一般的东西，我曾经见青虚玩过几次，然而就感觉而言，几乎如同拖拉机和坦克的区别。它厚重的铠甲中，蕴含着让人恐怖的怨力，似乎生前便是一个修行者，只是魂魄被这驼背老头所炼化而已。

黑甲铁武士冲到我面前，一剑刺来，气势汹涌。朱晨晨手中木棍，横空一拦，竟然被一剑削断中间。黑甲铁武士顺势一绞，差一点儿将她的手掌给削去。

我连忙从怀里掏出看家法宝震镜，一声"无量天尊"，将这个黑甲铁武士定在当场。

然而这家伙几乎如同人类，并不受震镜金光的影响，稍一停顿，就朝着朱晨晨追去。朱晨晨心思聪颖，也知道不可力敌此物，转身就朝着林间岭上跑去。而这东西也似乎有着自己的想法，并不随驼背老人的意志来攻击我，反而是朝着朱晨晨追击而去。

我在收回震镜的那当口，已然拔出虎牙，再次朝着驼背老头冲上去，想要利用年轻人的优势，将其体力活活耗尽。

我与这个驼背老头以及其身边的几道黑灵触手战成一团，而这家伙最重要的帮手终于开始发威了。作为传闻中鬼使神差的后裔，不知道在这世间存活多少年、被驼背老头称为"索魂"的神通鬼，它并不是刚从麒麟胎中孕育不久的小妖朵朵，或者仅凭着通灵之体吃饭的王小加所能够比拟的。

再次交锋之后，身上藏有印记的王小加被驼背老头一扬手，身形一顿，便被索魂给将双手捉住。它那黑乎乎的鼻孔张得可放鸡蛋，现出许多吸力，似乎要将她的神魂吸入体内。

王小加面露痛苦之色，双足蹬地，勉力不被其撕裂。

小妖朵朵立刻突前，双手集聚了一种有着洪荒气息的恐怖力量，朝着这头猛鬼后背印去。

那家伙被一击而中，口中突然发出了惊天的嚎叫。神通鬼这叫声底蕴雄厚，如同猿啼，抱着王小加就朝地上倒去。王小加也是机灵之人，身形一伸一缩，如同游鱼，从索魂手中挣脱出来,背部肌肉挪动,竟然躺在地上就朝着后面爬去。

就在这时,我们听到了一声清喝:"搏魂大法!"

正在与驼背老头相搏的我也忍不住回头一看,只见正在与五六条身形迅速、游动如飞的幡魂鬼影周旋的朵朵,一声高喝,鬼妖之体几近虚幻,通体都发出了幽蓝明亮的光华来,小胳膊挥舞,竟然出现了十数道手影,朝着围绕在自己身旁的那些袅袅黑烟抓去。

一股凝重的吸引力出现在朵朵的手心处,如同天体物理学中的黑洞一般,将那些时而淡薄如烟、时而黏稠如浆的鬼东西,给全数都吸到了手心处,一大坨形如篮球一般的污秽之物积累形成,竟然腥臭得要命,四处飘扬。

而就在朵朵大展神威的时候,我却在节节败退。

这个驼背老头年纪虽大,却不是一个年老体虚的家伙,浑身有如钢铁,而且身泛邪气,让人有心中发麻的负面效果。可以毫不客气地说,我们这一队里,除了我,还有不明实力的老赵外,没有谁能够支撑五分钟以上。

突然,从林子后方跟跟跄跄地跑来了一个瘦小的身子,是一个挽着道髻的少年,年纪不过十二三岁,手持一把青光七星剑,锐利非常,上面还沾有血迹。他一出现,看到正在追杀我的驼背老头,顿时急得大声哭泣,说,师父、师父,师妹她死了,被一大堆蜈蚣和黑头蚂蚁给咬死了,呜呜……

驼背老头顿时大骂,说哭甚,死就死了!

他一边说话,一边与我对了一掌。双手一对,我感觉有排山倒海的力量朝我卷涌过来,脚步不稳,身子腾空而起,朝着后面飞跌而去。在空中,我看到了小妖朵朵已然撸起袖子跟神通鬼索魂拼命,两者都打出了火气,小妖也不管不顾,一拳换一拳,简直就是亡命的打法。

一道身影闪现,插入两者之间,一剑飞来,青光浮动的剑尖点中了索魂的中丹田。

是一直在外围的老赵赶了过来,而滕晓和秦振正在朝着那个身形不稳的少年冲去。索魂浑身剧震,朝后飞跌。见此情形,刚刚把我击飞的驼背老头恼羞成怒,一边朝着岭上跑动,逃出这个包围圈,一边凄厉地大声喊叫:"你们这些该死的,你们这些挨千刀的,等死吧!索魂,燃烧生命,召唤……"

匆匆赶来的几名男队员看到面前这个庞大的长角巨人,心中震撼。而跌倒在地的索魂爬起来,一边追随驼背老人,一边发出了牛一般"哞哞"的叫声,漆黑的身子突然泛起了清冷的红光。

见到此情形,一向淡定自若的老赵突然像被人攻击了菊花一般,发疯大叫:阻止它!阻止它!不然我们都得死了!

老赵这人向来稳重,从不打诳语,见到他如此紧张,言之凿凿,除了秦振外,所有人都朝着那巨汉冲了过去。然而那家伙身高腿长,我们限制敌手行动的法阵又被驼背老人所破解，所以根本就阻止不了那两个家伙的逃逸。唯有在空中的小妖和朵朵，朝着岭上奋力追去。

我猛追，老赵在我后面狂奔，一边念念叨叨：死了、死了，不要跑出去，千万别……

当两人翻过小山岭的时候，一道黑影从暗处窜了出来，拦住了驼背老头。

而就在此刻，前方的天空中突然出现了一股雄浑的、荒凉的、庞大的气息，这气息根本就不属于这个世界，一个牛头人面的巨人从虚空的一个圆弧中，探出头来。

第二十章　烈阳破空，震镜浸染

　　这个牛头人面的头颅远远看去，十分巨大，几乎遮盖了我们整个视界，然而具体有多大，我们又根本没有什么具体的数值可以形容；但是当我们跑到了山岭上的时候，发现那头颅其实并没有我们仰看的时候那么大，不知道是波纹反射，还是其他高深物理空间学的原因，我们感觉这个家伙最多比索魂大一圈而已。

　　这家伙并非像电影中牛魔王那种造型，它脸上的皱纹仿佛全部都是由爬虫组成，密密麻麻地蠕动，每一条虫子都有着自己的气息，无数的颜色将其装扮成恐怖的魔灵，混乱得让人看一眼就崩溃——我简直无法对它的外貌再做任何具象的描写，因为我从始至终就只有瞧到它一眼，便觉得恐惧的心情，将我给紧紧抓住。就如同坐过山车，在顶峰往下面冲刺的那种状态感，恐怖如斯……恐怖如斯！

　　然后老赵像发疯了一样招呼滕晓，大叫赶紧勾引地火，破了这个乾坤虫环……

　　"啊……"

　　被黑甲铁武士追逐的朱晨晨已然将后面的家伙引至了阳面坡前，仰望着头顶上那陡然出现的恐怖怪物，不由得失声大叫起来。

　　脚程最快的滕晓，早已冲到了山坡朝南向阳面的一处隐秘而简陋的祭坛前，猛地一咬舌尖，喷出一大口鲜血来，口中急速地喝念着天雷勾动地火的咒诀。这速度，估计已经创下了他平生最快纪录。在之前的精心布置之下，山体一阵摇动，之前还只是冒着缕缕青烟的地缝之中，一阵如同火山爆发一般的红光在蕴积。

　　大地在摇动，山体在走移，而那个被神通鬼索魂所召唤出来的牛头巨汉，如同符咒虫身的脸上，露出了恐惧的表情。而在此之前，它的脸上如果要用人的表情来猜度的话，应该是暴戾和蔑视世间一切的残忍。

　　我心中猛跳，伸手将准备前冲而去的朵朵和小妖给揽了回来，火急火燎地强行塞进了槐木牌中，然后紧紧抱着胳膊，双手归元，默守本心。接着，在滕晓疯狂的作法下，在老赵连滚带爬摸到岭肩上、忙不迭地用手中桃木剑的指引下，寸草不生的坡地上，突然裂开了一道大缝来。有明耀如同太阳强光的白色光线，从里面如火山喷发一般地绽放开来。

　　经过老赵提醒，我们早就知道会是如此的效果，连忙紧闭双眼，然后将头低下来，不往前看。

　　这光线蕴含着最纯粹的阳刚烈意，陡然冲出，如同浴火重生的火凤凰。

　　轰——

即使低下头什么也不看，那道光芒仍然穿透所有的一切，抵达了我的眼睛中，将我的视野，变成了茫茫的一片白。

哞……

我听到了一声不属于这个世界的恐怖怒吼，接着这吼声仿佛被什么东西给生生掐断，消失无踪。仅仅几秒钟，我便忍耐不住心中的焦急，眼含被刺激得流淌不息的泪水，睁开了眼睛，朦朦胧胧之中，看到空地上面除了游动的光能量外，别无他物。驼背老头通过索魂召唤出来的那个恐怖牛头巨人，因为空间碎裂，已然不见了踪影。

呃，不对，我看到一块热腾腾的牛头跌落在刚刚出现的空间下方，流了一地的血。这血很奇怪，是蓝色的，上面有五彩梦幻的元素组成。这时槐木牌中的小妖朵朵强忍着空间中那强光照射的不适应感，冒出头来，拉着我往那个地方飞奔，边跑边说，陆左，快点过去，用你的镜子沾那蓝色的血，快，不然就要分解了。

我本来离得不远，听到她如此急迫，也管不得旁人，飞步过去，将震镜拿出，往血泊中按去。

这一按，才发现血液只剩下了一点点，一接触震镜，那剩余的血液就融汇在铜色的镜面中，将镜面染成了淡淡的幽蓝。小妖朵朵又喊，让我运转里面的人妻镜灵，旋转、吸收空间中那些残留的阴灵，吸纳干净，要快。我抬起拿着震镜的手，还没有跟人妻镜灵沟通，她便开始疯狂地转动起来，将空气中那股磅礴无尽的力量，给吸收入内。

这阴灵，纯粹得让人心生嫉妒。

不到十几秒的功夫，那些气息便消失不见了，就连我面前的这颗巨大牛头，都分解成了粉末，风一吹，悄然不见踪影。直到此刻，我才来得及回过头来，只见一直陪在驼背老头身边、燃烧生命召唤出牛头巨人的神通鬼索魂，已然不见了踪影，显然刚才的那道亮光，也顺带着击中了它。而驼背老头因为体内有鬼力，也被震得浑身颤抖，瘫痪在地。

至于我们这些人，除了个个都哭得稀里哗啦之外，基本无恙。朱晨晨身后的那黑甲铁武士，也悄然无踪影。小妖朵朵并没有什么事情，倒是朵朵再也没有出来，显然那道亮光对她还是有着莫大的威胁。白露潭躺倒在一旁，显然是刚刚阻拦驼背老头的时候，受到了一些伤害，但似乎妨碍不大。老赵和滕晓也有一些发愣，似乎在震撼这紫薇融阳炎火阵的威力，在他们的预料中，并不会有这么强悍的，然而事实却让人惊讶得失魂落魄。

那么，我们今天的伏击，就这么结束了吗？

在经过一阵简单的沉默之后，我并没有再让自己的脑子空白下去，而是朝着驼背老头大步走过去，必须将这个家伙先制住，不然一切都有可能会翻盘。当我快步走过去的时候，那个老家伙突然转过身来，艰难地抓住掉落在地的黑色幡旗，疯狂地笑，说老夫居然阴沟里翻船了，太可笑了。果然，摸黑赶路，真的很不应该，这里是阴阳鱼旋地煞的登仙岭吧,我简直是太蠢了——不过你也不要得意,我要死了,你们很快也会死的。黄泉路上不寂寞,畅哉、畅哉!

见我已然冲到了身前几米处,驼背老头的身体突然一阵抖动,口中有一道血箭朝我喷射而来,然后那杆幡旗也从中折断。

见这血箭带着一道劲风扑来,我第一反应自然是躬身躲避。然而这血箭似乎并没有击向我,而是斜斜地朝着远处的黑暗夜空中射去。朱晨晨大叫不好,这狗东西用的是"呕血沥箭",能够给同伙传递他所要表达的大部分意思。

我心中恼怒,正想着要教训一下这个老家伙,只见他头一歪,口中鲜血淋漓。

我俯下身去,将手指放在了他的鼻间,却是已经断了气。

我忍不住地想爆出粗口来,这个家伙如此凶猛,想来定是一条大鱼啊,眼见着就要活捉生擒、大功一件了,却没承想这个家伙不但能够临死传讯,而且还带着自杀绝技呢。此番惊险,我全身都酸疼得厉害,其他人却没有受到多少实质性的伤害,即便是白露潭,也只是脱力而已。

老赵喘着粗气走到我面前,蹲下,然后看着这个满脸符文老人斑的驼背老者,叹息,说大名鼎鼎的渝中罗锅,就这般陨落了,果真是可惜了。

我眉毛一挑,抓住老赵的手说,你认识这个家伙?

老赵点头,说这个驼背老人是大名鼎鼎的渝中罗锅,本名刘彧,有人开玩笑叫他刘罗锅,是鬼面袍哥会的大供奉,除了袍哥会的坐馆大哥和白纸扇外,就数他最厉害了。我心中巨震,前两天刚刚从尹悦口中听到那鬼面袍哥会的消息,这会儿就有其大供奉杀到这里来了,莫非真的是慧明请人过来,要对付我?

不可能啊!慧明作为一个混了几十年江湖的老官油子,他不可能会做出这种冲动的决定。

让邪灵教鄹都鸿庐的鬼面袍哥会过来对付所有集训营的试练学员,这种事,实在是太大了,一查起来,慧明的晚节定然不保。只要他没有失去理智,就不会做出这么二的事情。

这个时候传来了王小加的喊声,我抬起头,只见这个女孩朝我挥手说,这里有一个活口呢,陆左你赶紧过来。我一听,想起了刘罗锅儿还有一个徒弟在,刚刚紧急情况下,我们就交给了秦振来对付,却没想到已然将其擒获。我兴奋地跑了过去,只见那个少年躺倒在地,秦振和王小加等人围在旁边,并不靠近。

我走上前,才发现这少年的身上,至少缠着三条毒蛇,十来条马陆在衣服中爬动。

秦振拍着我的肩膀说,多亏你运筹帷幄,之前死的那个少女是被你的虫子毒倒的,这个小孩儿也是——不过你还别说,看着这俩小孩柔柔弱弱,但是比斗起来,并不输于我们任何一人。邪道的孩子果然幸福,无数的人命给他们做垫脚石,短时间的成就,就是比我们这些苦修的穷哈哈厉害。

我叫肥虫子把它的小兵兵赶走，然后用绳子将这个少年给捆起来，进行拷问。
　　然而他十分倔强，怎么问都不肯答，一副蔑视的样子。问他们的计划、杀人行为以及目的，不肯说，最后被问急了，朝我吐口水，说，老子昨天跟着白纸扇杀你们这样的，跟杀狗一样，脑袋拿来当球踢，未必会怕你们！要杀要剐，随便，我老大和白纸扇会给我、张慧芳和师父报仇的！
　　说完这句话，他就变得沉默了。
　　我看向了王小加，她咬着嘴唇，眼泪忍不住地往外流，然后从腰间拔出匕首，毫不犹豫地一刀捅入这少年的心脏处。

第二十一章 溪边恶斗的黑袍人

那少年身中一刀，艰难地抬头望了我们一眼，眼中尽是惊恐和难以置信。

也许是见惯了大场面，也许是怀着一身的好本事，这个少年胸中有着滔天的傲气。他或许是算计我们因为身份的原因，并不敢对他怎么样；而所谓的催眠迷魂，对于经过训练、意志坚定的修行者来说，几乎是很难实现的——比如我以前催眠李德财这种普通人，便需要诸多的功夫，更别说是他这种年少成名的天才型修行者。

所以他很嚣张，认为我们对他没有办法。

然而他却没有想到一点，就是既然没用，我们就可以像宰狗一样，将他给毫不犹豫地干掉。

现在的情形十分紧张，刘罗锅的血箭附信既然已经发出，那么昨天杀死赵磊男等人的那个所谓的鬼面袍哥会白纸扇，必然会收到。一旦得到了确切的消息，他定会带着大队高手过来围剿我们。带着这么一个累赘行走，我们简直就是嫌自己命长，所以既然什么价值都没有，还不如将其杀死，以壮军心呢。

要知道，我们也是人，从昨天积累下来的愤恨，终究是需要发泄的。

不是我们残酷，而是这少年一开始，就选择了这种残酷。他虽然本领高强，但终究是血气方刚的少年子，不懂得收敛，不知道说大话的下场。所以说，人要像某种东西一样，能伸能屈，可硬可软，方能活得长久。

只是，王小加是不是太冲动了？我们或许可以通过其他手段，逼问出什么呢？

这少年浑身发冷，体温随着血液的流出而迅速降低，在死亡即将来临的那一刻，他终于知道了自己将死的现实，忍不住凄厉地嚎叫起来。这声音像被掐住了脖子的鸡叫，有着一种难以形容的古怪感。最后，他将舌头嚼得稀烂，狠戾地望着面前的王小加，含糊不清地骂道，你这个贱人，我就是死了，也不会放过你的……

旁边的老赵冷冷一笑，说，想化身为厉鬼？简直是鲁班门前耍斧头，若成功了，让我们这一伙人情何以堪？

说完，他的桃木剑已然挥舞开来，口中的超度咒快速念起，将少年用最后一丝心力凝聚起来的怨力，给缓慢驱散。王小加将手中的虎牙缓缓收回，看着这个死去了都还面带怨毒的少年，愤恨逐渐消失，回头望着我们，说，我是不是太冲动、太狠辣了？

朱晨晨和白露潭走上来安慰她，说这少年也是满手血腥，太过仁慈反而成了纵容，人的善良总是要分清对象的。

其他人也纷纷安慰。我没有说话。经过邪灵教多年的培养，这个少年的心理其实已经扭曲了，他心中没有对生命的敬畏，所以才会如此张狂，认为全世界都应该围着自己转动。王小加将其杀了，一是给同学报仇雪恨，二是给我们减轻负担，其实怪罪不得。

不过此时却也不是纠结这少年的生死之时，刘罗锅死前曾经用血箭传书，相信报复很快就会来临，而我们在这里的一番布置，早已经七零八落，便是威力最强的紫薇融阳炎火阵，也一经用过，威力全无了。想再用，还需等几个星期。

我们几个聚拢在一起来商量接下来的事情。我问王小加身上的印记还在不在？她闭目自查了一番，说不在了。我皱眉，如此看来，那三颗头颅是刘罗锅布置的，但是他又不承认是自己杀的，那么将赵磊男等人杀死的高手，另有人在。

接下来，我们应该去哪里呢？

我们围着防水地图，做了十分钟简短的讨论，大家的意见不一，主要是因为不知道敌人会在哪里等待着我们。依照刘罗锅三人前来的速度，很有可能会在后路伏击我们，如果返回，必然就落入了敌人的算计里。

老赵面露忧色，说，不如卜一卦吧？他从怀里拿出三枚泛青的铜钱，口中念念有词，然后将这铜钱往空中抛去。

当铜钱散落在地上的时候，两枚朝上，一枚朝下，散落两边不均等。这等卦数我们都有过研究，瞧这分布的位置，是太岁凶煞，十面埋伏，唯有南方有一丝生机。当看到这个卦象的时候，我们的眉头都皱了起来，十面埋伏的卦象，表明鬼面袍哥会投入这里的人手，肯定十分多，而且强悍，如此不顺，果真是让人头疼。

我在地图上面研究了一下，指向我们南边的一个红点。

这是靠近边境的一个边防站，那里有至少一个连的部队，如果我们能够翻过南边这几座根本无路可走的崇山峻岭，到达那里的话，就能够联系到上面了，并且得到保护。这条道路虽然麻烦，但是也跳出了鬼面袍哥会的伏击圈，如果顺利的话，我们可以在三天之后，到达边防站。

要是路上遇到人家，我们或许还能够跟上面取得联系。

只是……百花岭基地的联系方式，到底是什么？

而且我心中还隐隐有一些担忧，万一慧明丧心病狂，和鬼面袍哥会勾连到一起来，那百花岭基地也许就不再安全了，这事情，还需要通知到大师兄那里才行——就体制内的人而言，有能力解决这事而又值得我信任的人，莫过于黑手双城了。

这条路线得到了大部分人的肯定，虽然是南辕北辙，但也算得上是出人意料，也符合卦象，所以最终敲定下来。商定这些后，我想起与鬼面袍哥会大供奉刘罗锅一同前来的，除了这个死去的少年，还有一个人，便问怎么了。

秦振答我，不是被你放蛊虫给毒死了吗？五六条蛇钻进肚子里，哪里还活得成？

说到这里，所有人都用一种敬畏的目光打量着我——除了极少一部分人，大多数人都不喜欢那些长相凶猛、湿滑丑恶的毒物，而长期与这般东西为伍的人，则向来被视为神秘的所在。即使是老赵、秦振他们，也一样。不过就我而言，我也不喜欢，所有的一切，都是肥虫子这家伙干的。莫看这家伙整日憨态可掬，然而毕竟是蛊中王者——蛊，自然有其暴戾的一面。

所幸的是，直至此刻，它还是能为我所用，像雷锋同志一样，对待同志有春天般的温暖，对待敌人，才会如冬天般的冷酷。

即使如此，我还是叫人去确认那个少女的死亡，并且利用这三人的尸体作了布置。

白露潭虽然没有刘罗锅那般的神通，能够在对手身上种下印记，但也有一些不为外人所知的门道，尸体被人翻动时能感应得到，使得我们有足够的应对时间。在这次伏击战的半个小时之后，我们拖着略为疲惫的身子，摸黑朝着高山险壑的山南，艰难爬去。

同样是深山老林子，但是有路和无路，真的是云泥之别。我们之前所走的，大部分都沿着茶马古道的支线，虽然同样艰辛，但是并不用把太多的心思放在这行路上面，能分出更多的精力在警戒沿途。然而此刻，我们却完全是从无路之中行走，穿林过坡，走的几乎都是兽径，有时候突然就碰到绝路了，几十米的天堑，根本无法前行。

这个时候，我家两个宝贝的优势就完全显现出来了——将我们背包里的登山绳给接起来，在这天堑两壁间捆得结实，然后我们一个个地攀爬而过。这种境况我们碰到了几次，摸着黑前行，但是心中的安全感其实在不断地累积，因为越是难行，后面的追兵便越加头疼。

在丛林女王小妖朵朵的带领下，我们在以最快的速度逃离登仙岭，逃离茶马古道，翻越高山险境，朝着边境的边防站行去。

差不多凌晨五点钟的时候，行走在一片野芭蕉林中的我得到了白露潭告知的消息，说我们留在登仙岭的尸体，被人翻动。至于是谁，无从得知。这时距离我们离开登仙岭已然近四个小时，莽莽林原中，如此快的反应速度，已经足够让我们重视了，而且道家、巫术的各种神秘手段，也让我们心有警惕，不敢掉以轻心，不由得加快了速度。

这里的气温，越靠近南边，便越潮湿暖热，林子里的小动物也越发地多了。

不过有金蚕蛊这个小肥虫子在我们队伍前后游弋，如同虫虫界居高临下的君王，那些让人惧怕的丛林血蟥、蚊虫一律退避三舍，不敢前来，就连那些毒蛇蜥蜴，也都远远地躲开。

一路疾行，集训营中带给我们的高强度体能储备终于起了作用，除了几位女士脚步飘浮外，其他人都还算是抗得住。突然，前方传来消息，说有情况。滕晓摸了回来，说前面有三四个身穿修道士一般黑袍的男子，正在小溪的旁边打成一团，老赵在

那里盯着呢。

我们面面相觑,这么偏僻的地方,飞鸟难过,居然还会遇到人?

不会是鬼面袍哥会的吧?

第二十二章 震镜异变，遭遇鬼咬

这样的意外层出不穷，让我感觉自己紧绷的神经，差一点就要断掉。

我让其他人原地布置防御阵地，然后跟着滕晓悄悄摸到了他们发现打斗的地方去，两个朵朵紧紧相随。走了十几米，我们来到了一条小溪的草丛旁边。黑暗中伸出一双手，朝我们打手势，让我们隐匿起来。我看到老赵凝重得要滴出水的脸色，心中沉甸甸的，蹲下身子来，朝着发出声响的地方看去。

发生战斗的是那条宽不过三米的小溪边，青青草地上，四道黑色的身影不断转动，快得似乎只有影子。

真的，我很少见过这么高速而利落的战斗，就跟电影《杀破狼》里面最精彩的决斗一样，双方的速度简直让人瞠目结舌。有人用剑，只不过不是我们中国人常用的那种双边阔刃剑，而是《三个火枪手》里面的刺剑，尖锐而锋利，跟奥运中所见到的那种击剑截然不同；也有人直接用双手应对。

如此高敏捷的战斗，险象环生，每一秒都让人看着心惊肉跳。

持剑的共有三个人，皆穿着西方电影里中世纪修道士穿的那种宽大的黑色长袍，有着足以将身子包裹住的长度，以及宽大的连袍帽子。袍子里面穿着整洁的黑色西服，脖子一律系着或红或白的领结，夜色太黑，看不清脸容，但总感觉有一股子煞气；而他们的对手则只有一人，穿着破破烂烂的连帽登山运动服，胸前还绑着一台专业级的单反相机，狼狈地避开三人的围攻，偶尔还被刺上一剑，鲜血飙射。

不过，若论实力，那个空手的家伙倒应该是这里面最强的，虽然十分狼狈，但速度总是比别人快上一线，不至于丧命。这四人一边打斗，一边还大声争吵着，但是让人抓狂的事情是，兔崽子们说的，居然是英语。

好吧，我会告诉你们我高考的时候，英语单科才拿了五十四分吗？

没文化，真可怕，对不对？

不过我身边的这两位都是全能型人才，特别是滕晓，更是品学兼优的大学生，于是很快就帮欲哭无泪的我，给翻译了出来：这打斗双方是突然遭遇上的，相机男据说是黑袍子等人组织的叛徒，所以双方是熟人一见面，分外眼红，直接撸起袖子，就开干了……

老赵声音低沉得有几若无："陆左，那三个长袍男据称是一个叫做克拉克伯爵的人派过来，配合麾下组织行动的。根据他们只言片语的零碎拼凑，我估计他们跟那个自称该隐后裔的庞大组织有着一定关系，再联系起关于邪灵教一直以来都有的传闻，

只怕这三个人本来应该是在这里伏击我们的……"

我点了点头,心中却越发的寒冷,感觉有一张密不透风的大网,正朝着我们迎面而来。

老赵问我的意见是怎么样的。

我让滕晓去将其他队员叫上来,然后我们将这几个黑袍男子给包围住,务必不要让他们给跑了——如果能够从他们身上搜出什么通信工具,那是最好的。

滕晓点头,悄声溜了回去,而我和老赵则朝着溪边缓慢靠近。十几秒后,我们的人员大概地堵住了各个方向,而打斗正酣的黑袍人中的一个,突然朝着后边跑来,口中大叫了一句话。句子太长,我只听到了里面的一个单词——Shit!

当这句话一说出口的时候,我已然如同放闸的猛虎出笼,双足一蹬,就朝着战团冲去。

这几人的战斗方式都是以敏捷为主,我的反应速度应该还差上他们一筹,不过不要紧,我怀甲的震镜已然准备妥当。浸润过牛头蓝血的人妻镜灵,一路上都在狼吞虎咽地消化着庞大而莫名的能量,根本就没空理我,不过生死关头,她自然也不敢消极罢工,于是当我的"无量天尊"一出口,镜背上篆刻的破地狱咒立刻运转。

我突然感到一种枪械射击才会有的反震之力,从我的手中传来。这感觉前所未有,震得我双手略微发麻。

往常的那一道金光不见了,出现在我面前的是一道金边蓝底、如同焰火的圆柱形光芒,分级增倍。然后那道幽蓝如梦的奇异光芒猛然放出,将场中拼斗的四人给全数笼罩,如同时间机器一般,全部僵直不动。从我身边擦肩而过的老赵见此情形,向来淡定的他也忍不住爆出了粗口。我有些发愣,刚刚的冲劲被驱邪开光铜镜这突如其来的变化给震惊住了,就像个傻子一样,翻转震镜,傻愣愣地瞧了起来。

当然,我停住了,其他的人却没有停止冲势,那四人在僵持了两到二秒不等的时间后,发现密林中突然冒出了一大群黑影子,顿时惊诧莫名,骂骂咧咧地,开始条件反射地撤退。

不过也就是在这宝贵的时间里,朵朵和小妖共同使出了青木乙罡之法。青色的光芒洒落泥地里,有疯狂生长的草茎和藤蔓从泥土中、石缝中和树林里蔓延开来,将他们的双脚给缠绕住。虽然他们的力量足以将这些缠绕给扯断,然而那些青草藤蔓却前赴后继,源源不断地朝着他们纠缠而来。脚程最快的滕晓和冲得最猛的老赵已然和他们交上了手,不过我们的攻击对象都是那三个黑袍人,至于另外一个,本着"敌人的敌人,也许是朋友"的原则,我们只是将其纠缠。

即使是行动受限制,这三个黑袍人的实力仍然不可小觑,他们的剑法凌厉毒辣,又急又准,几乎是那种只攻人必救之处,以伤换伤的搏命打法。

这三个家伙如此凶猛,老赵的木剑几次都差一点被损坏,不敢再靠前;其他人都持着虎牙匕首,缓缓围了上来,看着这如同刺猬般的凶猛狠人,都有些犯愁。在空中牵制着几个人的小妖朵朵叫快些，她坚持不了多久。滕晓眼睛一转，朝着奋力挣扎着、往外围逃去的那个相机男急速说了几句话，我听力很差，大意是拉拢，并肩子战斗的意思。

那个家伙很兴奋地大叫，积极回应说：" Yes, of course! yes……"

我一听这口音，怎么忒耳熟的感觉？

三个穿着黑袍子的家伙还在负隅顽抗，手中的西洋剑像闪电一般刺了又刺，章法有度，将试图靠近的每一个人都给逼退。根据我的判断，这三个人的肉搏实力，应该普遍超过我们这里的所有队员，只不过他们更多的是依靠自己的肉体强度，而不像是渝中罗锅刘彧一般气行于外，抵御这些疯狂的草缠。

因为行动受到限制，所以他们的实力，十成才发挥出三四成来。

我冲得近了，才发现这四个人都是高鼻梁蓝眼睛的老外，长得都跟好莱坞明星一样。

其实若是一拥而上，我们这些人已经能够将其淹没，只是或许会有受伤，所以大家才会止步不前。不过那个相机男既然答应相帮，两个朵朵压力顿时一减，在有人防备其外逃的情况下，放开了对他的拘束。相机男一得轻松，立刻欺身上来，将旁边两个黑袍人的注意力吸引，形势就变得有所不同了。

围殴是一件让人相当不齿的事情，但是我却十分乐意这么干。但有时人一多反而容易误伤，我已然冲上了前，便叫开旁人，手持着虎牙向落单的那个家伙杀了上去。

不过比我更快的是小妖朵朵，这个小丫头似乎迷恋上了短兵相接的感觉，当放开相机男后，她便飘身上来，朝着那个家伙的剑尖抓去。与此同时，与小妖姐姐心灵相通的朵朵双手一拢，打出一道荧蓝色的冰风来。如行泥中的黑袍人躲闪不及，身子就中了这一道冰风，顿时一僵，刺出的剑也没有那么重了。

小妖朵朵的手变得坚硬如玉，与这锐利尖头的西洋剑一碰，黑暗中立刻出现了好大一蓬火花。两者一撞，小妖朵朵被震得往后一飘，而那个黑袍人则连着后退好几步，撕裂了许多青草。

经过小妖朵朵在旁牵引策应，我已然冲到了黑袍人的身前，挥刀朝着他的脖子抹去。既然是要对付我们的凶手，我自然毫不留情，这一刀又快又重，想来他是性命不保了。在关键时刻，他的左手突然伸出，紧紧抓住了我的手。即便如此，虎牙也已经捅入了他的脖子处。

只是那锋利的虎牙在这一刻，突然变得迟钝起来。

我感觉刺中的，不是一个活生生的人，而是一块十分有韧性的硬木，匕首每前进一分，都遭受到了莫大的压力。这个家伙手上的力量越来越大，脸也开始变得狰狞起来，嘴里面仿佛有什么东西在快速生长。为了避免被他右手的西洋剑回刺，我们紧紧地贴在一起，我甚至能够闻到他口中发出来的腥臭。

我身前的这个家伙全身一直在发抖，不断地颤动，两人死命地搏力。

突然，他张开了嘴巴，雪亮而尖锐的獠牙露出，朝着我的脖子咬来。
"啊……"

第二十三章　老友相见，不胜唏嘘

这个黑袍人牙床上下一对犬牙尖锐、雪亮，比旁边的牙齿超出足足一大截，上面似乎有着极大的魔力。

我将头一扭，然后使劲将虎牙匕首往里面捅，出乎意料，这个家伙脖子处的伤口居然开始收缩起来，血管如同蚯蚓一般扭动，发出让人牙齿发酸的声音，血是紫黑色的，将我的匕首给死死地卡在了那里；同时，他的手指甲开始变得修长锋利起来，有着如同有机玻璃一般的材质。

不过很快，在我的身边很快就伸出了好几双队友的手，将这个家伙的手脚给抓住，小妖朵朵及时出现在我和黑袍人的中间，白嫩嫩的拳头高高扬起，然后朝着他张得巨大的嘴巴砸去。

砰、砰、砰……

小妖朵朵的拳头坚硬得如同玉质，击打在他的脸上，如同打铁一般，发出古怪的响声，仿佛这并不是人脸，而是组织细密的皮甲。这个家伙手脚被缚，顿时变得疯狂，使劲儿挣扎。他在这三个人里面是最厉害的一个，应该也是头儿，力大如牛，我们竟然有压制不住的感觉。

不过在众人七手八脚的攻击下，那个家伙终于喷出了一口腥臭的鲜血来。

这口鲜血吐完之后，他抵抗的力量就开始减弱了。秦振是玩 SM 捆绳的老手，将其快速捆了起来，连挣扎的空隙都没有。然而就在他兴奋地捆绑之时，一把剑从旁侧倏然刺出，直指他高高撅起的屁股菊花处。

这一剑若是刺中了，秦振估计以后每次如厕的时候，都要眼含热泪了。

相机男及时出现，将那把刺剑主人的手给一下打飞，这速度，简直是一道幻影。

秦振被我们大声提醒，回过头来一看，吓得魂飞魄散，跌坐在地上，那个被捆着的家伙奋力挣扎，似乎在运气，然后张嘴朝他大声一喊，我们的耳膜一阵轰鸣，天旋地转，顿时口鼻就流下了血来，而正面的秦振受伤最重，仰面朝天，跌倒在地，人居然就昏迷了过去。

在一旁周旋的滕晓一刀子捅进了这个黑袍人的胳膊处，也卡住了，看着这个白面獠牙的老外，惊恐地大声叫道："这家伙是我们老师曾经讲过的吸血鬼，杀不死的，谁有桃木，钉在他的心脏位置上面……不然他一发动起来，我们可扛不住！"

我怀中的百宝囊中，还有杂毛小道制作雷罚时剩下的边角料做成的三根雷击桃木钉。朦朦胧胧间听到了滕晓的提醒，震惊之余，快速掏出其中一根，刺向了挣扎不断的黑袍人。他胸前穿着厚实的衣服，桃木钉被织物挡住，刺不进去，一旁的朱晨晨看得着急，猛地飞起一脚，重重地踩在了我扶着的桃木钉上面。

咔……

桃木钉应声而入，插进了这个家伙的心脏处，一股麻酥酥的电流从他身上传出来，我的双手一麻，立刻往旁边退去。只见这个家伙浑身一阵颤抖，原本就惨白得不似人的脸上，显得更加没有血色了，胸口上面的桃木钉也开始冒起了黑烟来，不时有蓝色的闪电弧在闪耀。

黑袍人全身开始松弛，四肢无力伸展，呈现出虚弱无力的濒死状况来。

那两个被相机男、王小加、白露潭、老赵和朵朵缠住的黑袍人见到同伴被我们给活活耗死，立刻大声地嚎叫起来，说着一大串听不懂的英文，双手抓胸，划拉出好多血液来。我见他们这是有放大招的节奏，怕又有人像秦振一样中招昏迷，急忙联络人妻镜灵，在得到肯定答复之后，口呼道号，抬手就朝着这两人兜头照去："无量天尊！"又一大蓬蓝光朝着缠斗成一团的黑袍人罩去，变异之后的震镜从单个照耀，变成了群体攻击。两个黑袍人都僵立当场，连那个加入我方的相机男，也僵直住，动弹不得。

见此时机，大家一拥而上。我收起震镜，又摸出一根雷击桃木钉，冲向了已经被王小加和老赵给死死压在地上的那个白面黑袍人。与此同时，小妖朵朵和白露潭已经将另外一个家伙给击倒在地。在朵朵的指引下，无数野草藤蕨蔓延上来，将他们给死死缠住。

眼见着我手中的桃木钉就要打进了这个黑袍人的胸口，那个家伙突然大声叫唤起来。

他说的是英语，叽里呱啦，我哪里听得懂？于是不管不顾，仍奋力往前插去。

王小加拦住了我，大声在我还在耳鸣的耳朵边叫喊，他说他投降了，他想要得到俘虏的优待，他的家族会以合适的资金，将他给赎回去的。

听到这话，我使劲儿摇了摇头，感觉头晕晕的，见到这个家伙仍在叫嚷，恨恨地给了他一巴掌，说你能不能照顾一下我的感受，说中文？是不是瞧不起我！

这个被扇了一巴掌的老外很无辜地嚷嚷，仍然在大声说着话，急速地叫嚷着。

王小加笑了，说你饶过他吧，他根本不知道你说什么，他说他是布鲁赫家族的，他要求得到公正的待遇。说话间，训练有素的小队成员们已经将这两个家伙给五花大绑，连嘴巴，都被从西服里撕下来的一团破布给塞上，这时我才有时间抬起头来，打量胸口挂着照相机的老外。

当我们两个四目相对的时候，彼此都看到了对方眼中的震惊和意外。

"威尔岗格罗？"

"陆……陆左？"

我们两个齐声叫出对方名字来。虽然这个俊朗挺拔的老外将脸颊上的络腮胡子给刮得干净，但是我却一眼就瞧出了，他便是我以前在萨库朗基地时的老友，一个自称是来自英国某杂志的摄影师，一个很厉害的搏击高手，当时我们一同从监管森严的萨库朗监狱逃脱，结果这个家伙半路失踪，害我们找了好久。本来以为这小子死在了萨库朗黑巫师的手里，却没想到我们居然会在这里碰面。多日不见，他似乎更加俊朗了，长得跟一线明星有得一拼的他，身手也厉害了许多。

我们两个也算是有过命的交情，刚才拼斗正酣，瞧得不是很分明，此刻一见，不由得有些老友重逢的感觉。不管是真心还是假意，抱在一起寒暄，也算是热烈。旁边的队员看着我和这个帅气的老外居然认识，而且一副老相熟的表情，都不由得惊讶万分，不知道说什么好。

说实话，我很想知道，我在他们的心中是更加神秘，更加伟岸还是更加恐怖了。

寒暄过后，我问起了上次他为何突然失踪的事情来。他略微有一些不好意思，红着脸，说他当初见逃跑无望，于是就跳身躲入那血池里面。没承想那血池竟然另有暗道，他顺着进去，结果被吸到了一处幽暗的深潭中，挣扎了好久，一路寻找，终于通过地下的暗河，从一个叫做福龙潭的地方出来，逃出生天。他试图回去找我们，结果发现萨库朗基地一片狼藉，已然被封住了，而后他又惹到了附近一个寨子里神奇的巫婆，于是潜身北逃，后来也没有再回去……

我听着威尔讲述着分别之后的情形，也讲了我们如何逃出的萨库朗，都有一种尘封已久的感觉。

熟悉之后，我便不再绕弯子，直截了当地问他，威尔，你是不是传说中的吸血鬼？

他眉毛一扬，看着我说，嘿，伙计，你能不能不用这么种族歧视的称谓，来称呼我们血族？好吧，你并不是常人，所以我也不瞒你了，如你所见，我是血族，不过我并不是你们所想象的那种血族，抛除这个身份，我还是一个画家、摄影师以及慈善家，同时我还是一个基础物理的研究员，当然，我在生物学上也有着高深造诣……

这家伙一连串的头衔抛出来，我摇头苦笑，说没见过这么狠劲儿夸自己的，你不吸人血？

他一愣，说："噢，哪有血族不吸血的？不过我从来不咬人，像我们这样的贵族，更喜欢把血库里面买来的鲜血倒进高脚杯中，对着月亮小酌。放心，我从来没有杀过人——哦，我是说，主动杀人！"我耸耸肩说，这么说来，你算是一个好人咯？好吧，我原谅你当初的不辞而别，那么请你告诉我，你为什么会出现在这里？

威尔岗格罗告诉我，他们岗格罗氏族的天性，就是喜欢孤独的荒野和丛林，跟野生动物为伴。不过他来到这里，是想要找寻一种基因突变型的粘菌复合体，这东西是黄色的，有着奇妙的香气。

我心头一震，问他找这东西干吗。他回答我是用来做科学研究——主要的目的，是里面含有一种奇妙的物质，或许能够改变他们血族的体质，变得不那么惧怕阳光。

说到这里,他闻闻我的身上,说你遇到这个东西了?

我耸耸肩膀,说擦肩而过,然后将刘明和日本人的事情告诉他,威尔一脸的痛苦,大骂日本人。

套完话,我不再理会这个曾经的牢友,而是蹲下身来,盘问起两个黑袍人来。

第二十四章　大阴谋

在我和威尔叙旧的时候，滕晓和老赵已经请这两个自谓贵族的俘虏，吃了一顿生活。

所谓吃生活，进过局子的人或许能够明白这黑话，其实也就是《水浒》里面的杀威棒。无论你有多厉害、多骄傲，这一通不问缘由的海扁下来，都要老老实实地明白一个道理，这里面，谁才是老大。

秦振已经苏醒过来，他刚刚受到的攻击是吸血鬼的种族天赋——超音波攻击，这东西会让人的耳膜以及听觉神经系统遭受到如同落雷一般的疼痛，短暂的昏迷也是自身防御机制的一种表现。不过作为一名修行者，他的身体强度自然比常人要厉害许多，故而这般的音波攻击，也只是起到一时的作用而已。

醒过来的秦振脸色苍白，有一种很强烈的呕吐感，但是想吐又吐不出来，如同孕妇。于是他将这种不畅快的感觉，全部都发泄在了这两个黑袍人的身上，好是一通乱打。落难凤凰不如鸡，两个幸存的老外哭着鼻子求饶。有一个家伙说得特别好笑，王小加捂着肚子给我翻译，说"解放军优待俘虏"——好吧，这是早年立的规矩，没想到这个老外也知道。

看到这两个被揍成了面口袋一般松松垮垮地躺在地上的外国友人，我回过头问威尔，我这么做，你会不会介意？

威尔连忙摇头，伸出手，一副请便的样子，说，伙计，你没看到他们刚刚跟我还在打生打死吗？

旁边的滕晓抱着膀子，好奇地问这个外国帅哥，说如果我记得没错的话，你们岗格罗和布鲁赫似乎应该同属于密党吧？为何你们不恪守"弑亲"的戒条？威尔好奇地看了滕晓一眼说，呀，你居然还知道这些东西？滕晓得意地说道，学校里老师教的，我们神学班毕业的学生，大部分都有这样的知识储备。

威尔叹气，说难怪老辈人把你们这里列为禁区，稍不注意，就会陷入"人民战争的汪洋大海中"。

说完这些，他指着地上这两个家伙说，你们没有听过他们叫我叛徒吗？其实我并不是叛徒，只是厌倦了战争。神赐予我们美好的生命，不是用来毁灭一切的。我感兴趣的东西，是严谨的科学，是优雅的艺术，是一切能够推动人类进步、让这个世界变得更加美好的东西，我的偶像是我族先贤列奥纳多·达·芬奇，而不是吉尔斯·德·莱斯或者弗拉德三世这样的人物。

威尔说完这一番表白，我虽然听得不是很懂，但是也知道他应该不会介意和阻止我们接下来要做的事情。

为了所有人的安全着想，我必须要从这两个外来的血族口中，撬出关于伏击和阴谋的所有事情，不然这莽莽的丛林间，实在是太危险了。我蹲下来，盘问年纪较轻的那个黑袍人。我其实也没有经受过审问心理学的培训，不过刚刚那一顿暴打下来，这个家伙也有一些虚了，怯弱弱地看着我，而滕晓则在旁边帮忙翻译。

很快，我得知了这位帅哥的名字——艾瑞克，好吧，很寻常的英国人名。我跟他一番交流之后，直截了当地问他关于此番围剿的布置和缘由。

然而他却给了一个让我抓狂的答案——他要求得到俘虏的正常待遇，我们可以要求他的家族用金钱或者其他等价物，将其赎回；而在此之前，他拒绝回答任何问题。

这个家伙的回答，有着英国老牌贵族的风范，然而实在不讨我的喜欢。如今，命都快没有了，哪里还有时间讲这排场？

我也是着急，既然这三个厉害的吸血鬼能出现在这里，说明在幕后主持围剿我们的人，必定是一个战术上面的天才人物，不留空隙。既如此，我们哪里有时间跟这二货耗时间？我转过身去，从已然成为一具干尸的那个吸血鬼胸口，将雷击桃木钉拔出，瞧了瞧这个皮肤成腊肉一般的家伙，然后回头来，二话不说，就对准了艾瑞克的胸口钉去。

他吓得泪水都要飙出来了，大声叫嚷，等等，等等……

我阴着脸看他，他却回头，朝那个一直沉默的黑袍人看去。显然，这两个人都在恐惧，或许是因为吸血鬼的寿命比我们都长太多，以致于他们更加怕死。短暂的沉默过后，艾瑞克投降了，说你想知道什么，我都告诉你吧。

他的迅速退败，让我想象中的那种高傲、尊贵、像骑士一般的坚贞不屈的血族形象，瞬间破灭。

每一个人，或者说每一个种族，都有硬骨头，也会有怯弱者存在，所幸的是，我们正好碰到两个后者。

通过询问，我们得到了这么一个情况：艾瑞克、亨特以及死去的阿尔弗雷德，都是来自英国西北重工业城市曼彻斯特。他们曾经拥有自己的庄园和工厂，衣食无忧，然而后来相继破产，辗转流落到了新加坡。这一次是受到族中长老的指派，来到了这丛林中，他们与一个叫做罗青羽的中年男人接头后，被安排在这附近，搜寻路过的小队成员，然后将其消灭，如果碰到难以对付的，他们会发出信号，通知附近的人赶过来支援……

我眉毛一扬，问，那你们的信号发射器在哪里？

一旁的威尔扬起手上的一个蓝色钥匙盒说，所谓的信号发生器，莫非就是这个东西？

艾瑞克闭上眼睛说，是的，没有发出信号，东西在威尔手上。

我又问他,那个叫做罗青羽的男人,到底是干吗的?一共来了多少人,为什么要将我们赶尽杀绝?

艾瑞克回答我,那个叫做罗青羽的人,是他们在中国国内的兄弟组织,他们长辈只是要他们听从安排,至于其身份,就不得而知;关于多少人,这个真的不知道,他们是单线联系,早在十五天前就潜伏进来了——不过人应该是很多,因为既然连他们这些泛亚洲区的战力,都被拉拢过来,想来是一次大行动;而为何要赶尽杀绝?这个问题,罗青羽的解释,是因为2009年这一批学员里面,有很多十几年、几十年都难得一见的好苗子,若是被培养起来,只怕对他们的计划,有很不好的影响。

我揪住他的脖子问,是什么计划?

艾瑞克惊恐地直摇头,说他也不知道,就听说是大计划,在组织内部一直都有传言,如果这计划实现了的话,这个世界就会是一个崭新的世界,另有一番天地,就如同上帝七天创世一样,是绝对让人震撼的事情。

艾瑞克告诉我们,他们在这里待了十来天,已经遇到了三拨同行,除了前方十里的深坑古山外,遍地都留有他们的足迹。若说计划,说不定这就是一个大计划……

我问他们是靠什么来识别敌我的,艾瑞克告诉我,说他们各自有一套切口和暗语,以及登记在案的身份对照牌,避免同类相残的事情发生。

我有些不信这个家伙的话,然而当我抬起头来的时候,威尔点头告诉我,他在这片雨林中待了一个多月,确实是看到了好几队人马,有中国人,有缅甸人,也有其他的,白天一直在猫耳洞里面潜伏着,隐蔽自己,等待猎物,晚上巡逻。他也是依着自己氏族的天赋,避开了好几处,不过终究还是被这三个家伙给盯上了。

我问艾瑞克暗语切口是什么,这个年轻的吸血鬼刚准备要说,旁边一直默不吭声的亨利突然厉声喝止。

两个人叽里呱啦说一堆,我瞧向了滕晓,他告诉我,这个老家伙说如果将这个暗语说给我们听,他两个就会死得更快,所以艾瑞克被吓住了,缄口不言。我冷笑说,这个老家伙倒是个老江湖,知道这里面的潜规则。

话是这么说,不过我的心中却愈加地发愁起来,根据我们目前了解的情况来看,这次试练一定蕴含着一个阴谋。敌人在我们进入之前,就调集人手,埋伏进了高黎贡山到碧罗雪山之间的林子中,其目的,就是将我们这些特勤局未来的栋梁之才、新兴之星,给抹杀夭折掉。

如此大的手笔,如此详细的信息,内部一定会有人配合才是。那么,这个人会不会是痛失爱女的慧明和尚、我们亲爱的贾总教官呢?

他老婆客氏跟西川的鬼面袍哥会有牵连,我们刚刚解决掉的那个脸上有触脚的刘彧,便正是鬼面袍哥会的大供奉。而鬼面袍哥会其实也就是邪灵教的酆都鸿庐,再联系到邪灵教跟那个自称是该隐后裔的影子政府之间的关系,我不由得感到了深深的寒冷——他们这是要对国家下手吗?

出于恐惧，我们要立刻离开这个已经引起周围注意的地方，而这两个人怎么处理，这就成了一个重大的问题。带走是个麻烦，留下来，更是麻烦，那么……唯有杀之。

　　我们经过眼神交流之后，我和老赵一人一个，将这两个吸血鬼给钉胸而死。那个叫做艾瑞克的年轻人在临死之前大声惨叫，向我发了一个诅咒。

第二十五章　血族诅咒，床头有字

时间紧迫，我没有再用金蚕蛊对这两个家伙进行逼供。

修行者或者吸血鬼的体质，自然不是普通人所能够比拟的，所以肥虫子所造成的疼痛到底能不能够撬开他们的嘴巴，也是一个难以估计的问题，倘若是在平时，我自然是愿意试上一试的，可是此刻情况紧急，既然这里有邪灵教的其他人员在巡视，那么也许会引来更多的高手，只怕我们稍微拖延一些时间，到时候想跑，都来不及了。

很多事情，不是不能做，只是没有时间做。

然而当我将这个叫做艾瑞克的家伙给一钉捅死的时候，突然从他血红色的瞳孔里，冒出了一大蓬刺眼的光亮，我下意识地闭上眼睛，然而却感觉到心脏骤然一紧，好像被什么东西给紧紧攥住，然后有一种黏糊糊的气息覆盖在我的身上，让我呼吸不过来。当我睁开眼睛的时候，发现所有人都在看着我。

我愣神，抓着旁边的秦振问，怎么了？

刚刚从昏迷中苏醒过来的秦振脸色苍白，拉着我来到溪边，让我自己看。我借着月光，往缓缓流动的水面瞧去，模糊间，我的眉心处多了一个蝙蝠状的黑红色印子，小拇指的指甲盖一般大，上面蕴含着黏稠不化的凶戾之气。

我用手沾了些溪水，使劲儿擦，却发现这东西根本就弄不掉，就跟胎记一样。

我看向了威尔，他耸了耸肩膀，很无奈地说这是"血族诅咒"，是只有愤恨到临界值，心中冤屈难以释怀，才会出现的诅咒术。中了这种诅咒，就会散发出一种只有吸血鬼才能够闻到的味道，不管是密党、魔党还是中立氏族，都会与你为敌，将你送入地狱——因为，你曾让一个身份高贵的血族在临死之前如此愤怒，不管是何原因，都是不可容忍的。这一条，是没有写在法典上面的第七戒律……不过他不会，毕竟是朋友。

我脸色阴沉，看向了老赵，他杀的是那个话不多的亨利，并没有遭受任何伤害。

我从这个吸血鬼的诅咒，联想到了我的恶魔巫手，想来都是差不多的手段，心里面虽然不畅快，但是出来混，总是要还的，整日忧心忡忡算什么？于是招呼大家将这三个黑袍人的尸体，找地方掩藏起来，不再理会。经过一番搜刮，这三个黑袍人身上除了带着一些稀奇古怪的瓶瓶罐罐和地图外，也就那三把坚韧锋锐的刺剑最有价值，至于补给，几大袋子血，倒是便宜了威尔岗格罗这小子。

我望着正在剥同类身上那厚重而宽大的修道士黑袍的威尔，问他接下来有什么打算。

我以为他会继续去找那杳无音信的肉灵芝，然而他却没有，而是说要跟我们一起走。按照他的话说，我们救了他一命，现在有危险了，他自然不能够坐视不管。他上次做了一次胆小鬼，但是这一次，绝不，不然他身上流淌着岗格罗氏族的血液，也会因为这件事情蒙羞的。

听到他这慷慨激昂的话语，我感觉站在自己面前的，似乎不是吸血鬼，而是一名坚贞不屈的中世纪骑士大人。

所谓"礼下于人，必有所求"，说得难听一点，就是"无事献殷勤，非奸即盗"，我又不是刚刚出来混的毛头小伙子，哪里不能够明白威尔的小心思，只是现在时间紧迫，我也来不及跟他绕弯子，让他不要说得这么冠冕堂皇，直接说出真实目的来。

威尔依然是最初遇到时的那一番嬉皮笑脸，说："陆，你这个小狐狸，实在是太精明了。好吧，明人不说暗话，我跟着你有三个原因，第一是这个丛林实在太危险了，我虽然是独行侠，但是那也要在保证自己安全的前提下；第二是我感觉跟着你，我有可能会遇到那粘菌复合体；第三，我真的想要帮助你，多一个人，就多一份力量不是？我现在比以前，更加厉害了，你刚才也看到了……"

我沉默了一下，回头看向了我们队里的所有成员。

威尔作为一个高度敏捷的吸血鬼，自然是一份强悍的战力，在这危险的丛林中，也是大家所需要的，唯一让人担忧的是他的可靠问题。不过大家看他跟我很熟，顾虑便有些打消。最后，除了老赵和白露潭面露凝重之色外，大部人都默默地点了头。

得到了大部分人的肯定后，我回过头来，看着威尔说，好吧，不过你必须要答应我一件事情。

威尔有些紧张，生怕我提出什么不合理的要求，问是什么。我说，你这个老外，能不能够教我练习口语？这个无厘头的问题让他一愣，下意识地问，为什么？我咬牙切齿地说，跟你们在一起，我就跟一个文盲一样，碰到老外就发愁。必须要学习，以便和国际接轨。

大家听到我的吐槽，皆哈哈大笑。威尔紧紧抱着我的肩膀说，陆，你做了一个正确的决定，你会成功的，而我们都会安全的。

三个吸血鬼的尸体被我们给塞进了一个中空的大树里面。他们的修道士黑袍则被我们给剥了下来，威尔一件，我一件，白露潭一件。至于那三把刺剑，则被滕晓、秦振和王小加各自持着。我摸了摸穿在身上的这件长袍，发现居然是用水獭皮做成的，外罩金属丝线交织的黑布，内有乾坤，隔着几层，以保证吸血鬼能够在阳光之下，自由行走。

威尔见天色已然开始渐渐地明亮起来，问我们是不是行走了一夜，累不累？

我们一行人高强度行路、生死拼命，足足有近二十个钟头，又不是铁人，自然困倦欲死，连番点头。威尔说他在这附近有个安身的地方，是一个地穴，十分隐秘，看我们这状况，个个都摇摇欲坠，还不如先去他那里歇息，等到晚上再行动不迟。我点头同意了，然后在威尔的带领下，沿着小溪，向东行了七八里地，不留痕迹，然后摸过厚厚的草甸子，来到一个被茂密荆棘林所遮盖的去处。

这时朝阳已经快要升起，于天边一片蒙蒙亮的映衬下，我们站在几棵大树掩映的山谷一侧。穿过荆棘，我们看到了那个开口，仅仅能勉强容纳一个人艰难爬进爬出，倘若不说是一个地穴，只怕说是蟒蛇洞，也会有人相信的。

尽管威尔表现出莫大的热情和友善，我还是让小妖朵朵先行进去查探一番虚实。在得到了小妖的肯定之后，我们陆续艰难地往里面爬去，洞口两侧皆是泛着土腥味的泥土，道路曲折，不过倒是越走越宽，开始还要艰难爬行，而后便可以佝偻着身子往前慢走，越过泥洞，便是石头，足足前行了十几米，终于来到了一个宽阔的地下空间。

这空间有近百个平方，不像是地穴，反倒如同神仙洞府一般，依托地势筑造，石桌石椅、雕栏石榻、鼎炉丹房，一应俱全。在地穴的四个角落里，各点一盏幽幽发亮的小油灯，安静得如同梦幻一般。

威尔要在外面做隐秘布置，最后才下来，见我们发愣，问，怎么了？

我说，这个地方是你弄的？

他耸耸肩膀，说他哪里有这份闲心啊。他是误打误撞，才来到的这里，感觉还不错，于是就鸠占鹊巢了。这个地方，想来是你们中国古代什么避世的方士，所建造的洞府，他来的时候，在石榻上面还留得有一副白骨骷髅，后来他嫌碍事，就给扔了。

看到这传说中的洞天福地，我兴奋得浑身毛孔张开，心想着难道我也要有那武侠小说里男主角的命运，在哪里能够找到一本什么秘籍或者一两瓶仙丹之类的？

结果一番找寻下来，才发现房间里空荡荡的，老鼠进来都要流下一包眼泪水。

一问威尔，除了那骷髅外，什么也没有——骷髅呢？

威尔告诉我们，这个地穴后面还有一个出口，三十几米，通向另一边山谷绝壁的悬崖间，他刚刚已经说了，嫌碍事，直接往谷底里扔下去了。

这家伙大大咧咧的态度，真的让人无语。想来这里果真是一个避世方士的居所，即使什么秘籍好处也没有，有个落脚的地方，也是前世修来的福缘，这个家伙不但不感激，不帮人家好生安葬，反而把人家丢入百丈深渊，确实是可恶。

不过忙碌了这么久的我们并不再想说什么，各自确认安全之后，将毛毯拿出来，女士睡石榻，男士则随便找了一块干燥的地方，紧挨着睡去。

我并没有睡，而是和威尔坐在洞口处守着，然后谈起我额头这该死的诅咒印记。

此时此刻，我并不是很惧怕什么吸血鬼的报复，只怕暴露了自己的位置，将大伙儿给连累了。威尔告诉我，他曾经对这个做了研究，如果能够找到火蜥蜴血液、狼人内毛以及一些其他材料，其实是可以将这东西给驱除的，至于我的担忧，他也有法子帮我暂时隐藏起来，毋须担忧。

我正想问他具体事宜，躺在石榻上面的白露潭突然一声尖叫，说这里有字。我们皆惊讶，便走过去瞧。

第二十六章　正统巫藏，山阁老著

石榻上面的文字皆为古文，个个细小若蝇蚊，若不细看，几乎跟石纹差不多，粗心如威尔，在这里住了个把月，都没有瞧见。当然，即使他瞧见，以他的国学水平来说，也定然瞧不出这一篇一千九百三十七个字的《正统巫藏—携自然论述巫蛊上经》所讲的，是何物。

威尔不懂，我们却个个都是内中的行家，业内的翘楚，自然能够读懂一二。

这是一篇关于讲述巫蛊源起以及修炼理论的概论，字字珠玑，又附有鬼神之谈，尽得古代不良文人所谓春秋笔法的路数，云山雾罩，歧义处处，能有多扯就有多扯，各种解释相通连，感觉条条大路通罗马，到处皆是天堂路，然而一经回味过来，却又晦涩难明，处处卡断，不知所云。

在强光手电的照耀下，王小加帮我们把这一篇文字给全部念完，她觉得唇齿留香，脑子似乎有一些顿悟，旁边的人皆以为奇文也，内中自有高深莫测的修炼之法。而我，却震惊莫名，瞠目结舌，呆立当场，半天都没有说话。

我之所以会如此模样，并不是这一篇《正统巫藏》有多么的神奇，而是因为这篇文章的落款。当王小加念到"山阁老"这三个字的时候，我的心脏在剧烈地跳动。

这是一个让人敬仰的名字，我一身的技艺，最开始的传承，就是来自一本名叫《镇压山峦十二法门》的手抄本破书，该书共有坛蘸、布道、巫医、育蛊、符箓、禁咒、占卜、祈雨、圆梦、驱疫、祀神、固体十二个部分，足足半指厚，涵盖了巫蛊之道的大部分内容，堪称奇书。而那本手抄本的作者，署名也正是这山阁老。可以这么说，我一身的所传，源头正是这个山阁老，比汉蛊王洛十八还要厉害的前辈。

我没有想过居然在这高黎贡山的莽莽群山深处，一个无名的石府地穴中，能够见到这三个字。

不过除我之外，其他人显然并不知道这个"山阁老"几字，代表的是何方神圣，研究了一阵子，便感觉文字枯燥难解，强行背诵下来的时候，感觉头尾不相连，似乎有许多晦涩难懂的地方存在，雕刻者好像故意隐瞒了什么东西，照着做，便有一种烦躁的心情在蔓延，难受得紧，故而纷纷咒骂，然后嘟囔着倒头睡去，不再理会。

而我则蹲坐在床榻的旁边，用强光手电筒照着，将这些细致得如同艺术品的文字，给全数记录在脑海里。相比他人不同，我是越读越兴奋，甘之如饴，仿佛吃了人参果一般。因为我发现这部刻在石榻上面的《正统巫藏》，其实便正是那《镇压山峦十二法门》的总纲，特别是后面一部分行气经诀，直接就是固体一章中，我所练就的那些古怪的法门里，所缺乏的内功章节。所谓"养功行气，内外兼修"，我之前一直是一条腿走路，所以感觉尤其别扭。但是在得到这一篇巫蛊上经之后，我才骇然发现，事情的本来面目，原来是这个样子的。

学习英语，光学单词而不通语法，发现自己虽然懵懵懂懂，似乎知晓了，然而终究不算是学会，当这语法填补上你知识的空缺，你就会发现有一种让人惊喜的畅快感，就算现在把你丢到腐朽万恶的美帝国主义街头，你也不会感到害怕。

我便是这种情况，而且我发现山阁老十分"缺德"，他居然把这门经文的关键词组，相互对拆，然后填补到"十二法门"和《正统巫藏》这两篇相隔万里的文中去，使得两者皆是晦涩难懂，即便聪慧如洛十八，也不得不在笔记备注中枉自揣度作者似乎漏掉了什么，导致神作蒙尘，不知所云，反倒落入了下乘境界。

这个家伙到底是怎么想的？难道他能够算到几百年后的我，突然闯进这个石府里面来吗？

当所有人，包括几位女士都鼾声雷起的时候，我却是两眼冒光，布满血丝的眼球灼灼其华。

威尔和在一旁的小妖朵朵、朵朵瞪着如同癫狂的我，不知道我为何会如此。当然，这个事关传承的小秘密，我自然不会跟威尔这种半生不熟的人来分享，可是我又难受得紧，就如同一个每天挤地铁、上班被老板骂、下班被老婆嫌弃的普通工薪族，突然中了五百万大奖，一时之间，不知道如何是好一般。有快乐而不能够与人分享的情绪，其实是蛮痛苦的。

整整一千九百三十七个字，文言行语，我虽然见出了其中的奇妙，却并不能够立刻融会贯通，也只有囫囵吞枣，强行背诵下来。这种事情对于背诵过《镇压山峦十二法门》二十来万字的我来说，倒还算得上是一件可以接受的事情。

这篇《正统巫藏—携自然论述巫蛊上经》，除了后面的心法，前面还用寥寥文字，讲述了巫蛊来源。

这和我所知道的一样，人类在与大自然不断斗争的无数纪元中，开始慢慢地了解到在这庞大的世界中，在我们肉眼所不能够瞧见的地方，还存在着一些匪夷所思的东西和规则。这些神秘的东西和规则，左右着我们人类的历史，和文明前进的道路。人们开始学会了了解规则，并且尝试着利用看不见的规则，来让我们的生活变得更加美好。

在这一漫长的历程中，人们开始接触到了一些不同自己的、活着的意识和伟大的生命，并且得到了一些启谕，了解风雨雷电之后的故事……

于是就有了宗教的产生，以及巫师的存在……

后面的故事说起来很长，简短来说，那些比同类更加优秀的人渐渐地开始形成了一个圈子，然后不断分裂。有的找到了普遍联系的原理和规则，成了我们所熟识的科学家；有的则蒙受了所谓上苍的眷顾，成了隐秘的巫师，或者相同性质的人，默默地

生活在这个星球上面,直至终老,或者发现更大的秘密。

我看得入神,然后闭上了眼睛,在脑海里感受以百年千年为单位的历史尺度,然后……我睡着了。

呼噜……呼噜!

醒来之后的我感觉神清气爽,每一个毛孔都在打开呼吸着,伸一下懒腰,骨头啪啪作响,十分畅快。

看了一下手表,才发现这表针已然停止了走动,显然是尹悦之前跟我提及的地下磁场在作怪。旁边的人早就已经起来了,三三两两团在一起说着些悄悄话,老赵一个人盘坐在这个石府后面的出口处,闭目不言,他身上有一些泥垢,显然是已经从这里爬出去过,检验一下威尔所说的退路问题。

威尔坐在我旁边不远处的石凳上面,正用一个精致的小铜杯在小酌,唇间尽是红色的鲜血,见我醒过来,将铜杯放在桌子上,问我要不要来一点儿?

我呸了他一口,从背囊里面掏出行军水壶,然后走到他对面坐下,浅浅地喝了一口,问他,不喝血会死吗?威尔笑说,怎么可能?要果真如此,那代被关在萨库朗监狱的那大半年,不就早死了?不过话说回来,这血对于血族来说,就如同人类饮食中的盐一般,不吃的话,就没有什么力量,虚弱得不行。而且对于血族来说,血液即美味,每一个血族最梦想的,就是泡在血池中,幸福地淹死。

我说,难怪那次你一见到那血池,就恨不得蹦进去,即使里面有如血线虫等诸般邪物。

威尔摇摇头,说血液是血族的原动力,所以那虫对他是起不了什么作用的。

我突然想到一事,说去献过几回血,敢情都进了你们这些家伙的肚子里了?威尔哈哈笑,摇头说,怎么可能,这里的特勤局实在是太厉害了,我们血族在你们这里根本就发展不起来,所以你们献的血依然是用来治病救人的。不过,人类的贪婪,永远胜过于任何种族,这里面的肮脏交易,你应该懂的。

威尔耸耸肩,一副中国通的样子。

我是睡得最久的,所以迟迟醒来,大家都已经在等待。我草草吃过了一点儿行军干粮、补充体力之后,看到忧心忡忡的白露潭左右望了一下,然后跟我说,陆左,我们可能闯了大祸了!

我一愣,问,此言何出?

白露潭告诉我,她在入梦的时候,得到了一些山神的启示,说我们在登仙岭的时候启动了紫薇融阳炎火阵,结果让一位大人物的降临体给毁灭在了两界之间。大拿震怒,故而让这方圆百里的山神土地稽查,要将我们给翻出来,好好教训一番。

我哈哈笑,说这山神土地,本是那孤魂野鬼的灵体飘荡,结合山川地脉的煞气凝结而成,不同一界;至于那牛头马面、十八层地狱一说,也就是佛教传入中土,才有的宗教形象,虚无缥缈,当不得真,怕他作甚?

见我满不在乎，白露潭眉头皱起说，没有十八层地狱，难道就没有幽府吗？就没有灵界吗？难道没有两界相交的"房子"吗？陆左，我们摊上大事了！

第二十七章　洞口外面的枪声

虽然我并不愿意相信，但是不得不承认，就如同《正统巫藏》里面所言，在我们身边的世界里，还隐藏着我们所不能察觉的另外一番天地。时隐时现的鬼魂，那凭空而出的恐怖牛头，空间碎裂之后沙化消失的躯体，以及那让人震撼、不属于这个世间的力量，都是这一理论最实在的证据。白露潭所言的，其实是有一定道理的，不得不信。

倘若真的如此，那么我们只怕除了邪灵教这一大敌，还多了一个让人恐惧的敌人。

不过白露潭告诉我，那个大人物并不能够常来这世间行走，这一次伤了，估计要隔好一段时间才行。没有什么外人会为一件小事，自找麻烦，那人的命令，这附近所谓的山神都是可听可不听，阳奉阴违而已。唯一让人担忧的事情是，我的铜镜子吸收了那个大人物一部分的力量，浸染鲜血，倘若不能将其及时炼化，只怕到时候，就如同黑暗中的明灯，很容易就被找寻到。

说到这里，我才想起我怀中的这驱邪开光铜镜已经有好久没有跟我沟通了。人妻镜灵一直在疯狂地炼化着吸取的力量，从无停歇。我将它拿了出来，仔细打量，发现铜面上积聚的荧蓝色血液已然快要消失无踪了，然而镜中的世界却是狂风暴雨，波涛汹涌得厉害，人妻镜灵自顾不暇，哪里还有闲情逸致来管我？

我顿时就有些发愁起来，感觉自己还真的能招仇恨，邪灵教的事情未了，吸血鬼的诅咒又生，到了现在，连那个虚无缥缈的牛头鬼差，也开始惦记上了我——我……我怎么就这么倒霉啊？我这回出门的时候，没有踩到狗屎啊，怎么就又厄运缠身了呢？

当然，如果能够选择再来一次，我依旧会杀掉艾瑞克，而不是假手他人，并不是因为我有多高尚，而是这个小队的每一个成员，我都把他们当作是朋友，所以更不希望这噩运，让自己的朋友去承受。

至于我这震镜，我承认它现在用的时候确实很爽，但是"贪小便宜吃大亏"，只希望人妻镜灵能够早日炼化那些来自某个大人物身上的气息，不沾染因果。

我问威尔，我脑门这颗美人痣怎么办？会不会引那邪灵教的人过来？

他摇头，说不会，这个石府地穴自身便有隐匿气息的法阵在，这也是他将我们带到这里来的原因，既然能够隐匿血族诅咒，想来对我这镜子上面的气息，也能够遮掩一二，所以目前大家暂时不用担心，除非你们出去找寻吃食时被人发现、跟踪而来，不然这里很安全，比任何地方都安全。

听威尔说得这么肯定，我们的担忧也放了下来。

经过了充足的睡眠后，大家的心思也活跃起来，振奋精神，围拢到石桌前面，商量下一步的计划。这次的商讨，大家一致认为不忙着赶到南面的那座边防站去，在那个明显的地方，即使有军队守护，也没有这个隐蔽的老鼠洞来得有安全感；而且即使要上路，也要让我的这个镜灵完全炼化了那股力量才行，要不然，没有那阴阳鱼旋地煞和紫薇融阳炎火阵，谁也没有信心面对那个恐怖的牛头巨人。

这并不是一个级别的战斗，恐怕就是让局中宿老贾总教官这样的人物过来，也只有头疼的份。我们这一次之所以能够险胜，主要还是因为运气，但是，老天爷不会每一次都站在我们这一边。

方针确定之后，我们开始聊起了这一次试练的感悟。确实，世界上没有什么东西，比死亡更加让人明白战斗，在经过了一系列的战事之后，每个人都有着自己的感悟和体会，相互交流起来，发现我们看问题的角度，已然能够站在一个很高的位置。

生死之间，最能让人进步。从这个意义上面来讲，集训营的教官们是对的。

然而，每每想起惨死在岩地上面那些集训营同学的时候，我心中就忍不住地疼，有莫名其妙的代入感，仿佛自己也死在了那里一般。特别是邪灵教的手法实在残忍下作，之所以搞出那种血腥的场面，所求的，不过就是让死去的学员们能够激发出最大程度的怨力，好为他们所用。

我忍不住地提及了《正统巫藏》上面记叙的行气法门，说是一门很好的、甚至可以说得上是绝学的法子，大家可以练练看。然而所有人都表示不行，每一个人在入门的时候，都有一套传承在，研究对照还可以，贸然修炼，只怕到时候会练岔了气，得不偿失。就比如同一件事情，你同时去求两个人办事，偏偏他们还不对付，最终的结果，就是把事情办砸。

没有人再谈及试练和碧罗雪山的月亮潭，我们已经意识到，当我们从直升机绳降之后，已然步入了一张紧密的大网，并且将我们给完全笼罩，生死还是两说，再去谈及试练的胜负，简直就是脑子进水了。而且我们现在还存在着一个小小的期望，那就是邪灵教如此规模的大动作，上面的人也许看到了，并且迅速作出了反应，当我们从这个老鼠洞里面爬出去的时候，等到的，是上面的接应和支援。要是如此的话，就是再好不过的事情了。

聊了一阵子，有人踊跃，也有人沉默，这里面让人难受的便是王小加。自从看到暗恋的那个学员的头颅，整齐摆放在那石岩之下，她的情绪就一直不是很好，以前话很多，叽叽喳喳像个假小子，现在却显得分外沉默起来，也不知道在想什么。想起了她断然捅向刘罗锅徒弟的那一刀，我感觉王小加心里面似乎藏着许多事儿。希望她能够快乐一些。当然，这女孩子敏感的内心，并不是我这个糙老爷们所能够触及的，而且我也不是能当政委的料，所以还是让白露潭和朱晨晨来帮助她，慢慢舒缓情绪吧。

我突然有些怀念杂毛小道了，若是他在，以他那三寸不烂的舌头，必然能够将王小加带出心理阴影，从容地露出笑容来。

商量完了这几天的安排之后，我在威尔和老赵的带领下，摸进了南面的一个小洞子。如同老鼠或者蚯蚓一般伸缩身子，爬了十多米，然后佝偻着腰行走，弯曲折转，过了一会儿，光明大放，我们面前是一个十来个平方米的岩石平台，正处于一个悬崖的半腰之中，头顶数百米，身下白雾缭绕，莽莽林原，竟然是一个凹型的山谷，有游动不停的白云在脚下浮动，白茫茫一片，仿佛仙境一般。

很美的情景，包裹严实的威尔连忙拿出相机来拍照。

我看到从很远很远的对面山壁间，有温暖的夕阳斜照过来，洒落在我们的脸上，懒洋洋的。我才发现我居然从清晨睡到了日落，可见有多么疲倦。不过被这样的阳光映照在脸上，望着白茫茫的云雾和周围这些粗大的绿色藤蔓，心中惬意，也未免不是一番美事。

威尔指着我们脚下的山谷说，这个地方十分蹊跷，在地图上面完全没有显示。我来的时候查过资料，这一片区域是第二次世界大战时著名的驼峰航线，事故最频发区域中的一个，仅次于喜马拉雅山驼峰口以及独龙江峡谷。今天凌晨的时候，我也翻阅过艾瑞克他们携带的地图，在这个区域也标注了红色的警告线。所以，你们之前想翻越这里，到达南方边境站的想法，我不得不说，这是很愚蠢的决定。

老赵眉头一皱，有些不喜欢威尔的语气，说，别人或许觉得危险，但是对于我们，却有可能变得简单。

威尔也不反驳，笑了笑说，也许吧，反正我是绝对不会下去的——尽管这是一个后门。

我们在这平台口坐着看了一会儿夕阳，安享这短暂的美景和平静，直到太阳缓慢地沉入了西方去，将整个山峦映照得辉煌一片。等到黑色的幕布开始笼罩天际，我们才恋恋不舍地回到了那个略有些憋闷的老鼠洞里。

晚上，老赵和白露潭、王小加在威尔的带领下，出去了一趟，用白露潭那种神秘的法子，在这石府地穴的出口处布置了一些不为人知的警戒线，也好让我们能够明了周围的情形，不至于成了一只只埋头的鸵鸟，什么也不知晓。

如此又是忙碌了许久，到了很晚大家才相继安歇。

我新得了《正统巫藏》中的"携自然论述巫蛊上经"一卷，配合着固体的法子，自然是练得勤快，睡眠也是格外香甜。迷迷糊糊之间，感觉到有人捅我的腰眼，睁开眼一瞧，看见白露潭的嘴唇红艳艳，告诉我有情况。我精神一振，耳朵贴在洞口一听，居然有断断续续的枪声传来。

第二十八章　剑拔弩张

静夜中，这清脆的枪声听得我一阵激灵。

要知道，在这靠近国境线的深山老林子里，寻常人是不会摸进来的，神经病也不会，一是环境恶劣，二是根本没路可走。现在这一片区域，据说有三伙邪灵教的人马存在，那么能够与之冲突的，不用想，或者是集训营的学员，或者是过来接应我们的援兵。

所有人都已经清醒过来，我叫大家少安毋躁，然后随着威尔一起通过曲折的道路，去出口瞧个究竟。

十几秒后，我和威尔出了石府地穴，躲在前面的一片荆棘丛中，往枪声传来的方向打量。

从远处的林子间跑来一行人，共八个，队形略微散漫，一边往这边奔跑撤退，一边朝着回路倾泻弹药。隔得远，差不多有半里路，天又是黑蒙蒙的，我瞧得并不真切，拍拍威尔的肩膀，问这个夜视极佳的血族，看到了什么？

威尔的脸容狰狞，一对尖锐的吸血白牙已经长了出来，吓了我一大跳。

他严肃地看着我说，陆，小心了，黑暗中有血族的高手，在血族"亲王、长老、领主、尊主、氏族、初拥"六等阶里面，这个家伙至少是尊主级别，你要不要回地穴里面去？倘若被他盯上了，只怕会很麻烦——要知道，并不是每一个血族都如我一般，并不屑于去遵守那第七戒律的。

威尔昨天被亨利、艾瑞克等人围攻的时候，也没有露出这般丑恶而恐怖的模样，显然此时的威胁已经让他感受到了生命的危险。

为了大家伙儿的安全，我决定回返洞中，让老赵或者滕晓过来接我的班，瞧一瞧到底发生了什么事情。

正当我准备返身的时候，黑暗中突然飞过一支笔直的标枪，将我们前面不远处队伍末端的那个人，给活活钉在了地上。那个人手上的自动步枪"嗒嗒嗒"朝地上扫射一阵，并且发出了垂死的哀鸣，继而无声。

这个人的声音，让我的脚步再也不能往回迈上一步。

我的脑海中突然浮现出了一个身高两米、一身本事，然而被女孩子盯一会儿就会脸红的壮汉脸庞。

那个汉子叫什么名字，我至今未曾晓得，但是他却有一个响当当的外号，叫做先锋，是同属百花岭基地红龙特种部队中的一员，曾经在友谊对抗赛中被黄鹏飞用截穴术给击败。不过那只是双方都被限制了手脚而已，倘若真的是正面对抗，一名全副武装的特种士兵，未必不如身具道法的黄鹏飞。

要知道，红龙可是直属于总参某部之下的战略性特种部队。先锋他们这样的特种军人，每一个都是部队的精英，兵王之王，是军队里的脊梁所在，本来应该享受着更多的荣誉和待遇，而他们却一直默默地守在祖国的边陲之地，艰苦地训练着。然而让人没有想到的是，这个内向的士官就这样惨死在了渺无人烟的深山丛林中，默默无闻。

都是一个锅子里面刨过吃食的兄弟，哪里能够袖手旁观？于是立刻通知洞子里面的队员们赶紧出来，并且准备接应前面这一队的我方人员。

当老赵他们挨个爬出来的时候，逃离的队伍已经跑到了近前来。

我看到了我们的随队教官尹悦，看到了身穿山民服的刘明，看到了矮个头兵油子老光，还看到了之前被鬼面袍哥会白纸扇剿灭的小队的两个漏网之鱼，来自陈家沟的陈启盛和一个叫做方雨生的矮个子学员，还有两个面熟的特种兵战士。

在他们后面，是十来个皮肤泛着铜光的黑衣人，脚步迟缓但坚定，煞气冲天，子弹打在皮肤上面，居然有"叮零当啷"的金属碰撞声；除此之外，还有一个身着红色长披风、燕尾服的矮个儿老外；在黑暗中，还有许多没有浮现出脸容的家伙，在林间穿行着，发出了轻而密集的脚步声。

见到这个红披风的老外，威尔不由得失声轻叫道，爱德华男爵？

我本来准备冲上前去的身子顿住了，问，他很厉害吗？公、侯、伯、子、男，在五等爵位制里面，就属男爵的爵位最低，为什么区区一个男爵，就让我身边这个血族如此失态？

威尔脸上露出了痛苦的表情，说：力量有的时候，并不是职位所能够涵盖的。在密党里，爱德华男爵是不奉行"避世原则"的异端，他在意大利曾经遭到多名宗教裁判所的神官围剿而不死，战绩赫赫，据说还是一个死灵法师，是个让卡玛利拉长老会议都头疼的家伙！之前听说他潜伏到了墨西哥，却没想到居然在中国……

眼见着那个叫做方雨生的学员脚步一乱，跌倒在了路旁，后面的追兵中突然蹿出了一头眼睛通红的凶猛藏獒来，我再也忍不住了，暗喝道，管他高手不高手，杀了再说！

我绕过前面的荆棘地，贴着草丛往前冲，而我的耳朵边有一轻微不可闻的声音响起。

是朱晨晨的飞针，径直朝着那头藏獒的眼睛飞去。

追兵中最前面的这十几个泛着铜光的黑衣人，想来是秘法炮制的"铜甲尸"之类的死物，本来这东西很怕凶猛的猫狗之物，然而见这藏獒从其身边蹿出而无碍，想来这些铜甲尸已然到达了一定的水准，所以才会如此。

尹悦在队伍中一直位于中间策应，见到方雨生跌倒，转眼间要被那藏獒撕咬到，不由得大叫一声，却也来不及援救。突然那头小牛犊子一般的猛犬一声哀鸣，前腿落空，嘴也不张开了，脑袋低伏下来，轰然撞上了方雨生，两者一番滚动，停住时，那藏獒已然奄奄一息，没有了性命。

而这个时候，在那些个黑衣人身前突然有许多绿草疯狂生长，将他们的前路给骤然堵上。

我出现在了树林的左边一侧，朝着这一伙精疲力竭的人挥手说，尹教官，往右边走，到树林后面去。见到突然出现的我，尹悦大喜，二话不说，立即带着那六个人跟跟跄跄地往山谷里行去，老赵等人跑过来接应。

我看着他们离开，突然感觉到身后一阵疾风，猛地转过头来，看到黑影闪现，朝着我扑来。我不管不顾，挥掌便拍。那黑影也伸出手，朝我的手掌印去，两双肉掌交相印，一股卸无可卸的巨大力量朝着我狂涌而来。我的身子一歪，就朝着后方腾飞而起，半空中，只见那个黑影就是威尔口中的爱德华男爵，他长得并不英俊，甚至可以说是丑陋和猥琐：几何形的脸，四面体的鼻子，马蹄形的嘴，参差不齐的牙齿，独眼，脸上的剑痕交错，驼背……

然而与他外表全然不同的是，他是一个凌厉到极点的高手。

我还在半空，那个家伙便飞身而上，双手上面的指甲如同玻璃尖刀，朝我的脖间划来。

在空中的我身子一扭，提前落了地，然而爱德华男爵的攻击已经临体，正在避无可避的情况下，又一道黑影出现在我的面前，一把锐利的刺剑将爱德华男爵的恐怖指甲给架住了。看着身穿黑色修道袍的威尔岗格罗，翻身落地的男爵大人咬牙切齿，一阵咆哮，你……你居然是我们血族，为什么要拦我？

我莫名其妙地有点喜欢这个丑陋的吸血鬼来，因为他居然用的是纯熟的普通话。

刚刚从滕晓那里借来长剑的威尔挽了一个漂亮的剑花，没有说话，眼睛一直盯着抖动不停的剑尖。

朵朵和小妖朵朵已然浮立在了我的身后。

爱德华男爵见威尔并没有回应他，额头上的青筋一阵乱跳，然后他似乎闻到了什么，突然一抬头，右边那只独眼盯上了我，怒意瞬间爆发出来："天啊，你这混蛋，你居然中了血族的诅咒，我可怜的艾瑞克和阿尔弗雷德，是不是被你所杀害？你这个天杀的家伙……"

说话间，从黑暗的林子里走出了好几个裹着黑袍的人来，他们长得一副东南亚人的面孔，在脸颊的两边，都抹着几道灰白的泥土，而那群黑衣铜甲尸，则将他们给团团簇拥着。

有一个单瘦的身影在人群的后面游走，看着极为眼熟。

在我目力所不及的林子里，还有着好多身影在晃动，追兵的实力出乎意料地强大，让在这里镇守后路的我，后背的小米汗，一滴一滴地生成，并且滑落下来。

爱德华男爵在愤怒之后，突然笑了。说，果然是个有趣的人，你竟然能够让可怜的艾瑞克发出这血族诅咒来，想来不是一般的人……哦，我想起来了，有人提过，在这里面有一个叫做陆左的疤脸小子，是黑手双城那个大魔头安插的关系，想来就是你了。不错，不错，你既然在，那么，你们小队的人，应该也都在这里了——用一句中国话讲，叫做踏破铁鞋无觅处，得来全不费功夫！

　　说着话，我们小队的成员和尹悦等人缓慢围了上来，剑拔弩张。

第二十九章　演尸舞，是谁的援兵？

能够将尹悦带队的这一群人追得狼狈逃窜的家伙，自然不是简单角色。

看着我面前这个让威尔都恐惧的爱德华男爵、十几个皮肤泛着铜色光泽的黑衣人和那几个打扮看着眼熟的东南亚人，以及黑暗中那些没有露面的家伙，我顿时感到喘不过气。

不过当看到我身后的这一众伙伴，我又变得安心了许多。

并不是尹悦一行人不厉害，而是她需要照顾那两个失魂落魄、遍体鳞伤的漏网之鱼，而老光他们这些特种兵的热兵器对这些"铜甲尸"又起不到太大的作用，所以才会显得如此狼狈。

而我们小队这七人的加入，使得整个实力的对比呈现逆转，优势反转。不计较那些脑子不过一斤的铜甲尸，就人数而言，我们其实是处于绝对优势的。

然而爱德华男爵却在冷笑，他颇为玩味地看着我，就像翱翔于天空中的雄鹰，俯瞰着地上的猎物。

整个空间的"炁"场开始变得诡异起来，有甜腥的鲜血气味，也有掩藏不住的尸臭和香料混合的味道在飘扬。重逢的尹悦并没有时间和我打招呼，而是紧紧握着一把造型古朴、上覆朱砂的桃木剑，紧盯着林子处。在那里，一直有一种类似夜莺的啼叫声，于平静的夜空中唱响。

我知道这是敌人在向附近的同伴下召集令，然而我们却根本无法阻止，因为在我面前，有着沉重如山的压力在逼近。和几个重要成员迅速交换了眼色之后，我们决定速战速决，并且尽快撤离。决心一下，我也顾忌不得许多，将怀中的震镜快速祭出，当头朝着这个厉害的爱德华男爵照射过去。

"无量天尊！"

震镜一阵抖动，朝着爱德华以及他身旁的铜甲黑衣人，发出一道金边蓝底的光芒。

爱德华早就已经有了战斗准备，身形一晃，影子消散，下一刻，竟然出现在了我的身边一米处，挥爪朝着我抓来。见这家伙谁也不管，就朝着我一阵猛攻，我这才知晓所谓的第七戒律，果然是有着很实际的副作用。不过我反应还算快速，手中的虎牙匕首已然紧紧握住，果断朝着他的手腕削去。

我快，爱德华更快，电光火石之间，那玻璃钢一般锋利的指甲就在我的左臂上面划出一道长长的口子，火辣辣的疼痛感立刻蔓延到我的神经中枢里去。

这样实打实的近身搏斗，我并不如爱德华。不过在我身边的威尔也加入了战团，那把刺剑在他手中，就如同多了一只手一般，灵活得不像话，总是能够在最关键的时候冒出来，替我解围。所以虽然我一开始就受了伤，但是还能够勉强应付。

这场遭遇战，在我"无量天尊"一喊出的时候，立刻打响，各人都找到了自己的对手，好是一通混战。

场面一乱，我顿时就顾不上旁人，只是咬着牙硬抗爱德华男爵的咄咄逼人的攻击。在最开始的混乱之后，我发现爱德华男爵的攻击似乎很有规律可循——他总是采用直线进攻的方式，这样子虽然是容易防御，但是他还有另外一个特点，就是快，快得让人反应不过来，忽左忽右，意识根本就跟不上他的节奏，稍不注意，就会被他那锋利的指甲给划上一道。

然而让我庆幸的事情是，不但朵朵和小妖给我策应，威尔也一直在我旁边作应援。他的那把刺剑神出鬼没，总是能够及时有效地抵挡住爱德华男爵的进攻。吸血鬼永远更能够明白吸血鬼的战斗方式，所以爱德华刚才对付尹悦等人的制胜法宝，顿时被克制得牢牢，气得他哇哇大叫，不断地咒骂威尔。当然，这回他用的是正宗的伦敦腔，不过英语里面骂人的那几句，我还是知晓的，也算是听懂。

相比我们这边的僵持，其他方向的战斗进展似乎要好很多，那些让老光等特种兵抓狂的"铜甲尸"由集训营学员们对付，就显得轻松。所谓铜甲尸，其实是一种跳尸的异种，浑身的肌肉组织受到了阴气洗涤，僵硬如铁，金属敲击上去，有清脆的响声传出来。这种铜甲尸是极为厉害的，属于跳尸之中的翘楚，有着一定的思维能力，得其一者便是幸甚，如能拥有这么一群，自然是一方豪雄。

不过我们面前的这铜甲尸，却并不是上述的那一种，而是有人用邪恶之法，将铜汁炼制，浇灌进活人的身体里，并且将其口鼻封闭，魂魄拘禁，不得出来，然后用种种秘法，将那铜汁遍布全身，达到刀枪不入的效果。然而此法，与正宗养尸地里百十年孕育而出的铜甲尸，却有着云泥之别。

饶是如此，这些伪铜甲尸仍然是极端厉害的东西，没有人敢小觑。它们的衣服破破烂烂，身上也满是洞孔，子弹和手雷的破片将其弄得残破不堪，有的半边头颅都没有了，剩下畸形的脑壳，往这边瞧来。这些僵尸手上的指甲乌黑有毒，牙齿尖利，口鼻处皆有浓黑腥臭的浆汁，在黑夜中尤其恐怖。

老光他们这些纵横怒江丛林的军中精锐见惯了血腥场面，然而这等恐怖情形，却见得不多，故而心中多少也有一些忐忑。倒是我们这些人习以为常了，除了一部分人压阵，防止后面有人偷袭外，大部分人都冲上前去。这里面表现最为抢眼的，竟然是来自广南百色老区的秦振。

这个络腮胡帅哥在这次试练中的表现并不是很出彩，这跟他一开始就被黄鹏飞小队的福妞伏击时大腿中了毒木箭，有很大的关系。因为腿上有伤，而且一直处于奔波忙碌中，所以秦振就显得有些默默无闻起来。不过在经过了一天美美的休息，全然恢复过来的他在伪铜甲尸群里，开始踩着鼓点，跳出了一种古怪之极的舞蹈。

之所以称为舞蹈，是因为他在那些扑将上来的伪铜甲尸一抓一咬的攻击之下，扭头、顿足、收身、蹲地……一系列的动作，几乎是将这些僵尸的所有攻击手段都预测到了，行云流水，手一伸一收，不时地拍打着这些尸体的胸腹，和脐下三寸处。

随着他的一系列动作，那些伪铜甲尸的动作居然慢慢地跟上了他的节奏。滑稽的事情出现了，刚才凶猛如潮水般的僵尸群渐渐地不再攻击人了，而是开始和秦振一般，跳起了古怪而神秘的舞蹈来，整齐划一，让人瞠目结舌。

你们能够想象一群恐怖的僵尸停止了攻击人类，而是在一个络腮胡帅哥的带领下，跳起了舞来吗？这舞蹈还是僵硬的机械舞，嘭擦擦、嘭擦擦……

气氛变得古怪起来，一切都极为戏剧，而看到这一幕的我，突然想起了秦振在最开始跟我自我介绍的时候，就曾提过"演尸舞"和"壮族癫蛊"，没想到他刚刚使用的法子，竟然就是演尸舞。

好精彩的一门道术——不，这简直可以称作是艺术了。

就在秦振以一己之力，牵制了敌人最主要战力的时候，有朵朵、小妖和威尔配合的我，已经开始对爱德华男爵取得了主动的优势。当然，这主要还是得力于两个小宝贝洒下的青木乙罡。虽然这东西并不是源源不断的，她们昨天凌晨还花费了很多，用来束缚那三个来自英国曼城的吸血鬼，但是此刻齐心协力来对付这一个吸血鬼，却还是十分轻松的。

不过比起艾瑞克、亨利和阿尔弗雷德那三人，爱德华男爵可是要厉害许多。这个曾经让很多梵蒂冈宗教裁判所的神官铩羽而归的另类血族有着超越同族的战斗意识，地上那些不断蔓延的野草并不能够束缚到他分毫，他永远能够更快地将自己的身形给移出，让人根本就无从捕捉到他的身影。

而当他发现在我们这里占不到便宜之后，竟然抽身回返，朝着后面歇息的老光等人袭击而去。看得出来，他似乎还是很顾忌那些全副武装的军人。这些特种兵手中的枪械，才是那些一直不敢露面的家伙，所面临的真正威胁。

见这个家伙冲来，在后方打冷枪的老光等人不敢直接用枪射击，以免误伤，一边抽出匕首，一边往后疾退，旁边歇息的陈启盛和方雨生则跨前一步，将其阻拦。

然而力量悬殊，两者一撞，那名来自陈家沟的武学后进陈启盛被一击撞飞，朝着后面的荆棘林中跌去。

正在追赶的我伸手一抓，终于抓到了这个被反震回来的爱德华男爵，刚想将恶魔巫手击发，突然听到白露潭焦急地大声预警："陆左、尹教官，有大批来历不明的人从北面赶了过来，怎么办？"

第三十章　退守回洞，互诉经历

听到这个消息，无论是我们，还是正打得畅快的爱德华男爵，都不由得一愣。

敌我不明，来的到底是我们的援军，还是敌人的帮手，谁也不知道。因为不知道，双方都害怕被前后夹击，有所顾忌，所以都不由自主地拉开了距离，朝着后面退去。

白露潭凑到了我的耳朵边，告诉我来的是敌人，一律蒙面鬼脸，应该是鬼面袍哥会的高手。

我听到这个消息的时候，爱德华已经和那几个东南亚的黑巫师退入了林间，树影摇动，那个瘦小的黑袍人开始吟唱起了悠扬的咒文。那些被秦振演尸舞所控制的伪铜甲尸，开始缓慢地恢复了意识，扭动头颅，朝着兀自跳得欢畅的秦振瞧来。

威尔听到了白露潭在我耳朵边的话语，眉头猛地一跳，四处张望了一下，连忙跟我建议，说逃无可逃，让大家先退回地洞中躲避吧，后面过来的几个朋友，似乎受了一些伤。

的确如此，倘若我们接着往南边奔逃，就会被这些邪灵教从各处抽调过来的高手衔尾追击，到时候只会不断减员，直至崩溃。而如果我们躲入洞中，一夫当关，自然能够争取到一些时间。当下也顾不了太多，犹豫不得，我招呼老赵他们带陈启盛、方雨生等人先爬进洞里，大家分批撤离。

紧急时刻，自然只能有一个声音，听到我的命令，几乎没有人质疑，不一会，外面就只剩下了尹悦、老赵、老光、威尔、我和勉力控制尸群的秦振。

眼见秦振的演尸舞在那个女声黑袍人的咒文中持续不下去，我让他赶紧往回跑，然后催促着外面这些家伙往里钻，我来断后。尹悦、老赵几人坚持了一会儿，见我发怒，也不废话，快速爬了进去，而老光则把手上的95式自动步枪留给了我，自己跟着老赵等人爬了进去。

我捡起地上的枪，目光越过了伪铜甲尸群，朝着林间的黑影点射。当所有人都跑进荆棘丛中，爬进了洞子里面的时候，我望着跌跌撞撞冲过来的伪铜甲尸群，也准备返身爬入，突然从远方有一道黑影，呈抛物线砸来。我二话不说，抬手就是一枪。

平日里枪法很臭的我意外地将这东西给一枪击中，然而那个篮球大的黑影在爆裂之后，体积瞬间变得大了好几倍，嗡嗡一阵响，化作成百上千的小黑点，朝着我扑来。是马蜂，还是别的什么？我夷然不惧，朝着甩蜂房的那个黑影方向又射了一梭子，然后沟通体内的金蚕蛊，一道薄朦金光临体，肥虫子的气息朝外面喷出来，那千百道细小的黑影顿时一滞,仿佛遭受到莫大危机一般,四下散去。

趁机,我像个老鼠一样,在两个朵朵的掩护下,绕过荆棘丛,往土洞子里奋力爬去。

很快我就爬到了深处的岩石层,老赵、威尔几个人拿着强力手电,蹲守在那里等我,见我爬过来,七手八脚地把我给拉了进来,问后面的情况怎么样。

我说被堵住了,那些僵尸应该就要爬过来了,怎么办?要不要把这洞口炸塌?

事已至此,我们自投死路以自保,若留了出路,只会给敌人留下进攻的路线,既然后门的空气可以流通,我们也不用担心会窒息而死,不如将这个土洞子炸塌。情况紧急,我听到从洞口处有窸窸窣窣的声音传来,想来那些伪铜甲尸已经在那个瘦小赶尸匠的控制下,爬进来了。来不得犹豫,我们几个一经决定后,立刻开始找寻能够弄塌这洞子的方法。

这个时候,老光挤了过来。这个老兵油子脸色惨白,身背后鲜血淋漓,似乎被什么猛地抓了一下。

他手上拿着一包东西说,让我来吧,对付外面那玩意儿,我自愧不如,但是搞爆破,你们所有人都不如我。嘿嘿,是不是只是把土洞子那一截给炸塌了?

我欣喜地拍着他的肩膀说,是的,要快,那些家伙应该快要爬过来了,我让人给你掩护。

说完,小妖朵朵返身折转,带着老光朝外面的土洞子里爬去。

见老光又摸回洞子里去,我将手上的自动步枪递给老赵,然后跟旁边的这些人说道:"一会儿爆破起来,这里封闭的环境肯定会受到很大的冲击,你们赶紧到下面的大厅去,然后找东西,随时封住洞口,免得大家被二次震伤。快下去吧,这里我来盯着。"

旁边这些人都是各地的精英,甚至还有我们的教官,然而或许是尊敬我断后的行为,竟然如同我以前开饰品店时手下的那些店员一般,没有多说什么,皆返身朝着里面继续前行,没有留在这里堵塞通道。

我拿着他们留下来的强光手电,往回路瞧,只见四五米处,老光正在忍痛布置炸点,而更前方,小妖这个暴力女则在砰砰地捶打着爬进来的僵尸。可怜的伪铜甲尸声带早已僵硬,发不出声音,只是无力地撞着泥洞的两壁,轰隆作响,满洞子里皆是小妖兴奋的声音:"打死你,打死你……欧耶!"

她哈哈大笑,让我身边的朵朵也摩拳擦掌,忍不住想要上前去大展身手。

见这小乖乖想要冲上去,我连忙拉住她,不让她上前去捣乱。大概相隔了两分钟,老光牵着一根引爆线,爬了下来,让我把上面那个小妹妹叫回来,我们准备下去引爆了。我点头表示理解,一边往回爬,一边喊小妖回转,为了避免朵朵受到震荡波的冲击,我让她直接回到槐木牌中。

洞子里的光线并不亮,然而老光却是清清楚楚地瞧见了这一幕,他顿时瞠目结舌，吓愣了神，结结巴巴地问我，陆左，你、你这是什么玩意儿？

我说别管，线够不够长？他回答说差不多，继而咽了咽口水说，当初的那场比武，我到现在都还不服气，觉得只是一场意外，不过这会儿当真是心服口服了，娘希匹，你这个家伙真厉害。

我们两个一前一后爬到了大厅口，这个时候小妩飞奔而来说，快点，那些家伙又爬进来了。当下老光也不犹豫，朝着里面喊，我启动了。三秒钟之后，他引爆了炸药，和我一同滚进了石厅中，而立刻有人将叠加在一起的厚毯子紧紧堵住了我们来的洞口。

轰隆隆——

整个空间都为之一震，天摇地晃了一番，终于稳定下来。

威尔先行一步，折转回去瞧，然后回来，说整条土洞区域都塌了，就连岩石区也垮了不少，就是不知道土洞子垮了多长。趴在地上的老光地说，老子布了十一个炸点，保准七米之内，全部填得严严实实的——不过话说回来，这出口炸塌了，我们岂不是要闷死在这里？

我躺在他的旁边，伸展四肢，说没事儿，这里有一个后门，闷是闷不死，安心等待救援便是。

"救援，什么救援？"旁边的尹悦奇怪地问道。

听到这小姑奶奶的话语，我顾不得大战之后席卷而来的疲惫感，一骨碌地爬起来，说，我的美女教官，现在的情况，难道上面不知道？——邪灵教联合了几个兄弟组织，合力围剿我们这些翅膀未硬的雏鹰，从高黎贡山到碧罗雪山，这一路上埋伏了多少邪教的高手！你们不就是过来救援我们的吗？

听到我大声的喊叫，尹悦点点头，说难怪了，原来是这个样子。

见她一副后知后觉的表情，我和小队的其他成员都不由得抓狂起来，忙问她到底是怎么回事，难道上面不知道这件事情吗？

尹悦告诉我，说她费了很麻烦的功夫，才联络到了上面，将那伙日本人给押运回去，结果直升机上的联络员告诉尹悦，说有一队学员已经跟基地失去了联系，贾总教官怀疑这片区域，被心怀不轨者渗透了，让她找到我们，并且通知取消试练。

听说我们会有危险，本来准备回去等待处置的刘明提出，要跟随尹悦一起来，尽一份力量，尹悦不知怎么，就同意了。后来她发现了林子里，的确有很多来历不明的人存在，而这一片区域又有强烈的磁场，联系不了上面，之后她慢慢地找到了登仙岭，到了岩石平地，又来到了南边的这莽莽山林中，并且碰到了伤痕累累、如惊弓之鸟的陈启盛和方雨生，后来又碰到了老光他们部队，然后被那些家伙追杀至此。

尹悦讲完，老光也简略地讲了一下他们的情况。他们是在野外拉练的时候接到的通知，回到基地整顿装备后，分三个小组前往这里，过来找寻失散的小队。结果在昨天傍晚的时候，被那些恐怖的东西给缠住，一路追杀，所幸有尹教官等人的加入，才不至于全灭——算上刚刚死在外面的先锋，他们小队已经损失了四名成员了。

老光说这话的时候，声音有些哽咽。

这时，我们都看向了陈启盛和方雨生。他们小队连随队教官赵磊男都死了，那他们是怎么存活下来的呢？

第三十一章　步步算计，险境危机

见到我们的目光集中过来，身上尽是累累伤痕的陈启盛和方雨生眼睛一红，不由得悲从中来。

陈启盛是陈启昌的堂弟，同样来自陈家沟的他从小习武，虽然不通道巫之术，但是特勤局海纳百川，也很需要这样的人才来出外勤，更何况他们要是能够有所成长，并不比会道巫的修行者差劲。他的堂兄惨死，回忆起来，说话自然哽咽，事情的经过最后还是由来自闽越的方雨生，跟我们讲起。

原来他们小队一开始也是秉承着与世无争的态度，抄小路走近道，想要避开人群，直接前往碧罗雪山去找寻月亮潭。最开始的天倒还不错，他们因为随机的地点选得不错，而且又决定冒雨前往，故而一夜之间，连滚带爬，领先所有的队伍，来到了我们发现惨案的坡石岩壁处。经过一天一夜高强度的行军赶路，虽然他们这一队没有女学员，但是也先后都撑不住，于是就决定在岩壁凹口处搭营歇息。因为他们想着不会有哪个队伍会冒着莫大危险，连夜赶路，所以并不是很担心突然的袭击。当然，出于安全的考虑，他们还是安排了陈启昌在外围放哨，而他和陈启盛则去林子里寻找干柴，准备生火，将身子暖和暖和。

不过他们只猜中了开头，却没有猜到结尾。确实没有哪个学员队，会冒着随时跌落山涧的危险，连夜冒雨赶路，所以就脚程而言，他们算得上是走得最远的。如果是那正常的试练，有了这个时间差，他们或许真的能够最早到达月亮潭，兵不血刃地赢得胜利。

然而事实永远不会有理想的这么简单，在他们满心欢喜地准备歇息的时候，厄运就降临了。方雨生告诉我们，他们并不知道发生了什么事情，当时他和陈启盛被林子里突然冒出来的好多操川音的蒙面人袭击，是赵教官掩护了他们，并且让他们朝着南边突围。赵磊男用生命的代价，帮助两个学员赢得了一条生路。他们吓坏了，便一直跑，昼夜不停，终于在精疲力竭的时候，碰到了尹悦，并且从她的口中，得知了自己小队的噩耗。

然而刚刚安歇不多久，没想到又碰到了攻势更猛的追杀，幸好有诸位……

方雨生已经有几天几夜没有好好安歇过了，说话的声音沙哑，一双眼眸遍布血丝，似乎有溢血一般的红色光芒。他脸色苍白，坐在石地上，身子不断发抖，似乎下一秒就要睡着一般。为了逃命，他们背上的行军背包早就不知道丢弃在了哪里，我叫朱晨晨弄了一些清水和干粮，让他们先吃一点，然后安歇。

听到大家讲明缘由，我们大概能够了解到底发生了什么事情。

想来上面已经猜到了这里发生的事情，然而因为体制的僵化，力量也不是很充足，故而决定取消这次试练，并且从军方那里借调了红龙部队过来，想着寻找失踪的学员小队。然而在这一片深山老林子里，不但没有信号，而且由于磁场的缘故，电子仪器也很容易失效，别说是这么一点儿人，就是把上千人撒进来，也冒不出几个泡泡。

想要清剿在这山林子中邪灵教联络来的各个组织，除非是打报告申请上面，派一定数量的大部队过来，不然光是红龙这样的精锐小分队，是很难起到作用的。只不过在国境边界上有这等级别的调动，国内外的情报机构恐怕又是一番忙碌，而且这样的调动，对国家战略层面上的影响也很大，轻易不可能得到批准。

想来邪灵教也是看到了国家有这方面的顾忌，才会在这片土地上，为所欲为的。而且这里靠近中缅边界，这些人很容易越过国境线来往，禁止不住。

唯一的办法，就是百花岭基地能够迅速沟通上面，然后就近调集西南局、东南局以及总局的高手过来，将这一伙人给镇压下去。只是，因为种种原因，这方案能否迅速确定下来，还真的不能够指望。只希望对这次集训营给予关注的大师兄，能够尽快推动。

对此，尹悦不抱任何期待，她在后来的时候，偷偷地告诉我，说准备试练的前一天，她听大师兄麾下的同事白合说起，东北那边的邪灵教又在闹事儿，情况很紧急，连远在中东黎巴嫩的大师兄也不得不结束那边的事情，火速赶回来。要真的有闲暇的高手，估计现在大部分都被借调到东北去了。

我的脸色铁青，看来邪灵教这南北统筹的手段越来越纯熟了，声东击西，幕后的那个家伙，果真是一个可怕的战略大家。

既然期待不了大部队的增援，那么我们唯有自救了。

进来的通道既然已经堵死，当下我们也不用太着急。滕晓和老赵看守着门的洞口，其他人则好好休息，朱晨晨、王小加和白露潭拿出背包里面的急救包，给各位伤员作处理。我带着尹悦、威尔从后面的那个洞口往外爬，曲折三十几米，终于来到了悬崖间的那个平台上，夜风吹拂，我问尹悦带的通信器材，能不能够联络到总部基地？若是能，叫几架直升机过来，把我们接回去便是了。

爬过洞子，见到这一番天地，尹悦心中自然是舒畅了许多，她掏出一个军用对讲机模样的东西，然后开始忙碌起来，不断地呼叫基地。

威尔在我旁边，身穿着厚厚黑袍的他眉头不展，说，陆，假如得不到救援，而出口被堵死了，那地穴里面足足十五个人，而且还有伤员，你们所带的给养，根本就坚持不了两天的。你想过到时候，该怎么办吗？

我来到崖边，伸头看下去，下面黑蒙蒙的一片，如同怪兽的大嘴，山风强劲，吹得我差一点要跌下去。我稳住身子，回过头来，指着从上面垂落在崖壁间的巨大藤

蔓，问他，威尔，你曾经顺着这东西，往下面爬过吗？能不能够得着谷底？

威尔摇了摇头，说没有试过，那谷底里有邪恶之物，谁会这么尝试？

说完，他回过神来，猛吃了一惊，说噢，天啊，陆，你不会疯了吧，难道你想顺着这些下垂的藤蔓，爬到谷底里面去？不可能，这太危险了，而且即使你能够下去，也绝对出不了这个山谷的，我发誓，那里面绝对有让人恐怖的东西在，请你千万要理智一点，别拿所有人的生命开玩笑……

这时候尹悦回过头来，垂头丧气，说不行，这里的磁场干扰太厉害了，联系不上，也不知道总部能不能够收到消息。

听到尹悦的回答，我苦涩地冲威尔笑了笑，说，你看，伙计，有的时候我们明知道前方是死路，但是也不得不硬着头皮往前闯，能够活一人，便活一人，能够多活一分钟，便多活一分钟，如此而已。我决定明天早晨就带着人去探路，我亲爱的威尔，碰到这样的我，你是不是后悔跟着来了？

威尔苦笑说，好吧，你真的是一个疯子，不过比起爱德华那个疯子来说，却实在可爱得多。好吧，好吧，不用明天了，我现在就去给你们探路……

看着回身准备找寻落脚点的威尔岗格罗，我小心问道，嘿，威尔，你不会再一次扔下我不管吧？

攀上了藤条的威尔给了我一个国际标准的中指，然后提醒我，伙计，看好你那两个哭鼻子的同学。爱德华他们衔尾追来，猫腻说不定就在他们身上。说完这话，威尔纵身往下，消失在黑夜里。我看着旁边的尹悦，摸了摸鼻子说，我总感觉他好像在跑路……

尹悦还没有说话，从下面就传来了威尔气急败坏的怒骂，陆，说我坏话的时候，就不能够等我走远了再说？

尹悦呵呵笑，然后脸色严肃，说，这个帅哥老外说得对，我总感觉陈启盛和方雨生出现的时机实在太过凑巧了。只怕他们身上有什么猫腻，自己不知晓，被邪灵教的那些家伙给标注了——引蛇出洞而已，不然以他们两个的实力，说实话，是很难逃出伏击圈的。

我点了点头，没有在这里等待威尔，而是返身回洞，看一看伤员们的情况。

再次回到石府地穴，我看到刘明正坐在石榻旁，和三个兵哥哥热烈地聊天，朱晨晨在给老光这个老兵油子上药，但是眉头不展。见到我返回来，她迎上来说，老光身上中了僵尸剧毒，如果不及时处理，只怕下半夜就要高烧死去，更有尸变的可能，怎么办？

旁边几个人一脸紧张地看着我，我则蹲下来看了看，摇摇头说，没事，我能搞定。

兵哥哥们都长吁了一口气，老光热泪盈眶地握着我的手说，小陆，我的好弟弟，谢谢你，哥哥我还是个处男，要真的这样报销了，阎罗王那里都能冤出一包眼泪水来。

我见刘明跟他们都很熟悉,便问,你们认识吗?

老光告诉我,刘明原来是我们部队的,后来被劝退了。我好奇了,问,是什么问题呀?老光他们几个特种兵都不说了,瞧向了刘明。

第三十二章　敌袭，风紧扯乎

见我问起，刘明一声惨笑，说也没什么，就是杀了人，心里有些阴影，过不去那坎，最后就退役了。

我悄无声息地唤出金蚕蛊，然后驱使它进入老光的身体里面去，吸取毒素。

感觉到背后有一股又麻又痒的凉意传来，老光忍不住用手去摸，还想要翻转身子过来瞧，被我一巴掌打开他的手，然后呼唤旁边的两个兵哥哥强行按住他。

见挣扎不得，老光索性就不管了，看着旁边为牺牲战友而黯然神伤的刘明，叹气说，老刘当初在边境线上杀了一个毒贩，结果心里承受不住，后来任务总是出现纰漏，就提前退役了。当时我还可惜了好久，不过现在看来，也还好，比梁蔚、先锋这几个兄弟的下场好。

刘明顿时眼泪就下来了，说，老光，我就是一个逃兵，你别这么说，不然我心里更难受。

旁边有一个兵跟刘明说："刘哥，我是后来的，也听说过你的事情。我不会讲话啊，不过当兵杀敌，这是本分，我们不是为了自己的私怨而去杀人，我们只是国家手里面最锋利的武器，我们只有把这些事情做了，我们的父母、我们的老婆孩子，才不用做这些事情。你看城里头的那些人，个个都笑嘻嘻的，那样子丑恶都不用看，还不是有我们在？所以梁蔚、先锋他们这些人死了，我难受，但他们是烈士，是英雄，这样子想，我又不难受了。"

这个兵是黔南人，叫许磊，方言浓重，不过说的话，倒是让人心中震撼。

地藏菩萨曾言："我不入地狱，谁入地狱？"这世间有很多事情，没有人愿意干，但是总得要干，倘若能够让大部分人生活幸福，便是死了，那又何妨？

听到了这个兵的一番话，刘明陷入了沉默，过了一会儿，抱头痛哭起来。

除了老光之外，另外这两个兵只是脱力而已，弄了一些吃食，在旁边休息即是。当肥虫子将老光体内的尸毒给吸收殆尽，我拍了拍这个老兵油子的肩膀说，你老小子命大，也算是碰到了我。闭上眼睛，休息一觉，明天又是一个阴人的好汉子。

老光欢快地回答说，奶嘞，老子欠你龟儿子一条命，要是能够活着回去，退伍了我请你去那个什么怡红院之类的，姑娘随便你怎么点。

看着这个满口子没遮拦的老兵油子，我不由得想起了远在东官的杂毛小道，心情好了许多。

这边完结，我又来到了石榻的另一边。几天几夜都没有睡觉的陈启盛和方雨生此刻已经昏昏沉沉睡了过去,他们身上的伤口已经被朱晨晨处理过了,急救包里的纱布不够,几个女孩子甚至凑了些贴身的衣物,撕下来给他们包扎起。我想起威尔给我的警告,便仔细地打量他们两个,然而也没有找到什么能够指引方位的术法痕迹来。

至于勾结邪教,这更加可笑了,能够进这集训营的学员,除了插班生,都是经过三代审查、根红苗正的好苗子,陈启盛他堂兄甚至还死于那场惨案中,仇怨滔天,倘若这样都还要受到我们的怀疑,只怕是委屈得要死。唯有通知几个信得过的人,小心看管便是。

我们现在的情况是前路被堵,后路乃是万丈深渊,算得上是绝境了,一旦给养跟不上,基本上就只有死路一条。虽然我估计有个别老队员的心里会有些想法,认为把人救回来,不但增添了负担,而且陷入了险境,得不偿失。不过一番巡视下来,我发现大家的精神状况还算是不错,眼睛里,仍然充满了斗志和希望。

人不绝望,万事便皆有可能。

我把没有昏睡过去的所有人都召集到一起来,将目前的情况作了说明:出口被炸,又有一堆高手堵在门口,出是出不去了;不过外国友人威尔已经去后崖探路了,如果可行,明天白天我们就行动,顺着藤蔓,攀爬到山谷下面去,然后再想法子找寻出路。

这是唯一的选择,大家不得不同意。不过有一些担忧,就是几个伤员能否坚持到山谷底,需不需要等他们养好伤,再决定下去的时间。在经过与老光等人的沟通后,我们决定到时候采用相互照看的法子,一旦出现问题,相互之间也有照应。

商量妥当之后,除了轮流守夜的人,大部分人都相继睡去,养足精神,等待着明天的到来。

我找到白露潭,问她知不知道外面的情况,爱德华男爵那些家伙是离开了,还是在找工具,将这个通道给挖掘开来?白露潭摇头说,不行了,外面好像来了高手坐镇,她根本就无法与外界沟通了。

"高手?是怎样的高手?"

白露潭表示不清楚,反正比那个爱德华男爵要厉害,跟那个大供奉差不多,或者有过之而无不及。我点头表示知晓,让她抓紧时间睡觉。

听到白露潭的话,我心中更加惶急,然而又不敢表现出来。来到石道出口这里,忧心忡忡地看着这狭长通道,想着倘若这通道被打开,我们如何抵挡那些家伙的进攻呢?白露潭的法子都没有效果了,只怕在外面主持围剿事务的那个家伙,未必会给我们这么多准备的时间。

守在洞口的老赵和藤晓见我眉头不展,都笑了。老赵说,陆左,你别担心了,我们耳朵靠着石壁呢,但凡有一丁点儿动静,都会提前知道的,别这么大压力。

藤晓也说,对啊,这前面一截,我和老赵都布置得有阵法,倘若是那灵体过来,必定是来得去不得。

事情千头万绪，不过有这两个信得过的兄弟看着，我多少也放了一些心，跑回石榻那里，拿出虎牙来，将山阁老留下的那一篇石雕而成的《正统巫藏一携自然论述巫蛊上经》，给一点儿、一点儿地铲除，务必不留下任何痕迹，给敌人瞧见。

搞完这些，我闭目睡去。大概两个小时之后，威尔返回了石厅中，一身的寒露。

他告诉我，他探查过了，从这里往下走，藤蔓相连，一层又一层，即使没有藤蔓的地方，也被人工开凿出来落脚点，竖直往下三百丈，步步惊心，然而也有人精心维护过，想来之前挖掘这个洞府的人，应该经常出入后面的通道，下到谷底。

威尔甚至怀疑这些粗壮的藤蔓植物，都是那个人移植过来的。

谷底里面有一些轻微的瘴气，潮湿温润，到处都是绿色的林子和苔藓，他没敢多走，稍微查探一番就折转回来，并且顺手修理了诸多年久失修的地方，免得明天早上下去的时候，有人失手跌落崖间，一命呜呼了，到时候反而怪罪他探路不力。

我表示知晓，好声宽慰他，并代表了大家伙儿感激他。他贼笑嘻嘻，说这倒不用，只是倘若碰到他所说的那东西，给他留上一份便是了。

大明，我们稍微吃过了些清水干粮，然后开始讲起了昨天夜里商量的事情，并且让威尔带一部分人前往那边的悬崖平台，做好沿路攀爬下去的准备。除此之外，我还找来老光，在得知他们还有足够的炸药之后，我让他在石厅里安放炸点，到时候我们把这里给炸塌了，让敌人难以找寻我们的踪迹，封堵此处。不然即使到了山谷里面，他们倘若追击进去，我们仍会陷入重重包围之中。

一想到白露潭说跟鬼面袍哥会大供奉一个级别的高手来临，我心中就惴惴不安，绞尽脑汁想化解之道。大家服从安排，各行其是。

陈启盛和方雨生酣睡了一夜，早上我们又把大部分食物都留给了这几个伤员，故而精神总算是好了一点儿，开始在房间里面做一些恢复性的锻炼。我正在跟他们确定一会儿下山谷的情况，突然在出口的石洞处传来了老赵的喊声："有情况！"

我眉头一皱，急步跑过去，只见老赵冲过来，对我急喊，他们在挖土了，不知道用了什么法子，很快，我们准备撤离吧？

我连忙点头，赶紧催促正在大厅和四处布置炸点的老光等人快一些，然后招呼大厅里面剩余的人赶紧通过洞口，爬到那边的岩壁平台上去，准备往山谷下面转移。

尹悦附耳在那石壁之上，听到有沙沙作响声，眉头皱起，说，这什么情况？普通人力挖掘，哪里会是这种声音？

我无言以对。正在这时，塌方的前面出现了动静，窸窸窣窣的。当我看过去的时候，从里面飞跃出来两头身上皆是褐色角质状鳞片、犹如盔甲的畜生，这东西全长一米五，头小而呈圆锥状，吻长无齿，小眼泛着凶残的光芒，四肢粗短，五趾具强爪，甫一出现，就朝着我这边猛扑而来。在它们的后方，则是滚滚的黄色浓烟，泛着一股硫磺的臭味，这烟沉重，往地上席卷，闻到的人头昏眼花，竟然有摇摇欲坠的感觉。

藤晓一边往后退，一边扯着脖子高声喊叫，敌袭，风紧扯呼……

第三十三章　内奸

当这两头满身皮质鳞甲的畜生朝着我和老赵前扑过来的时候，滕晓第一时间发起了警告。因为早就已经在准备转移，大部分人都通过洞子来到了后面的悬崖平台处，所以并没有造成很大的惊慌。我腿上的虎牙匕首第一时间被拔出来，朝着这凶猛的畜生砍去。昏暗的光线中，刀锋与它坚韧的鳞甲相撞，擦出了些许火花来。

这东西瞧着模样，似乎是鲮鲤，但是比寻常鲮鲤要凶猛许多，也诡异得紧。它虽然厉害，但是并不算可怕，真正恐怖的是随之蔓延而来的黄色浓烟，如此沉重的烟雾，似乎是积聚了许多怨力，倘若不堵上，只怕会很麻烦。滕晓持刺剑，我则拿着虎牙匕首，一边与这不断前冲而来的盔甲畜生拼斗，一边往后退却。老赵和尹悦提前一步退到大厅中，见到陈启盛和方雨生跌倒在地，那黄色的烟雾已经往两人的口鼻处蔓延，慌忙将他们扶起，强行拖到后面的洞口去。

我看着仍在忙碌布置炸点的老光和黔南兵许磊，问，好了没有？

老光说还欠四个，只怕到时候会有漏洞。

我见那黄烟已然要蔓延到了后面的洞口处，心中焦急，大声说，够了，你们两个赶紧过去，听我命令引爆。老光似乎有些犹豫，然而他旁边的那个兄弟却猛地一把拉住他，两人急匆匆地往后面跑去。正在这时，有头畜生横扑过去，滕晓突然一声大喝，前跨一步，疾走如风，手中那把缴获来的刺剑如同一条走龙，直接贯穿了那畜生的口鼻之间，顿时鲜血飙射，洒落到地上。

那头畜生被一剑贯通，居然没死，一番挣扎，又跌落在地上，不过这一回，倒是没有再冲上来。

尹悦将昏迷过去的方雨生交给老光，见地上的黄烟如同有意识一般，朝着我们后面的洞口蔓延而去，知道定是有高人在场。她秀眉紧锁，双手一搓，出现一张青色的符箓。黄色的符箓寻常能见，青色的倒是少闻，我一边退，一边奇怪地瞧。只见尹悦轻咬舌尖，一口鲜血就喷在了符纸上，手掐印记，口诵经诀，那符箓飘飞落地，立刻一道青色的光芒如同焰火，绽放开来。

两者接触，一时间，那黄色烟雾里分析出许多具象的骷髅头来，鬼哭狼嚎之声顿时在我们的耳畔响起。

青色符箓化作了一道坚不可摧的长城，将那些黄色烟雾给阻挡在我们的后面，但凡有靠近的，都化作了惨淡的白色怨力，在空中飘散。尹悦大声叫，退，疾退，然后把这里炸塌了。

我回身快跑，很快就来到了洞口，发现旁边居然还残余着一些黄色烟雾，并没有被尹悦这青色符篆所转化，而此时石府中还剩下我、滕晓和尹悦三人。

眼看着青光有崩溃的迹象，我的胸口一动，留着西瓜头的可爱朵朵飘飞出来，她一出来，就趴在洞口，本来渐渐变得尖俏的脸颊突然鼓得圆圆，肥嘟嘟的，然后一口鬼气吐出，那些黄色浓雾顿时被中和消解，不再呈现。

这小丫头三口两口，竟然将通道里的所有黄色烟雾给中和不见，我大喜，连忙招呼尹悦和滕晓先行进洞。和上次一样，我又是最后一个进洞，刚一爬进去，就感觉到一阵劲风朝我扑来。

古之名将，擅使拖刀计，我却独善"黄狗撒尿"一招，见劲风临体，估摸着时机，猛地朝后一蹬，重重地踢在了一头前扑而来的畜生身上。我的右脚一阵发麻，而那东西却惨叫着往后跌倒。机不可失，我好是一通爬，三十几米曲折的路程，我连滚带爬出去，当见到太阳光的时候，后面轰隆隆的一阵炸响，老光引爆了炸药。

巨大的冲击波沿着曲折的洞子传出来，威力就减小了很多，不过山体一阵摇晃，烟尘冲出，吓得我们紧紧抓着山壁垂落的藤蔓，生怕这平台都倒下去。

过了一会儿，震动停止了，我们这才坐到地上，抹了额头那一把汗水，感觉惊险之极。

谁也没有想到，外面邪灵教的那个主事人居然找来了两头如同鲮鲤的畜生，快速挖通掩埋了的土洞，并且通过这个通道，将那股充满了怨力的黄色烟雾，给灌涌进来。那东西，又有剧毒，又有鬼魂怨力，只怕这里面除我以外的大部分人，都扛不住。倘若不是我们提前有所准备，只怕此刻都已经躺在了那个石府地穴之内，静待死亡了。

高人就是高人，四两拨千斤，就这么轻轻一出手，便将我们弄得欲死欲活。

不过这石府一塌，一股烟尘往外面翻涌冒出之后，便再也没有任何东西从曲折长长的洞口里冒出来了。

这时间非常短暂，原来就在外面的人并不清楚情况，纷纷围上来问个究竟。我惊魂未定，滕晓倒是口齿伶俐，将刚才发生的事情讲出，然后擦着手上沾着如鲮鲤般畜生的鲜血，惹得旁人一阵赞叹。

当然，除了赞叹，还有一些人和我一样，对外面的那个主事人层出不穷的手段感到害怕，只想着赶快离开，走得越远越好。

在我们出来之前，威尔已经在跟提前出来的众人讲解攀爬下去的注意事项——这崖壁平台距离谷底，足足有三百多丈，合起米也有一千米左右，对于普通人来说，攀爬其实是一件极其困难的事情。别的不说，光那高度，便让人十分头疼，倘若是脱力松了手，失身跌落山崖去，这可不像小说话本里的主人翁一样，会有一段奇遇，十成十的肉饼饼，妥妥的。

因为是白天，天空虽然阴沉，但是还是有着一些阳光的。威尔穿着黑色厚实的长袍，脸遮住，连双手都包裹得严实，不停地搓着手，不厌其烦地讲解着用登山绳给自己做安全绳套的法子。然而当石府中的事情发生时，所有人的注意力都被转移了，纷纷关心起我们的安全来。威尔很无奈，将身子佝偻着，躲了阴影里。

我在歇息完之后，走到地上躺着的那两个人面前。因为离得晚，陈启盛和方雨生都被那黄色的浓烟所浸染，昏倒在地，好在老赵和尹悦及时将两人扶起，然后连拖带拽，弄了出来。一阵掐人中、润心肺的动作后，两人悠悠醒来，问话也不答，有些头晕晕的，似乎十分不适那远山传递过来的太阳光。

见到这情形，尹悦十分担忧，说这两个人的情况，肯定是下不了谷底的，要不然你们先下去一部分，我留在这上面照顾他俩，等到情况好转了，我们再顺着下来？

老光心有余悸地瞧了一眼那个洞口，略微担心，说我们还有四个炸点没有布置好，万一留下来空隙，那些家伙说不定就能够摸着赶过来了呢。老赵摇头，说不可能，他们这次主要是利用了鲮鲤快速挖掘泥土的天性，突然袭击，然后用那黄色烟雾的杀手锏来袭击。这次我们把石府给炸塌了，别说是人，就是那死得只剩一只的鲮鲤，也爬不过来的。

尹悦也很自信地点头，说她的那张青菱驱邪符，乃是当代著名制符师、龙虎山天师道望月真人的作品，一旦有那符在镇压，黄色烟雾定然是蔓延不过来的——而且依照现在的情况来看，他们拥有的黄色烟雾，也并不算多。

那东西是什么？是有鬼木之称的槐树，而且还是蝶形花科的金叶刺槐。将十二名冤死的尸体埋葬在树下，底下的树根直接吸收尸体的养分，茁壮成长十二年，选一个阴风细雨的鬼节，从三月三、清明节、七月十五到十月初一，无论哪天，用钝刀磨树皮，渗血了，就砍伐之，取其树芯。燃烧这树芯，就能够激发出这种黄色烟雾来，也叫做"鬼木怨"，如此多的工序，你们看看，有多珍贵……

尹悦到底是跟大师兄走南闯北过的人，见识自然比我们都要高得多，一眼就将这东西瞧了个透彻。

由这东西以及之前的伪铜甲尸群，可以看得出邪灵教的财大气粗以及心狠手辣来。这些，并不是寻常组织所能够比拟的。老赵心思重，也有些不敢放心，便在洞口布置起驱邪的阵法来，以免真要出事，措手不及。

大家接受了尹悦的提议，在威尔的指导下，开始分批地往下行进，这样子可以错开一些人，免得到时候相互牵连。

说实话，从这么高的地方往下爬，确实十分挑战人的心理极限，作为一个以前坐过山车都有些忐忑的男人来说，我实在是有些彷徨。不过经历了这么多的事情，我倒也不是很害怕了，站在悬崖的旁边，看着大家陆续攀着藤蔓往下爬去，小妖浮于空中，不时地给予照顾，心中安然。

突然，正在布置阵法的老赵发疯一般朝我大喊，陆左，小心……

我一扭头，瞧见一个家伙朝我飞扑而来，试图将我给推落下山崖去。

第三十四章　垂直极限，刘明的救赎

一道身影挡在了我的面前，和朝我飞扑而来的那个家伙，狠狠地撞在一起。

这个身影正是一直都沉默不语的刘明，他正准备和老光他们一起攀爬下悬崖去的，他甚至已经用分到的登山绳，给自己做了一个防滑落的安全绳套。然而当看见那个想置我于死地的家伙凶猛扑来，他毫不犹豫地疾走三步，毅然跟那个人撞在了一起。

让我没有想到的是，这个想要谋杀我的人，竟然是刚刚还虚弱无力、头昏欲裂的陈启盛。这个来自陈家沟的学员眼睛里冒着红光，脸上满是狰狞的恐怖，一副中邪的模样。

当我回过头的那一刹那，看到刘明和陈启盛两人稍一停顿，便双双朝着山崖底跌落而去。毅然而决绝，出乎所有人的意料。

我来不及思考陈启盛为什么会变成这个样子，条件反射地伸手，朝着身边跌落的两人抓去，只希望能够救回一个人来。然而当时的情形，根本就是电光火石之间，让人来不及反应，我的指尖离两人还有两拳的距离，结果眼睁睁地看着他们两个惨叫着，与我擦肩而过，化作一条黑线，流星一般坠落而去……

我的心脏骤然一紧，仿佛被谁给击打了一下，洪钟大吕一般，嗡嗡回响，双耳发鸣。

我试想过很多险境，包括大家慢慢往下攀爬的时候支撑不住，双手受不住力，比如某处落脚点不牢固，比如有些藤条已坏死，比如……为此，我还和威尔，以及其他人商量过许多相应的对策，比如用登山绳作防滑安全套，比如由威尔提前踩点，在下面引导，比如由小妖朵朵全程照看。

然而让我实在没有预料到的事情是，陈启盛居然会丧心病狂地朝着我下黑手。我想起了威尔的警告和尹悦的担忧，猛然朝着方雨生看去，只见这个家伙满脸黑气，已然冲到了我的近前。

这一块突出的悬崖平台本来就不是很宽阔，大家立足在上面都嫌挤，根本腾不出躲闪的空间来，而且我根本就没有反应时间，被这一猛扑，双脚便已腾空——从始至终，我都是一个正常的人，也严苛地遵守着牛顿三大定律，在没有受力的情况下，我也奈何不得任何事情。

于是我在毫无防备的情况下，稍作僵持，就与方雨生一同跌出了那岩壁的平台。

我听到了一片惊慌失措的大叫声，歇斯底里。

我看到了好多人惊恐和扭曲的面容。

崖间发生的一切，都不过在短短的两秒钟之间，陈启盛和方雨生两个人竟然如同着魔一般，先后把刘明和我扑落山崖，同归于尽。

我在腾空而起的那一瞬间，身体在飞速往下滑落的节点里，明白了这里面的蹊跷：陈启盛和方雨生都有问题，这个是我们都能猜到并且一直怀疑的，然而他们的身上并没有什么疑点，也根本没有被人控制或者叛变的迹象，所以我们并不能够凭着一己的怀疑，来对付他们，限制自由，只是给予了过多的关注而已；然而让我没有想到的，真正让他们失控的应该是刚刚流入洞府中的那黄色烟雾，似乎触发了潜藏在他们体内的某一个指令，才会命都不要，袭击于我。这才是外面那个主事者所下的第三步棋，也是隐藏得最深的一记杀招。

好深沉的算计，好可怕的洞悉，好毒辣的手段！

跌落山崖下的我在电光火石之间，明白了外面那个主事人可怕的掌控能力，然后意识顿时一黑，往下面直坠而去。不过这短暂的意识丧失，并没有持续一秒钟，当我再次清醒过来的时候，无数美好的事情在我的大脑中浮掠而过——

我不可以死，我死了，朵朵怎么办？肥虫子也会死去的，小妖朵朵呢？那些爱我的，以及我爱的人呢？

我不可以死！决不！

求生的斗志顿时燃烧起来，我身体里传来了一大股力量，双手乱舞，试图抓住什么东西，然而因为离岩壁太远，根本就抓住不任何物体。就在我即将陷入绝望的时候，从我的屁股处，突然传来了一大股上托之力，猛然将我往岩壁推去。

得到这一缓冲，我的下坠之势稍一停顿，又接着往下跌落。

然而这个时候，我已经抓住了一棵生长于山石缝隙中的小树。这棵小树不过婴儿手臂粗细，根系抓得也并不牢靠，受到我这携着巨大动能的冲势影响，可怜的小树在坚持了不到一秒钟的时间后，从中间断开来。我的手臂疼痛欲断，仿佛不属于自己的一般，然而再次下坠的时候，我竟然跌入了下方七八米远的一大蓬树冠里，全身的骨骼咔咔作响，却终于停歇下来。

我的双手紧紧抓住周围的树干，一动也不敢动，连喘个大气都害怕，生怕这棵树又折断了。

惊魂未定的我在脑子放空了十几秒钟之后，才惶恐后怕地回过了神志来。打量周围，发现自己身处云端，并没有跌落多少，离那谷地还有很长的一段距离，而在我头顶很远的地方，有悲愤的喊叫声传来。我观察自己身处的位置，这是一棵迎客松，旁枝斜出，腰身粗，正好将我给挂住。

我小心地往主干上缓慢移了过去，每听到那吱吱哑哑的声音，就如同刀割在心头一般，心惊胆战。

我耳边突然响起了一声惊喜的话语："陆左哥哥，你没事啊……"

我回过头，只见一脸惨白、面无人色的小妖朵朵出现在我的左边。她脸上露出了又哭又笑的奇怪表情，泪眼婆娑，拳头紧紧攥着，明明关心得要死，嘴巴仍然倔强地说道："……臭陆左，你是个猪头头，真的沉得要死……"我看到她苍白的脸上有一抹异常的红艳，这才想起来刚刚我屁股后面传来的力量，应该就是小妖朵朵的功劳。倘若不是刚刚那一下缓阻，只怕我已经如同流星一般，化身为一摊肉饼了。她就是为了救我，才会变成这般模样。一想到这里，我忍不住地心疼。

听着小妖朵朵的责骂，我的心里却如同吃了蜜一样，跟她斗了两句嘴，然后爬到主干，骑在树干上面，让小妖朵朵上去通知上面焦急的伙伴们我还没有死的消息。过了一会儿，我看到将身子裹在厚厚长袍中的威尔，出现在我左边六米的一块岩石突出处，然后朝我笑着打招呼，嘿，陆，刚刚我爬到一小半，听说你掉下来的消息，很遗憾没见到你变成肉饼的样子，不过，你是打算一直骑在这树上面吗？

我耸耸肩膀，说，显然不……你有什么办法吗？

威尔将手上的一截登山绳掂量了几下，问我手臂还有没有力量。我这才发现自己裸露在外面的手臂和脸上，全部都是细碎的刮痕，而全身各处都有淤青，刚才第一棵小树和这里的撞击，将我的双臂给折磨得酸软疼痛，根本就没有多少握力。我闭上眼睛行气，突然发现身体里一片宽敞，力量似乎要比之前又精纯了一些，胳膊一热，却是金蚕蛊在给我传递力量来。

我睁开眼睛，说给我五分钟的休息时间。

威尔点点头，这里云雾遮顶，没有阳光照射进来，他已经将头套取下，露出俊朗的脸孔来。我们等待了一会儿，然后他将绳子抛给我，将我带到了他之前探明的线路中去。经过了一个多小时的艰难攀爬，我终于第一个下到了山谷中。

当双脚踏到了松软的草地上时，我看到了刘明、陈启盛和方雨生三人的尸体，散落各处。

没有奇迹发生。

我蹲坐在了刘明的尸体前，一股悲伤的情绪，在心底蔓延开来。刘明是为了救我而死的，虽然我最终还是被推落山崖，但是被鬼木怨操控的人有两个，刘明用自己的命，换来了另外一个人的安全。这个男人曾经当过"逃兵"，误入"黑道"——其实只是正经的保安——然而他最后还是回到了家乡，成了一个安分守己的山村老师，完成了自我的救赎。然后他死了，死在了家乡的深山中，一句话也没有留下来。

还有陈启盛和方雨生，他们的死去，代表着集训营整整一个小队，团灭了。

我默默地蹲坐在血泊之中。过了很久，上面的人陆续下来，看到这三具摔得变形了的尸体，心里面都很不是滋味。我们队里的几个成员围着我，见我一言不发，十分担忧，王小加拍我的肩膀说，陆左，别自责了，大家都有责任的。

我摇摇头，说我只是恨，恨那些莫名其妙伏击我们的家伙。若有可能，我一定要将凶手全部杀了，以祭奠这些死者的在天之灵。

我们悲伤过后，开始用工兵锹挖坑，将他们三个给埋葬起来。这谷底里的泥土松软，挖一铲，泥土里面竟是蠕动的黑壳爬虫，让人看着生寒。我们找来了两件来自吸血鬼身上的黑袍，将刘明和陈启盛包裹，另外一个方雨生，则没办法，直接入葬。

唱完安魂曲，我看到旁边的石头缝中有一抹白色，走过去一瞧，竟然是一堆散落的骷髅白骨。

第三十五章 商议伏击,海市蜃楼

我记起威尔岗格罗这个贱人曾经跟我说过,他为了让自己的心里畅快,睡得舒爽,把石府床榻之上那具骷髅,给扔下了山崖。看这些骨头的散落程度,应该是来自上面。不管它是不是著有《正统巫藏》一文的作者山阁老,想来也算是我们的前辈,让这白骨四处散落,我的心终究是不自在的,于是将白骨收集起来,然后将其小心掩埋。

威尔并不知道我与山阁老有着一些传承的关系,一边帮我搜集残骸,一边抱怨不迭。

往者已矣,活人总要更好地活下去。搞完这些,我们收拾心情,开始汇聚到一起来,商量接下来的行动计划。

根据地图,从这里到达南边,我们需要穿越一条几十公里的狭长山谷,而山谷两壁陡峭,内中皆是原始森林,密林遮天,人迹罕至,各种各样的野生动物纷呈多样,道路错综复杂,关键是我们根本就没有人熟悉这里的地况,也不知道到底会发生什么样的事情。

未知,所以可怕。

当然,如果我们顺着山壁找到附近的出口,折转北上也可以,不过我们便会遇到一个问题,那就是邪灵教的高手已然大量聚集在这一片区域,稍有差池,就会撞上。以我们目前的实力,并不足以跟那一伙疯狂的邪教徒硬碰硬地正面交锋。

我问尹悦教官,难道没有非电子设备的通信手段吗?

尹悦点头说有,不过她在召唤直升机来押运日本人的时候,已经用过了。那东西珍贵,每个教官手上只有一份。我叹气,感觉事情都凑到一起来了。倘若不是日本人,魏沫沫就不会死,刘明也不会碰到我们,卷入这一场纷争中来,而尹悦,她也不会用掉那稀少的通信手段。如此说来,那些家伙还真的是可恶至极。

见识过敌人的厉害,大部分人都不愿返回北边,试图穿过敌人的缝隙返回基地,而是宁愿在山林中慢慢地探寻,找到前往南方的路径。在大家的眼里,莽莽林原远远没有比人心,更加险恶。然而指引大家从石府中攀爬而下的威尔岗格罗却并不这么认为,或许血族比人类有着更加敏感的直觉,他旗帜鲜明地反对了往山谷里面进发的计划。

作为与大自然有着最亲近关系的岗格罗氏,他凝重地告诉我们,这山谷里面,极度危险。如果说去与邪灵教在外面的高手拼命,是九死一生的话,往山谷深处前进,就是有去无回。

不过我们认为他的话似乎有些小题大做了，这山谷深处的危险来源很多，但是主要就体现在两个方面：第一就是荒蛮山野中最寻常可见的瘴气，这种由动植物腐烂的尸体汇集而成的毒气能够让人阳气外浮、腑脏虚损，轻则痢疾，重则伤寒，蕴热沉沉，昼夜如卧灰火中；其二则是毒蛇猛兽，异虫鬼物。

这第二因素并不足虑，一则我们这里人手充足，高手不少，既有精通丛林生存的特种军人，又有炼毒驱虫的养蛊人，余者都不是体弱之辈；唯有第一种，倒是有些让人发愁。不过也真是巧了，朱晨晨来自道门医学世家，又生于古时瘴气横行的岭南，自然精通驱瘴之术，遑论是草药还是术法，都有其玄妙之处。

如此看来，其实往谷中行去，不失为一个很好的选择。

威尔总是说这山谷之中有大恐怖，然而具体所指，又说不出一个所以然来。不过他表示，倘若真的要往谷中行去，他宁愿静待于此，找一个阴气旺盛、没有虫蛀的地方安歇，等数月之后，风云停歇，再作打算。当然，作为朋友，他即使被爱德华这些家伙发现，也不会透露我们的行踪。

这山谷地势奇特，云雾下沉，将头顶的天空笼罩得雾气蒙蒙，太阳很难照射进来，使得此处空气格外的潮湿温润；林子低矮，最高不过七八米，遍地的苔藓和蕨草，绿的似玉，红的如火。

当听到威尔说出这一番话来的时候，我心中不由得一阵跳动，感觉到威尔所想要表达出来的意思和决心。

见大家一直为此争论不休，在一旁没说话的王小加突然抬起了头来，环顾四周，说，为什么我们不在这里预设伏击圈，将我们身后的追兵给一举消灭呢？

这个性格倔强的女孩所说的话，让一直在犹豫怎么逃离的我们，都不由得一愣。

是啊，既然我们是如此地憎恨围剿我们的邪灵教，而且目前的人员也还算是齐整，为何不如同在登仙岭一般，主动设下伏击圈，将欲图收割我们性命的那些猎人，通通转化为猎物，将他们给反杀呢？若如此，既可以为死去的兄弟姐妹们报仇雪恨，又可以化被动为主动，主动出击，一消我们心头的恶气。

然而在经过一番考虑之后，我们发现需要面临的问题却是很多。

首先，追击者的主事人不可能像鬼面袍哥会的大供奉刘罗锅一样，如此大意。其次，对手实在太过强横，已知的敌手就有传奇男爵爱德华、神秘的赶尸匠人、数名南洋黑巫僧、指挥藏獒的驯兽师以及诸多未曾露面的神秘人物，后面还有匆匆赶来的鬼面袍哥会大拿，说不定就有白纸扇或者坐馆大哥级别的人物……这些家伙称得上是群英荟萃，英雄云集，多方高手组成的国际化团伙；而看看我们，七个集训营学员、一个二十二岁的女教官，一个叛出家族的吸血鬼，还有三个身上有伤的特种兵。

敌人是残忍而狡诈的，仅仅一个回合，些许功夫，我方就有三名人员跌落悬崖，失去性命。我若不是小妖朵朵拼死相救，也得化作一摊肉泥，护了来年那灿烂的

春花。

然而即便如此，我却从大部分人的眼中，看到了熊熊燃烧的斗志。这斗志是怒火所转化而成。

特别是老光他们来自红龙特种部队的三个男人。他们的部队，是全国排行前十的战略型特种部队，接受着最残酷的训练和最全面的战斗体系培养，可能随时奔赴战场。即使在和平时期，也常年游走于死亡的边缘，自然有着独有的骄傲和自豪。然而他们这一趟任务，却已经有四个兄弟，永远地躺在了枝叶腐烂的丛林中。特别是刘明的死去，让老光等人更加接受不了，导致了他们一直都在沉默。这沉默并不是怯弱，而是不断发酵的怒火。

老祖宗教导我们，当自身实力不如敌人的时候，我们可以依托较大的作战空间来换取时间，移动兵力包围敌方，以优势兵力速战速决。对手的强大并不是我们逃避的理由，是人，总会有弱点的。在经过了又一场激烈的言语讨论和交锋之后，王小加的提议居然得到了所有人的同意，骄傲的学员和军人们不愿意像老鼠一样逃来逃去，我们更乐意让敌人自食恶果，哪怕我们自身也会死亡。

每一个人胸中都有热血，而作为新生代的我们，更是有这种积极应对的斗志。

我问威尔的打算，因为对于他来说，这毕竟是我们的战争，而不是他的。在经过一番沉默之后，威尔告诉我，他可以留下来，帮助我们战斗，但是如果局势不对的话，他可能选择逃跑。他说得很坦诚，眼睛里一片清亮，我点头，拍了拍他的肩膀，说没问题。

计划就这样决定了，我们首先要做的和上次一样，需要先选定一个主要的伏击圈。

然而因为对这谷中并不熟悉，我们还是需要对自己所处的方位，作一番详细的搜索，以便在接下来的战斗中，占有地利。

整整一上午，我们都在这山谷中搜寻，两人一组，每组相隔不超过两百米，分批搜索，仔细巡查，务必将这里的地形记得清楚。因为威尔独特的身份，我和他分了一组，实力强劲的我俩，比寻常小组要离得更远一些，很快就来到了离落脚处五里远的一个溪流小潭附近。

正在这个时候，一米阳光透过厚厚的云层，从天空洒落下来，照射到了这二十来个平方米的深潭口。然后让我和威尔愣得一步都走不了的奇异景象发生了。

七彩的光芒中，仿佛有一扇门被推开，在门的背后，是葱葱郁郁的树林子，一行人从上往下在缓慢行走着。这一行总共八人，三女五男。这潭上浮现的景象栩栩如生，将他们所有的形象都映照在了我们的眼帘中。威尔忍不住拿起胸前的单反相机，咔咔咔地连拍了好几张，激动得不能自抑，嘴唇哆嗦地连说大自然真奇妙，竟然在这里，能够见到如此神秘的幻境，这是海市蜃楼吗？

他转过头来看我，发现我脸色不对，问，怎么了，这些人你认识？

我点点头,说是的,我认识。

正当我准备跟他说些什么的时候,那清潭上面的画面一阵摇晃,变成了又一幅场景。

第三十六章　恐怖深潭，青铜棺椁

我和威尔像两个呆头鹅，傻傻地看着那深潭上面的图像转换。

出现在我们视野中的，是一处陡峭的坡崖下坡路，一个嘴唇上面留得有两撇整齐胡须的眼镜男负手而立。这年头留出这么整齐胡子的人并不多见，如同武侠小说里面陆小凤的那四条眉毛一般，让人看上一眼，就记忆深刻。这个"陆小凤"看不出年纪，或许三十，或许四十，反正就是一副睿智而精干的模样。

在他的旁边，一个矮瘦的黑袍男子正在跟他说着话，那个男子长得丑陋之极，如同钟楼怪人；有一个头上包裹着蓝布的后生子在给黑袍男子打伞遮阳——事实上，他们头顶的天空，阴沉沉的，并不见半点阳光。

一群包裹得严严实实的黑衣人动作僵硬地跳动着，在这陡峭的下坡路中，走得让人格外揪心。

有许多头上包蓝布、脸上带着川剧变脸面具的人在照顾着黑衣人下山，其中间杂着几个脸上抹着白灰的东南亚黑巫僧，以及一个眉毛极浓的中年妇人。这妇人脸色苍白，额头起着褶皱，年纪似乎也才四十多，然而嘴角的法令纹却将她勾勒得苍老而严肃，让人看一眼，就不由得想起武则天或者慈禧太后这样手握权力的女人。

我的瞳孔急剧收缩，不过一会儿后，我心中释然了。

既然远在新加坡的艾瑞克等人都被借调过来围剿我们，那么近在缅甸的黎昕，这个萨库朗的余孽，自然也极有可能会出现在此处。毕竟之前听人提过，说萨库朗跟邪灵教的关系十分铁，之前她们掳来的诸如古丽丽这般的可怜女人，偷渡渠道，似乎还是依靠邪灵教提供的。

原来那些伪铜甲尸，竟然是黎昕所练就——是啦，是啦，也只有在缅甸的深山老林子里，也只有像萨库朗这种没有底线和人性的邪教，才会有如此的"大手笔"，才会做出将滚沸的铜汁，生生灌注进活人身体里面去的事情来。

这个圈子并不大，所以我的仇人还真的是云集至此啊——虽然他们并不仅仅是为了我而来。这支队伍人数超过了五十人，似乎正在从上往下行走，而真正的主事者，似乎就是那个让人印象深刻的眼镜男。这个时候，老赵等人也被这番奇景吸引过来，这个居家道士皱着眉头看向这个男人，说，竟然是他？

我回过头来问，这四条眉毛的家伙，到底是谁？

老赵说这个人，应该是鬼面袍哥会的二号人物，白纸扇罗青羽。照理来说，像他们这样的组织，一般头面人物都是很低调，很神秘的，不过老赵曾经认识一个叛出鬼面袍哥会的袍哥子，故而知道一些内幕。据闻白纸扇是个很厉害的修行者，他或许不如大供奉那般诸多手段，然而智近乎妖，鬼面袍哥会的壮大，有一半的功劳是来自他，而不是坐馆大哥张大勇。

听到老赵说起此事，我来了兴致，问，鬼面袍哥会的实力如何？

老赵沉着脸思考了一下，说强，很强！西川自古以来便是天府之国，然而也是一个悲惨之地。全国鬼故事最多的省份，是哪里呢？就是西川。这得益于西川历史上几次著名的血腥的大屠杀，上千万人被杀得只剩几十万，这是什么概念？所以，西川的邪灵教分舵，是自立门户的组织，实力最是强劲不过。不过道高一尺，魔高一丈，自1949年以来，西南局也是最强盛的，即便如贾老这般的人物，也只能屈居副职至退休。豪雄济济，方才能镇压宵小。不过呢，也难，之前在西川数次传出来的僵尸咬人事件，便与鬼面袍哥会脱不得干系，由此可窥一斑。

我们几人说着话，那深潭上面的"海市蜃楼"已然消失无踪。大家听到消息，已经都集中到了潭边来。得知追杀我们的人是鬼面袍哥会的二当家带队，而且实力卓著，尹悦的脸色凝重得不行。她虽然是七剑之一，但到底比不上林齐鸣那等经验丰富的老家伙，心里也藏不住事情。

我见大家都有些沮丧，便笑了笑说，不过是个二把手，他们的大供奉刘彧，还不照样被我们给弄升天了？只要我们布置妥当，到时候无非是给我们多送几条性命而已。

大家纷纷称是，在这密林之中，最合适的就是小范围的游击战，打不过就跑，跑完了接着打，大家比的无非就是耐力而已；而且有心打无心，诸般布置对付埋头硬闯，这门生意妥妥的不亏本。

我们开始商量着如何在这一片区域里布置陷阱和阵法，大家各取擅长的部分实施。

这里最受到欢迎的，还是红龙特种部队出身的老光等人，他们所在的部队，全国军区大比武中，丛林战中排名前三。带着闲杂人等，他们在条条小路和林间，用最简单的方法预设陷阱，直接而有效，阴狠歹毒，极尽缺德之能事。

我并没有参与这些陷阱的制作，而是将金蚕蛊放出，让这个小肥虫子去召集手下，也让它顺便吃上几口。得到我的指令，肥虫子欣然领命而去。

从刚刚挖坑埋葬刘明他们的那情形来看，这里似乎十分符合长虫毒蛇生长，肥虫子应该能够召集到更多的手下来，我很期待它能够给我惊喜。

我和威尔来到了这个神奇的深潭边，想瞧一瞧这个水潭到底有什么魔力，竟然能够将谷外几个出口处的情形，用海市蜃楼的方式，通过阳光折射到这里来。然而这水潭跟普通的水潭相比，也就是水面泛青，黑黢黢的。我伸手摸了一下这潭水，寒战入骨，瘆人得紧。除此之外，并没有任何不同。

威尔不敢靠近这口深潭，他十分敏感，说这潭里面，有让他恐惧的力量。

他越是这般说，我就越发地好奇，绕着潭水走了一圈，终于发现在这口深潭四周的隐秘处，各有一根长长的黑铁锁链，婴儿手臂粗，我伸手进去，死劲儿一拉，死沉死沉的，提不起来。我回头叫威尔过来帮我，谁知道这个吸血鬼脸色惨白，不断地往后退却。我牙齿咬得咔咔响，终究还是拉起了一点儿来，透过幽幽的潭水，看到里面，似乎有着一副巨大的青铜棺椁在。

我吓得一松手，轰隆隆，那铁锁链跌落潭中，砸起许多的水花来。这水花印在刚刚那一米阳光之中，我看到了很多细微的小鱼儿，在凌空飞舞。

我一屁股坐在地上，感觉那水花中有着十分恐怖的东西，而手心则是凉凉的。

我低头一看，原来右手正好按在了一只癞皮蟾蜍上面。这个家伙十分大，而且造型古怪，如同牛蛙，浑身疙疙瘩瘩，尽是黄绿色的癞皮。我看着恶心，顺手将它丢入潭中，然而那癞皮蟾蜍刚一落入深潭中央，身体立刻消失，只剩一副骨架。

我被这景象吓得瞠目结舌，眯着眼睛看，这才发现居然是那些细小若微尘的鱼儿在作怪。

这时候我才回想起来，自己似乎也碰过那潭水。抬起手来，发现有好几条纤维丝一般的红色小鱼儿，正咬开表皮，钻进了我的血管中，不觉得疼，似乎有一些麻醉的效果。急得我立刻唤回金蚕蛊，让它帮我把体内这些恶心的小鱼儿，全部清理干净。

等一切结束，我找到离得远远的威尔，跟一脸惨白的他讨论将敌人引入那个深潭中的想法。

威尔摇摇头说，那个深潭就是我大部分恐惧的来源，那是个不祥之地，你最好不要靠近它。我奇怪，说，是那些如同鱼蛊一样的牙签鱼，还是莫名的青铜棺椁？威尔不说话，我则笑，说，既然是不祥之地，那么就让敌人为它而哭泣吧，到时候，我们把白纸扇这些大人物通通都引入潭中，弄死他们。

在得知这口二十几个平方米大的深潭有如此恐怖的实力，大家都开动脑筋，开始了一场头脑风暴，务必要把敌人都引到这里来，将其消灭。

只可惜，此处整体偏阴，我们搜寻了好久，都没有找到如同登仙岭那样的环境，而且材料也有限，故而也只是布置了几个移花接木、掩人耳目的小迷阵。一整天，我们都在忙忙碌碌地在做战斗的准备，小妖和白露潭负责外围的警戒。直到日头偏西，我们都没有瞧见邪灵教的人到达我们这里来。

此处山貌地势复杂，道路曲折，他们若是进入谷底，须得绕很长的路程，并不如我们直接从悬崖上面攀爬下来这般省力。

傍晚，我们再次汇拢到一起，将今天的成就做了沟通和交流，免得敌人没来，倒是将自己人给祸害了。

夜幕降临，我们脸上的神色越发严肃。因为我们知道，邪灵教的手段大多是些祭鬼炼魂之物，都是晚上会事半功倍的东西。

待到九点过一刻，白露潭突然朝我们传音，说有人闯入了我们的警戒圈。

第三十七章　初次交锋，林中处处是高手

白露潭传递过来的话语，让我们不由得都紧张起来。

其实在看到鬼面袍哥会的白纸扇罗青羽带着大队人马，走下山谷里来的时候，我们心中就不由得多了几分忐忑，故而除了对陷阱机关的设置外，由教官尹悦带队，对我们的退路做了一定程度的探索和规划。如果遇到太激烈的抵抗，或者局势不利，我们阻击不利，还是要撤退的。边打边走，在运动中消灭敌人，这才是真谛。

因为是采用丛林中的陷阱机关来对付敌人，每个人负责的区域都比较多，我们基本上是采取两人一组的组合方式，各负责一片，然后设置几个集合点，来达到相互联通的作用。

在这场伏击战中，老光他们三个特种兵成了最主要的布置者。因为相对于我们这些人来说，他们才是丛林战的专家级人物，而且装备着长短枪的他们也是重要的火力源。虽然他们小队的狙击手在来路的时候就被暗算了，但是老光他们的枪法个个都是军中翘楚，到时候照样可以对敌人起到最致命的威胁。邪教再厉害，脑壳也不可能比子弹硬，这是历史进步的必然趋势。

我对老光他们布置的诡雷阵和诸多粗糙而实用的陷阱，充满期待。

当然，就分组而言，每个特种军人都与一位女士合作搭档，长短结合，优势互补，尽量发挥最大的攻击力度。

白露潭这边一示警，我们就各就各位，开始在黑夜中潜伏起来。

威尔并没有得到大家足够的信任，于是我和这个帅气的吸血鬼被分在了一组。就实力而言，我们两个算是强强联合，所以也就承担了更多的责任，比如猎杀敌人的头目，以及充当救火队员，坚守最危险的正面战场。而教官尹悦和老赵，则负责居中，统揽全局。

在此之前，尹悦给我们每个人都发了一张隐蔽气息的符纸，从而能够更好地阴人。而我看家的"虫蛊驱避精元"，也给每人分发完毕。

黑蒙蒙的夜里，林中有虫子的吱吱叫声，头顶处乌鸦在哀叫，再之上，是一层薄薄的雾气，将我们整个的天空给遮挡。月亮一直在，只是不明显，那淡淡的月光如同透过毛玻璃照射进来，有种让人摸不着头脑的迷离之感。

在白露潭发出信号之后，我便一直蹲身在水潭右边三里路的一处草丛里，而我的搭档威尔，则静立在我对面一棵十几米大树的树冠中，彼此都看不到对方，只是在心中相互信任。

这是在伏击圈的最外围，我们属于第一批接敌的人员之一。

过了差不多有二十分钟，我看到远处林间的一个草甸子处，有东西在游动，缓缓的，阴寒湿滑。这里的视野并不是很开阔，而且光线黯淡，瞧得不是很分明。我深吸一口气，借着朵朵的鬼眼再次瞧去，只见在黑暗中，有一道忽明忽暗的气息在阜甸子上流淌，通过观察，这气息逐渐分明起来，勾勒出了一个模糊的人影来。

我看到这个人影，心中突然不由得一阵狂跳。

我看到了一个熟悉的面孔，这个人曾经伏尸道边，他的堂弟在今天早上的时候中了邪，跌落山崖，给集中营的死亡名额里，又添加了一笔。这道气息竟然是陈启昌，一名来自陈家沟的集训营学员。看着这道游离不定、脸色阴霾的灵体，我的双手紧紧地抓着地上的青草，尽力不让自己发出声音来。

太可恶了，人死也就算了，居然把他们的灵体拘禁，再用来对付我们！

而我们倘若是死在了这里，是不是也会被炼制成这等毫无意识、只有邪恶的鬼魄，不由自主地去害人，日日饱受那阴风洗涤的痛苦呢？

不过我终究还是冷静了下来，采用灵体来探路，这法子我们之前有预料过，只是不知道他们居然将这没死几天，头七都没过的亡魂直接炼制过来，显然是急于将我们找寻，完成任务。不过这等灵体，是不能离人太远的，否则若是没有足够禁制的手段，很容易成为孤魂野鬼，飘落散去。于是我也不慌，蹲身观察着，等待着敌人露出面容来。

果然不出我所料，在安静等待了差不多三分钟后，有三个头包布巾，脸上覆盖着鬼脸面壳的人出现在了草甸子前，聚拢着，小声地探讨着什么。

跟我们守株待兔的目的不一样，鬼面袍哥会白纸扇带队的这一伙五十余人，需要搜索偌大的一片山谷地，人员自然会四处分散。不过他们人多势众，却也并不忌惮，只要找准我们的方位，便能够召集部众，呼啸而来。

显然他们也并不确定我们是否下到了这谷中，故而应该也有一些人手留在了山崖之上。

见到仅仅三个人前来，我不由得兴奋起来，这般缓慢消磨敌人实力的方式，是我的最爱。

只可惜，一旦交上手，我们便不能够阻止敌手的层层推进了，所以，这便宜能占一点，便占一点。

三人一鬼在一阵张望之后，顺着林中小径，小心翼翼地朝着我们这边摸过来。

我紧绷着身子，尽量让自己能够在第一时间便冲出去。瞧着敌手三十米、二十米、十米这般缓慢走来，我心中满是静待猎物的宁静。当那陈启昌转化的幽魂从我身前的草丛中飘然行过的时候，领头的那个鬼面人便离我只有六七米的距离了。

他小心行走着，突然脚下一动，一只削制得尖锐的利箭，悄无声息地射向他的腿上。

这个领头的鬼面人也是个常年在刀头舔血的家伙，反应迅速，立刻往旁边一躲闪，突然脚下一空，踩到了一个深坑陷阱中，人立刻重重地摔在了遍布竹签的坑底，哇哇大叫。旁边两个青衣鬼面人四处张望，双手各自抓出一根墨绿色的竹棍舞动，有着呼呼的阴风出现。

他们终究没有大供奉刘罗锅的那般感应力，于是便着了道。

当哀叫声喊起的时候，在我左边几里远的地方，火光冲天，一阵巨大的雷鸣声响起来——那是老光他们布置的诡雷被触动，爆炸声响，不知道有多少人丧失了性命。我和威尔依旧按兵不动，只见哀声没响一会儿，那跌落坑中的鬼面人突然跳出陷坑，身上鬼雾缠绕，好多隐约的骷髅头在旁边飞舞。

能够被派出来追杀我们的鬼面袍哥会成员，自然都是高手，我也并不指望些许陷阱就能够解决他们。不过能够造成一些伤害，也是理所当然的。

在听到了左边的爆炸声响后，个子最高的那个家伙大声呵斥说，龟儿子，有埋伏。老四，没事吧？那个被唤作老四的鬼面人从坑中跳出，携着鬼雾回身大喊，走，回去叫人！三人回身就准备跑，我哪里答应？立刻发动机关，暗箭朝着这三人嗖嗖地射出去。

这些暗箭都是经过老光手把手地给我指导而成。用一个贬义的形容词说起老光此人，端的是"阴狠狡诈"，经过他的一番布置，这暗箭自然是算计了诸多反应和路线，当第一通机关放完，已经有两个家伙中了暗箭，还有一个更是脚踝被绳套给圈住，人就被拽着往对面荆棘丛中拖去。

拖人的正是一直隐而不发的威尔，那头由修行者转化的怨鬼也朝着那个方向冲过去。

在我面前的，只有一个伤者，以及那个浑身骷髅头黑雾的老四。

两人跌跌撞撞往回跑，突然一个梳着马尾辫儿、一米多高的小女孩子站在他们面前。这个小女孩外貌清纯精致，不施粉黛，眉目间却自有一股别样的妖媚，黝黑的眼睛仿若那天上的星辰，看着弱小，然而老四两人却僵直地停住了脚步。

"啊……"

被拉进荆棘丛中去的那个青衣鬼面人传出了一声凄厉至极的尖叫，让人心底里发颤。这叫声也使得这两人下定了决心，一人耍竹棍，一人将手心里的黑雾凝聚成团，朝着小妖朵朵扑来。

我已然在小妖出现的那一刹那，就如同猎豹一样，朝着那两个伤员冲了上去。

一朵纯白的火焰升起，鬼面人中的高个子竹竿一耍，顿时冉冉鬼火出现，这火焰安静而腼腆，却有着让人恐惧的业力，让往前疾冲的小妖朵朵心生顾忌，拼斗了两下，便往后退，将青木乙罡洒落，欲图将这两人拖延。然而那朵火焰竟然能够将那青木乙罡给燃烧殆尽，不留痕迹。

这时，我已经冲到了两人的近前，如同猛虎出闸，将两人冲撞倒地，那朵白色火焰朝我烧来，被我将震镜祭起，一声"无量天尊"，几近于无。

　　情形危急，我也顾不得许多，举起虎牙匕首，便朝着那老四刺去。突然一阵风起，一道尖锐如同玻璃钢的指甲，从黑暗中冒出，朝着我的脖子间横切而来。

第三十八章　意外的意外，只恨当初不珍惜

紧急时刻，我翻身一个铁板桥，堪堪避过这一记凌厉的攻击，却被接连过来的一脚，给重重踹在了腰眼处，痛得大叫出声来。如此厉害，来的自然是吸血鬼中的传奇男爵爱德华。

我一边往旁跌落，一边心中暗自大骂晦气，就差一点点，我就能够收割掉一个对手的性命了。

想来就是因为我所中的那血族诅咒，如同暗夜里的明灯，使得这个家伙能够如此快速地找到了我。如有可能，还是要将其抹去才好。我不敢在地上多作停留，翻身起来，连出两脚，将爱德华逼退，然后不管这个家伙，朝着刚刚被踹倒在地的老四砍去。

爱德华自然冲上前来阻止我，然而一道白影闪现，小妖朵朵挡在了他的面前。

身具麒麟胎质的小妖朵朵在格斗上面，是完全可以虐我玩儿的，故而对上爱德华，也算是势均力敌，而我对于老四这两个人，也还是有着足够的自信。或许是与鬼物打交道过多，或许是刚刚跌落坑底被竹签子扎得鲜血淋漓，老四的行动并不是很利落，跟跟跄跄地闪开去，然后朝我挥舞着左手，一蓬黑雾袭来。

这黑雾乃是鬼力怨气所化，倘若没有功法，中者自然是浑身阴冷无力，头晕眼花，倒地不起。不过我却不惧，掏出震镜，往前一招，并不用呼唤那句引导法诀，里面的人妻镜灵自行运转，将这番黑雾给吸纳入内。这面镜子往日吸收过许多鬼气，前两日又得了一大股神秘力量，自然也是驾轻就熟。黑雾吸收殆尽，我立即前跨几步，煞星一般，手持匕首，往前使劲儿一挥。

老四慌忙地伸手一挡，半边手掌都被我给削了下来，洒落鲜血一片。十指连心，这几根手指断掉，他自然是杀猪一般嚎叫起来。

这个青衣鬼面的男子平日里定然也是袍哥会的中坚人物、教内高手，不然也不会随着会中的几大首领前来此处。然而想来此刻的他，定然是十分郁闷，不知道区区一个集训营的学员，为何就如此妖孽，在爱德华男爵的追击之下，还能够像疯子一样下黑手杀他。

我却不管面前的这个家伙有什么想法，他们的首席大供奉我都杀得，何况是这么几个小杂鱼？

当下我手舞刀花，跟这个老四过了几招，然后拼着被身后那根坚硬如铁的竹竿捅菊花的危险，一刀将这个家伙的脖子给抹断，飙出许多鲜血来。随着老四倒地，我回

过头来，神经质地笑了，看向了那个挥舞竹竿的高个儿鬼面人。

因为带着变脸面具，看不出表情，然而这个家伙却在一步一步地往后面退却，心惊胆战。

我心中还在想着惨死在这莽莽群山中的那些同学，想着许多本应该生活在这蓝天之下，却已然死去的朋友们，怒火一阵高过一阵。那个高个儿退后几米，突然感觉不对劲，猛然回头，只见一个如同汤姆克鲁斯的英俊老外，悄无声息地站在他身后几米处，嘴唇上面全部是还未干枯的鲜血，一对尖锐的吸血牙突出唇间，使得他的脸容，格外的诡异和邪恶。

从这个高个儿鬼面人剧烈颤动的身躯来看，我知道他应该差不多要崩溃了。

本来作为一个袍哥会的中坚力量，他的心理素质应该不会这么差劲儿，然而见到我方也出现了吸血鬼，而且刚把他的同伴给吸食完毕，心中自然是极度混乱。本来以为能将我给擒杀的爱德华男爵，见到我居然在他眼皮子底下，将鬼面袍哥会的高手如同宰鸡一般地杀死，气得大声嚎叫起来。他也不多废话，往上面一蹿，顿时身轻如燕，跳入了旁边的树林之中。

小妖朵朵往前追击，而我则配合着威尔，将这个挥舞着青色竹竿的男人，在十秒钟之内，结果了性命。

刚刚将这家伙的咽喉割开，气管里的鲜血汩汩流出，我突然感到身体一凉，竟然是那陈启昌的亡魂扑在了我的背上，双手卡住了我的脖子——这修行者炼化的恶鬼跟普通厉鬼并不是一个概念，刚刚成型没几天，手上的力道居然坚硬如铁箍，我强行点燃恶魔巫手，往后面掏去，立即摸到一坨果冻般的材质，阴森寒冷，然后还有不少吞噬之力反侵而来。

此乃小术，倘若能够假以时日炼化，或许对我还有一些威胁，此刻我却并不忌惮。

然而正当我想要将这东西超度归天的时候，突然脑后传来一阵尖锐的啸声。

在我对面的威尔脸色陡然大变，伸手过来想拉我。

我扭过头去，什么都没有看到，就被一阵疾风吹到，一股巨大的力量将我给重重推倒在湿腐的泥地里。一瞬间，我感觉脖子被紧紧勒着，喘不过气来，窒息，脑子像一锅煮沸的热粥，要炸开了一般，顿时感觉天地都为之一暗，意识往头顶上空飘飞而去，有脱离躯体之感。这种感觉有一种死亡的味道，我恐惧之极，使劲儿挣脱，不知道自己到底给什么东西所笼罩。

就在我胸腹中只剩下一口气的时候，突然我浑身一阵轻松，眼睛终于能够见到东西了。第一眼居然是朵朵，她的脸憋得通红，双手结印，朝着前方推去。我顺着往前看，只见刚才消失在林间的吸血鬼男爵爱德华，居然幻化成了几个影子，游离不定，正在与衔尾追击而来的小妖朵朵缠打在一起。

威尔在旁边摇晃我的肩膀，声音仿佛在天边。过了一会儿，我听到了他的声音：

"……陆，你没事吧？这个家伙的精神冲击太厉害了，你要是成了植物人的话，那我可就要跑路了啊？"

我感觉自己的嘴唇上面甜腥一片，伸出手，往鼻子间一抹，上面尽是些不知什么时候流出来的鲜血。我的脑子还在咕嘟咕嘟地冒泡，乱糟糟的一团，不过意识却有些清醒过来，这才知道爱德华之所以厉害，除了他强健的身体和如疾风一般的速度之外，这所谓的精神冲击，也是一招极为厉害的杀手锏。传奇男爵，果然手段繁多，厉害非常。

见我挣扎着站起来，威尔这才放下心，拾起手中的刺剑，剑花一挽，朝着前方的战团冲去。

战场之上，容不得半点儿黏糊。我深吸一口气，让肺腑中火辣辣的器官得以舒展，肥虫子监督布阵去了，我此刻真的就是孤军奋战了。不得不强打起精神来，沉心静气，然后尝试着用意识，去沟通空间中的"炁"之场域，试图能够让自己的感应变得强大起来。

当我真的将自己的心思融入场域之中时，突然感觉我们这边战场变得生动起来，与黑暗丛林中的各处战斗，彼此都关联起来，那些哀号声、惨叫声还有爆豆一样的枪声，都变得就在眼前一般。

丛林中的伏击开始了，每一个地方都在战斗，在流血，并且有人惨叫着死去。

我看到了刚才紧紧缠着我脖子的那个厉鬼逃向了来路，我也听到了有好多高手正寻觅着声音，往这边跑来。

最后，我看向了正在与威尔、小妖和朵朵拼斗的爱德华，这个丑陋的吸血鬼披着猩红色的长披风，脸色铁青泛蓝，如同修罗鬼怪一般，让人很难把他和威尔想象成同一个种族。即便是三人围攻，爱德华依然能够占得上风，浑身有淡淡的红色光芒，吞吐不定，将两个朵朵洒下的青光吞噬干净。这是他以前根本没有展现出来的本领，想来此刻也是被逼得急了。

我使劲儿摇头，感觉身体好了一些，大声念诵"灵镖统治解心裂齐禅"，让九字真言的力量，灌注到自己的全身里来，然后挥刀往前冲击。

走到跟前的时候，我大声喊道："诸位让开……"听得我言，威尔和两个朵朵各自散开，我祭起人妻镜灵，顾不得她的疲惫，强行催动上面的破地狱咒，往前断然照射而去。爱德华男爵猛惊，抽身往旁边闪，然而人妻镜灵催动的蓝色光芒快得让人反应不过来，重重的一蓬，射在了爱德华的身上。

蓝色的光芒一入体，边缘的金边如同游龙，顺着爱德华男爵的身子萦绕，立即有焦臭的黑烟冒出。见到面前这个嚣张的吸血鬼僵直不动，我左手上面的虎牙匕首反握，已然朝着他的胸膛插去。反应过来的威尔也不甘示弱，剑走如龙，从另外一个角度，提前一步刺穿了爱德华的咽喉，而这个时候的小妖也冲上前来，双拳如擂鼓，准备将这个家伙揍成猪头。

谁也没有想到事情会如此顺利，如此简单，震镜的定身作用，简直就是逆天的法器。

然而也就是在这个时候，这个丑陋吸血鬼的全身各处突然炸开了许多血口，鲜血飙射到了小妖朵朵的身上，瞬间引爆。

轰——

一股巨大的冲击波将小妖给重重地砸在了泥地里，半个身子都陷入了腐质层中，再也没有爬起来。

我的虎牙匕首以及雷击桃木钉相继打入这个吸血鬼的心脏，然而口中却大声地叫了起来，小妖……

朵朵也在哭泣，小妖姐姐……

在我的印象中，小妖朵朵这个小狐媚子，向来都是一个强悍的存在。

我在集训营中自觉得进步神速，于是夸下海口，朝她挑战，结果我被她妥妥地虐了一遍，更是对她十分放心，也没有太多的挂记。就如同老辈人养孩子一般，总是对幼小的孩子有太多的关心，而对了老大，则更多的是信任。然而我却忘记了，小妖朵朵获得麒麟胎，重修肉身，也方才过了半年多。

她即使再天资聪颖，再资质卓绝，也终究只是一个孩子。

她重修的青木乙罡远远及不上朵朵的功力，这使得她更多的时候，不得不依靠麒麟胎的体质，与人拳拳到肉地搏斗。她天生就是个好强而倔强的性子，但是也会无助，也会彷徨，也曾经为自己的青梅竹马奔走千里，却捧着残躯，将泪水流入了心底里，从来没有表现出一丝儿柔弱和悲伤。

可是她在刚刚的那一刻，却被爱德华这个吸血鬼引燃了血液里面蕴含的邪恶之力，猝不及防地击倒在了腐烂的落叶泥土中，悄无声息，再也没有爬起来。

爱德华最后的疯狂，竟然将小妖朵朵打得生死不知，这怎么能够让我不悲伤、不愤怒？

在朵朵悲伤欲绝的哭声中，在爱德华"桀桀"的怪笑中，我手忙脚乱掏出来的雷击桃木钉，已经将爱德华的心脏捅上了三四遍。那颗拳头形的恐怖心脏，都已经漏成了筛子。刚才的那一击血爆，似乎耗尽了爱德华男爵的所有精力，他坚韧如钢的指甲紧紧抓着我的背部，力道由重转浅，继而变得柔弱无力，锐利的尖牙本来还想着往我的脖子上凑，然而最后却耷拉在我的肩膀上面，再无声息。

爱德华死了，血肉模糊的胸口处有腥臭的血和黑烟冒出来，原本苍白的肌肤在萎缩，无数皱纹生成。

我并没有停止手上的动作，仍然在重复地往这个家伙心口，猛力捅着桃木钉子。

威尔一把拉住了我，大声呵斥说，你还不赶快去看看你家小妖精？经过威尔提醒，我才骤然醒转，回转过身，朝着陷入泥土中的小妖朵朵跑去。这个小狐媚子深陷在厚厚的泥土之中，腐烂的落叶将她半个身子给遮盖，朵朵一边哭着鼻子喊着小妖姐姐，一边拉着她的手，试图将她给扶起来。

我跪倒在小妖旁边，手指放在了她红润的樱唇和小巧可爱的琼鼻之间，入手处一片冰凉，并无气息。

我的心沉到了谷底，有一种心死如灰的悲伤在那里蔓延。

小妖死了吗？她再也回不来了吗？

我止不住地心伤，一股热流就从眼眶里涌出来。我从来没有想象过小妖朵朵就这般轻易地离开了我，离开了我们这个温馨而有爱的团体。她在的时候我习以为常，就如同空气，如同白开水，如同我每天所期待的晚餐，然而当她骤然离去，我的泪水却止不住地冒了出来。

只有失去，才能够明白那刻骨铭心的痛，才会后悔没有彼此珍惜。

很简单的话，我现在才明白。

……

第三十九章　身藏黑暗中，统御千万虫

眼泪如一条线，滴落在小妖鲜花一般红润的嘴唇上面，又顺着完美的唇角滑落。

过了十几秒钟，这个我本来以为已经死去的小丫头突然一动，睁开了乌黑黝亮的眼睛，一脸疑惑地看着哭得跟一个孩子般的我，奇怪地问道："呸呸呸，咸死了，是什么玩意儿啊？咸死小娘我了！陆左……哥哥，谁欺负你了？"

我："……"

朵朵："呃，小妖姐姐……"

震惊之后的我睁大了眼睛，还带着哽咽的哭声大声问道："你、你、你……你不是没气了吗？你不是死了吗？"

小妖朵朵一听这话，顿时就不乐意了，翻身从泥土里面爬了出来，嫌恶地抖落了身上那些泥土和爬虫，大声抱怨说："臭陆左！你这个没良心的，你到现在都还不知道我这个麒麟胎身，跟你们人类不一样，除了修炼之外，是不用呼吸的吗？你、你什么呀你，一点都不关心小娘我，哼！咦……你哭了呀？"

她像是发现了新大陆的哥伦布，欣喜地大叫，陆左，你哭了啊？是为我哭的吗？你是不是认为小娘死了，才哭成这个丑样子？好好笑啊，第一次发现你这个古板的家伙这么有趣呢，太好玩儿了！

我看到小妖和朵朵两个小丫头的眼睛都笑成了月牙儿，顿时感觉到一阵发糗——其实小妖朵朵无论生死，都是能够用"炁"之场域来查探的，只可惜我关心则乱，手忙脚乱之下，竟如同对待普通人一般，跑过去探鼻息，才闹出了这一番笑话来。不过小妖既然没死，我的心终于放了下来，一股暖洋洋的幸福感，油然而生。

感谢上苍，真好。

小妖开心地笑了一阵，突然剧烈地咳嗽起来，惹得我不敢再跟她斗嘴，忙问是怎么了。

小妖脸色一阵红一阵白，过了几秒钟才说，好险，这个臭蝙蝠好厉害，竟然能够将他体内的血液，凝聚成一个六芒星的古怪符号，打在我的身上，这力量十分有侵略性，而且与我体内的气场不吻合，所以我行不得太多的气了——啊，他是想夺舍重生！通过血液意识的转移，逐渐浸染我的身体，最后掌控我的意识——哼，这个丑八怪倒是打得一手好算盘，只不过他太小觑小娘我了！

我说，会有什么影响吗？

小妖为难地点头说，是啊，我这个把月估计不能够再行气，与人争斗了，不然那个家伙的血液就会趁机将我给吞噬了——对不起啊陆左，我可能要回去歇息了，不过现在正是最缺人手的时候……

我赶忙摇手说，没事，你快点进来吧，我可不想我可爱的小娘，变成那个臭老头，到时候我可是要发疯的。这里有朵朵呢，她已经长大了，可以帮很多忙呢。朵朵小鸡啄米般地猛点头，说嗯嗯，小妖姐姐，你快点去休息吧，这里有朵朵在呢，我可以的，相信朵朵。

小妖留恋地四处张望了一下，突然抿着嘴唇，轻轻地说道："臭陆左，你为我哭了啊？其实若是真死了，那也无妨的呢……"说完，她化作一道白线，飞入了我胸前的槐木牌中，而我则呸呸呸地吐着口水，连道，童言无忌，大风吹去，说笑的，说笑的，作不得真。

直到槐木牌上面的光芒消失不见，我才来得及转头看向死去的爱德华男爵，只见威尔这个小子伏在同类的身子上，嘴巴正往爱德华的脖子上啃，欢畅地吸着血呢。

见我望来，吸得差不多了的他展颜一笑，然后走过来说，陆左，你的那面镜子当真是件让人艳羡的好东西。爱德华纵横意大利数十年，从来没有吃过败仗，一身的手段让人眼花缭乱，竟然就这样，被你简单的三两下就给弄死了。太冤了，真的是让人不敢相信呢，呃……

他美美地打了一个饱嗝，我看着他这副恶鬼般的模样，心中有些难以接受，说，同类的血，你也敢吸？

威尔耸了耸肩说，感谢神秘而玄奥的东方，将血族的精华融入自身体内的方法，我还是在萨库朗山洞里面的血池中学会的。难怪五戒律里面会有"领权"和"客尊"这么两条，原来是为了避免血族内部的自相残杀，相互融解啊……

我表示不能够理解他们这样的种族，捏着鼻子说，收拾下这个老家伙的尸体，快点离开，大队人马应该马上就来了，我们要重新布置；还有，麻烦你以后吸完血之后，习惯擦一下嘴巴行不，会吓坏小孩子的！

威尔浑不在意，说，你的小亡灵还会怕这个？

不过他也只是说一说，俯身将被吸成了干尸一般的爱德华给捞起来，往黑暗中拖去。这个时候，从外围的方向，传来了大队人马的脚步声，离这里也就只有几十米的距离。

我们两个迅速往黑暗中潜去，没走几步，就有"嗖嗖"的破空声，从头顶横飞而来。

黑暗中，那声音尤其恐怖。

噗、噗、噗！

是五尺长短的标枪，三支，斜四十五度角插落进泥土中，尾端不断摇动，发出"仙嗡、仙嗡"的响声来。我的瞳孔骤然收缩，脑子里面突然想起了一个身高两米、为人却有些腼腆羞涩的战士来。那个叫做先锋的汉子，就是被这样的标枪所射杀，像

糖葫芦一样，死死地钉在了地上。

我没有再逃，因为我已经沟通到了自己的本命蛊。

我躲入了一棵齐腰粗的大树后面，探出头来打量对手，只见黑暗中来了十来个活动的黑影，已然到达了我们刚才拼斗的地方，有人在朝这边追来，有人则留在了原地察看死者。威尔扛着爱德华的尸体，见我不走了，问怎么了？我说就这几个人，我想试着拖一拖，去二号阵地吧。

话刚一说完，一根铁头标枪飞起，朝着我们这边准确地射来，如同一颗流星，转瞬即至。

我缩回头，那标枪擦过我的身边，朝着威尔射去。威尔不慌不忙，将背上的爱德华往前一挡，这坚硬的尸体与标枪亲密接触，发出一道让人牙齿发酸的响声，终究是射入了爱德华的体内。威尔往后蹬蹬蹬地连退了好几步，气得大骂狗屁，这家伙的力气和准头，简直是太恐怖了吧？

我瞧清楚了来人的大致数目，深吸一口气，借助这树林的掩护，一阵狂奔，朝着我们后面的密林中飞退而去。威尔这个家伙自觉得很，将死去的爱德华拿来当作了盾牌，几分钟之内，那可怜的爱德华男爵身上就被插中了三根飞矛，根根入体。

我们可是在茂密的丛林中奔行，那个甩标枪的家伙简直就如同用了激光制导一般，精准而有力。

一追一逃，我们在林中狂奔了三四分钟，终于来到了二号预备阵地里。

这一路的飞奔将我胸腔里面的气息加热到了极致，呼出的每一口气都滚烫无比。当滚到一块巨大岩石后面躲着的时候，我躺在地下，感受到胸腔里面的心脏，几乎都有跳出来的迹象。耳朵贴着地，我听到稳健有力的脚步声，六七个，似乎朝着这边快速追来。

我闭上眼睛，去沟通忙碌了一天的肥虫子，不知道这个家伙召集的小弟，素质到底行不行，能不能帮我把这些追兵，给全部弄翻。

结果当我一连通到肥虫子的视野，黑暗中密密麻麻蠕动的爬虫让我好是一阵恶寒。

通过意识传递，我知道这里面有老鼠、魔眼蝴蝶、蜥蜴、蝎子、蜈蚣、毒蜂、蛊虫、蓝蛇、白花蛇、竹叶青、吹风蛇、金环蛇、蛤蟆、黑头蚂蚁、山蚂蟥、大环蚯蚓……还有好多白花花的肥蛆，所有说得出和说不出名字的毒虫蛇蚁、各路豪雄，都集聚在肥虫子的麾下，遍布在这方圆小半里的地方。那些泛着花花绿绿、滑腻蠕动的小东西，让我看一眼，胃中就是一阵翻腾，难受得紧。

威尔将手上已经化作刺猬的爱德华往地上一扔，附身而来，在我耳朵边嘀咕："怎么样，陆，你确定这里能够拦住他们？那个甩标枪的高手，简直就是制导导弹啊……不过他们为何不用火器？是为了控制动静，防止消息走漏吗？那岂不是说，救援你们的大部队，也要来了？"

追击者是紧紧跟着我们而来,想来就在眼前,我不理会他的话,小心探出头去观察。

在我视线中,远处的黑暗林子里跑出了七八个人来。当头疾奔的,是一个虎背熊腰、双臂过膝的男子,长得如同一头长臂猿一般,而在他后面有一个青衣少年,专门负责递送标枪,旁边是几个穿青衣覆鬼面的袍哥,还有两个脸上抹着白灰的黑巫僧。

瞧这架势,这追兵的实力可谓是雄厚,我和威尔正面应该是拼不过的。

突然,领头的那个男子脚下一空,整个人就消失在了平地中。

我心中一阵激灵,首先跌入陷坑中的,竟然是那个对我们威胁最大的家伙,果真是天助我也。这人一跌落,旁边立即有好几个人过来将他奋力拉出坑来,接着,在我的冷笑声中,一声惨叫震天响,他们居然拉出了一大坨黑麻麻的人形物体来。

第四十章 金蚕蛊、蜓蚰蛊,两蛊相斗

那个标枪男跌入陷坑之中,时间不过短暂的三五秒钟。

然而就是这短短三五秒钟的时间里,蓄积以待的虫虫大军已然充分地利用上了这个机会。因为毒虫与毒虫之间,本身也会相互冲突,所以统帅肥虫子将它们按种类,分片布置,此刻附在标枪男身上的,除了有几条黑背狼斑红蜈蚣在他的脸上蜿蜒爬动之外,大部分都是些拳头大的山老鼠。

这些老鼠体格并不健硕,然而却是油光水滑,牙齿锋利如刀。等待已久的它们附在标枪男身上,疯狂地啃咬着,被拉出来的一瞬间,就像一大串黑乎乎的葡萄,那密集的程度和吱吱的叫声,让人头皮发麻,忍不住要用大声的叫唤,来疏解自己内心的恐惧。事实上这陷阱口的所有人,都已经大声地尖叫起来,声调变形,像公交车上被人摸了屁股的少女。

整个一片林子里,这惨烈的声音停在人的心头,瘆得慌。

那个让人恐惧的标枪高手,此刻已经陷入了无底的恐惧当中。无数的山老鼠附在他的身上,尖锐的爪牙抓着他的皮肤,使劲儿地啃噬着他的肉体,无论旁边的人怎么拍打,都绝不松口;那几条黑背狼斑红蜈蚣布满了他的脸庞,百十双节肢短脚游动,留下了黄津津的黏液痕迹,有一条甚至在他嚎叫的时候,从张开的口中,往里面奋力爬进去。

这种行为当然行不通,标枪高手使劲一咬,将这条勇敢的黑背狼斑红蜈蚣给咬死,浆汁四溅,剩下的半截身子滑落到了脖子旁,犹在奋力地扭动着残躯。

那个标枪高手在地上奋力地滚动着,他没有再敢张嘴嚎叫了,然而沉闷的嘶吼声,却越发成果。

旁边的人也并不好受,当他们帮忙拍打无效之后,才发现自己已经陷入了诸多毒虫和长蛇的包围,无数毒物潮水一般狂涌上来,顿时就吓了一大跳,纷纷往后退去。然而此刻哪里还有退路?在空中,那些蝶叶上有着剧毒粉末的绚烂魔眼蝴蝶、由山上树林间的毒菌经雨淋后腐烂而化成的巨蜂、密密麻麻如黑云般的蠹虫、树枝上倒挂下来的各类五彩斑斓的毒蚝长虫;在地上,一层层蠕动的白色肥蛆、棕黄色蚂蟥,还有许多难以辨识的毒物,层层叠叠,堆涌在周围而来。

这等恐怖的景象,别说是身处其中,便是我们这些远处的围观者,也止不住地全身直冒鸡皮疙瘩。

突然间涌现的毒虫让追击者惊慌失措,有人往后跑去,结果被数条毒蛇咬中,倒地不起，瞬间被蚂蟥群淹没；有人往树上爬去，结果那手刚刚一碰到树干，原本黑色的树皮立刻化作了一大堆黑头蚂蚁，沿着手臂就往身上攀去；有人捂住头，结果一大堆的马蜂和蝴蝶将其层层围绕，没一会儿，脑袋肿得跟猪头一个模样……

短瞬之间，就有五人倒地不起，剧烈地翻腾着，那嘶嚎声惊心动魄，让人听着胆寒。

然而却也有三人，并没有受到这些毒虫长蛇攻击。

这三个人里，除了那两个手持着嘎巴拉碗大声念咒恒言的东南亚黑巫僧外，还有一个佝偻着身子、往身边播撒白灰的青衣鬼面人。

这个鬼面人似乎对这样的场面司空见惯，习以为常。他不慌不忙地从兜里面抓出一把白灰，然后往四周均匀地洒落。而这些白灰也有着神奇的效用，不但挥发着刺鼻的臭味，让那些蛇虫回避，不敢上前；便是那些涌上前来的毒物，沾染到这些白灰之后，也纷纷蜷缩着身子，抖动一阵后浑身冒烟，悲催死去。

在经过最开始的惊慌之后，这个佝偻矮小的鬼面人果断地将场面给镇住，他也不去管地上那五个翻腾哀号的同伴，居然盘腿坐下来，从脖颈上掏出一面挂着的神像牌，双手合十，大拇指挂着项链，念念有词起来。

我的瞳孔急剧收缩，因为相隔不远，我能够瞧得清楚，他双手依托的，竟然是一面五瘟神像。

何谓五瘟神像，此乃养蛊人炼制蛊毒的时候，需要早晚叩拜，祈求成功的精神寄托。

这个人，竟然是一个蛊师？

果然，在十几秒钟的咒文过后，这人面具下面的嘴巴突然张开，有一坨粉红色的肉块从里面爬了出来。这东西大拇指粗细，呈长条软体形状，前方有好几条柔软的触须，如同蜒蚰，也便是我们通常所说的鼻涕虫，浑身光泽闪亮，粉红色的身体上面点缀着许多眼睛形状的斑点，每一块斑点都有着不同，炯炯有神，栩栩如生，泛着种种的邪恶和滑腻，让人看一眼，都觉得心中恶心，如同吃了两斤屎一般。

这条蜒蚰蛊从他的嘴巴中爬出来，攀到恶鬼面具上去，留下了一道津津亮的路径。

然后它开始叫唤起来，这声音如同夜莺在啼叫，婉转悠扬。

我的脸顿时就黑了下来，别的不说，光这声音，就比我家那个小吃货的吱吱声，好听一万倍。

在这样的叫声中，周围堆叠的毒虫长蛇竟然都停止了攻击，止步不前。

在后面的毒物们往前蠢蠢欲动的时候，前方的那些爬虫们竟然恐惧得连连后退。这些处于食物链下端的毒虫，本来都是些充当炮灰的角色，不知畏惧、不知恐怖，并不知那生与死，然而在它们生命的烙印中，却深深地恐惧那些经过残酷斗争而成就的蛊虫。金蚕蛊能够驱使它们，这条蜒蚰蛊，也一样能够让它们改弦易辙。

关键就在于,谁能够击败谁,成为唯一的毒蛊。

这条蜒蚰蛊看来不比寻常蛊毒,当它从自家蛊师的口中爬出来的时候,我就知道这也是一种本命蛊的存在。我自己就有一条本命金蚕蛊,知道这样的蛊虫,自然是一等一的厉害。在我们的注视下,它骄傲地站立在佝偻鬼面人的面具上面,叫声越发清亮了,仿佛蕴含着莫大的威严和魔力。地上和空中的那些墙头草动摇了,在这种奇怪的声音中,调转了矛头,朝着我们藏身的岩石这边,蜿蜒游动而来。

看到这一大群黑压压毒虫长蛇猛扑而来的场景,威尔一阵紧张,抓着我的肩膀大声问,陆、陆,怎么办?

我不理他,在思考:谁是蛊中的王者,难道是通过叫声来角逐的吗?

这个说法显然得不到肥虫子的认可,于是一道暗金色的亮光出现在了我们身前六七米处,在我的气场感应当中,一股莫名的威严以肥虫子为中心,向四面八方散播开去。这个小家伙平时憨态可掬,被小妖欺负的时候还委屈得黑豆子眼睛直冒眼泪,然而那是它对朋友之间爱的表达方式。而此刻的它,犹如一个位高权重的帝王。

好歹也是脑门顶上长痘痘的王冠金蚕蛊,而且还是敦寨蛊苗独有的本命蛊,它自然有着固执的骄傲。

这是一场肉眼所见不到的交锋,事关双方蛊虫的尊严。场中一片寂静,两者静立,唯有虫子走动的沙沙声响。

相持不过一分钟,突然那条蜒蚰蛊动了,它似乎承受不了这种沉默如死的巨大压力,开始拱起了肥硕的身躯,蜷缩着,如同一道圆圈。突然间,它的尾巴一弹,身子便如同闪电一般,朝着空中的金蚕蛊射去。这速度肉眼根本就无法捕捉,当我反应过来之时,才发现两者狠狠地撞在了一起,然后一同跌落在草丛中。

那草丛以肉眼所能够看到的速度,开始萎缩下去。朝向我这边的全部都是枯黄一片;朝向对面的,则全部都是灰白如霜。

方圆二三十平方米的空间里,所有的活物都停止了动弹,没了生息。

平静的草丛里面,暗斗激烈,过了一会儿,胜负分晓——那个佝偻身子的鬼面蛊师突然跪倒在地,双手往喉咙里面伸去,使劲儿地掏弄,嘴巴里面流出了许多腥臭的浓痰,然而他依然不自在,最后活活把自己的嘴巴给撕裂成了两半,口子开得老长。

一个的肥硕身子浮在了半空中,嘴里面还叼着半截蜒蚰蛊的身子,在咀嚼着。

毒虫群回转身子,将那个蛊师给淹没,继而又朝着那两个身泛黄光的东南亚黑巫僧爬去。那黄色光明是从两人手上的嘎巴拉碗中溢出的,这碗乃用密宗高僧的头骨做成,天然带着一股佛家正气,那些毒虫虽凶,却也畏惧,蠢蠢欲动而不敢冲上前来,僵持当场。

这时,后方又来了一群人,影影绰绰不知多少。只见一个女人冷哼一声,然后往前方丢来一物。这东西一落地上,立刻爆发出幽蓝色的火焰来,朝着所有堆积着的虫子身上附燃而去。

无数的鬼火将黑暗的林间映染得阴气森森，怨力大盛，吃得舒爽的肥虫子浑身一震，竟然有恐惧的意识出现，闪电一般射入我的体内。

第四十一章　幽蓝鬼火，一网打尽

　　这幽蓝的鬼火不知是何等来历，仿佛那火星飙射入汽油桶里面一般，将地上、天空中的所有毒物，老鼠、蜥蜴、蝎子、蜈蚣、毒蜂、蠹虫、毒蛇、蛤蟆、黑头蚂蚁、山蚂蟥、大环蚯蚓等，全数燃烧，无数的生命在这一刹那间就从人世间消失殆尽，不知踪影。

　　这火燃烧，却也只附着于细小的生命体之上，稍大一些的白花蛇、竹叶青，虽然身中鬼火，却也能够迅速逃离，仓皇地往草丛中钻去，得以解脱；至于那些青草野树，被映照得冉冉放光，却并不曾被燃烧到，如同打酱油的旁观者。

　　空气中顿时一大股难闻至极的气味在扩散，烟雾升腾而起，让人心中厌恶，直欲呕吐。

　　那火焰并非往上升起，而是左右飘摇，如同鬼脸一般变幻不定，蓝绿映照，尤为恐怖。

　　我刚刚生出来的豪情壮志，被这燎原的幽蓝鬼火给浇灭，再看林子边缘有一排排皮肤均为金属亮铜色的黑衣人汹涌出现，越过那些幽蓝点绿的鬼火群落，朝着这边跌跌撞撞而来，吓得浑身冰冷。见地上那六人已经奄奄一息，几无生机，心中也觉得差不多够本了，当下也不再继续潜伏，站起身来，往后面就是一阵狂奔，逃命要紧。

　　来人正是萨库朗的五号人物黎昕。时过境迁，不知道那个位于缅北深山中的邪教，至今到底是否还存在？作为五号人物，这个长相严肃的中年女人有着冰一样冷酷的心脏——召唤小黑天的实际工作，是她在主持的；人蛊的贩卖和制造工作，也是她在管理的；她甚至将四号人物麦神猜的初恋女友，炼制成双手双脚皆被斩去的人蛊，也是这件事情才导致了后来麦神猜的叛变，吴武伦带领的缅甸军方前来。

　　这个女人工于心计，阴森、狠毒、变态，没有一点儿人性……几乎所有的阴暗面，她都具备。而且她长得还很难看，一个普通中年妇女的模样，还终日严肃，板着一张麻将脸。

　　然而她却十分的强大，这强大不但来源于她本身，还有诸般的手段。

　　譬如那外表堪比铜甲尸强度的僵尸群，譬如她刚刚洒下的那一把幽蓝的火种——萨库朗本来就有蓄养蛇窟的手段，自然知道如何对付这些毒虫蛇物。路上依然还有许多陷阱，然而我们却来不及想这些能够阻挡敌人多久，直接朝着几里处的那个深潭跑去。威尔虽然有些惧怕那个地方，然而为了消灭对手，他也不得不冒这个险。

　　后面的黎昕不紧不慢地跟着我们，似乎并不着急。我不时回头瞧，并没有瞧见那个留着两撇整齐胡子的白纸扇罗青羽，紧悬着的心不由得就落了地来——似乎，我们还可以对付。

我们跑了一阵，突然前面蹿出一个人影。我吓了一大跳，紧握匕首，定睛一瞧，却是一直在居中策应的尹悦。她看着我们后面的追兵问，情况怎么样？我脚步不停留，一边跑一边将我们的战果讲给她听，然后又问她，其他人怎么样？

尹悦说，虽然杀得没有你多，但是还行——老光和朱晨晨那一路杀死了五个。

我问，大家的情况怎么样？

尹悦沉默了一下，声音低沉，说红龙的许磊战死，滕晓重伤，左手臂没了，王小加、秦振和白露潭都受了一些轻伤，其他人都还好，还在坚持，主攻的方向是你们那里，所以大家压力并不算大。

听到尹悦说的这话，我的心脏顿时抽动了一下，想起了那个方言味浓重的黔南兵，想起他憨厚的笑容，和劝导刘明时那质朴的话语，喉咙里就是一阵堵塞。虽然预计了会有伤亡，然而真正面临这境况的时候，我仍然忍不住神伤。不过现在并不是伤春悲秋、如同娘们般哭哭啼啼的时候，这是胜利之后痛饮烈酒时才能够做的事情；我们现在，面临的是如何将敌人给弄死，活着出去。不是他们死，就是我们死，事情就是这么简单。

你追我赶，我们终于穿过丛林，来到了那个黑水深潭边缘处，停了下来。

在喘匀了胸腹中的一口气后，敌人终于赶了上来，黎昕、两个东南亚黑巫僧以及一大票的伪铜甲尸，黑暗之中，还有一些未露面的家伙。

月光悠悠，其中一束映照潭边，将前面这一小块平地给映照得通透。我看到了黎昕从林中走出来，犹如老熟人见面一般，朝他打招呼，嗨，美女，好久不见了，最近忙什么呢，在哪里发财啊？

见我如此轻松，黎昕终日板着的脸孔此刻更加僵硬了。她冷哼一声说，想不到当初被我萨库朗任意处置的小角色，竟然成了撬动我教覆灭基石的家伙。陆左，你知道吗？我终日都在做梦，恨不得有一日，将你斩去双手双脚，塞入那粗陶瓮中，灌浇进粪水，无数肥蛆和爬虫爬动，听你日日哀号，天天惨叫……

我摸了摸鼻子说，难怪我有段时间总是打喷嚏呢，原来是你这么想我啊？话说回来，当日你既然从般智上师手中逃脱，为何不隐姓埋名，安度晚年呢？找一个强壮的汉子好生过活，要还有生育能力，就生一窝崽子来养，总好过现在这般刀头舔血，朝生暮死……

听着我满嘴巴跑火车，黎昕冷笑连连，她说，你这个疤脸小子，除了一张滑舌油嘴，还有什么？那个小道士呢？要是他在，我将你们一同弄死了，念头或许就通达了。

讲到这里，黎昕的脸色突然转冷，说，好你个家伙，竟然到这个时候了还想拖延时间，使得这等小计？

她身子往后一退,身边那十来头伪铜甲尸便朝着我们这边围了上来。

尹悦用指尖弹了一下朱砂桃木剑,如同鼓点般的声音从剑身上面传了过来,她提剑便往前冲。就在此刻,突然一道黑影从土地中浮现出来,朝着尹悦就是一抓。这黑影出现得诡异,出人意料,尹悦倒也是反应迅速,往旁边一闪,剑身回转,抵拌了这凶猛而诡异的凌厉一抓。

当她看到这道黑影时,不由得失声大叫起来:"老赵?"

我们大惊失色,定睛一看,才发现尹悦口中的老赵,并非我们的队友赵兴瑞,而是惨死在岩壁那边的教官赵磊男。此刻的他已然全然没有了往日的熟悉,在空中飘荡,脸色狰狞发青,如一头恶魔,朝着尹悦一阵猛攻,便是被那桃木剑击中也浑不在意,似乎有要与尹悦拼死决斗的意思。

然而这东西乃厉鬼,而非人类,所谓的同归于尽,自然是极不划算的,不容考虑。

尹悦在经过最开始的惊诧之后,终于认清了这厉鬼冤魂并非自家好友的事实,两张符纸燃起来,朝着赵磊男飘去,桃木剑顿时逼出一股惨烈的杀气,朝着这个前同事凶猛攻去。然而鬼面袍哥会的炼制技法似乎十分成熟,而且赵磊男生前的实力也不可小觑,尹悦终究还是被他拖住了脚步。

我看见在人群后面的树林中,有一个清秀的少年在奋力摇动着手里的黑色招魂幡,顿时迷雾滚滚,黑烟如噩梦,上面似乎有许多鬼魂跳将下来,缓慢地朝着这边移动。

而此刻,我们已经和面前这些跌跌撞撞冲将上来的伪铜甲尸轰然撞到了一起。

我与一个只有半边脑袋的伪铜甲尸撞上,双手结大金刚轮印,朝着聚积这伪铜甲尸体内残魄的中丹田,重重击去。然而双手临体,如同捶到了一面铁壁铜墙,有钢铁之音从其身体中传来,如洪钟,接着一股巨大的反震之力,将我给弹了回去,几步跟跄,差一点儿就跌落进了那恐怖的水潭中。

威尔的情况要好一些,他毕竟擅长速度,在反应迟钝的伪铜甲尸群中,如鱼得水,不时地猛击上中下三个丹田要害,尝试着能否将支撑其行动的残魄,给震散。然而并不成,这些伪铜甲尸的炼制想来也花费了黎昕的诸多心血,自然有其强悍之处,钢筋铁骨一般,让我们两个有一种狗咬刺猬,无从下口的无力感。看到我们被这群伪铜甲尸弄得如此狼狈,黎昕开始放声大笑起来,恣意狂笑,发泄着自己心中的怒火,还有曾经消散不去的怨恨。

然而当她笑得最开心的时候,我、威尔和尹悦突然往深潭对面一起跳跃,双手紧紧抓住树上垂下来的绳子,荡到了那边去。在我们晃荡过去的同时,在刚才混战的那一块平地里,突然出现了一张粗大藤蔓编织的大网,将这些伪铜甲尸给一网打尽,然后利用架设在附近大树上面的原始滑轮,将这网兜的猎物全部都给吊到了深潭之上,晃晃悠悠。

黑暗中突然飞过来一把尖刀，准确地击中了负责承重的藤蔓。

被割了一道口子的承重绳顿时就拉不住网兜里的诸多伪铜甲尸，下饺子一般，这些伪铜甲尸全数跌落进了黝黑的潭水中。

第四十二章　尹悦的秘密手段

宁静而黝黑的深潭中，突然洒落了这么多伪铜甲尸，顿时一片欢腾，水花四溅。

黎昕的笑容停顿了，但是并不惊慌，而是转成了冷笑。

她的这伪铜甲尸跟寻常僵尸不一样，并不惧水，而且只要这深潭有底，沉入水底里的伪铜甲尸便能够自己缓慢走出来，继续战斗，直到将眼前的敌人撕成粉碎为止。然而她在念了一段咒文之后，那笑容终究还是凝固了，然后身子开始剧烈地颤抖起来。

当然，她的这颤抖并不是害怕，而是因为无尽的愤怒，将她给全力燃烧了起来。

在那黑水深潭里，十来具尸体交叠沉落，在下面的并不能看到什么，但尾压在上面、并没有沉入其中的，我们却能够看到其身体开始以肉眼可见的速度，消失不见。在月光的映照下，无数殷红身子的小鱼在欢畅地享用着从天而降的大餐。伪铜甲尸体内已无鲜血，然而却有浓稠发黑的尸液在表面扩散，这些尸液轻于水，积累成了一团又一团浓郁的油质物体，将整个水潭表面给覆盖住。

不知是伪铜甲尸在挣扎，还是那水里的鱼儿在翻滚，水潭表面突然一阵沸腾，如同水开，咕嘟咕嘟，无数白色的水花冒了出来，欢腾得很，像炸开了锅。

然而跌落在潭中的伪铜甲尸们，却越挣扎越无力，被那些小鱼儿给分解成了许多细小的肉块，散落的尸块飘得四处都是，遍布整个水潭表面，场面蔚为壮观。

看着这一幕，我的心中并没有多少畅快，反而有一种深深的恐惧感，油然升起，紧紧抓住我的心脏。

黎昕的眼睛睁得大大的，悲愤地指着那翻滚热闹的深潭，大声说道："天啊，你们这些混蛋，你们毁了我所有的心血……去死吧！"她大声惨叫着，口中有鲜血不住地冒出来。旁边的那两个黑巫僧绕过水潭，朝着我们这边进发，黑暗中又冒出四头凶猛的獒犬，牛犊子一般，朝着我疾扑而来。

那个清秀的少年从黑暗中跳了出来，摇动着手上的黑色招魂幡，状若疯狂。幡影摇动，有好多黑色影子从上面跳了下来，有男有女，有老有少，密密麻麻十几道。我的瞳孔骤然收缩，在那一股黑烟当中，除了王小加暗恋的那个集训营学员外，还有好几个人，竟然是另外一个小队的成员——没想到，除了赵磊男的队伍，居然还有其他小队也被这一伙丧心病狂的家伙给剿灭了。

那些幡上恶灵刚一落地，也一齐朝着我们飘飞而来。

八方云动，十面埋伏。

嗒嗒嗒……

从我们后面突然传出来一阵点射的枪声，夜空中，有子弹朝着那个疯狂舞幡的少年射去。

眼看那人就要倒下，突然从幡上又跳出一个幡灵，无面，不知男女，浓黑如墨的手臂朝着那弹头卷去。我们的肉眼自然瞧不清楚那子弹的踪迹，然而几秒钟之后，那少年并没有倒下，招魂幡一动，朝着我们的后方指去，只见朝我们扑来的幡灵恶鬼便分出了四五个，向那边飞扑而去。

枪声仍在响起，见射杀那少年的计划不成，子弹便落在了那几头气势汹汹的獒犬身上。顿时有两头獒犬栽倒在地，卷起许多泥土。然而那枪声也在几秒钟之后停止住了，估计朝那个方向扑过去的幡灵恶鬼，已然到达。我想去救，然而却无暇分身，因为那两个穿着黑袍的黑巫僧已然冲到了我们的面前，周遭鬼影憧憧，将我们给死死围在了水潭后方的一小块草地上。

我曾有言，鬼魂伤人，或附身于人，或假借外物，鲜有亲自操刀上阵者。为何？主要是鬼为灵体，对实物并不能够起到很大的作用，以前朵朵能够拿动菜刀，我开心无比，也正是因为如此。然而这些席卷而来的幡灵恶鬼，却并不是我所说的以上两种，它们生前为修行者，神魂坚固而强大，死后又经密法炮制，幡上有名，故而凶煞莫名，倘若豁出修为，便能够以灵体化实物，刀割斧劈一般，十分难缠。

这两个黑巫僧也不是善类，他们两个一人擅火，一人擅斗。使火的那个口中一张，立刻有一道烈焰火舌，喷薄而出；擅斗的那个手使剔骨尖刀，打法泼辣之极，且有真言附加，金光闪闪，如罗汉转世。

尹悦手中的桃木剑舞动如飞，不时有一两张符纸飘出，烈火熊熊，一举燃烧，但凡是有附着在那幡灵恶鬼之上的，立刻能够将其烤炙变形，灵体扭曲，惊声尖叫之后消失无踪。然而她的符纸终究是有限的，而且赵磊男、陈启昌等人化身的幡灵恶鬼也十分狡诈，总是游离在外，只有看见空隙时，才扑上前来。

我、威尔和尹悦互成犄角，勉力抵挡着对手狂猛如潮的袭击，有进有退，然而却步步迟滞。

我怀中的震镜本来对这些幡灵恶鬼是极有效的手段，然而我刚刚使用过度，此刻的人妻镜灵还未回转过来，故而一直无法使用；威尔倒是能够压制那个手持剔骨刀的黑巫僧，尽管那家伙体冒金光，却并不惧怕，双手舞动，该拍就拍，该抓就抓，一度差点将那个黑巫僧给命毙当场。最厉害的，应该还算是尹悦。不得不承认，这个比我还要小一岁的女孩子，她有着足够的本领。

或许她在战略战术上并不擅长，然而此刻的她脚踩罡步，剑走游龙，仅仅凭借着那一把朱砂桃木剑，就在我们身周布下了一道罡气剑网，将那些围将上来的幡灵恶鬼给全部镇压得不敢上前；而且手段颇多，或舞剑，或燃符，或者音震，或者甩出一方令旗，迫得那个喷火的黑巫僧火焰消散……

僵持,我们仍然在作僵持,谁也奈何不了谁。

唯一取得进展的是朵朵,这个鬼丫头挑上了两个对手,便是那两头膀大腰圆、牛犊子一般的獒犬。她对付狗狗,向来都有一手,骑将上去,竟然弄得两狗自相残杀,相互撕咬,一嘴的狗毛——只可惜她连日作战,青木乙罡来不及回转,并不能够给正面战场,太多的牵制。

不过青木乙罡集聚不齐,并不代表她便无力支援,身具癸水之力的她依然能够发出一道道幽蓝泛寒的劲气,将那个喷火的黑巫僧冻得哇哇大叫。

正在朵朵即将把那两条獒犬给当场击毙的时候,从我们后方跑出了两个人来,一个是舞剑的老赵,一个是背着老光另外一个兄弟的秦振,而在他们的后面,则是游离不定的四道黑影子。秦振手腕上配得有一串玉珠,颗颗皆散发佛光,显然是他降龙罗汉一脉的传承,此刻也藏不得拙,激发出来。

见到我们这边僵持,他们立刻加入战场,老赵一剑闯入,用又急又快的语气告诉我们,其他人已经沿着备用通道撤离了,他们是过来接应我们的,不过看情况估计是脱不开身了,他让我们先走,他来断后。

尹悦断然摇头,燃烧了最后一张符箓,光华大盛,那些游离不定的幡灵恶鬼纷纷退散。她朝着我大声喊道,陆左,我是教官,这里我最大,我命令你带着所有学员撤离,不得回头,这里由我来扛着!

我正待反驳,突然传来了一声冷哼,黎昕快步上前,怨毒地大声叫着:"杀了人,还想跑,天下哪有这样的道理?你们全部都留下来吧,给我的小铜人们陪葬……"她的话音一落,健步如飞,竟然一下子就冲到了我们的身前来,双手平推,有如同山呼海啸一般的压力,翻滚而来,将尹悦燃起的符箓威力给全数吹飞,不知所踪。

她的这雷霆一击,如同平地惊雷,我的耳膜都一阵嗡嗡响,秦振脚底一滑,便跌落在了地上。朵朵的灵体被这猛然一下,吹得往后面的林子中狂飞而去,不见踪影。

萨库朗昔日的五号人物,竟然如此厉害。

我心急朵朵的安危,掏出驱邪开光铜镜,强行将里面正在炼化气息的人妻镜灵给揪出来,让它给我将后面的这一群幡灵厉鬼给我驱走。一声"无量天尊"之后,那略显淡蓝的光芒将我们的后路扫出了一大片空地来。我一把拉起秦振,将那个晕死的战士塞到老赵怀中,然后死死抓着威尔的肩膀说,走,快走!

这震镜吓人,当我将其回转,往黎昕那处晃过去时,她的身子不由得一阵停顿。

趁着这当口,所有人也不推辞了,相互搀扶着,风一样地朝着预定退路跑去。有人跑,自然有人追,也有人留。我往后面的林子跑了十几步,心里终究有愧疚,觉得自己一个男人,却让女人来扛风险,实在是有些丢脸,于是紧攥拳头,毅然回返。

就在这个当口,我看见尹悦那条肥大的裤子突然爆了开来,一片白色的光芒将我的眼睛给耀花。

轰——

第四十三章　翻脸无情，黎昕毙命

眼前的世界里一片雪白，感觉有无数光芒乍现，将这天地给填得满满。

然后，我看见了一副奇怪的景象：从尹悦的身子里，突然爆发出一股苍凉的、洪荒的、原始的若千年前的雄浑力量来，在她的身后，形成了一头巨大无比的长毛畜生，栩栩如生。这股力量若用颜色来说，是纯粹的青色，但是映照在我的眼帘中，却是一片雪白，如同小时候黑白电视机收不到频道的那种雪花。这股磅礴至极的力量显然并不属于尹悦，她的脸色一片铁青，衣服被撑得膨胀到了极致，如同巨人，威风凛凛。

那畜生头尖而尾蓬，耳尖而嘴长，通体上下皆为白毛，似乎又印染着些许火红发梢，如那内外焰火。它的灵体足足有两丈多高，如同洪荒妖族。引颈长啸，林海生涛，排山倒海，鼻子抽动，立刻有巨大的吸力出现，漩涡转动，周遭那些黑色的幡灵厉鬼皆被迫化作一道道黑线，被吸入了它粉红的鼻腔中，无一能够幸免。

见到这恐怖的情形，黎昕疯狂地尖叫着，从背上费力地抽出一根黑色骨头做的小剑来。这小剑的剑柄为脊椎骨制成，前端磨制得尖锐，剑身遍布着稀奇古怪的花纹，散发出了一种恐怖而邪恶的气息。黎昕就这样一边嘶嚎着，一边拔剑朝着膨胀的尹悦刺去。

旁边两个黑巫僧也将手中的嘎巴拉碗高高祭起，里面的佛光被急剧催动起来。此等佛光，并非那高僧大德、小乘佛教的道义，而是那佛教分支格朗教派的真意。光也是佛光，黄灿灿，霓虹生成。而那个疯狂起舞的持幡少年却在忙不迭地疾退，连他最得意的那头护幡猛鬼，也来不及回归幡面，被那头灵体畜生，给吸入了鼻腔之内，再无声息。

我心中狂震，不由得想起杂毛小道摆龙门阵的时候，曾说过有人或者有心，或者无意，将那妖或精怪的灵体，融魂入体，学那本命金蚕蛊一般的法子，来改造身体。他说也就是这么一说，却没承想这尹悦的体内，居然住着这么一位妖灵大拿。

被三人夹击的尹悦根本就没有在意加之于身的攻击，她的双手一抬，长袖如刀，只这么一挥，便将那两个黑巫僧的佛光卷入袖内。这佛光本就不是什么大成境地，嘎巴拉碗也不是什么正经的制成圣物，故而脆弱得一塌糊涂。尹悦的双手指甲，在这一刻居然长了三两寸，如同匕首，锋利生寒。

她在挡住了这一记佛光之后，轻松地绕着两个黑巫僧的脖子，一划，然后身子往后面飘飞，躲过黎昕的舍命一剑。

两具头颅呈四十五度角，斜斜落下，跌在潭边的泥土中，骨碌碌，一阵滚动，竟然滚落进了那黑潭之中，引得无数潭水沸腾冒泡，咕嘟咕嘟。

　　黎昕不管不顾，硬着头皮、咬着牙就往前一阵急冲。那把骨剑上面，黑雾萦绕，摩擦出许多红色的火花来。而那个持幡的少年却是惊魂失魄，仓皇地往后面跑去；黑暗的林子里，还有几个身影也正在落荒而逃；有犬吠的声音传来，显然那个驯犬师也跟着逃命去了。到底是邪教，抛弃同伴的行为做得行云流水，不着痕迹。

　　我已然快步向前，想配合尹悦。一是分担她的压力，二是若有可能，去追击一下那些逃走的家伙，痛打落水狗。然而刚刚靠近她，正在躲闪黎昕攻击的她突然转过头来，一张脸竟然如背后那畜生一般，脸容尖尖，尽是白色绒毛，眼眸子里有着红色的火焰，竟然跟往日有着截然的区别。她似乎并没有认出我来，一挥手，巨大的音爆传来，指甲如风似刃，朝着我的脖颈间，就果断划来。

　　我吓得连滚带爬，蹿进了旁边的荆棘林中。所幸有黎昕在缠着尹悦不放，她也顾及不得我，回身与黎昕战成一团。

　　黎昕之所以不走，并不是愚蠢，而是有着自信和把握。她的那把骨剑，似乎能够让爆发之后的尹悦，十分忌惮，别说是剑身，就是围绕着剑身散发的那黑气、那如同火炉里的高温，都畏之如虎，不断地闪避。哪怕是瞅准机会，挠上一爪，也须小心翼翼，如同一只小猫儿。

　　从始至终，尹悦的眼睛都是火一样的邪恶红色，根本就没有一丝冷静，完全是凭借着身后那个妖灵的战斗意识，在与之争斗。

　　我在经过短暂的惊讶之后，开始理解起尹悦的这招式，和我以前所见到杨操、白露潭等人的请神，道理大概是一致的，只不过那些人所请的，是虚无缥缈的所谓神灵，而尹悦所请的，是具象的大妖——更有一种可能性，那就是这头恐怖的畜生，或许就是居住在尹悦的体内，如同金蚕蛊与我的关系一般。

　　只是……这个家伙，六亲不认啊，她是不是还不能够控制这股力量啊？

　　不过见到尹悦被黎昕的那一把骨剑逼得不住后退，就如同大象对老鼠，毫无办法，我心中就有些焦急，不知道尹悦的这恐怖爆发能够持续多久，也不知道她能否战胜黎昕。我想了一下，计从中来，掏出那把还染着鲜血的虎牙匕首，朝着不断跳跃的黎昕瞄准。——这个可恶的老妖婆，且看我的"小陆飞刀"。

　　我心中默念着，手高高扬起，重重甩飞而去。这一刀疾若闪电，转瞬即至，许是我人品大爆发，本来是射歪了，结果黎昕在腾挪移动当中，右边大腿正好中了这一刀，刀锋死死地扎入了她的腿中去，当下她一声惨叫，腿就那么一软，前扑在地。尹悦见此机会，如同灵猫，飞扑上去，准确地压在了黎昕的身上，那把萦绕着黑气红光的骨质短剑，被她使劲儿一拍，给击飞脱手，竟然也跌入了潭水中去。

　　黎昕的短剑一脱手，浑身巨震，使劲儿地想要摆脱尹悦的压制，然而她力量再强，却生不逢时，并不是此刻尹悦的对手。于是她绝望了，朝着出手阴人的我，投来了怨毒的目光，张开嘴巴，大声喊道："陆左，你阴我，我不服啊，我就是到了黄泉路上，也不喝那孟婆汤水，必定返回人世，过来报复你……让你生生世世，不得好死！我要……"

她还没有说完自己的诅咒，便被尹悦双手捏住了脖子，给使劲儿一扭，脑袋和脖子便已然分离开来。

我呵呵地笑，甚为畅意。这个老妖婆，阴人阴了一辈子，竟然反被我给暗算了，含冤而死，果真是天理昭昭，报应不爽啊。然而正当我笑容开怀的时候，杀完人、溅得一脸血的尹悦突然扭转过头来。她身后的那个畜生灵体，已然消失不见了，然而此刻的她仍然十分恐怖，一脸铁青，长得跟个野兽一般，毛茸茸的，一笑，似哭一般，眼睛通红而泛光，似乎装满了邪恶。

我心中咔嚓一响，总算是知道为何尹悦老是催着我们赶紧离开，不要回来了。她……她这是要无差别攻击吗？

我心中忐忑，被她看得发毛，终于不再淡定，往左边的林子狂奔而去。后面一道风，竟是那尹悦大踏步，狂奔而来。我并没有朝着退路跑，而是下决心祸水东引，朝着敌人逃跑的地方冲去，倘若是能够借助尹悦的这股劲儿，将敌人给再弄死几个，我们也不用再翻山越岭，跋山涉水，往那深山子里面钻了。

然而就在我绕着圈子，拔足狂奔的时候，从树林的另外一个方向，突然跑来了好几个人影。我转头看去，竟然是我之前在水潭上面的第一幅海市蜃楼中，所看到的那些日本人。此刻的他们已经完全没有了之前的优雅和轻松，除了认识的武田直野和背负着加藤亚也的中年妇人上杉奈美之外，竟然再也没有其他人。

看他们那仓皇的模样，显然也是遭遇到了邪灵教的追杀。不知道他们好好的，怎么就跑到这里来蹚浑水，也不知道基地为何没有将这些人给管制住，然而当看到那个武田直野慌不择路地跑到了潭边，跌跌撞撞地就要踩到那深水黑潭前方的浅浅溪流中时，我顾不得身后的追杀，大声示警，说别跑了，停下……

武田直野听到前方突然有声音传来，吓了一大跳，冲势却没有停止，踩过潭边的浅溪流，直直地冲到了我们刚才拉网的草地上来，终于看到了我，惊喜地大喊："陆桑，怎么是你？陆桑，救命啊，我们被一伙来历不明的人追杀，你救救亚也小姐吧……"

他还没说完话，突然双膝就跪倒在了地上，黑西装里渗出了许多黑色的血浆来，然后发出了撕心裂肺的叫喊："啊，疼！这是什么东西……"前半句还是中文，后面就是叽里呱啦的鸟语了。

见到武田这般的景象，那个背负着加藤亚也的妇人停止了脚步，呆呆地看着武田直野在地上奋力滚动着，浑身发抖，不敢动弹。

就在这个时候，他们过来的路上，又有一票人马，踏草而来。

第四十四章 险恶时分

来人其实并不算多,总共也就三个。

然而当那个让人记忆深刻的男人出现在我的视野当中时,我的瞳孔仍然忍不住地急剧收缩——我不知道自己的瞳孔已经收缩了多少次,然而我可以保证,这一次,简直就让我的眼睛都差一点瞎掉——来人有三,为首者便是那个四条眉毛的鬼面袍哥会白纸扇罗青羽。所谓白纸扇,这是洪门的黑话,原意乃狗头军师,妥妥的文职人员,然而这个家伙的实力,听老赵讲,却比金牌红棍还要厉害,不可小觑。

除了鬼面袍哥会的白纸扇外,追击者还有两个青衣人。这两个,并不曾戴制式装备的变脸鬼面,一个白胡子老头,眉心有一颗肉痣,一个美貌妇人,昵日如春,含情脉脉,风骚妩人,皆是有头有脸的人物。

三人寻迹追击而来,当看到围着黑水深潭绕圈圈、一追一逃的我和尹悦,皆倏然停住脚步,惊疑不定。

能够成为白纸扇,罗青羽自然是高明之辈,眼光刁钻独到,当他看到潭边那一地的尸体,看到满地哀号打滚的武田直野,以及这四周的情形时,眼珠子一转动,便已然知晓了个大概。他举目朝这边望来,手势一打,身边那个白胡子老头和美貌妇人便立刻散开,隐隐朝着这边围拢过来。

此时的我,正面临着极大的压力。变脸过后的尹悦根本不讲究半点旧日交情,没有意识,仿佛我和她有着什么不共戴天之仇一般,凶猛异常,穷追不舍;而这陡然出现的三人,光是那白纸扇,都是堪比大供奉刘罗锅的大拿,旁边的那两位,看着气势,也绝对都是一等一的高手,金牌红棍⋯⋯

这等场面,我一个人自然是对付不了的。

不过此时的尹悦却是无比强大,我倘若是能祸水东引,或许还有一线生机。这主意一打定,我立刻不管不顾,朝着东边站定的白纸扇罗青羽箭步冲去。

那家伙不慌不忙,从袖间滑落一把精钢折扇,"唰"的一下打开。折扇上面绣有数只精致的猴儿,面目如人,浑身金毛,唯有那鼻子,如同茄子一般巨大,让人感觉甚是可笑。他清一清嗓门,正待唱个肥喏,自报一下家门,却不承想我竟然连个打招呼的话都不说,埋着头朝他狂冲过来,顿时恼羞成怒,折扇卷出了数种漂亮的花式,然后朝我轻轻扇来。

这折扇似纸如绸,上面一阵黑雾卷动,当其往前扇动的时候,从地面的腐质层中,竟然爬出四头身高一米、膀大腰圆的红色猴子来。这些猴子大腹便便,鼻子几乎占了面孔的一半，目光凶悍，爪牙尖锐，一经出现，便大声嘶吼，朝着我飞扑而来。不知道怎么了，我一见这玩意儿，便不由自主地联想到青山界的矮骡子，当下骤然停住脚步，然后点燃恶魔巫手，朝着领头的那一个抓去。

我这恶魔巫手，自试练以来，由于用的次数过于频繁，且来不及用万三爷所给的方子温养，已然处于崩溃的边缘。不过我这厢强行催动起来，左手严寒似冰，右手火热发烫，那猴子刚从泥土中钻出，浑身湿漉漉，被我这一把抓住，顿时吱吱叫唤，口中腥气扑面，双手胡乱往我脸上抓来。

这畜生看着瘦小，然而力道却甚大，冲击力如同一辆高速行驶的摩托车，我吃不住劲儿，倒头往后面跌去，而在我后面追逐的尹悦已然冲到了近前，高高抬起左腿，毫不留情地朝着我踩过来。

我拖着一只阴鬼灵猴，往旁边翻滚，一阵天旋地转。

当我停缓些，猛然回头，只见剩下三头长鼻猴已然攀到了尹悦的身子上，一边吱吱凶叫，一边放手地抓挠。被这三头畜生骚扰，尹悦顿时大怒，从口中发出一声如同野兽的呐喊，浑身一震，一大股恐怖的青色气息就从全身三万六千窍穴中狂喷而出，眸如烈火，将附身的这些宵小给全然震飞，然后朝着始作俑者狂奔而去。

见到尹悦大展神威，我心中大喜，这才得闲将手中的这猴子使劲儿拨开，往着那边的水潭扔去，然后翻身跳了起来。

白纸扇见到一直追逐我的这个奇怪女孩，突然运劲震开自家弄出来的阴鬼灵猴，又掉转矛头，朝着他扑来，自然知道是中了我的计策。不过他也不慌，以他的眼光，自然知道面前的这个少女是请灵上身，持续不了多久，一边轻点草地，提身后退，一边将手中折扇挥舞，数条游动的黑雾鬼影出现，围绕着他身边，缠绵不休。

溪间不远的上杉奈美已然被那个白胡子老头给敲昏在地，加藤亚也平躺在草地上，双手放于心间，正好形成了一个祈祷的形状。那个白胡子老头见武田直野翻滚嘶嚎，知道此人定然离死不远，也不补刀，而是一脚跨过浅浅的溪流，朝着我这边大步奔来。

这个家伙气势汹涌，然而见到了刚刚那几具同伴的尸体，却也是十分小心，在他的身后倏然出现了两个惨白透亮的骷髅头骨，眼中的鬼火游动，诡异非常；另一边，那个二十七八岁、熟女御姐范的美艳女子已然绕到了我的退路方向，双手一抖，两束红艳似火的绸带，在她身边飘飞，上面附着许多哭泣的亡魂，幽幽呜咽，然后朝着我席卷而来。

看到这天上地下、无所不包的围攻之势，我的眼泪顿时就有一种狂涌出来的冲动。这还让不让人活了，这就是所谓的杀鸡用宰牛刀吗？

这么厉害的高手，有本事去单挑慧明那老和尚去，过来欺负我，算什么本事？然而当见到死去的黎昕和地上、潭里的这一大片尸体，他们两人显然也是一副如临大敌的表情，把我当成了慧明这般厉害的人物，一出手，就用上了自己最得意的杀招和

152

绝技。

　　我与这两人在僵持了一秒钟之后,也使出了自己的上上技:跑路。

　　我并不是什么成名的高手,作为一个半路出家的半吊子,我也没有什么荣誉啊、脸面啊之类的觉悟,见到尹悦跟白纸扇的拼斗还算是势均力敌,于是调转了屁股,朝着林中一阵狂奔。那两个红棍级别的打手见我竟然如此干脆地掉头就跑,不由得一愣,然后大声叫骂,让我别跑。

　　这句"别跑",基本上就是一句笑话,不过由那个美艳女子说来,却有着十足的魔力,让人心魂荡漾,让我这个久旷之身也不由得色授魂与,脚步都慢了许多。

　　也就是这一停顿,已然跑入了林间的我后心突然一阵剧痛,喉头一腥,一口热血就喷了出来。回头一看,一个惨白的骷髅头骨正浮在我的身后,一双空洞的眼窝子里有红色的火焰燃烧,下巴是活动的,正在大大地张开,朝着我撕咬而来。人的恐惧总是有一定惯性的,这骷髅头骨远远要比黎听或者什么白纸扇要来得吓人,我的心不由自主地狂震一番,这才想起拿手去拍,结果那骷髅头骨往回闪动,继而往前一冲,把我的右手一口咬住。

　　一阵零度以下的阴寒之气,从这骷髅头骨的牙齿处蔓延过来,将我灼热的右手冻得一阵清凉,好是舒爽。相比之下,这骷髅头骨嘴巴里传来的咬合之力,让我疼痛得有大叫的冲动。

　　这一耽搁,一条红色的彩带飘飞而来,将我的左手给紧紧缠住,然后往旁边摔去。这力道甚大,我被一扯之下,重心失衡,跟旁边的树干重重地亲密接触了一下,浑身疼痛。我在跌落悬崖的时候,本来就有些伤痛,这一会儿,更加剧烈起来,紧接着又一道红绸席卷而来,将我的双脚束起。

　　这两个鬼面袍哥会的家伙,定然是供奉级别,出手行云流水,暴风骤雨一般。

　　我死劲儿吸了一口气,然后把右手握紧成拳,将恶魔巫手的热力积蓄,准备在关键时刻,将操控这骷髅头的一缕幽火,给瞬间点爆。

　　然而他们根本就不给我时间,将我往后面疾拖而去。危急关头,我的耳朵边突然传来了一声稚嫩的娇喝:"不许欺负我陆左哥哥,不然打死你们……"我抬头,只见朵朵裹着一身黑色癸水之力,从林中冲了出来,双手结印,朝着我身后的那两个青衣供奉甩出一记冰蓝的光芒来。

　　那美艳女子咯咯地笑,说,哇,我看到了什么,竟然是一个百年罕见的鬼妖?真有趣,要是我把她炼化了,不知道会是什么模样……

　　她嘴上说着话,双于不停,将我往她那里拉扯而去,旁边的白胡子老头咧开没牙的嘴巴,笑容猥琐,平推手掌,与朵朵发出的这一大蓬蓝光对拼一记,在光华大盛之间,他的脸色剧变。

　　黑暗中突然蹿出了一群人,脚步稳健,朝着他们冲了过来。

第四十五章　白纸扇逞凶顽

来人正是我集训营的那一群队友，老赵、秦振、王小加、白露潭，还有额外的吸血鬼，威尔岗格罗。

他们本来已经逃远，应该在我们之前查探的退路上奔行了，然而此刻的他们却并没有急于逃命，反而是奋不顾身地杀了回来。看着他们身上的累累伤痕，想来在其他的方向，他们也战斗得极为辛苦。我看到王小加的左脸上，甚至有一道婴儿嘴巴般大的血口子翻起，估计是被她用秘法封住了血流，但是看上去却是十分的狰狞可怖，已经破了相；同样的伤势，秦振、老赵和白露潭都有，特别是白露潭，走路都跟跄了。然而他们还是义无反顾地回来了，脸上的表情悲壮，有种慷慨赴死的凝重。

所有的成员中，只有朱晨晨和老光没有出现，想来他们是在安全的地方，照顾受伤的滕晓和那名昏迷不醒的战士。

当看到这些队友从黑暗中冲出来的时候，我的喉咙里突然堵住了，眼角湿润，激荡的情绪在胸中翻滚。

冲在最前面的，自然是以敏捷擅长的威尔。这个来自英国伦敦的吸血鬼健步如飞，几乎如同一道影子，很快就冲到了我的面前，此刻的他早已没有了最初那温文尔雅的俊朗模样，惨面獠牙，从嘴唇到下巴，皆是淋漓模糊的鲜血，比电视里的那些反派魔王还要恐怖。

他与地上的我错身而过，指甲尖利如刀，朝着捆住我手脚的那红绸削去。

哧……

那红绸并非寻常绸缎所能比，坚韧细密，上面绣有无数符文，附着许多怨鬼，绷直起来，黑气如流水，回旋缠绕。威尔的指甲虽利，却也割破不了这东西，只能在红绸上划出一道深刻的白印来。不过威尔已然紧紧抓住了这根红绸，往后扯动，不让那美艳女子将我往回再拖。

那红绸之上，鬼影缭绕，顺着威尔的双手就往他的身上蔓延开去，威尔并不惧怕，回头往地上狂吼：陆，你这个倒霉的家伙，还不赶快起来？

后背被磨得火辣辣的我已然趁着这一停顿，右手的热力狂涌而出，将咬得我右手血肉模糊的那具骷髅头，给一举震灭。在其神魂消散之后，我奋力翻身上来，然后与威尔一起，合力将那个女人往我们这边扯动。这美艳女子一双红绸，所凭恃的也就是上面的那怨鬼之力，然而威尔这个所谓的血族，体质本就属阴，而我恶魔巫手偏偏对阴灵克制，皆是不怕她的这玩意儿，故而能够僵持。

正在与同伴围攻那个白胡子老头的老赵抽出空来，朝着我大喊，陆左，这个女人是鬼面袍哥会供奉团的第三号人物"十三姨"，她是坐馆大哥的姘头，手段颇多，你们务必要小心啊……

这话刚一说完，拉扯不过我们的十三姨一声冷哼，将那两条红绸断然放弃，欺身上来，双手一翻，竟然是两套血淋淋的桃木令牌，上面各画着一对阴阳鱼，阴面为银，阳面为金，互成正反，朝着威尔拍来。

这对阴阳鱼活灵活现，似乎能够跳下来游动，上面的银色让威尔十分畏惧，伸手一挡，手臂上面竟然有升腾的黑烟冒出。威尔中了一记令牌，惨叫一声，躬身往后面疾退，而我则往前一步，伸手抓住了这截粉嫩如玉藕的胳膊。

这胳膊温润如玉，捏着滑滑嫩嫩像果冻，整个人都香喷喷的，如同花房。我抬起头，只见此女面露桃花，眼神勾人，不由得心魂又是一荡——啪！就这一刻，我的左脸被那令牌给重重地敲击了一下，迅速地肿了起来。十三姨脸上温柔似水，出手却是极端毒辣，一令牌拍在我的脸上，左膝就往我的胯间顶了过来。

又一道身影插入我们之间，干小加适时出现，挡住了这一击。

她一边与十三姨交手，一边大声告诫我，陆左，小心了，这个狐狸精深谙魅惑妖术，你务必要屏住呼吸，不然总是要被她迷死的。

我心中正有无数的儿童不宜和马赛克狂涌而出，听到王小加的提醒，这才知道十三姨精通媚功和诱惑之术，而我自从与黄菲春宵一刻之后，再无良辰，自然是心迷神移，集中不得注意力。此刻我的某处一片冰凉湿滑，显然就是中了这个女人的道。如此丢脸的事情，让我大为恼火，使劲一搓双手，悲愤地大喝一声，有请金蚕蛊大人……

如此怨毒的话语一出，享用完同类蛊毒的肥虫子自然屁颠颠儿跳出来，闪电一般，朝着十三姨的身下飞去。

那女人见这货气势汹汹，也吓得大叫一声，一对令牌交错，立刻有一道黄色的光晕出现，将她全身给笼罩在里面，内中有无数符文显现，威力莫名。肥虫子冲到一半刹了车，委屈地回头望来，怯怯不敢上前去，唯有振翅，围绕着这女人身边，寻找机会。

我心中暗叹，这女人到底是上面有人，随身的宝贝也忒多，让人目不暇接，真难对付。

那一边，老赵、秦振和白露潭对上白胡子老头儿，却也只能战成平手，根本奈何不了对手。我见战局僵持，心忧独自对抗白纸扇的尹悦，让王小加、威尔、朵朵和肥虫子缠住十三姨，自己则脱身折回，跑到潭边去瞧。

战斗已持续了四五分钟，黑水深潭边，白纸扇与尹悦仍在纠缠，不过罗青羽威势大盛，数十道黑色的游魂在他的身边缠绕，如同魔王再世；反观尹悦，她依旧是野兽一般的脸孔，然而身型却已然恢复了小巧玲珑的模样，在我感应到的"炁"之场域中，之前那股磅礴滔天的气势，已然萎缩了一大半，被白纸扇给压着打，一把特制精钢折扇连天挥舞，让人心惊胆战。

就在我从林子中冲出来的时候，尹悦突然头一昂，嘴里面发出了一声清亮的尖叫："嗷……"

叫声一出，她身子里那股恐怖的气息又开始爆发出来，那头巨大的畜生像是要从体内冲出来。白纸扇早就如临大敌，他待尹悦一开始准备爆发，突然从怀里掏出一张刺绣锦帕来，往天空一抛，那手绢一般大小的锦帕上有无数八卦游离，不断旋转，也不落地，将尹悦的这一股气势，给全然吸收入内，一滴也不剩下。

尹悦被这一吸，浑身剧震，那头畜生如同人脸的头颅露出了恐惧之色，奋力往回缩去。

白纸扇脸上露出了一丝残忍的狞笑，双手结印，朝着那张锦帕抓去。他显然是要将尹悦体内的这头妖灵，给收入囊中。

我曾听说，这妖灵和人魂息息相关，倘若被白纸扇给收纳，等尹悦回转过来，只怕也就如同潭边的那位日本睡美人一样，再无知觉。既是如此，我怎么能让那个家伙得逞？于是箭步冲上前去，将震镜摸了出来，口中高喝一声"无量天尊"，一大蓬蓝光朝着那旋转的锦帕兜去。

白纸扇早就看到了我的出现，本来也并不在意，哪知我从怀里掏出了这么一个东西，本来蓄势待发的锦帕被我这一通照，竟然停止了转动，软趴趴地掉落下来，顿时怒气万丈，从怀里又掏出一物，随手朝我一甩。

我瞧得真切，往旁边一躲，却见是一个药丸，生生砸在了我的旁边，顿时有一大股毒雾就冒了出来。

肥虫子还在树林中纠缠十三姨，我虽然抵抗力强，但是也不敢尝试这诡异不明的东西。硬着头皮冲上前去，口中默念九字真言，右掌击出，左手则扶住往后倒下来的尹悦。白纸扇见我有一种要肉搏拼命的节奏，嘴角抽动，一阵冷笑，大叫，好胆！既然如此，先把你弄死了，炼制成灵，也好补齐我的损失。

他的折扇往前一递，重重地打在了我虎口处。一阵过电一般的疼痛从我的手中传来，让我眼睛一红，忍不住大声嘶吼起来，抱着回复了女性模样的尹悦，往回退去。

白纸扇急追不舍，眼睛眯得狭长，那折扇打开来，每一根精钢扇骨上面，都有着尖锐的金属刀尖。

我拉着一个人，哪里是这个家伙的对手？短短的几步路，我的胸口就被这个家伙给划上了三道口子，鲜血淋漓，伤口处又麻又痒，而且还火辣辣地疼，显然是喂了毒药。就格斗而言，我在白纸扇面前简直就是一个孩子，尽管我把尹悦安放在一处草丛中，然后欺身上前，与之拼斗，我甚至发动全身的感应器官去体会集训营中所学到的气场反应，然而每秒钟的持续，都代表着我身体又多了一道道血淋淋的口子。

白纸扇似乎并不急于杀死我，而像是逗我一般，猫捉老鼠，将我弄成了个血人，然后哈哈大笑。
　　失血过多的我感觉到有一丝冰冷。迷茫之中，暗处突然飞射出一颗澄黄可鉴的佛珠，重重敲击在了罗青羽的折扇之上。
　　轰——
　　巨大的能量波动，骤然爆发。

第四十六章 师徒

白纸扇罗青羽手中的那把精钢折扇，扇面乃是用非金非丝的特殊材料制成，轻易不会损毁。故而被那破空而来的澄黄佛珠击中，两者相交，佛珠与金属的扇骨发出了清越的响声，并且一股爆破般的压缩能量波动，也并不能够将其破坏，只是那强横的力量，将白纸扇迫得往后面飘推几步，持扇的手也忍不住颤抖了起来。

见到援兵来袭，白纸扇再也没有玩弄我的心思，折扇一转，便冲将上来，想要把我给灭了。

我哪里不知道这个家伙的狠辣心思，即使是浑身无力，也强催着胸腔中的一口气，跌跌撞撞地往来路跑去。白纸扇后发先至，扇骨上面的锋锐眼看就要将我给割裂，援兵已然冲出了林子，嗖嗖嗖，几道尖锐的破空声呼啸而至，白纸扇手腕一转，轻松挡落下三柄红绸飞刀来。

一马当先的那个使飞刀者，竟然是黑脸教官拔志刚，他后面的几人，有在百花岭负责后勤工作的朱轲，以及两个生面孔的青年，最后，我看到了一脸威严的贾团结，右手握着一串佛珠，从黑暗的林子中大步走了出来。

当看到这一伙人鱼贯而出，我重重地长舒一口气，基地的援兵并没有像电视上的条子一样，永远是姗姗来迟，只是过来收尸的干活。不过见到这几人，我便知道即使有援兵，来得也有限。看来慧明也是没有了办法，才不得不亲自带队，杀到这里来的。

白纸扇竟然并没有立刻惊走，而是疾退至潭边，唰的一下，将沾染着我许多鲜血的折扇给打开来，缓缓地给自己扇风。瞧这风度，这气派，好一个浊世佳公子，翩翩美少年，配上他那精制如画的两撇胡子，果真是一幅武侠山水画。

见到如同血人一般的我，朱轲几步上前，将我扶住，急问，陆左，你没事吧？还好吗？他一边问，一边从怀里掏出止血用的粉末，朝着我身上熟练涂抹。而旁边的拔志刚双手倒提着干飞刀，黑着脸问我，其他人呢，怎么就只有你一个了？我指着王小加、老赵他们的那个方向说，快去，他们在那里拼命呢，也不知道怎么样了⋯⋯

拔志刚回头看了一下慧明，这老和尚沉着脸，不屑地骂了一声，软蛋，瞧瞧你们这点出息！他这话似乎在骂我，让我心中顿时一阵火大。老和尚瞄了一眼场中的情景，冷哼说，不过就是白纸扇，我以为是张大勇呢，你们都过去帮忙吧，这边我来应付就是。

拔志刚等人看了一下周围的情景，也不敢反驳，点头称是。朱轲扶着我，我推开他，说我没事的。朱轲担忧地看了我一眼，拍了拍我的肩膀，说保重。然后提剑便跟着拔志刚等人前去。

慧明从我的身边缓慢走过，十分不客气地看了我一眼，轻轻地骂了一声，没用的废物……

这声音轻微，但是清晰入得我的耳朵，气得我顿时火冒三丈，感觉身体所有的疼痛都及不上这短短的几句话——作为集训营的总教官，被敌人渗透进这试练基地都不知道，反应又如此迟钝，居然还有底气骂我是废物？这伙人是什么，他们可是邪灵教中最强大的分舵，你这个七八十岁的老和尚都搞不定，为毛说我？

然而我并没有回他半句话，作为一个闯荡社会多年的人，我有着足够的阅历和眼光，也知道什么时候该挺身而出，什么时候该韬光养晦，强敌面前还妄自争辩，简直就是找死的节奏。

在黑暗的丛林中，无数的战斗在激烈地进行着。鬼面袍哥会和集训营的大佬，则在这个不断翻滚冒泡的黑水潭边，对峙起来。

尽管看到援军从密林中赶来，白纸扇却并不害怕。他很潇洒地跟慧明打招呼，说师父，自从 1995 年在南充匆匆一别，我们倒是有十来年没有见过面了，近来可好？

我的眼睛瞬间瞪得硕大，简直就愣住了神，脑子里突然就一片空白，不知道说什么好。

慧明铁青着脸说，罗青羽，你这个狗杂碎，自从你搞出了那一场波及整个南充、闹得全国沸沸扬扬的僵尸事件之后，老夫就再也没有你这个徒弟了，少跟我攀扯关系。倘若你真的念及我的授业之情，那你便束手就擒吧，反正你是逃不掉的。

白纸扇恭恭敬敬地朝着慧明说道："师父，您不认徒儿，但是徒儿却不能不认师父。我这一身本事，虽然大半是后面所练，但是根基却都是您所奠定。再说了，您不认我，师娘和师姐却待我亲切，便是这一次的行动策划，也多半是师娘在后面推波助澜。为了避免您老人家的声誉受损，不如将我放过，让我带着残余撤走？哦，对了，您后面的那个小子，是师娘指定要的人头——他害死了贾微师姐，唯有一死，方能解脱，您说是也不是？"

听到白纸扇淡定地款款道来，慧明的脸上阴晴不定，缓缓地回头看了我一眼，意味深长。

见慧明有些意动，白纸扇立刻鼓起如簧巧舌，游说道："师父，我所做的一切，都是在给惨死在苗疆的师姐报仇，您要明白我的苦心啊。这件事情已然成了这场面，而且跟师娘也有牵连。说到底，都是您自己监管不力，玩忽职守，上面追究起来，您终究是晚节不保的。既然如此，良禽择木而栖，您不如加入我们袍哥会吧，大供奉的位置，早已虚席以待，日后大事若成，您也有个好的出身……"

白纸扇说了一大堆话，天花乱坠，而我的心却逐渐冰冷了起来。我以前说过一句话，这个世界真大，这个世界也真小。我万万没有想到，邪灵教位于西川的酆都鸿庐，自立门户的鬼面袍哥会，二把手居然是慧明老和尚的徒弟。而且更加让人诧异的是，集训营信息的泄漏者，居然是总教官的老婆，那个姓客的老太太——我可以相信她只是起到一个导火索的作用，但是死了这么多人，贾团结已经被逼上梁山了。

那么，他到底愿不愿意大义灭亲，去背起那口黑锅，扛起这场血案的职责呢？就我对他的了解来说，实在很难。

五分钟，白纸扇晓之以理、动之以情、诱之以利地对慧明一番劝导之后，停住了话语，静待自家师父的决断。

整个过程，慧明一句话都没有说，眼睛似闭非闭，安静听着。待白纸扇说得口干舌燥，他才睁开眼睛，露出如同灯泡一般的亮光来："罗青羽，十四年前，你所学不过我的三两成。今日我先来考量考量你，看看这些年来，你到底有没有进步！"

他这话说完，身子一直，整个腰挺起标枪一般笔直，气势立盛。

白纸扇眉头一挑，原本恭谨的表情立刻倨傲起来。

见了慧明的态度，他知道老和尚舍不得多年来积累的脸面，不可能跟着他下水。顿时也就不再装那孝子贤孙的恭顺模样，嘴角轻挑，说，师父，当年我随同你学艺，你使我学那龙树菩萨的《华严经》，又习《一乘教义分齐章》、《圆觉经疏钞》，皆为境界，至于具体修炼术法、真如本觉之道，却只肯传于师姐，使得我前三十年，几近白活。后来我学得炼尸提丹的妙法，你却要赶我出门。一别十余载，我确实应该给你汇报一下学业，好让你知晓，这青出于蓝而胜于蓝的道理了。

慧明将手腕上的那一串佛珠缠绕在右手上面，一边缓慢往前走，一边说道："罗青羽，你是个天才，罕见的天才，像你这种人，在西川，几十年都未必能够出得一个。我前二十年里，用佛经来培育你，是想要把你的心性磨砺，方能有大成就，不然终究会堕入魔道。可惜我错了，你的心，太急！"

白纸扇将手上的精钢折扇展开，终于露出了狰狞的面容来："装什么大尾巴狼，别人不知晓，难道我会不知道你修的是密宗般若里的'空乐双运'欢喜禅吗？"

骂声刚落，折扇翻飞，八头阴鬼灵猴又从四周泥土之中爬起来，朝着慧明飞射而去。

慧明双手相交，左手轻摩右手上面的黄色佛珠，那速度比日本金手指加藤鹰还要快上几个等级，很快就摩擦出红色的印记来。他表情轻松，面对着飞扑而来的阴鬼灵猴，冷笑着。这冷笑导致他严肃的脸容十分滑稽，就如同哭一般。

四头阴鬼灵猴飞身跃起，从不同的方向，扬着尖锐的爪子朝着缓慢行走的慧明抓来。

"镖……"慧明口吐真言，右手闪电横扫前挥，带着佛珠的拳头拂过这些凶恶的猴子，一阵氤氲浮动，所有的猴子如同沙雕一般滑落，烟消云散。

第四十七章 可恨之人必有其可怜之处

总共八头长鼻子的阴鬼灵猴,凶猛前扑,又咬又抓,然而就在几秒钟的缓慢行走之间,慧明将这些家伙给轻松地消灭,尸体不存,化作如沙子一般的黑气流到了草地上来,悄无声息。正在跑过去将尹悦扶起的我看得瞠目结舌,没想到刚才还弄得我们麻烦到死的那些鬼猴子,竟然就这般轻松被搞定了。这简直是大学教授来做高中数学题,麻利得让我们这些费尽脑浆的家伙,自惭形秽。

慧明将这些烦人的小喽啰给清理干净之后,那串佛珠化身为鞭,左三下右四下,在他的身边挥舞除了一道如同高僧大德一般的黄色佛光来,宝相庄严,灼灼发亮。白纸扇周身散发出来的那些黏稠的黑雾,纷纷往回收缩,不敢缠绕上去。慧明朝着白纸扇冷冷地笑着,似乎还有一些恨铁不成钢的意味:"你这十几年来,就学会了这些玩意儿?用鬼魂怨力来提升修为,之所以被称作是邪教,是旁门左道,其一是残忍而无人性,其二,却是会将人的心理和身体扭曲,不出十年,你必然死去,何必呢?"

听到这话,白纸扇将身上的袍子一把掀开来,露出穿着短衫的上身来。

让我恐惧的一幕出现了。这个外表干净整洁的男人,他袍子下的身体,已经有大部分开始腐烂,里面有无数苍蝇蛆虫在叮咬,腐烂的皮肉流着黑黄色的脓水,腥臭的味道四处飘扬。

他把袍子一把扯下,然后丢落到后方的水潭中,美美地伸展了一下身子,脸上的神色十分奇怪:"师父,你或许说得对,修这鬼魂怨力,总是会有一些副作用的。但是你却遗漏了一件事情,那就是续命之道。有了这法门,我甚至可以再活五十年、一百年,而我也有了足够的信心,来超越你的力量。来吧,多说无益,打了就知道!"

白纸扇脚步一错,人便如同幻影,出现在了慧明的左方,手腕一转,那把沾染了我许多鲜血的折扇,便朝着慧明的脖子间削去;与此同时,白纸扇身边的无数恶鬼亡灵,也随着他的行动,朝着慧明横扑而来,根本就不顾忌那冉冉的佛光普照。

白纸扇厉害,纵横西南的慧明却也不是虚负盛名之辈。这个高大威猛的老人性格刚强,见这叛出门墙去的徒弟亮出杀招,哈哈大笑,大叫一声"来得正好",双手快速结了一个不动明王印,身形稳固,然后将缠绕着佛珠的右手朝着这精钢折扇的扇骨,一拳猛击。

两者交碰,到底是白纸扇的法门天然被慧明所压制,在旗鼓相当的力量前提下,竟然被逼得往后倒退三步,脚跟不稳,差一点就跌落进那深水黑潭中去。

他回头瞅了一眼那咕嘟嘟冒泡的潭水,一股凉意生上心头,还未有何反应,慧明不依不饶,大步冲上前来。白纸扇往旁边平移几步,将攀爬上自己脖子的几条肥硕白蛆给拍到一边,然后从怀里掏出一个瓶子来,将瓶塞拧开,仰头就往喉咙里面倒去。

就这当口,慧明已然抢先来到了他的旁边,双手又结大金刚轮印,微妙至极,当胸印向了白纸扇。

轰——

根本没有半点留情的慧明一掌印在了白纸扇的胸口,半边胸腔都塌陷了下去。当刺耳的骨头断裂声,从场中传过来的时候,我的眼皮忍不住地跳动——慧明的战斗方式,跟我竟然基本相同,都是通过"九会坛城"的真言加持,将那九字奥义融于身体与精神之中,磁场共鸣,意志叠加,然后达到己身为佛的境界,战斗的时候如同佛门罗汉,厉害非凡。

我观慧明这行云流水的一套打法,想来应该是进入了华严宗里妙觉次第的境界。他就如同降龙伏虎的罗汉,自己就是一方世界,根本不惧任何邪魔外道。看到他的这功力,我心生羡慕,不知道他所谓的欢喜禅,到底是如何修。

不过,作为鬼面袍哥会的白纸扇,也并不是些许杂鱼所能够比拟的。他的胸腔骨头被震得碎裂,却并不大叫,反而是迎身而上,一双干净洁白的手攀上了慧明的脖子上去,指甲倏然长了一截,就要往老和尚的动脉大血管里掐去。

我眯着眼睛瞧,心中焦急,这个白纸扇像僵尸、比像人更加多一些,若是慧明被掐破大动脉,估计我也逃离不了。然而我怀里的震镜仍在回复,无论我如何催动,都没有任何迹象;有心上前相帮,却发现这种等级的争斗,浑身伤痕的我脆弱得如同一个生鸡蛋,自身难保。

虽然我并不喜欢慧明,但是看到他在这里拼命,我却也不肯走脱。心中开始默念起金蚕蛊之名,让这个家伙赶紧过来,我好找机会相帮。

然而,慧明既然支使旁人离开,一是不想别人知晓太多的秘密,二也是有着足够的信心。见白纸扇凭恃着自己如同腐尸一般身体,要与自己两败俱伤,口中大喝一声"裂",全身肌肉顿时一阵铁青,气血停滞,如同铁板一般。白纸扇尖锐的指甲,非但进不了半分,反而有一股刺激的电流,朝着他腐臭的身子里倾袭而来,让他浑身一阵狂震,心魂失守。

白纸扇不急反笑,恣意地狂笑着:"你这老狗,几十年过去了,都是这几招,真的以为自己要成佛吗?"

他的嘴唇苍白,不断地抖动着,脸色越来越黑,如同抹了锅灰烟儿。慧明并不言语,双手结印又想朝着塌陷的胸口打去,然而他发现自己根本就前进不了一步,人被白纸扇给紧紧缠住,这一对旧日的师徒,就如同缠绵悱恻的好基友,紧紧相拥在一起,腾挪移动,就是不能攻击对方。

这两人紧抱在一起时,也有专门的武学套路,譬如柔道,又或者小擒拿手,以及其他,皆是那方寸之间杀机交锋的好门路。两人师徒一脉相承,走的都是文武双修的路子，既能动武，也能修术，故而对彼此的手段都通晓个大概。一时间两个人一边打斗，一边放倒身子，在潭前的草地上，滚将起来。

这一滚不要紧，白纸扇罗青羽体质异于常人，整个人除了脖子以上的脸面外，各处都腐烂起来，上面有白色的肥蛆、黑色的尸鳖以及绿油油的大头苍蝇附着，如同养蛊的陶罐。他倒是习惯了，并不觉得不自在，然而慧明却是一个完完全全的正常人，也没有练就罗汉真身，不说是细皮嫩肉，那尸鳖咬一口，也要疼一下。

目前的情况并不是一只尸鳖，那三五十只虫子已然从白纸扇的身上爬到了慧明身上去，好几只绿毛苍蝇，已然飞到了他的鼻孔前，奋力拱身往里面爬。

白纸扇一边与师父滚草地，一边快乐地呐喊着："哈哈……哈，我的恩师，你可知道你的藏私，让徒儿受了什么罪过？我这些年受过的苦楚，让您老人家消受一会儿，你应该是不会介意的吧，哦？"

慧明须发怒张，大声咆哮，你这畜生，当初捡到你，我就应该直接把你扔进那茅坑里面去，淹死得了，免得在这里祸害世人！

白纸扇继续撩拨慧明，说："恩师，你知道么，我想要强大，不仅仅是因为我的欲望，还是因为我想要逃离。你知道么，我在十四岁的时候，就被你那丑陋的女儿给……我含辛茹苦，卧薪尝胆的这么些年，就是想让我那藏私的师父、刻薄寡恩的师娘，还有我那让人作呕的师姐，让你们一家人，都身败名裂，成为世人的笑柄。只可惜啊，那贱人还没等我报复，就死了，我恨啊……"

听到白纸扇的一番表白，慧明浑身一震，眼睛亮了起来，里面蕴积着无比的愤怒，双手一撑地，怒火冲顶，头发都立了起来，缠在他们身边的缭绕黑气，一片摇晃。他看到了正拖着尹悦往远处退去的我，不由得气愤地怒吼："陆左，你还不赶快上来帮忙，小心我治你个见死不救的罪名……"

他声音洪亮，小半里地都能够听得到。我不由得叹一口气，将昏迷的尹悦放倒在地，然后捡起一块碗口的石头，朝着在地上翻滚的两人冲了过去。

见我犹豫一阵，终究是冲上前来，白纸扇脑门青筋浮现，怒目圆瞪，说，你是在找死！

话音刚落，他们后面一直在翻滚的深潭突然一阵波动，我之前看到的那口青铜棺椁突然在无数血肉尸骨的堆积托举下，慢慢地浮上了潭面，开始往着上方升起。那四根长长的黑铁锁链逐渐被绷得紧紧，深埋在潭壁里的那一段，有无数金光浮动。

随着青铜棺椁被那些伪铜甲尸的肉块托举上升，黑铁锁链被撑到了极限。

突然，咔嚓一声，左边的那根锁链终于断开来。

第四十八章　那一抹红色

这青铜棺椁十分巨大，相比我们乡下常见的那种黑漆棺材，要大上好几个尺寸。

它表面上附有很多古朴而奇怪的花纹，似乎是人，又或者是某些景物的描写，当然，还有许多细碎的符文，布置成了一种奇妙的法阵。

那黑铁锁链本来紧紧扣住了它的四个角，左边的那一根突然断裂，顿时一阵剧动，往着反方向晃荡而去。下面的累累尸块也都重新跌回了潭底去，溅落无数水花。然而那青铜棺并没有随之落下，它悬空着，下方似乎有黑色氤氲在盘旋游绕——这些黑色氤氲，全部都是那些伪铜甲尸所携着的亡灵怨气，此刻正被青铜棺里面的某种东西吸纳着，聚集在下方，继续往上面浮动。

喀、喀、喀……

黑铁锁链被那些怨气托举的力量，绷得紧紧，似乎已经到达了极限。

看着这阴森诡异的情形，站在潭边七八米远的我遍体发凉，浑身一阵又一阵的鸡皮疙瘩，过电一样地冒了出来，心中不由得懊恼不已——威尔曾经数次提醒过我，这个山谷中有大恐怖，而这恐怖的大部分缘由，皆来自这黑水深潭之中。我早晨的时候见到过这青铜棺，只觉得奇怪，然而在敌人追杀的压力之下，却又放在了一边，不作理睬。我们甚至因为那潭水中无数恐怖食人的红线牙签小鱼，而打算将这里作为敌人的埋葬之地。

刚刚这深潭将黎昕所倚仗的伪铜甲尸群给吞没，我还扬扬得意，自以为是一件以少胜多的战绩，然而我却忽略了那些鱼之所以存在，有很大的可能，是将这青铜棺禁制在潭底的那人用来防止野兽或者人类进来，误将其打开的布置。

现在想来，正是那些死去的生灵怨气，给了这青铜棺足够的动力，让其浮出潭中，重见天日。

只是，这里面，到底装着什么呢？是一具积年已久的僵尸吗？还是……

这诡异的场景，也让在草地上生死决斗的师徒二人停止了拼命。他们两个一番思虑之后，几乎同时放开了对方，都朝着相反的方向退去。

慧明翻身起来之后，在自己的身上不断拍打，并且使劲儿吐口水，抠鼻孔，试图将身上那些虫子都弄出来。然而那些小东西哪有那么好摆脱？有的甚至于更加深入了，他却也有些着急，连念了两遍"灵镖统洽解心裂齐禅"，然后双手合十，结内狮子印，一声真言怒吼，曰"洽"，这才将身上的所有虫子给悉数震死。做完这一切动作之后，他竟然连招呼也不打，闷不吭声地朝着来路，大步撤离。

我望着这个魁梧老人飞快的身影，这才知道他之所以能在特勤局隐秘战线那种危险部门，安然活到八十岁，其惜命的功夫，也是十分值得小辈学习的。然而他刚刚跑出不到十米，脚步骤然一停，不再前行了。我往远处看去，夜色中，原本清晰可见的树林草木等一应景物，都变得模模糊糊，淡薄得紧，根本就瞧不出分明来。慧明犹豫不前的样子，让找很快就确认，我们已深陷于一个恐怖的阵法中。这阵法或许是在这具青铜棺浮出水面的那一刹那，已然启动。

　　在这个黑水深潭所处的一片低洼地上面，景色分明，而再往远处瞧，便如同隔绝于世。慧明的脸色阴晴不定，踌躇了一下，不再前行，返转过来，离我四米远，如临大敌，紧张地看着那深潭上空的青铜棺，一点一点地脱离开黑铁锁链的拘束。

　　白纸扇已然闪身跑到了昏迷不醒的上杉奈美和躺倒在地的加藤亚也旁边，他也没有离去，而是神情凝重地望着前方。经过与慧明的一番搏斗，他的脸色越加苍白了，胸口凹陷的位置开始缓慢地回鼓起来，那些黑色的鬼影雾气，正围着他旋绕不定，最后停聚在了他手中的那把折扇之前。

　　我们都屏住了呼吸，看着潭中升起的青铜棺，持续往上升起。

　　在内分钟之后，我们听到了几道让人牙酸的金属扭曲之声，突然之间，喀喀喀，几声爆裂沉雷一般的炸响轰然出现，那三根束缚住青铜棺的黑铁锁链，全数寸断，高高抛洒而起，散落各处。

　　骤然的炸响，让整个空间都为之一震，嗡嗡的声音，从四面八方传到了我的耳朵中来。

　　我胸中沉闷，躲开头顶上面砸下来的铁锁链，感觉喉咙痒痒的，使劲儿咳嗽，结果吐出了好几口浓黑的血痰来，跟那豆腐一般，黏结成块，一股腥臭扩散开来。

　　这东西是如此邪门，还没有出现，就将我震得出现内伤，呕血几口。

　　青铜棺脱离了黑铁锁链之后，往上抛出六七米，然后在空中翻滚几周，重重地砸在了慧明身前五米处水潭边。这东西分量很沉，砸在草地上面，根本就没有翻滚，而是直接深深地陷入了泥土中，将整个平地都轰击得一阵颤动，山崩地裂一般。青铜棺的盖子在这一番震动之中，开启了一条缝隙，之前承托着它的那些怨力，疯狂地望着那道口子，狂涌而去。

　　看到这幅场景，我不由得想起在青山界的耶朗石殿之内，似乎也有这么一口棺椁。

　　不过那一口是用那黑曜石制成，装着一具不知道沉淀多久的古尸，而且还是一个女尸，顶级飞尸，几乎就要成就了旱魃的境界。当时若不是杨操请神上了我的身，估计我们在场的大部分人都已经化作了枯骨，命丧幽府。那么这口棺椁里面，究竟会藏着怎样恐怖的东西呢？

　　我想着威尔一谈及这深潭中的东西，脸色发白的模样，不由得发抖，拳头紧紧攥着，手心全部都是油津津的汗水。

仿佛是记忆中吻合的事情一般,潭边,水花四溅,那口沉重的青铜棺里面有一股力量,在缓缓地推动着棺材盖子,咔……咔……咔!这声音在寂静的夜里面,格外地让人寒冷,而里面仿佛有个黑洞一般,那些怨力已然全部被吸收进去,就连隔着深潭、在旁围观的白纸扇,他身边周围的那些黑色怨灵都在摇晃不定,似乎有被吸进那棺椁里面的可能。吓得他再也不敢如此拉风,折扇一卷,将其收归入内。

见到那青铜棺的盖子即将掀开,慧明的脸色数变,终究还是决定挺身而出。他紧紧握着手中的佛珠子,几步上前,从怀里掏出好几张金光闪闪的符纸,也不见什么动作,手指仅仅一搓,有两张符纸就开始"噼里啪啦"地燃烧起来,逼发出恐怖的气息。而另外两张,他啪啪两下,贴在了棺椁的首尾两处。

这一番张罗,棺椁停止了摇动,似乎沉睡了过去。

慧明松了一口气,围着青铜棺走了一圈罡步,然后深吸一口气,伸出手,准备把棺材盖子合拢封印。

然而就在此刻,刚刚悄无声息的那棺材突然剧烈抖动起来,慧明往前伸出的手一停顿,猛然上前,将盖子给推得与原来的地方平齐。然而这刺耳的"吱"的一声刚刚响起,突然更加沉重的一声响动,轰——那棺材盖子被推起来,竖直,然后如同一片树叶般轻巧地往后飞去,跌落在水潭中,溅起了许多水花来。

月光如水,这时我猛然感应到,那些恐怖的红色牙签鱼虽然还在,但是已然没有了生命。棺椁里面的东西,竟然在刚才出水的那一瞬间,将潭水里数以亿计的小鱼儿,悉数震死。

在棺椁骤然打开的那一刻,慧明狂吼了一声:"镖……"把他手指间夹着的那两张符纸,往棺椁里面给扔了进去,双手则紧紧抓着那串黄色的佛珠,运劲,激发里面蕴含的力量,护住自身。一道飓风以青铜棺为中心,朝着四面八方吹去,我猝不及防,往后面跌了一个跟头,抬起头,但见一只手,攀在了棺椁的边缘。

这是一只瘦而滑腻的手,上面似乎长着很多苔藓一般,有些发绿,像是脱水的鸡爪。

接着是另外一只。

然后,在我心惊胆战的注视下,一个黑影从那里面,扶着棺椁边缘,坐直了起来。在看到这玩意儿的第一眼,我觉得怎么那么眼熟?它是一个干枯的人,肌肤皱巴巴的,紧紧地包裹在颅骨上面,头发像水草一般,一缕一缕的,顺着脸廓黏黏地粘着,看不出年纪。因为实在是脱水得厉害,就如同一具骷髅上面,蒙了一层皱巴巴的人皮子;它的眼睛根本就已经睁不开了,缝隙里面露出了一缕白色;变成了两个黑洞的鼻孔一阵抽动,似乎在寻找着什么。

突然,它朝着我这边看了过来,猛然睁开了紧紧粘连的眼睛。

红色,诡异的红白相间。

啊——

第四十九章　信任和抉择

这具僵尸从青铜棺中缓慢爬起来，睁开眼，里面有着慑人心魂的魔力。

我无法用言语来准确地形容我的这种感觉。若强行描述，这感觉就如同我的脑子被一把大锤子重重敲击，完全一片空白，什么都没有了一般。这法门，跟死去的传奇男爵爱德华所拥有的精神冲击，如出一辙。当我意识恢复的时候，看见慧明全身金光大放，光华幻彩，手持着佛珠，正在与这具干枯的僵尸，战作一团，好不厉害。

我双手撑地，发现自己已经躺倒在了泥地里，身边是被那些红线牙签小鱼折磨得奄奄一息、不知死活的武田直野。我发现我已经联系不上金蚕蛊了，那个朦胧的阵法将我们与整个世界都分离开来，如同两个不同的位面，金蚕蛊与我息息相关的那种亲切感，被生牛割断。

我突然感到好冷，这里面既有失血过多所带来的体温下降，也有一种安全感的丧失。朵朵不在我身边，小妖朵朵已然沉眠，就连可爱的肥虫子，都与我分属两个世界。

作为一个养蛊人，我自然知道什么是我的根本——没有我的这吉祥三宝，我可以说我真的什么都不是。在那一刻，我显得是那么的无助，双手撑着冰冷潮湿的泥土，我的手不停地在颤抖，嘴唇腥甜，一抹，才发现自己的鼻子不知道为了什么，什么时候，冒出好多血来。这血黏稠不化，并不像是普通的鲜血，而像陈积许久的脓血，有一股膻腥的臭味。

我尽量睁开眼睛，扩展我那模糊的视界，我看到了慧明正在与那具从青铜棺里面跳出来的僵尸在拼斗。人与人相搏，无非就是拳拳到肉，稍微精彩一些的，也就是各种眼花缭乱的招式，出不得什么彩头；然而这人与非人之间的交锋，确实是大放光华，让我虽然不喜慧明这老和尚，却也对其一身的本事，心生佩服，大为赞叹。

那僵尸并不算高，它也就只有一米四五，如同一只大猴子，不知道过了多少的岁月，使得它几乎已经完全脱了水，就像一副骨架宽大的骷髅上面，蒙上了一张人皮子。这样的形象，让人感觉十分恐怖。许是在青铜棺里面待得太久，它浑身都长着一指长的绿毛，铜绿幽蓝，又显得十分杂乱。

它与其他的僵尸不同的是，除了牙尖嘴利，指甲尖锐而修长之外，在它的身体周围，萦绕着一种沉淀不去的黄色能量圈，层层变幻。这种光华犹如彩虹，诸般色彩，其形状仿佛我们常常在神话剧中看到的，诸天神佛后脑瓜子上面的那种光环，那是一模一样的。

不过诸佛的光芒，乃觉悟众生，犹如太阳破除昏暗。《念佛三昧宝王论》卷曾有云，曰："金山晃然，魔光佛光，自观他观，邪正混杂。"若这么说，它这萦绕身边，忽黄忽黑的能量圈场，便是那与佛光一个级别的魔光。倘若如是，这具已入魔道的僵尸，绝对是让人恐怖的存在。

难怪在这深潭中镇压它的古人会作出如此诸番布置，又将这一大片区域都作了阵法，想来就是怕其逃出青铜棺，为非作歹，遗祸人间。

然而也就是如斯厉害的一具魔尸，方显得慧明的真本事来。他之前与自家徒弟罗青羽的拼斗，并不出彩，然而此时，却是如同佛陀罗汉附体，遍体生光，氤氲盈身，与这敏捷而恐怖的黑潭魔尸正面交锋，完全不落入下风。双拳相交，立刻有大股的气劲爆发，沉闷声如雷轰鸣，轰隆隆，轰隆隆，这声爆在整个阵中回荡，让人站立不稳，只想趴下来。

就格斗而言，慧明老和尚的速度算不得快。刚刚与白纸扇火拼一场的他有伤在身，并没有满场地跑路，而是将门户守得极为森严，不时出拳应对；反而是那具黑潭魔尸，它并不以力量压倒，而是蹦来蹦去，十足一个活脱脱的大猴子。

黑潭魔尸似乎有些畏惧慧明缠在右手上面的那串佛珠子，两者每一次撞击，都不由得浑身发颤，如遭电击。

说时迟那时快，两人闪电一般的交手已然持续了好几分钟，互有胜负。

不过人的力量终究是有限的，近八十岁的慧明终究还是年老体衰，而对手却是个不知道在这养尸地封印了多少岁月的魔物，自然不能够跟这种东西比持久。他又一次大喝了一声"统"，此真言能够在遭遇困难时反涌出强烈的斗志，有誓不罢休之感，然而贾老先生却有一种后力不继的虚弱感，一边勉励抵挡，一边朝着白纸扇和我大声喊道，你们两个再不上前相帮，是想等着被各个击破，依次赴死吗？

白纸扇听到刚才还跟自己打生打死的师父求助，脸色数变。以他的聪明，自然知道慧明若是躺下了，自己一定就是下一个。在这恢弘大阵难以破除的当下，不管之前有何等仇怨，暂时的合作似乎还是很有必要的。他到底是一方枭雄人物，行事毫不拖泥带水，大叫说，好，我来助你，暂且放下争端，共同将这怪物镇压了再说。此话说完，他折扇一展，飞跃过前面的浅浅溪流，朝着场中冲去。

作为仇敌的白纸扇都能放下争端，前来共谋敌手，我自然不可能破坏这安定团结的大好局面。然而此刻的我已成鸡肋，除了浑身这二两气力，并无所长，但是为保和谐，也只有硬着头皮冲上前来，也不主攻，围绕在对手身边打打太平拳，做回酱油党而已。

有了我们的加入，特别是白纸扇的强势回归，场面才没有刚才的那种凶险。罗青羽虽然是腐烂之身，如同僵尸，但意识完好无损，且身体已然被改造成了一个盛放鬼力怨气的巨大容器，比之前那青衣少年所挥舞的招魂幡还要厉害——里面可容纳许多亡魂，本身就是一件法器，纯以肉体力量和强度而言，似乎并不输那黑潭魔尸多少，

而他身边周遭的那些鬼魂黑气,更是与那魔光纠缠,不分你我。

不过,那黑潭魔尸的厉害,远远超出我们的想象。它的皮肤坚韧,骨骼如同钢铁铸就,竟然有所向披靡之威势。场面依然凶险,即使是我这种打酱油的角色,也屡次遇险,差一点就丢失了性命。

三人合力,又战了好几分钟。白纸扇在与这头恐怖魔尸拼得筋骨发软后,却瞧出了一丝空隙,一边坚持,一边与往日的师父作探讨,说这魔物虽凶,但似乎最大的凭恃,却是来源于它身后的那魔光,给它带来了源源不断的巨大力量。如果能够将这魔光转移,那就是釜底抽薪,如同没了汽油的跑车,这魔物便再也凶狠不起来了……我们得想想办法,将其魔光震散。

这理论过于深奥,我插不上话,只是闷着头在旁边牵制,慧明却是眉头一扬,说,此话怎讲?

白纸扇"唰"的一声,用精钢折扇挡住了黑潭魔尸的一抓,那似金似丝的扇面顿时出现了几道细碎的裂痕。他脸上恼怒,嘴上却说道:"看见那边躺着的女子了没有?我之所以追逐她,想要将其擒获在手,其实是因为她乃卜好的阴灵鼎炉,与之双修交合,可驱除我身上的负血作用,堪称妙物。她身体之中自有一股藏纳汇阴的源泉,可以吸收许多杂质不全的能量,将其炼化。我们倘若能够将这魔尸引到她身旁,持金刚萨埵降魔咒,以蕴集至理的宝瓶印震之,定能够将其魔光能量的源泉迫出体内,完成转移……"

听到此话,我不由得转头瞧向了水潭那边,看着那个美丽得如同天使的睡美人,心中震撼。

不愧是智多近妖的白纸扇,居然能够在短暂的时间里,就想出了可行性如此高的办法。

慧明的眉头却紧紧蹙了起来。

我传承的"十二法门"中有九会坛城的真言记载,这会儿自然想起他为何皱眉——作为"我心即禅"的至高境界,宝瓶印的结法需要凝结全身分毫无论的力量,引导宇宙空间中虚无缥缈的能量,作为最强的一击。此印打出之后,不论效果,发印者俱天昏地暗,力量丧失,短时间内如同赤裸的羔羊,任人鱼肉而不能反抗。这几乎是同归于尽的生死招数,而且也是不到一定境界莫能击出的大招。

不管他们两人会不会,反正以我目前的能力和阅历,以及平日里所修行的境地,是绝对凝聚不了体内每一丝力量,引导周身那些莫测空间的无数能量,做出这惊天的一击来的。

既然我不能,那就只有他们师徒二人,倘若他们是手拉手的好朋友,自然无妨,然而此刻的两人形如敌寇,彼此都恨不得对方死去,谁会肯舍己为人,做那傻乎乎、必死无疑的活雷锋呢?

第五十章 同归于尽,杀人灭口

见到两人古怪的表情,我这才明白,罗青羽提出来的这个方案,表面上是最急智、最能够简单解决那黑潭魔尸的办法,然而其中却隐藏着许多弯弯绕,以及对于选择的种种博弈。我心中生寒,白纸扇就是白纸扇,他永远也不可能变成小白兔。这种人物所说的每一句话,做的每一件事情,必定都有着很深的含义,我们这些人,永远都跟不上他的节奏。

然而慧明这个大和尚却是个老狐狸,一点就透,根本容不得罗青羽耍什么花招。

那头黑潭魔尸出现的时间越长,攻势就越发地凶猛。情形紧急,来不得半点拖延,慧明厚着脸皮,径直说道:"你既然提出来了,那么就劳累一下,将这头魔尸体内的能量场域,给逼迫到那姑娘体内去。若是你一击不中,我拼了老命,也要将其命毙当场,镇压下来。"

白纸扇已经开始有意地把魔尸往潭边引导,听到慧明这直言不讳的话语,也不揭穿,只说,不行,师父在上,哪里有徒儿表现的道理。师父您只管出手,不要顾忌其他,降服此魔头要紧。时间拖得越久,这魔头就越加厉害,倘若它的尸毛全数都退化成了又黑又短的黑鬃,只怕除了这大阵,便再无可让它头疼的东西了。

两人言语交锋,刚才还打生打死,如今却是情深似海,师徒情长,不愧是一脉相传。

听到白纸扇讲到这魔尸的毛发,我这才发现,不到一会儿工夫,那家伙身上本来沾满铜绿的绿毛,正在缓慢蜕变。这过程,肉眼都几乎能够察觉,长长的毛发如同被高温灼烧一般,开始弯曲,然后不断地脱落,每走过一截路,都会有无数焦臭的毛发飘落下来,将地上的那些青草全数灼烧枯萎,再无生机。

又僵持了一阵,慧明终于忍不住越来越大的压力,朝着白纸扇呼喊道:"青羽,你肯定是担心将这魔头镇压之后,师父趁机将你擒获,是不是?俗话说得好,虎毒不食子,我们好歹师徒一场,我如何会这般待你?速速放宽心,赶快出手,我们共同擒获此魔,不要多心!"

听慧明唤得亲切,白纸扇却是不为所动,冷笑连连,说:"师父,我跟了你足有二十多年,你什么样的手段,我会不知?又不是三岁小孩儿,何必把我想得如此弱智?我孤身一人,你方却有两人,大阵之外,人才济济,这拼命的事情,自然还是由你来做。即使你一时脱力,也有这小子帮你舍命抵挡,更有阵外诸人迅速来援,总比你这般诸多算计,到头来悔之晚矣,要好许多——当然,我可以用我所信奉的天女魅

来赌咒发誓，倘若你脱力倒地，我只抽身离去便是，绝不加害于你。"

听白纸扇说得恳切，慧明不由得眼睛一亮，有些心动起来。

修行者一般不会赌咒发誓，特别是以自己信仰的源头发誓。此为何来？子不语怪力乱神。这世间一切险恶，皆源于没有信仰，不敬畏。相比普通人，我们这些能够感应天地的人更能够明白这天地之间，总有一些法则在运转。所谓因果和报应，确实是天理昭昭，映照在我们的头顶之上，从无断绝。

所以罗青羽一旦对着所谓的天女魃发下重誓，算得上是一件很有信服力的事情。

这里所说的发誓，并非口头说说，而是要以自己的血液精元，配合咒怨，完成一个既简单又复杂的祭祀过程，祷告上苍，签订冥冥之中的契约。如同罗二妹的血咒。

随着黑潭魔尸的进攻越发激烈，最先接敌的慧明自然遭受到了凶猛如潮的攻势，好几次都差一点就报销了性命。听到罗青羽的承诺，心生期望，在绝望之中，不由得生出抓住最后一根稻草的想法。大声说，好，你赶紧赌咒发誓，沟通神灵。陆左，你接下他，让他能够顺利完成。

慧明对我命令式地吩咐，我也没办法，硬着头皮就顶上了侧面，将罗青羽给替了下来。

白纸扇往后一跳，用那把残破的精钢折扇往额头划去，顿时鲜血飙落，他左手托住一些，然后将这血画在自己苍白的脸上，作出一个个古怪的符号来。为了让慧明相信自己真的不会乘人之危，所以他在这里并不敢作假，喃喃念咒，抑扬顿挫，一本正经地发誓。

我之前在旁边打酱油，并没有觉得黑潭魔尸有多么难对付，此刻一接替白纸扇的侧攻位置，方才理解这原本恨不得对方立刻死去的两个家伙，为何会妥协下来，共同迎敌。

魔尸的厉害主要来自三点：第一就是巨力，那恐怖的力量也只有慧明和白纸扇这种级别的老怪物，方才能够硬抗，像我这种虽然在新秀中名列前茅，但被稍微地一碰，顿时如遭雷轰，半边身子都发麻。再有，此魔物身内的魔光不但能够对尸体形成压制效果，而且还能扰乱人的心神，倘若心志不是坚定卓绝者，必然受其影响，重则人事不知，轻则行动迟钝。最后的一点，这家伙虽然瘦得皮包骨头，但是通体如同精钢锻造，跟那钢铁侠一般无二，你若打它，反而自己浑身疼痛。

所幸并不用坚持多久，在我被拍了两掌，胸腹里面的内脏似乎被铁棍子搅成一团之后，白纸扇已经完成了严肃的发誓过程，越过趴倒在地的我，迎上了凶猛攻来的黑潭魔尸，对着旁边暗自观察他的慧明说："既然如此，我们还是尽快将这东西除去，您看它的眼睛，越来越凝聚，似乎开始恢复生前的意识。这东西应该是消失已久的巫咸遗民。师父您曾告诉我，耶朗所习的巫蛊之术，皆来自这个神奇的种族，那么您应该知道，它倘若恢复生前意识，是一件多么可怕的事情。"

慧明的那串佛珠已然碎裂大半，正在勉力抵抗，听到白纸扇讲起，点了点头说：

"它们据说在宋朝的时候就已经回归深渊了,如今再次相见,确实不是人力所能阻挡的。不知道是哪家大能,将这魔物拘禁于此,若不能够将其消灭,它定然能够在这方圆几百里的地段,为祸一方。"

沉吟一会,慧明将那些仍然完整的佛珠挨个儿用拇指和食指迅速扭动,然后朝着加藤亚也倒卧的方向,疾退而去。慧明一退,白纸扇便承受了莫大的压力,脸色惨白,不到两秒钟,手上的那把布满符文的精钢折扇便被一把抓住,双手一撕,被毁了个彻底干净。

折扇一毁,空间中出现了撕裂心扉的野猴叫声,无数黑气从断裂处喷薄而出。白纸扇心疼得大声怒吼,一大团黑气从他腐烂的腹部处凝聚而出,朝着这黑潭魔尸猛力撞击。

那黑气凝聚了白纸扇十数年来纯净的精华,是他常年腐烂的肉身中体验的痛苦和意志,现在朝着这头原本为那巫咸遗民的黑潭魔尸冲去。那魔尸却也不傻,往后一退,紧紧闭住的嘴巴突然张了开来,这张嘴巴里面并没有想象中那错落森严的牙齿,而是黑洞洞的,布满了黏稠粘连的浆汁血液。

这家伙嘴巴一张,立刻有一口腥臭的尸气喷出。伴随这尸气产生的,是一道尖啸入云的奇怪笛声,呼地一下,将我们的耳膜给震得几欲出血。

尸气与黑气相交,对半融汇,白纸扇被震得浑身狂震,往后跌倒,滚葫芦一般。他怨毒地大声嚎叫,我耳朵轰鸣,根本就听不到什么,似乎在责怪慧明还不赶快将这黑潭魔尸给引到旁边去,然后使出九会坛城中威力最盛的印法,将这家伙身后那纯能量闪现的魔光给震散。

黑潭魔尸一击见效,朝着白纸扇疾扑而去。白纸扇一边躲闪,一边朝慧明靠拢,威胁道,再不使劲,我便鱼死网破,与这僵尸融为一体,顾不得这意识,化身为魔……

他话音还没有落下,一直在摩挲佛珠的慧明和尚高声唱和起来。这声音比我平日里所听的佛乐,更加有恢宏气魄,我从未听人能将金刚萨埵降魔咒给加持得如此正大光明,无边的回音在整个空间里来回震荡,让人心生倾慕,有忍不住跪下来,顶礼膜拜的冲动。

这音波震荡,那头黑潭魔尸显然也受到了影响,它的意识逐渐开始复原,已然明白了那个魁梧的老汉,方才是自己最大的敌人,故而放下白纸扇,朝着慧明猛扑而去。

慧明已然站在了加藤亚也的身边,一边唱和,一边用双手结出极为复杂的手印来,见这魔物扑来,脸色一肃,双手前推,曰:"禅——"这一下,火星撞地球,天崩地也裂,无数能量狂涌,将整个空间都震动得混沌一片。刺目的白光骤然横生,我闭着眼睛爬起来,还没有反应,便感觉胸口处被一物打中,东风重型卡车一般的冲力将我给高高抛起,浑身的骨骼和皮肉都要碎裂而去。

飞腾于空中的我,终于想清楚了自己必死的缘由——我知道得太多了!杀人灭口?

第五十一章　诸般算计，反误卿卿性命

这世界永远都是残酷的，而我们通常只能够看到其表现出来温情脉脉的一面。

事实上，慧明并没有相信白纸扇的赌咒发誓，白纸扇了解他，他也了解白纸扇，师徒两个既然已经走到了这个地步，相互之间的脸面都已经掀开了，那么这里就只能有一个人能够离开。至于我，夹杂在这两巨头之间的人，下场只有一个，就是死，必须死——一个知晓太多秘密的人，是没有活下去的理由的。

当白纸扇自以为把慧明哄骗得逼尽所有的力量，去与那头黑潭魔尸同归于尽的时候，殊不知慧明已经在心里，给自家那不孝逆徒，和我这个不明真相的围观群众，给判下了死刑。所以慧明在发出宝瓶印的一瞬间，将自己那串黄澄澄的佛珠法器给借势引爆，一大股能量朝着白纸扇飞去，而剩下的一小股，则朝着我的胸前射来。

刀头舔血六十年，慧明的眼光毒辣精准，审时度势，知道多少力量能够将我们给分别杀死。

就他能在危急关头的那一招分射桃李，其精妙绝伦之处，已堪称宗师之名。在他看来，他这谁也意料不到、同归于尽的招式，定能够让白纸扇和我与这头黑潭魔尸陪葬——至于他，或许会虚弱无力一段时间，但是魔尸死去，这阵法消失，已然形成优势兵力的特勤局定然能够掌控场面，将他给救出去。一切均在算计之内，我这个"害死"他女儿的心头刺、喉头鲠也已经"为国牺牲"了。大不了，发几张奖状、一面锦旗，还有一些微薄的抚恤金，如此而已。

引爆手上那串神秘佛珠的一瞬间，慧明脸上含着高僧大德淡定从容的惯有笑容，将手印抵在了迎击上来的黑潭魔尸身上。宝瓶印神秘玄要，有"我心即禅，万化冥合"之奥义，顿时有无数的力量汇聚于他的双手指间，以此为契引，空间中有无数力量狂涌而来，不断地凝聚、汇合、压缩，最后重重印在了黑潭魔尸瘦骨嶙峋的胸口，天地都为之一震，有白色的光华在其间大放光彩。

原本如滔天恶魔的黑潭魔尸被这么一击，身子一顿，一大股绚丽夺目的光华被逼出体外。这光华层层叠叠，跟那佛光极为相似，此时更如同一种觉醒的生命形式一般，流转潋滟。它被逼到了半空中，离地上躺卧着的加藤亚也，只有半米之遥。

一直安静躺在草地上，双手合十作祈祷状的加藤亚也此刻突然浑身一震，一股看不见的吸力从她的心腑之间，源源不断地产生，将那股魔光朝着自己体内缓缓拉动；而黑潭魔尸体内也有一股本源的力量，使尽全力地在争夺着魔光的控制权。

与此同时，腾飞于空中、几欲死去的我，胸前突然爆发出一大蓬幽蓝如海的光

芒来。

这光芒对于我来说，就如同行于沙漠、干渴欲裂的旅人所梦想的清甜之水。它甫一出现，就将那佛珠中爆裂开来的力量给全数中和，并且把我受损严重的身子，给紧紧包裹住，承托到地上来。

正在往外面狂喷鲜血的我有种长舒一口气的快意，往心口一摸，方才发现慧明了结我的佛珠，正好打在了我怀里的驱邪开光铜镜上面。外界的大力，终于将一直在度化先前登仙岭所遇力量的人妻镜灵，给刺激得提前完成了任务。

不过虽然有这镜灵力量的缓解，我的身体依然承受了那让人不堪抵御的力量。跌飞在地上的我甚至连爬都爬不起来，双手放在地上，感觉骨骼寸断，身子都不是自己的一般。

我焦急地往场中看去，发现白纸扇竟然跌落到黑水深潭中去。那潭水里的红线牙签小鱼虽然已全数被震死，但是里面危险依旧。我见他直愣愣沉入其中，不再浮起，想来这家伙也是受到了难以抗拒的破坏力量。慧明和尚结完印法，果然是连一丝力量都没有了，像煮熟了的软面条，往后面倒去，如同死了一般；而他的对手，那头毛发已然变成短毛黑鬓的黑潭魔尸，竟然被轰击得双手双脚都断了，身形浮空而起，几乎就没有了声息。

巅峰状态的慧明是如此厉害，那九会坛城的最后一式，宝瓶印，竟然会是这般威力，让人惊叹。

黑潭魔尸悬浮于空，它和加藤亚也之间的魔光在游转回动，相互拉扯着，争夺这源源不断的能量。

加藤亚也安静地躺着，如同天使，外界发生的一切拼斗，对于她来说都只是一场梦。她长长的眼睫毛弯曲朝上，樱唇自然噘起，有着美好的弧形。

最后，还是白纸扇的眼光赢了——那具黑潭魔尸终究还是敌不过加藤亚也天生的吸引力，或许是天意，或许是无为而为。黑潭魔尸的所有意志都停滞住了，跌落下来，重重地砸在了慧明的身上，再无动弹。随着它的死亡，灵魂飘散入幽府，四周那模糊的景物就开始变得清晰自然起来，那山也是山，水也是水，无比的真切和清晰。

我躺在地上，仿佛身处传说中的阎罗地狱，浑身没有一丝儿气力，感觉巨大的疼痛如潮水，将我掩盖。突然，有一物涌入我的身内，然后有源源不断的暖流，温润着我的身体。

我笑了，千呼万唤的肥虫子终于及时赶到，并且给我提供了足以行动的力量。

在远处，人影憧憧，似乎在朝着这边高声喊叫。也许是黑潭魔尸并没有死多久，这空间大阵还没有完全消散，使得他们根本就进不来，肥虫子想来也是找到了些许空隙，方能够及时地出现。

我强忍着周身的疼痛，勉强站起来，朝着慧明、加藤亚也和黑潭魔尸倒伏的那个地方，缓慢走去。

我需要看看，那魔尸到底死了没有。

还有，慧明此刻的状况如何。若还活着，我是否要趁着他此刻虚弱无力的时候，给他身体里种下一份蛊毒，免得这老小子好转过来，又来阴我呢？要知道，他既然已经有过撕破脸杀我的第一次，就不会收手，必然还会再次杀我。要知道，他老婆客氏勾结鬼面袍哥会，将我们这集训营的大部分学员给杀害，这罪名，最次也是一个玩忽职守，助纣为虐，足够让他锒铛入狱了。

至于他深爱的客老太太，简直就是吃花生米的节奏，妥妥的。

然而我没走几步，脚下突然被扯住，差一点就摔个狗吃屎。低头一看，竟然是最开始就被那红线牙签小鱼折磨得悄无声息的武田直野。

此刻的他也已经是意识模糊，奄奄一息了，虽然他体内的那些食人小鱼被震死，但是五脏六腑均已经被吃透，嘶吼的嗓子也沙哑得不行。他拉着我的裤脚，无力地恳求道，陆桑，陆桑，求求你，救救亚也小姐，救救她……她是那么善良，就像个天使，她不能够死啊！

我看着潭边那个美丽到极致的睡美人儿，有些发愣，问，为什么让我救，我怎么救她？

武田直野拼尽生命中最后的一丝力气，说道，织田神官说救小姐的事情，只能找你，只有你能够救亚也小姐。我不知道是不是，但是他是伊势神宫的大阴阳师，他说你可以，你就可以的。求求你、求求你，陆桑，救救亚也小姐吧。她是天底下最美丽、最善良的姑娘，求求你啦……

说到最后一句话，武田直野的口中冒出了一股一股的鲜血，将他口中的乞求给淹没。

直到他的眼中再无神采，他都没有放开抓住我裤脚的手，他是用自己的生命在请求帮助，如此倔强的日本人，让我不由得又想起了加藤原二。虽然他们之中的一些人，混蛋得让人发狂，但是另外一些人身上的品质，却让人尊敬。这尊敬无关于民族，而在于人性，民族是有区别的，但是人性是共通的。

我费了好大的力气，才挣脱开武田直野的拉扯，跟跄地走到潭水那边。

黑潭魔尸已然没有了生息，而慧明还有一息残留，但是因为用力过度，已然昏迷过去。在确定大事已了的时候，我这才回过头来，看向融入了魔光的加藤亚也。此刻的她紧闭着眼睛，脸上居然有了表情，十分痛苦，在强自忍受着什么，似乎有魔变的迹象。这是一个多么可爱而美丽的女孩子，我心中忍不住地疼，突然好想有力量，能够将她给救醒过来，解脱痛苦，就像童话里面的王子。

就这样想着，我体内的肥虫子突然浮现在空中，飞临到了加藤亚也的头顶，缓慢降下来。它暗金色的肥硕虫躯不断收缩，最后吐出一滴馨香四溢、黄津津的液体来，滑落进这美少女的唇间去。

而就在我惊奇莫名的时候，身后突然传来了一阵风声，猛回头，只见一身烂肉的白纸扇突然从潭中蹿出,指甲如刀,十指插入到了慧明的胸腔之中,鲜红的血,将他的双手染得分外妖艳。

第五十二章 一波未平一波又起

此时的白纸扇，完全就是一副恶鬼模样。

他身上的衣服已经完全褪去，就剩一条黑色底裤，将其不雅之物给遮盖。自脖子以下，身体、胳膊以及大腿，上面的肉全部都已经腐烂，或灰白，或粉红，流着烂脓，上面有好多黑头蛆虫和尸鳖在爬动；即使没有腐烂的地方，也皆是红色或黑色的痘疮，尤为恐怖。他身体周围那些恒存游动的怨力黑雾不见了踪影，显然也是吃了慧明刚刚那一记暗算，丧失了大部分的功力。

不过慧明似乎并没有算到白纸扇身上有着什么样的宝物，正如我身上有震镜一般，避开了他筹谋已久的必杀一击，存活下来。

正如他之前所担心的一样，白纸扇罗青羽根本就没有在意自己向信仰的天女魃所发出的誓言，一爬出水潭，便毫不犹豫地将双手插进了慧明的胸膛，十指如刀，将昏迷中的慧明剖心挖肺，好是一阵搅动。濒临死亡的慧明在最后一刻，醒转过来，发现自己的胸腔被剖开，顿时怒目圆睁，发出了愤怒和不甘的嘶嚎声来。

然而他为了将黑潭魔尸体内的魔光打出身外，结出的宝瓶印将身体里所有的力量都给吸收殆尽，此刻能够做的，也就是回光返照地嚎上一嗓子了。

我并没有上前救援，而是拖着地上的加藤亚也，朝着后面四五米外退去。

此刻的我也是天旋地转，心中有发狂的恐惧——这样都没有死。慧明老和尚，难怪你成就有限，无论是手段，还是运气，都是一等一的差劲。

慧明在最后一刻伸出了双手，死死地抓住白纸扇插进自己胸口的手，拼尽全力嚎了一句话："为什么？"

看着这个曾经养育和教导了自己二十几年的老人，白纸扇疯狂地大笑，脸上的肌肉抽动。回答他说："是仇恨啊，我这样人不人、鬼不鬼地活着，就是恨你啊！我要证明终有一天，我会比你还厉害，我会亲手杀了你，然后让你的家人永远活在悔恨当中，后悔她们当初，为什么待我如狗……"

在白纸扇的搅动中，慧明永远地闭上了眼睛。

他或许都还没有听完自己徒弟的告白，便带着遗憾和不甘，离开了人世。我拖拖着沉重的加藤亚也，奋力地往后面爬去，仿佛离那个恶魔越远，就越有安全感一般。看到了慧明闭气，白纸扇抬起头来，凝视着我，脸上有一种古怪的艳红："你杀了我师姐，杀了我一生中唯一的女人，也是最痛恨的女人，我是应该恨你呢，还是应该感谢你啊……"

我一边往后退，一边愤愤不平地骂道，关我屁事啊，我根本没对贾微那老娘们怎么样！

"师父……"

正当我们两个对峙的时候，突然从南边传来了一记悲愤欲绝的声音来。我抬起头，只见赵兴瑞从西南角的一个方位闪身而进，朝着这边冲了过来。看到老赵望向慧明的尸体如此悲愤欲绝，又听到他口中所唤的称呼，我这才知晓老赵一路上显得纠结的样子，原来他是慧明老和尚安排在我身边的暗线。

见到这个挽着道髻的男子口唤师父，白纸扇原本前行的身子停住了，静静地瞧着跑到身前来的老赵，颇有玩味地笑了，说，原来是我的师弟啊，只是为何要作一副道人打扮？

老赵身上也尽是伤，血淋淋的一片，见到杀害自己恩师的凶手竟然称呼他为师弟，顿时脸上一阵愠怒，手中的桃木剑一举，说，佛本是道。你这畜生，待我替师父清理门户！说完他举剑就往前刺，气势汹汹。

然而之前一番大战，老赵的体力也是耗损殆尽，恁的也只是心头的一口气，在前几式凶猛杀招之后，顿时脚步轻浮，一个趔趄，摔倒在了地上。白纸扇也并不讲究什么师兄弟情谊，挥爪就朝着老赵的脖子间抓去。

这时，一把飞刀射到了白纸扇尖锐指甲的前面，迸射出好大一团火花来。

老赵躲开这么一击，在地上翻滚一番，翻身起来，一脸悲愤。

紧接着，之前随着慧明前来的黑脸教官拔志刚带着朱轲以及白露潭、王小加等人赶了过来。一道白影飞掠，朵朵带着哭腔扑到了我的怀里来："陆左哥哥，呜呜……你受伤了？"

我紧紧抱着朵朵。只见秦振、威尔也出现在了水潭边缘，身形趔趄，但还是能够坚持，晓得他们差不多已经料理了那两个供奉，心中不由得安静下来。

见这么一人伙人围将上来，白纸扇不悲不喜，甚至都没有逃走的意思，负手而立，静待着这些人将他给团团围拢。拔志刚看到慧明死去，又见到这鬼面袍子会的二号人物一副死猪不怕开水烫的表情，不由得厉声道，罗青羽，你们袍哥会今次杀害我集训营的成员，上面必然大受震动，定会像十年前一样对你围剿。你若知趣，赶快束手就擒吧……

白纸扇见特勤局的人将他团团围住，并不害怕，反而有些不屑地看着面前这个黑脸汉子，冷冷地说道："此次若是黑手双城那大魔头的手下大将林齐鸣带队，我或许就撤退了。但是，拔志刚，你就是个困于山中的教书匠，整日操练这些个初出茅庐的菜鸟，凭借着上面的余威震慑手下，就自以为很厉害了？你的实力或许还不如集训营的某些学员，不过就是个技术官僚而已，老子未必会怕你啊！"

被白纸扇毫不留情面地点破脸皮，拔志刚的黑脸一阵泛白，恼羞成怒，大喝一声："放屁！"

见到拔志刚如此反应，白纸扇反而笑了。他将手上的血往地上的慧明身上揩了揩，然后将蜷缩成一团的黑潭魔尸从地上拉起来，如同一个盾牌般举在胸前，说，拔志刚，你若是真的想证明你的尊严，那么就过来，跟重伤无力的我打一场。倘若你赢了，我就收回我刚才所说的话，不然，你就背负着软蛋之名，好好地教导你这些可爱的学员吧。

这个白纸扇到了现在，居然还在耍心眼。被人团团围住，居然还忽悠着黑脸教官跟他单挑，想一对一地耗死我们，简直是好算计。不过我此刻浑身酸软，别说是上前打个太平拳，就是站立都觉得难以为继，要不是肥虫子又进入了我的体内，估计我现在就趴在地上了。

不过我倒也是十分佩服这个家伙的本事，被打成了这副模样，居然还会把黑脸教官的怒气给撩拨起来，然后有绝对的信心战而胜之。不过到了这个时候，谁还愚蠢得会中他的激将法，跟他搞什么劳什子的单挑呢？

朱轲、那两个陌生青年以及秦振、王小加、白露潭和老赵，都一步一步往前，准备将面前这个如同僵尸一般的袍哥会大人物给擒拿。然而一直阴着脸的拔志刚突然挥手说道，都停住，待我来收拾他！

他的话让众人一阵错愕，都以为听错了，然而当他沉着脸再次说一遍的时候，我们才知道，他要玩真的。显然，为了证明自己，拔志刚毅然选择了应战。

慧明死了，目前拔志刚就是老大，他的话自然没有人敢质疑。于是众人收了手，在旁警戒着。拔志刚说打就打，双手一展，顿时四五把飞刀，如箭射去，飞临到了白纸扇的面前。这个家伙如猿猴一般收缩，将整个身子躲入那具没有声息的黑潭魔尸身后，丁零当啷几声响，那些飞刀竟然入不得半寸，皆跌落地上。拔志刚大步向前，冲到了白纸扇面前，挥拳就砸，白纸扇依托手中的黑潭魔尸周转。

两人在十几秒钟的时间里，过招无数。我发现拔志刚并没有白纸扇所说的那么弱，作为武者出身的他，在近身搏击之上的造诣，甚至能够与慧明相比，不落白纸扇下风。然而少了旁人的牵扯，白纸扇终于调节好了气息，脸上露出了古怪的笑容，缓缓地笑道，你们都以为我要逃，以为我眷恋鬼面袍哥会的权势，却没有想到，我累了，黄泉路上好寂寞，你们且陪着我一起走吧……

此话说完，他腐烂的身子上面突然伸出好多粉红色的肉条和黑雾，将自己手上的那具僵尸给深深缠住，然后浑身竟然如同橡皮烂泥，附着融解上了黑潭魔尸的身上去。一想到两者融合的威力，我心中就胆寒，毫不犹豫地抬起手中的震镜，准备往前照去。乌黑的天空中突然有一道又一道的圆圈出现，深潭上空原本出现海市蜃楼的地方，圆圈汇聚成了一个半人高的黑洞口。

停留了三两秒钟之后，登仙岭上相似的场面陡然出现，从里面又探出了一个只有半角的牛头人来。

那气势，如山似海。

第五十三章　山穷水尽，唯有搏命

同样洪荒而恐怖的气息，从这牛头的鼻孔里喷薄出来。

从这古怪的人面牛头魁梧如山的体型，以及那股威猛如若天神一般的狂躁气势，我就已然肯定这位爷，正是我们前些天在登仙岭上，利用那紫薇融阳炎火阵勾动地火的威力，将乾坤虫环炸断，割裂头颅的那位老兄。

当我们还在悬崖间的地穴石府中的时候，白露潭就曾向我传达这么一个消息，说这位大拿正在寻找我们的踪迹，誓要报得此仇。当时我并没有很在意，只以为我们不出那洞府，自有法阵隐匿气息；而等到我的震镜将其力量完全炼化，没了印记，到时候人海茫茫，阴阳两隔，此君也未必能够找到我们，或许天长日久，也就忘记了这仇怨。

然而后来的事情，根本就不在我们的控制范围之内。被邪灵教纠集各路人马追杀，我哪里还有等待人妻镜灵将这股力量完全炼化的时间？一路上都是在搏命，见招拆招，频频地使用震镜，将一个又一个成名已久的大人物，全部阴倒在了我的手中。紧要关头，能多活一分钟，哪里还会管这虚无缥缈的仇怨。

只是我远远低估了这位大拿睚眦必报、仇不过夜的德性，没人想到它一直未曾离去，竟然在即将胜利的这时刻，再次降临到了我们的头顶。

此刻的我们，不但没有那能够勾动地火的紫薇融阳炎火阵，而且除了后面赶来救援的人员，几乎个个带伤。至于我，倘若不是肥虫子在体内撑着，我连动一根手指头的力气都没有，比那个沉睡好几年的睡美人加藤亚也，好不了多少。

一方是气势汹汹、誓要报仇雪恨的神秘大佬，一方是伤痕累累、几近崩溃的残兵败将。形势已经到了这地步，让我们怎么逃命？

我的心中忍不住地绝望了，望着那尊魔神一般降临的躯体，嘴巴发苦，有一种自杀的冲动。

那牛头巨人脸上由无数黑虫子游动组合而成，它前几日受过重伤，头颅并没有长全，那牛角都只长了半截。它吃过亏，所以有些畏惧地打量了一番地上，见无大碍，方才放心下来。拖着黑色浓雾形成的锁链，从那黑洞的口子处往下跳，堪堪就落在了与黑潭魔尸融合在一起的白纸扇罗青羽身边。

罗青羽十四年修鬼，身体大部分都已经被鬼力透染，腐烂腥臭，只能够用香料或者其他手段来维持，几乎就是半个僵尸。在大仇得报之后便不管意识有无，想要拖着面前的这些人，一同死去，故而能够在短瞬之间，将自己的躯体融入经过无数年岁月淬炼过的黑潭魔尸上面。

两者经过奇妙融合，在一阵让人恶心和恐惧的变化之后，最终形成了一个佝偻着身子的人形怪物来。这怪物脑袋出奇硕大，体型异常，是个驼背。那没有完全融为一体的后背骨成弓形，高高翘起，脸已经完全就是巫咸遗民的模样，只是似乎还闪动着智慧的光芒。

也许是太过投入，他并没有意识到身后站着一个高大的恐怖巨人。融合之后的白纸扇狞笑起来，搓着满是黏稠体液的双手，发出诡异的尖叫声："原来如此，原来如此……我从张飞庙地洞之下盗取的尸丹提炼术，竟然有这等奇妙的用处？哈哈哈，我传承了巫咸遗民的记忆，我还是我，我还是罗青羽，但是我却拥有了无上的力量和经验。我只要将那个小丫头身体里的魔光淬炼出来，熔炼于身，便是青城山上的那几个老家伙，妄称地仙的人物，都不是我的对手了，哈哈哈……"

罗青羽疯狂地笑着，在为自己美好的未来而兴奋。他手上有许多黑色氤氲生成，里面有着浓聚不散的力量，似乎很恐怖。他怨毒地看着我们，笑了，说，我要将你们这些在场的所有人，全部杀死，然后将你们的魂魄炼制进我的体内，永远听从我的奴役，生生世世，永无翻身！

然而他虽然从我们的眼中看到了恐惧，但是发现这恐惧并不是因为他，而是他的身后。

陷入疯狂中的他终于有了一丝清醒，回过头去，只见一尊身高两米四五的巨汉，正耸立在他的身后，面无表情地看着他。

或许是融体时将脑子搞坏了，罗青羽完全就没有了白纸扇的睿智和沉稳，也不能够审时度势，见到这么一个恐怖的牛头巨汉手持铁链站在自己的后面，顿时顾不上恐惧，伸手就朝着那个家伙的裤裆掏去。

这一招也是有名有姓的手段，名曰"猴子偷桃"，但凡是雄性生物，都会为之颤抖。

融合了巫咸遗族尸身的罗青羽既然有着这般的自信，他此刻的力量也是不容小觑。这一番掏鸟式，气势惊人，别说是掏鸟，便是岩石垒块，他也是随意掏得，砸弄个粉碎。然而那个从诡异空间中跳下来的牛头巨汉不闪不避，任由罗青羽这一击，打在了自己的胯下。

罗青羽一招击中，伸手就是狠狠一抓。然而他并没有抓到自己想象中的东西，而是一大团游离不定的丑恶长虫，掉落下来，朝着他的手臂上面游去。这些虫子，和那牛头巨汉脸上的那些细微虫子又有很大的不同，呈红色，如长条蚯蚓，一根根伸长收缩，皆带吞噬周遭的鬼气。

罗青羽身形一滞，竟然动弹不得，头顶有古代捉拿囚犯一般的铁锁链垂落下来，往其脖子处一套，那牛头大汉"哞"的一叫，那个融体之后变得十分恐怖的家伙竟然一点都动弹不得。那巨手往脑壳处一拍，头顶立刻冒出一股游离不定的气息来。

牛头巨汉熟练地将这气息给捉住，往嘴里面一口吸去，美美地嚼动了一番。

罗青羽的身子倒垂下来，再也没有了声息。

这陡然出现的恐怖巨头，让我们都震惊莫名，大家原本是在围绕着罗青羽而站立的，此刻都按捺不住心中那股狂潮卷涌的恐惧，一步一步地后退，逐渐地聚拢到了一起来。

我早已藏好震镜，看到秦振、白露潭和王小加都朝着我靠拢，顾不得害怕，一边勉力往后面退，一边压低声音，朝他们大骂："你们过来想死啊，还不赶紧跑脱去？再不跑，大家都活不过今日！"

白露潭颤抖着身子，牙齿打颤，说，这东西，这东西，真的就是那……

拔志刚见到这牛头巨人，也忍不住地发抖，不过他或许是被罗青羽刚才的话语激发了身为教官的勇气，硬着头皮上前，大声地叫道："何方妖孽，敢来人间造次？还不速速回去，尘归尘、土归土，呼吸归空气，血液归流水，回到你来的地方去吧，不要扰了这人世间的清静！不然，我等必将上奏天官，治你滥杀无辜的罪名！"拔志刚这一番话语，显然是用了寻常人家吓唬鬼魂的法子，无外乎告状而已。

然而那牛头根本就没有听到他说什么，而是瞪着一双巨大幽亮的眼睛，朝着我这边望来。它的眼神里面，并没有半点温暖，只有深冬十二月的严寒，冷漠得如同外星球的生物。我被瞅了这么一眼，遍体生寒，仿佛寒冬腊月，一盆冰水浇到了头顶上，止不住地哆嗦。

我见它的身体开始动了，知道它是瞧见了我怀里的震镜，也晓得了我们几个便是前几日暗算于它的人。

硬拼是拼不过的，我深吸一口气，转身就跑。

见我逃走，那牛头巨汉狂怒，朝我大步迈来。它的正面就是拔志刚，那个教官见此情形，从怀里拿出一张红色的符箓来，开口念道："神符命汝，常川听从。敢有违者，雷斧不容……"此为雷符，虽不知威力，但必定不凡。然而没等他念完咒文，那牛头巨汉便已然撞上了他，手一扯，人飞，符烂。

那两个青年人不知险恶，提剑便刺，被两根索魂锁链给捆住了脖子，顿时就瘫软在地，再无声息。

为了避免连累同伴，我尽量朝着人少的地方猛跑，然后对着小尾巴一样跟着我的朵朵大声叫嚷，让她离我远远，不要过来。她不肯，哭着鼻子跟在我的身边。我不知道自己跑了多远，只知道短瞬之间，身后一阵人仰马翻，好多人都被秒飞。当我看到朵朵被一根黑色萦绕的锁链给拘住的时候，便再也不跑了，回转过身来，双手将恶魔巫手有史以来最强大的力量，依着慧明之前的那架势，手结宝瓶印，口念金刚萨埵降魔咒，拼死一击。

由于身高的问题，我的手即使高高朝上，也只能够打在了它的下丹田处。

劲气一发，那牛头巨汉浑身一震，淡薄了几分，却又转瞬凝聚了身形。

我还想要掏出震镜来搏命,一道锁链将我的脖子给锁住,顿时眼前一阵黑暗,意识飘飞,感觉魂儿都随着那根锁链而去了。

第五十四章 霸气的后果：瘫痪在床

当那锁链越来越紧的时候，我心底突然升腾出一股愤怒来。

无边无尽的愤怒将我整个人的生命都点燃，好多疑问浮出脑海——为什么？为什么我会这么弱？为什么我不能够保护自己身边的朋友和伙伴？为什么这个不知道哪里来的丑八怪，就要杀死朵朵，将我们这些人都给置于死地？这狗东西，凭什么这么嚣张？这天下间是怎样一个道理，为什么一定我要死去？

就在意识即将沉沦下去的时候，突然有一股磅礴的呐喊声，从我心中迸发出来："又是你个龟儿子，滚，滚，滚回你那个潮湿的老窝去，不要让老子再看到你！以后见到你一次，打你一次，打死为止！"

这声音发出来之后，我仿佛失去了控制，感觉自己浑身仿佛变成了汽油桶，无尽的能量从体内源源不断地冒出来，轰然爆炸，将一切都焚烧殆尽——包括我自己。

然后我感觉好累，好困倦，意识止不住地往下方沉沦，在我即将陷入黑暗的最后时刻，突然有一个熟悉的声音在我的耳朵边响起来："哟嗬，都是老熟人啊？嘎嘎嘎，早知道这个样子，大人我就不赶过来了，搬个板凳看戏，岂不畅哉？两个傻子打架，真少见！"

听到这声音，我顿时如释重负，深吸一口气，再也记不得任何事情，永坠黑暗间。

不知过了多久，也许是一瞬间，也许是一万年，也许是亿万年。当我再次苏醒过来的时候，入目处是一张精致得过分的美女面孔，眉目如画，粉黛淡颜，用尽我所有的形容词，都难以描述她十分之一的美丽。我的思绪停顿了很久，也想不起到底是怎么一回事情，鼻翼间尽是好闻的少女香气，张了张嘴，半天才唤出一声："水……"

那美女本来是在凝视着我，见到我突然睁开眼睛，吓了一跳，手捂住粉嫩的嘴唇。听到我说话了，这才反应过来，忙不迭地踩着小碎步去倒水，结果手忙脚乱，把玻璃杯子给摔了，热水洒了一地，倒是把自己烫得哎呀呀直叫。我听她叫唤的语气，十分熟悉，似乎在某些影视剧里面听过这调调，过了一会儿，回忆终于涌上了心头，才想起来，这个女孩子，不就是加藤亚也吗？

此刻两颊绯红、楚楚动人的可人儿模样，哪里还有以前植物人时的那惨白虚弱，简直就是那电影上面的明星，从画报或者银幕里面走了下来。

看着她手忙脚乱地收拾碎了一地的玻璃，我有些担心，使劲儿憋出了一句：

"别动……"

话音未落,她便又是"哎呀"一声叫唤,抬起右手的食指,白嫩嫩的手指上面,就有鲜血冒了出来。看着可怜巴巴吮吸手指的日本妞儿,我叹了一口气,可真的是怕什么就来什么啊……

听到里面有动静,房间的门被推开。我抬头,看见留着长发的杂毛小道出现在我的眼帘里。

见到我醒来,杂毛小道快步走到床前,一把就紧紧抱住了我,哈哈大笑:"小毒物,你可算是醒过来了,就知道你这个屌毛福大命大,死不了。果然,这么快就醒过来了,真好!"我被这家伙抱得紧紧,感到浑身骨头都生疼,大声地叫了两声,他慌忙松开我,然后取下床头的呼叫器通报医生。

看来这里不是高级病房,就是重症间,这边一声招呼,没一会儿医生便屁颠屁颠地跑了过来。欣喜地给我做了一通简单检查,然后告诉我和杂毛小道:醒过来就好,万幸了,后面的事情,就要看复健和调养了。不过这个不要急,慢慢来,你的伤实在太严重了,需要慢慢调养才行。说完这些,医生又关照了几句"注意休息"的废话,起身离开。

在医生帮我检查身体的时候,我打量了一下周围,发现我躺在一间宽敞的病房中,桌子上有粉红色的康乃馨、满天星和蓝色薰衣草,把房间装点得素雅而富有生气。我尝试着动了动,身子仿佛失去控制一般,从脖子往下,虽然还有一些知觉,又酸又麻,但想要动弹,却根本没有法子。看这动静,我不由得有想哭的冲动——哥们这是要瘫痪的节奏吗?

叫唤肥虫子,也得不到回应,所幸这小东西还在我的体内,就是呼噜呼噜睡,沉眠而已。

我强忍着巨大的沮丧,用意识去沟通槐木牌,发现朵朵和小妖朵朵都在里面,一切安好,乱糟糟的心情总算是好了一些。

杂毛小道见我哭丧着脸,幸灾乐祸地大笑,说,看看,玩大了吧?谁叫你这么逞强,而且这种刺激的事情也不叫上我和虎皮猫大人,结果变成了这副废人模样,真的是活该啊!

见到这家伙一副贱样,我就忍不住发火,说:"还不是你那个狗屁大师兄,说什么集训营里面能够锻炼人的经验和意志,而且还能够对我进行系统的培训。结果一趟试练下来,死的死,残的残,学员挂了一大半,这是什么狗屁的节奏啊?这趟集训何止是坑爹?简直是坑爷!"

听到我一连串噼里啪啦地抱怨,不停歇,杂毛小道脸上贱笑不改,拍着手说,好,到时候我把这些话,给大师兄学一遍,到时候让他来跟你解释吧。

听到他这话,我又是好一通骂,骂得我口干舌燥,头晕眼花。正在这时,一杯水送到了我的面前来:"陆桑,你的水。"

听到这清润如茶的话语，我沉闷的心情总算是好了一些。这才发现加藤亚也并没有走，而是恭恭敬敬地端着杯子在我面前。见我看她，加藤亚也脸有些红了，跟我小声道歉："陆桑，对不起，我好久没有动了，肢体还是有些不协调，所以才打碎了杯子。不过……不过我会赔偿的。哦，你动不了，我来喂你吧？"说罢，她不由分说地将杯子放到了我的唇边，然后小心地往我嘴里面倾着温水。

说实话，我自从有了记忆开始，除了我老娘，还从来没有被人喂过东西，而且还是一个女人，一个精致漂亮得如同电影明星的美女。加藤亚也正在用一种极度关切、小心翼翼的态度，给我一点一点儿喂着水，我的心里面突然一阵温暖，也顾不上跟杂毛小道斗嘴了，一小口一小口地喝了起来。

等我点头表示好了之后，加藤亚也把杯子放在了桌上，又从怀里掏出一条香喷喷的手帕，小心地给我揩尽嘴唇边的水渍，周到至极。

我有些过意不去，向她点头表示了感谢。她慌忙回礼，恭声说，要不是陆桑将我的病治好，说不定我就永远沉睡过去了。照顾陆桑你，是我应该做的事情，而且见到陆桑终于醒了过来，亚也很开心呢。

我与她客气两句，然后朝杂毛小道使眼色。

老萧毕竟是我的老伙伴了，自然知道我有很多事情要问，于是起身跟加藤亚也说了几句告辞的话，那个日本妞儿满心欢喜地点头，说她先回去了，等明天再过来看我。我点头，再次表示了感谢，她诚惶诚恐地倒退着离开。

看这加藤亚也小心把房门关上，杂毛小道不由得感叹，说小日本就是会享受，把女人调教得这么懂事，简直让国人羡慕得要死。你知道吗？这日本妞被你救活过来之后，她老爹派了好几拨人过来寻她回去，但是她死也不肯走，非要等你醒过来才肯离开——你知道你最开始的诊断是什么吗？植物人，说不定就醒不过来了，看看，有多凶险，所以我说你这样已经不错了，知足吧。

我望向窗外，正中午，和煦温暖的阳光透过百叶窗洒落进来，让人有懒懒的惬意。

我问，我睡了几天了？这儿是哪里？

杂毛小道伸出两只手的食指，交叉，说，十天，你睡了整整十天，你在集训营认识的那些朋友差点都疯了，将这医院闹了好几回。这里是特勤局在春城的一家对口医院，差不多是最好的条件了，林齐鸣那个屌毛说三天之后，如果你再不醒来，就要派专机，把你送到北京最好的医院去。

我心一动，说，虎皮猫大人呢？我记得我在昏迷过去的那一瞬间，似乎听到了那肥厮的声音啊？怎么没有见到它？

杂毛小道耸耸肩说，不知道跑哪里野去了。他在东宫忙得脚不沾地，结果突然有一天，说小毒物有大麻烦，于是一路马不停蹄地赶了过来，结果最终还是来晚了。好在你自己一个人就搞定了那个大家伙，单枪匹马——你不知道你当时有多威风，朝着那个传说中的家伙一通乱骂，然后还放言，"见一次打一次"，结果红光大盛，那家伙害怕了，就灰溜溜地跑路遁走。那场面，其他人都看呆了，傻愣愣地半天都没有回转过来……

杂毛小道给我形容了一下那天的场面，满口跑火车。我一阵苦笑，人前风光有屁用，老子现在还不是瘫在床上了？

见他说得畅快，我不得不打断他，问其他同伴的情况，到底怎么样了？

第五十五章 尾声

杂毛小道跟我谈及了我昏迷之后的情形。

他是在我昏睡过后赶到的现场,同时到达的还有百花岭基地从附近某边防部队抽调过来的一个排的士兵。

其实对于类似邪灵教这样的组织,特勤局相关成员配上军队,这样的组合才是最给力的存在,长枪短炮,扫尽一切牛神蛇鬼。我们小队的成员,除了滕晓的左手臂齐肘而断之外,其他人虽然或多或少都受了一些伤,但是并没有人死亡,都已经住进了医院——我所在的这个医院,基本上住满了这次试练中存活下来的学员。

拔志刚没死,重伤,另外两个人魂被拘了,后来他帮着喊魂回来。他看到了萨库朗基地失踪的威尔岗格罗,那小子打了个招呼,便再次消失不见。

说起来,这次试练中,唯一没有死人的队伍,便是我们这个小队——赵磊男带队的小队全灭;另外一个撞上白纸扇的队伍,死了三个,还有三个人被教官带着跑到了怒江边,一路冲流而下,逃脱了围剿;在另外一个方向,黄鹏飞小队里,除了这个小子命大逃脱之外,那个道人乙和红衣女孙静被鬼面袍哥会的坐馆大哥张大勇给杀了;还有一个小队,在林齐鸣带队的军队的援助下,好歹保住了四个。

这么算来,集训营中出发时齐装满员的三十一人,到了结束,包括黄鹏飞小队退出试练的三人,只剩下十八人。除此之外,还死了一个助理教官。

这次试练,甚至还死了一个西南局自成立起便在的、功勋卓著的元老级总教官,以及数名国际友人也惨死在了那莽莽丛林中——虽然他们中间的另一些人,将面临谋杀罪的指控。

这是一件十分严重的反××事件,性质之严重,筹谋之缜密,都是秘密战线上所罕见的。虽然大部分参与者或者死,或者已经被捕,但是以张大勇为首的犯罪团伙却冲出了我方的包围圈,朝着贡山县与迪庆藏族自治州德钦县方向逃去。上面十分重视,布置了诸般人手,严查死守,结果还是没有找到这个外号红魔的罪魁祸首。

杂毛小道说上面十分震惊,甚至从北京连续派了两位特派员过来核实情况,当时你处于昏迷状态,所以没有审核到你,不过集训营里面,从教官到后勤,到所有的学员,都被审核了一遍。据说慧明的老婆也被隔离了,估计一会儿就会有人来找你谈话——到底怎么回事?

我将慧明和白纸扇罗青羽的关系,给杂毛小道说起,又将我所知道的来龙去脉,一一说明。

杂毛小道边听边点头,叹了一口气,说:"就贾微那个样子,想来姓罗的也是受了莫大的委屈。但是他凭着这就反了,娘希匹,跟周林那个龟孙子一个德性。不过事情未必就是罗青羽所说的那个样子,光萨库朗的黎昕,还有你所说的那个吸血鬼爱德华,都不是他所能够调遣的。有个事情忘记跟你说了,就在你们准备试练的那几天,在东北白城子,就是关押重刑修行者犯人的监狱,发生了一起大规模的越狱事件。据说当时在幕后调兵遣将的,是邪灵教的掌教元帅小佛爷。我估计,你们这里,仅仅是全国一盘棋里面,小小的一角。"

我们谈了小半个小时,果然,房门被敲响,杂毛小道去开门,走进来一个戴着眼镜,面容严肃的中年男人,后面还跟着一个女孩儿,竟然是尹悦。

尹悦已经完全恢复了健康,和平时一样,并没有那种恐怖的请神状态。她给我介绍这个中年男人,叫做白羽,上面派下来做调查的,让我把事情的经过,特别是我和贾总教官以及那个罗青羽在法阵之中发生的事情,给组织上详细地讲一遍即可。

那个白羽并没有一副公事公办的模样,热情地想要跟我握手,见我没动,才想起我全身瘫痪的事实,羞愧地拉着我的手道歉。还夸奖我,说我是这次集训营事件中的第一功臣,居功至伟,请接受他对我的敬意。他说完,居然一本正经地站起来,给我恭恭敬敬地鞠了三个躬,如同向遗体告别。

从尹悦的介绍中,我得知白羽跟大师兄是一系的,算是自己人,我便也不隐瞒,将那天发生的事情,一一作了叙述。

白羽没有带记录员,尹悦便负责速记内容,除此之外,他们还有一支录音笔。

当说到慧明与罗青羽的隐秘,以及消息的泄露跟慧明的老婆客海玲有关系的时候,我看到白羽的眉头紧紧皱起,便问,怎么了?白羽摇头苦笑,而尹悦则帮忙回答,说他们来的路上刚得知,就在今天早上,那客老太太脱离了监控人员的视线,逃脱了。

我摇头苦笑,得,这条大鱼就这样溜走了,那老太太是不是能掐会算,知道我今天要醒啊?

大致将事情说完,我不能够签名,他们拿起我的右手大拇指,在记录上面印了一个手印子。

离开的时候,尹悦的眼圈红了,看着瘫痪在床的我,哭得稀里哗啦,说了好多感激的话,不过她到底是有事在身,感伤了一会儿,便依依不舍地离开了。调查小组离开之后,秦振、滕晓、白露潭、王小加和朱晨晨都陆续过来看我,滕晓的左手臂断了,不过状态还算不错,他跟我开玩笑,比起死去的同学,以及我,他算是幸运的了。

我没有见到老赵,一问才知道,老赵作为本届集训营中表现最出色的学员,已经进京去了。

虽然是同一个队里的成员,但是滕晓和白露潭向来对那个沉默寡言的西南行者并不感冒，其余人也有些为我打抱不平。无论从战力，还是从取得的成绩，我都是远远超过老赵一大截，特别是我最后秒杀那个恐怖牛头时所表现出来的力量，让人震撼。这次集训营的最佳学员，理所应当是我才对。不过对于这个说法，我唯有苦笑，反问道，集训营会选一个瘫子作为最佳学员？

被问者皆无语，唯有好生安慰我，我表示我并不介意所谓的荣誉，只是现在躺在床上，十分痛苦。

是啊，我是下午解手的时候，才知道医院的护工居然是个手脚麻利的小护士，女的。一想到自己大小便的时候，自己男性的尊严被护工摆弄来、摆弄去，就是为了顺利嘘嘘，我有一种想死的冲动。

所幸杂毛小道劝住了我，说："你只是全身筋脉凝滞不通而已，有着本命金蚕蛊，你到时候还不是活蹦乱跳，照样一条好汉？你就瘫这么几个月，算个锤子？红尘炼心，各种经历而已，想一想那些真正瘫痪在床的人，别人还是那么的坚强，积极乐观，你且忍着吧，再寻死觅活，老子鄙视你。"

当天晚上我见到了朵朵、小妖以及晚归的虎皮猫大人，两个小乖乖都表示可以服侍我的生活起居，而虎皮猫人人则很义气地表示，倘若我做主把朵朵许配给它，它必定豁出命去，帮我找来劳什子龙涎水，提前帮我打通经脉。我骂了它一个狗血喷头：有这好东西，还不如给三叔送去，过来这里泡妞，好厚的脸皮子。

跟这些小东西们一通闲扯，我的心情终于好了不少，不再为自己的伤势担忧。

我看虎皮猫大人精神抖擞，问它怎么不困了。虎皮猫大人一边嗑着瓜子，一边用翅膀摸了摸我的头，欺负我动弹不得，见我露出龇牙咧嘴的表情就笑。它说，还不是你把那个家伙吓得不敢出差了，大人我才轻松了一点。我想起来，说，那天看到的那个东西，莫非真的就是传说的那一位？

虎皮猫大人点头，又摇头，说这个东西，实在太复杂了，一言难尽，真的不能跟你们说——知道得越少，活得越久，事情就是这么个道理，别怪我不跟你们说，为了你们好而已。

我又问我那天爆发出来的力量，到底是怎么回事？虎皮猫大人依旧摇头，说个人的机缘，不可说，你也别多想。

看到这个家伙在这里装神棍，我恨不得立刻复原，将这个家伙揪起来，好好地敲打一顿。

如此热热闹闹，倒也不会很冷清。之后的几天，各路人马过来嘘寒问暖，林齐鸣跑了三趟，便是在东北调兵遣将的大师兄，也专程打电话过来嘘寒问暖，并且慎重地给我道了歉。我让他不要介意，这种事情是意外，谁也预料不了的，何必挂怀？说完这些，我问他白城子那边的事情怎么样了。

大师兄说情况不好，虽然抓捕了一些小杂鱼，但是邪灵教关押在白城子的三个重要人物，跑了两个，风魔苏秉义、魅魔刘子涵，皆是名动一方的人物。

他或许实在是太忙，聊了几句便不再说。

之后的时间我便是静养，过了差不多一个月，到了六月初，上半身勉强恢复了知觉，基本上能够坐轮椅了。相熟的朋友出院的出院，转院的转院，我便也不愿在此停留，转院返回了东官。

加藤亚也最终走了，留下很大一笔钱，说是给刘明执教的小山村，修建学校。那钱我交给了朱轲，并从我在茅晋事务所的股份收益里划拨出一部分，作为那个小学的持续性助学基金，用来帮助刘明曾经热爱的山村和孩子们——横财不留，家财不富，积德行善，心有所安。如是而已。

第二十四卷 养伤期间三五事

第一章 时间如流水,寒光照铁衣

2009年6月上旬,我和杂毛小道返回了东官。

茅晋事务所的合伙人顾老板在得知了我的情况后,连夜从香岛赶来。了解了病情之后,他不无关心地问我,要不要帮忙转到杏岛的医院去?就医疗条件和复健水准来说,香岛的几家医院在整个东亚地区,都属于一流的。

我婉言谢绝了他的好意,表示只要找个地方静养即可,并不需要到处寻医问药。

顾老板自然知道我的身份,也不多劝。不过第二天还是发动了他的社会关系,在东官西郊一家疗养医院里,帮我安排了一间高级病房。那家疗养院我知道,在东官很有名气,森林茂密,环境优美,之前是老干休所,占了很大一块地盘,后来被人承包,改成了度假山庄式疗养院。复健方面的医生和设备,在南方省名列前茅,能住在里面的,都不是寻常老百姓。

我本不想如此麻烦,不过顾老板也是一片心意,而且我确实想找一个安静的地方养身体,故而答应下来,在第二天下午搬进了疗养院。

回东官并不想大费周折,所以并没有通知鹏城和洪山的一众好友,便是同城的阿根,也只是打一个招呼,并没有跟他说太多。不过赵中华那里,自然是知道我的行踪,故而前来探望我,拎了些水果,并给我带来了单位的慰问金。见到我瘫软在床上不能动弹的模样,赵中华深深内疚,搞得我倒是反过来劝了他好半天。

根据现代医学的判断,我能够恢复直立行走,估计要三五年,不过我体内的肥虫子虽然沉眠,但是依然在作用于我,故而我有信心在年底之内,重新站起来。

赵中华到底是江湖儿女,并不惺惺作态,伤感一会儿,便跟我谈及近日来发生的事情。

东北那边的动乱差不多已经结束了,经过为期近两个月的抓捕,大部分越狱的逃犯要么被击毙,要么被重新押回了监狱,参与外部接应的邪灵教人员也伤亡大半。风魔苏秉义在沈阳郊区被陈老大带队截杀身亡,但是魅魔却得以逃脱——噢,对了,逃犯名单里，那个王初成你还记得吧？他也跑了。此次南北大案一出，高层震动，赋予了特勤局更多的权力。四处出击，雷厉风行，手段也强硬了许多，估计近半年，一直到明年秋天，邪灵教都会蛰伏养伤，少有动静。

我点头说，这些家伙再跳脚，也不过是些上不了台面的小丑而已，上面若真的下定决心整治，他们恐怕连生存都不易。都说小佛爷虑谋深远，智多近妖，这回倒是失策了。

赵中华说未必，他或许另有深意也说不定，这种"枭雄"，你还真的不能用普通人的心思来揣度他。

我们谈了一个多小时，大事来临，东官分局这边的事务也繁多，便是赵中华这般闲云野鹤，也被拉出来当牲口一样使唤，得不了闲，故而匆匆离开。

之后几天，李家湖也抽空过来看我，说及雪瑞入缅一事，有些忧愁，说这么多个月了，都一直窝在那个小山村里面，也不知道个情况，本来还想央求我去探望的，结果我这里又出了这等子事情，真的是让人头疼。

我还是好生安慰，让他不用担心，蛊家婆婆不是妄邪之人，想来只是留雪瑞在村子里养伤而已。

起初的几日，来看我的人不少。茅晋事务所的属下，铁嘴张艾妮、财务简四、公共事务专员苏梦麟、前台小澜，还有两个"走动"老万和小俊，纷纷前来。特别是老万，赖着不想走，说要报恩，一把屎一把尿服侍我，被我叫小妖把这家伙给轰走了。

杂毛小道天天来看我，又过了几天，虎皮猫大人也把鸟窝搬到了我的房间里来。为此这里的护士跟我提了好几回意见。她们这里是高级疗养院，有些客户对鸟儿过敏，再说了，这阵子有禽流感，一只鸟总是出现终究不是很好。她说话不过大脑，被虎皮猫大人听到了，好是一通骂："小娘皮，你才禽流感呢，你全家禽流感，你们一村子禽流感……天下之大，还有大人我待不得的地方？这简直就是笑话，我会告诉你我以前很牛吗？滚蛋儿去！"

小姑娘被这只肥硕如母鸡的鸟儿好是一通骂，不知所措，眼泪水滚滚流出来，抽抽噎噎地跑出去。不过她后来倒是再也没有提及此事。

日子便这般过着。大整顿依旧在持续，外界如火如荼，我却在某个风景秀美的疗养院里静养，每天都是睡觉、挺尸、吃饭、看书、听两个朵朵给我念书，还有就是被小妖推着轮椅到处转悠，跟这疗养院里面的病友们聊家常。他们都是说白话，我在南方省厮混许久，倒也能够学个大概，相互也不知道对方身份，反正都是瞎扯。

我家里面并不知道我此刻的情况，我这个人成熟早，向来就是个报喜不报忧的性子，故而打电话回家，也只是说说这边的工作繁忙，无暇回家。

陆婧倒是打过几回电话给我，她要高考了，面临填报志愿的问题。到底是出来受过苦的人，知道在外面打工漂泊、没有文化的不易，所以我这个堂妹子学习十分刻苦。我跟杨宇闲聊时，他也跟我提起，他听说我堂妹在补习班成绩很优异，名列前

茅，考上一本没问题。

堂妹问我的意见，我对她说要不然到南方省这边来。洪山大学很不错，鹏城几所大学也可以，不然江城遵义医学院，也是个不错的选择，女孩子学医，好找工作。

在疗养院的那段日子，是我很少有的闲暇时光，这本来是件不错的事儿。可惜我还处于依靠轮椅勉强行走的阶段，便有一些难过了。一个四肢健全的人，是很难想象残疾人等弱势群体，所遭受的痛苦和失落的，只有当你真正体会到那种无助和绝望，才会明白以前教材上面的张海迪、霍金等人的伟大之处，才会明白这世间，有很多人需要我们去照顾，去关怀。

那段日子里，我的心态也慢慢地调整了过来，开始明白了人生中，某些叫做"大爱"的东西，也试图通过自己的微薄之力，去做一些力所能及的事情。

由于资金充足，以刘明名义捐赠的希望小学已经开始建设。朱轲是一个信得过的人，跟我汇报进展，并且把分明的账目给我捋清晰。他跟我说，九月份，学校一定能够开学，当地的教育部门邀请我去参加开学典礼。我苦笑，我就算了，刘明和魏沫沫的家人，一定要郑重邀请的，没有他们，便没有这所希望小学的建立；另外，日本人那边，看一下能不能够请到，那些家伙有钱，说不定还能够再刮卜点儿油水来。

为了能够早日站立起来，在疗养院里的我积极参加复健，配合医生治疗，并且依照着《巫藏正统》上面的行气法门，开始努力地恢复。然而让我失望的是，我虽然依旧还有气感，但是以前身体里那股力量消失了，连恶魔巫手也没有了作用——不知道是什么原因。我的功力清零，跟普通人一般。虎皮猫大人帮我把了一下脉，告诉我之所以会这样，是因为我当日力量喷薄而出的时候，伤到了经脉，打个比方说，就是道路毁了。而就是因为这道路毁了，我不但没有了可以克制鬼神之力，便是正常行走，都不能够。

也就是说，我目前已经是一个废人了，即使能够康复，也不能够跟以前相比，差不多就是一个普通人的样子，用不得力，也爆发不得，仅能够缓缓温养。要想恢复试练之初的实力，还真的需要一些机缘了。旁人安慰我，我表现得很无所谓，说普通人也很好，安安稳稳地过日子而已。不过每到夜深人静的时候，我心中就不由得一阵沮丧和失落。力量的获得与失去，这就跟骤富之后又破产一样，让人痛苦。

不过为了不让别人担心，我强作欢颜，满不在乎，然而杂毛小道何等人物，自然知道我心中的不甘，便逼问虎皮猫大人，有什么好东西，能够让小毒物的经络修复？虎皮猫大人倒也是知无不言，说，无它，之前说过的龙涎水，见效最快，不过没有那传说中的东西，这里有一个方子，寻常中药，三五年也可以缓慢回复。

听到这话，小妖朵朵揪住那肥母鸡的翅膀，好是一顿掐，说，为什么不早讲？

虎皮猫大人嘎嘎地笑，说它想看看我到底会不会哭得死去活来，不过这两天观察，倒是个沉得住气，做大事的材料。不错，不错！

一番喧闹，我开始服用虎皮猫大人的汤药，感觉行气顺畅了一些，人也逐渐精神

195

起来。又过了一段时间，六月末，疗养院住进来一个大腹便便的中年男人，他看见我，很激动地说他哟，陆老板啊？你怎么也进来了？

第二章　几瓢大粪，无数倒霉

　　这个人五十来岁，脑满肠肥，油光水亮，衣着讲究，看这身行头，便知道是个成功人士。
　　我认识他。他叫郑立章，是个品牌灯饰的经销商，上次锦绣阁茶楼讲数，顾老板帮我们做过介绍，握了一次手。记忆并不是很深刻，但也算得上是认识。当时我正在树荫下乘凉，看到被护工搀扶着过来的郑立章郑老板，热情洋溢地跟我打招呼，自然不会冷脸相对，跟他握手，说自己是练功走了岔子，走火入魔了，搞得现在坐在轮椅上叹气，呜呼哀哉，难受得紧。
　　我当时也只是笑谈，半真半假。郑老板商海浸淫半辈子，自然知道我有一些难言之隐，故而也不深究，在护工的搀扶下坐到了人树卜的藤椅上，跟我攀谈起来。
　　他是个极会说话的人，又能察言观色，故而与他聊天，并不算是一件苦差事。我这个人的性子有静有动，这些日子光跟几个小家伙拌嘴皮，要不然就是上网灌水，也是闲得慌，所以也不介意多一个聊友。说了三两句，也介绍了后面推我行走的陆天天是我小堂妹，我见郑老板腿脚不便，脸色苍白，便问他，这是为何而来？
　　听到我提及，郑老板一脸晦气，说，这人一倒霉，喝凉水都塞牙，陆老板你是开风水公司的，正好与你说道说道，也好出个主意。
　　说罢这话，他便竹筒倒豆子，一五一十地跟我说起来。
　　郑老板的公司开在城区，不过他还和朋友在洪山市那里开了一家灯饰厂，开始起步做自己的品牌。他每个月都会有十天左右的时间，在洪山那边打理厂子的事情。厂子是 2005 年盘下来的，头两年还算红火，但是到了 2008 年，因为外贸市场的整体萎缩以及同类型产品的市场竞争太过激烈，厂子的经营情况每况愈下，只能勉力维持，不过今年他们招的几个年轻设计师都很有想法，使得他们的产品在一个什么展销会上获了奖，于是又开始红火起来……
　　这都是题外话，他之所以进这疗养院来，是因为上个月出了车祸，被一个喝醉酒的小子给撞了，二手比亚迪碰宝马，那叫一个惨烈。责任方是对方，不过他的车却翻出了路外面，人没死，就是脚骨折了。官司自然是要打的，然而那小子就是个浑不吝，又没钱，搞得郑老板头疼得要死。钱财还是小事，耽误了许多功夫，在医院住了一个多月，然后转到这边来做复健。
　　这便是郑老板进这疗养院的缘由，很寻常的事情，不过他开始了引申叙述。他告诉我他最近很倒霉。

怎么个倒霉法？郑老板告诉我，从今年三月份起，他的厂子就频繁出事。先是一女工下夜班的时候被人非礼，后来会计又卷款潜逃，接着有一家很著名的韩国灯饰公司起诉他们厂子抄袭设计方案——这当然不可能，韩国人向来自以为是，恨不得把孔子都当成他们大韩民国的人——他搞的经销公司，业绩也开始逐步下滑；至于他个人，老爷子生了一场大病，差点一命呜呼；小孩十五岁，傻乎乎地把人捅了，捞人费了许多周折；而他自己，又出了这场麻烦的车祸……

所有的事情，都是在这短短的三个月里面发生的，简直是事事不顺，好像几年的麻烦事都赶到一起来了，让人心中烦躁。他本来还没弄明白，看到我才想起来，是不是走了背时运，让小人给害了啊？

郑老板眼巴巴地看着我说，陆老板，您是高人，给看看呗？红利是小事，关键就怕要是中了什么邪，到时候有钱没命花，那真就要哭死了。

我抬起有些发麻的右手，捏了捏鼻梁，感觉眼睛发酸。

《道德经》曾言："道生一，一生二，二生三，三生万物。"所有的事情都是遵守着大道至理的，但是世界上又有很多巧合，万物皆混沌，如果事事都将这些怪罪于别人的心机，那就有些妄想狂了。但是郑老板的这个情况呢？又有些特殊，凡事皆有巧合，但是巧合太多，就变成了拙劣的刻意，若是这里面有一些阴谋论，也是有可能的。

我问他，有没有请过风水顾问等相关行业的师父，来瞧过？

郑老板说有，当然有，就是上次跟你们讲数的萃君顾问公司，不过后来见到他们实在太没水平了，就取消了合约。本来想着另外找的，结果太忙，一直没有闲下来。我沉吟，萃君顾问公司虽然武斗不怎么样，但是他们的风水玄学，基础倒也是扎实的，想来阳宅阴宅，公司门庭之类的布置，不会有太大的差错。那么是不是碰到了什么事情？

我让他回忆。他想起来一件事情，说三月初的时候，发生了一件很邪门的事情——他家宅门前、他的那台汽车、他东官公司的门面，以及他在洪山的厂房，同一天的清晨，被人泼了数量不一的大粪。

这件事情说起来就让人觉得恶心，不过在夜里，谁也不晓得到底是谁干的，而且做这种事情的人，大多也只是发泄一些愤怒而已，从此就销声匿迹了——做生意，谁还没有几个仇家？他报了警，警察从监控录像中调取了各种资料，结果根本就没有什么线索，这些大粪像是突然出现一般。当时他有些担心，还问计于萃君顾问公司里的庄大师，结果那人根本就没过来看，直接说不妨事的。

我听郑老板讲到这里，暗道不好，那个大学教授一般的老庄，研究易学堪舆之术，头头是道，但还是缺乏一些其他法门的常识。

为何这么说？所谓大粪，此乃五谷轮回之物，肠中曲折而出，天生自带着一股污秽邪作之气，这东西天生就与阴邪之物亲近，故而我们在家宅风水里面常说，卫生间是仅次于堂屋（客厅）和大门的最重要的布置地，盖因其污秽生阴，容易聚集阴邪之物；家宅闹鬼，也多以卫生间为最，需要好生镇压——比如在晋平老家，乡下茅厕从来都不在屋子里，就是怕上茅房的时候，将不干净的东西带回家里来。

这些东西或许并不是厉鬼，只是一些阴灵，很寻常，就如同微生物界的真菌，但是也能够影响人的运势。除此之外，此类腌臜物还多被用来做降头和蛊毒的寄托，要是诅咒人，或者破坏风水局，也用得着。

说实话，既然能够出现在锦绣阁讲数现场，那么郑老板也多半是圈内人，但是我真的想吐槽他的敏感程度——如此统一的行动，难道就没有一点儿怀疑？老庄他们或许在忙于如何算计茅晋风水事务所这个新生的敌手，而无暇旁顾，但是作为当事人，郑老板直至此时才想起来，真的是一点儿警觉性都没有。

我把我的分析和猜测给郑老板讲明。他听完，大骂萃君顾问公司的人实在草包。

我可不想凭空又去惹那些无聊的人，于是推脱，说这个东西，仅仅是我私下的猜测，至于那几瓢粪水到底有没有破坏他的风水局，这个还需要现场看一看，才能够知道。我现在有病在身，分身无术，不过他可以联系我事务所的合伙人萧大师——对于风水局的造诣，他要比我高好几层楼呢。

郑老板好是夸奖了我一阵，说我实在太谦虚了。仅仅凭着几句话，就能够抓住要点，比那些久负盛名的什么狗屁高级咨询师，要厉害好多。不过你们茅晋事务所现在实行了高级会员制，请萧老板帮忙看个场子，排都排不上号，要不然你给帮忙打一个招呼呗。

我诧异，没想到几个月过去，事务所的生意竟好成这个样子？不过继而一想，依着杂毛小道的那疲懒样子，说不定就三天打鱼、两天晒网，越是端得起这架子来，别人越觉得你厉害，故而能够趋之若鹜。

我点头说，好，这个没问题，我回头跟他说一声便是了。

又聊了一会儿，我试图去观察郑老板眉头上面的气息，但刚一凝聚灵力，便感觉一阵头昏脑涨，脸色发白。郑老板见我情况不好，有些担忧地问我怎么回事，要不要叫医生过来？我摆摆手，说不用，就是有些头疼，我休息一会儿就好。

郑老板以为我是因为帮他掐算事情，才导致这副模样，连忙道歉，说，对不起陆老板、陆大师，我真的不应该在你养病的时候，给你招惹这些麻烦事，抱歉，抱歉，我先回房间了，改天聊。

说完他叫来护工，起身离开，我与他挥手告别，并不挽留。

我又坐了一会儿，等到夕阳西落，不由得感到一阵失落。人忙碌的时候，总想放松一段时间，但是无所事事了，却又想念起了四处奔波的生活来。当夕阳映在了天边，染成金色，我的视线里面有了一个身穿长袍的男人。

第三章　带病坐班

当我看到这个长得有好莱坞巨星阿汤哥风范的英俊帅哥时，不由得笑了，扬起手跟他打招呼说，嗨，亲爱的威尔，好久不见，这大热天，穿这么一身黑袍子，你不会嫌热得慌？

威尔耸了耸肩膀，说热倒不会，只是近段时间里，你们国家盘查得越来越严了，搞得我从怒江走到你在的这个地方，居然花了两个月，天啊，两个月！他说着话，走到了我的面前来，以手抚胸，俯身致意："我的朋友，向你致敬，身体里住着神灵的强者！"

我虽然知道自己有点与众不同，但是关于那日的细节，虎皮猫大人和杂毛小道却并没有跟我探讨太多，讳莫如深。我只知道我在最后的关头，突然癫狂地将那个从黑洞中跳出的牛头巨汉一通大骂，然后体内爆发出磅礴的力量来，将那个家伙逼迫回去，狼狈而逃。

我所知道的是，这股潜意识将我身体里所有的力量，包括潜力和能力，以燃烧生命的形式，自杀性地爆发出来，弄得我现在瘫倒在床，连上个厕所，都要人扶住我的……唉，不说了，一说就是一包眼泪。

我见威尔不远千里而来，似乎有什么事情要谈。他畏惧阳光，便让小妖朵朵将我推回房内，泡了两杯咖啡，与其交谈。威尔这个家伙是个中国通，也沾染到了国人一些特有的毛病，说话三绕五转，只说是过来探望我，一表战友情谊。我咖啡喝了小半杯，有些不耐烦，直接与他说道："万事皆有因，无利不起早。既然是共过生死的老战友，何必搞这些花花架子，痛快说就是……"

见我直接打断他的套近乎，威尔也如释重负，说，陆，我们两个也算是并肩子作战的生死弟兄，那么老哥我也不绕圈子了，你既然有那粘菌复合体，为何不告诉我？

我顿时一阵奇怪，问，老兄，你到底说的是啥？为何我听不懂呢？

见我一副无辜的模样，威尔的脸立刻就苦了起来，仿佛这咖啡没有放一丁点儿糖，眉头皱得厉害。他小心翼翼地说："陆，你用来救那个日本姑娘的东西，就是粘菌复合体的精华提取物，也正是我需要的；如果有了那个东西，我想在我一系列的试验之后，应该就能够解开上帝的诅咒，毫无阻碍地行走在阳光之下，而不需要用这件特制的黑袍子，来作遮挡。"

我的脑子慢慢回忆，好一会儿才想起来，说，哦，原来你想要的是黄太岁、肉灵芝啊。

这个大帅哥的脑袋小鸡啄米一样地点头，说，嗯，对，对，在你们中国就是这个名字。

我爱莫能助地摊开双手说，亲爱的威尔，虽然我很想帮助你，但是我不得不对你说"No"。听到我的回答，威尔一副诧异的表情，悲愤莫名地说："Why？不，陆，你不能够这么对我，要知道，我们可是并肩战斗过的兄弟，我冒着莫大的危险跟你们一同挑战爱德华男爵，还和你们本土最厉害的一帮巫师作战，历尽生死，你却对我说'No'，这……你不能这么对我你知道吗？啊，你是不是需要什么补偿？我的账户被冻结了，我没有钱给你，但是我可以为你工作，来获取酬劳……"

虽然身体不能够动弹，但是上帝给我开了另外一扇窗，我的"炁"之场域更加敏感，使得我能够发现面前的这个血族，比以往更加强大。然而他并没有采取暴力的形式，而是试图用语言来说服我。

仅仅是这一点，威尔便有资格让我把他当作是朋友。不过能够做主的并不是我，而是在我体内呼呼大睡的那位大爷，所以我十分无奈。当我把情况跟威尔作了说明后，他也傻了眼，好一会儿才回过神来问，你的小虫子，什么时候能够醒过来？

我耸耸肩说，谁知道，也许明天，也许几个月，或者明年，我和你一样期盼着这小东西的醒转，只可惜我无法告知你具体的时间，所以，很抱歉……

威尔岗格罗摇摇头，说："不，朋友，别说抱歉的话，是我让你为难了。看看你现在，行动不便，就像一个婴孩般脆弱。我想，你这样拉风的男人，应该有很多仇家吧？我的意思是，你目前是不是需要聘请一个保镖？我想我能够胜任这么一个职位，当然，我的酬劳并不高，如果你的虫子醒了，给我一份粘菌复合体的精华提取物就好——你也许不知道重见阳光，对于一个血族来说是多么期盼的事情，所以请原谅我的唐突和冒昧。"

看着面前这个优雅而强大的老外，我暗自盘算了一下，作为一路走来曲折坎坷的男人，我确实比往日更加怕死，所以威尔这个提议，似乎很有吸引力。

不过我并没有擅自作决断，万事皆留心眼，这是我立身的原则。就看人而言，似乎虎皮猫大人更加有发言权一些。所以威尔的去留，我觉得还是等肥母鸡和杂毛小道晚上回来，一同商量好。

威尔是个十分聪明的人，见我大为意动，但是又没有一口答应，知道我要找人商量，所以并没有十分着急。他将帽子戴上，看着外面光线日暮，起身告辞说，陆，我未来的老板，是否聘用我，你可以仔细斟酌一下，作为一个全能型人才，我想我能够帮助你很多。夜晚来临，我需要去寻找一些我的食物了，我明天等候你的答复，希望是一个好消息。

听到他说找寻食物，我有些头疼，说，威尔，我可不希望明天从《法制晚报》上面，看到你的消息。

威尔哈哈大笑说，陆，你真的落伍了，市场经济，只要有毛爷爷，我就能够从血站里面买到我所需要的东西，无论是 A 型、B 型还是 O 型，或者什么口味，都有，没有你想象的那么血腥暴力。

当这个强大的血族离开，我问我身边的小妖，你觉得这位叔叔怎么样？

小妖朵朵撇了撇嘴说，什么叔叔，不就是一个蝙蝠精？谈吐得体、富有魅力，实力也强悍，无论是用来当打手，还是充场面，都是个不错的选择。不过他绝非池中之物，像个浪子，终有一天会离开的，强留不得。

我笑了，这个小丫头，眼光越来越犀利了。

当天晚上，杂毛小道过来看我的时候，我谈及此事。杂毛小道点头说好，那个老外并没有恶意，只是想守着小肥肥醒过来，不想出现什么意外；而我们确实需要人手来防止邪灵教万一的攻击，所以这是互惠互利的事情。那一天他赶到场的时候，匆匆见了一眼，后来威尔消失，大家也没有为难他，任他离去，没想到居然找到这里来了，鼻子够灵的。

我又把白天碰到的郑老板跟杂毛小道讲起，他忍不住地吐嘈，说最近事务所实在是太忙了，他一个人根本就顶不住，忙得脚不沾地，所里面的那些人除了张艾妮外，都是外行，焦头烂额，再这样下去，他就要撂挑子不干了。这事情跟另外两个股东提过，也在找有相关资历的风水师，不过暂时没有合适的人选，小毒物，你要是差不多了，闲在这里也是闲，不如每天下午让陆天天推着去顶班，好歹也能够忽悠一些门诊之类的，外勤啊什么的，让我带着老万和小俊忙就是。

杂毛小道本就是个洒脱不羁、风一样的男子，可惜被顾老板这老狐狸给弄了这么一个事务所，整日忙忙碌碌，特别是我瘫了之后，连夜生活都累得没心思过了，整个一老黄牛，此刻一见到我，就忙不迭地拉壮丁："老万和小俊都是很不错的苗子，你把他们两个培养起来，以后能省不少事。"

我缠绵病榻之上，也有了两个多月，闲得难受，不过是二十四周岁的年轻人，自然也是静极思动，要不然今天也不会听郑老板讲半天的门子，故而没说二话，点头答应了。次日虎皮猫大人不再外出，作为茅晋风水咨询事务所的人力资源总监，面试了一回新员工。

面试完之后，虎皮猫大人说这个傻瓜肌肉不错，挺活泛的，而且老外充场面，比较有派头，以后就作为大人我的交通工具吧。威尔对这个嘴皮子极为利索的鸟儿一阵好奇，忍不住出手摸了摸，肥母鸡大怒，飞上半空破口大骂，完了还朝我告状："老板，有人玩你的鸟，你说怎么办？"

这话说得下半身没有知觉的我都忍不住想夹紧裤裆，威尔则是一阵头晕，不断感叹：好犀利的鸟儿。

就这般，威尔入伙，而上半身开始有一些恢复的我，每天早上依然在疗养院里，在医生的指导下做复健，而下午则由小妖和威尔两大高手护送到南城第一国际，坐镇茅晋事务所，被拉壮丁一般地开始了我带病坐班的悲惨生涯。

第四章 主动脱衣的女人

六月末,陆婧打电话过来,跟我说她考上了洪山大学公共卫生学院,请我回去喝升学酒。

所谓"升学酒",就是考上大学了,要像红白喜事、婚丧嫁娶一样摆酒,亲戚朋友过来庆贺。洪山大学是国家重点的一本大学,对于我小叔家,自然是隆重之极的事情。小婧能够考上这个学校,说明她这一年,读书是下了死力气的。很多时候,人只有吃过了苦头,方才能够明白努力的必要。不过我小叔一家人都十分感激我,感谢我帮小婧所做的一切,这酒席按理说我是头席,自然要参加。

不过我现在这个情况,可不敢就这么回去,要不然我老娘日夜担忧,绝对会把我唠叨死的,于是我推说这边的工作头儿太忙,顾不过来,等她过南方省来,我给她接风洗尘。

为了怕我小婶有想法,我还特意打电话给我小叔说了这事,然后打了一笔钱回家,嘱托我母亲包了一个大红包,随份子。

人活于世,并不是只有自己一个人的,很多时候,这些人情礼数的东西,你必须要做,而且还要照顾周全。因为我虽然不在家里,但是我父母却在晋平那片土地上生活了一辈子,如果有些礼数没有做足,跌了面子,到时候背后被指脊梁骨的,是生我养我的父母,不值当。

而东官这边,风轻云淡,我日复一日,小心而努力地按照《正统巫藏—携自然论述巫蛊上经》中所叙的法子行气,并且积极配合疗养院的专业医生,进行科学系统的复健和检查。

通过持续不断的努力,我的双手终于能够按照自己的意图灵活行动,而不是和以前一样,想做什么,要么叫朵朵,要么叫小妖,整个儿就像个颐指气使的地主老财。

通过这一段时间的积累和思想转变,我感觉自己终于不是那么浮躁了,也能够想清楚很多事情的本质,学会了以旁观者的心态,去看待问题,分析问题。《镇压山峦十二法门》这本书,我无聊的时候又在脑海里面过了几遍,越来越能够带入作者的想法去思考,原本觉得荒诞不稽的部分,现在却是越发地甘之如饴。很多时候,我们都会对某些东西断然下定论,然而过段时间回过头去看,才知道自己错得离谱。

这段时间里,小妖朵朵的变化让我有些不是很适应。她变得乖了,有时候不怎么说话,一坐就是几个钟头,一动不动,不知道是在修炼什么高深的法门,还是纯属发呆,有时候她还会古怪地笑了起来,噗嗤一下,让我摸不着头脑。

朵朵和小妖朵朵轮流照顾我，当然，上厕所的时候还是请了护工。是女的，一开始的时候我还是有些不好意思，但是人家面无表情的工作态度，又让我无地自容，感觉自己似乎想得太多。

日本妞加藤亚也偶尔也会跟我打电话。日本人说中文，倘若是男人，自然觉得十分粗鄙难听，然而女孩子说起来，却另有一番味道，何况她还是一个温柔的美女。不过她大多还是跟我谈工作，就是关于捐赠建校的事宜；当然，聊得多了，也会聊一些私事，亚也会跟我谈起她的弟弟原二，那是一个倔强而固执的少年，小时候总是拖着鼻涕，跟在她后面叫琴绘姐姐，后来就变了性子，不过对她的感情却一直没有变……

我把加藤原二死前的情形和话语，跟亚也讲过好几遍，她回回都听得泣不成声，眼泪似乎能把电话给弄短路了，然而却害怕错过什么细节，又反复询问。

电话打多了，便彼此熟悉起来。我记得白纸扇提过，说亚也身体能够吸收各种能量，算是一种很不错的修行资质，而且她身体里有那神秘黑潭魔尸的源泉魔光，凭空得来这么一个宝藏，不知道利用，有可能会被人惦记。我跟她提及此事，她表示知道，并且已经在请教一些高明的神官，看能不能够学习一些阴阳术。

当然，我也只是提醒一下而已，加藤原二如此厉害，他们家族对这个自然也是十分有研究的。

日子依然在继续，我每天下午两点到五点半，都会在茅晋事务所的办公室里面坐班，帮忙应付一些慕名而来的客户。我虽然集中不了力量，然而感应却越发灵敏，比之以前，更能够把握客户的心理以及风水玄学之道。除了自家"十二法门中"所传的内容，我也会买一些风水、经济、国际贸易以及更多产业相关的书籍来钻研，或者让小妖朵朵读给我听，尽量让自己显得专业一些。现在是信息大爆炸的时代，类似风水的书籍很多，有的东西其实还是值得学习研究的，当然，真正的门窍，别人也未必会写到书里去，以免自己的饭碗砸了，没了饭吃。

我有的时候还会与杂毛小道、铁嘴张艾妮一起探讨，提高业务，遇到不懂的地方也虚心学习，并没有把自己的架子端得高高，仿佛老子天下第一的样子。关于张艾妮，我有一个疑问：相处得越久，我越发觉得杂毛小道从街头找回来的这个中年女人，似乎很不简单，学识渊博。当然，每个人都可以有自己的过去，以及不能说的小秘密，我也不想追究。

日子就像流水，或许平淡，但是终究是我最爱的生活。

七月初的一天下午，阳光炙热，我将窗帘关得紧紧，透过帘布的缝隙，瞧着楼下穿梭行走的人群，感叹生活的不易。在这个快节奏的城市里，这些人奔波忙碌，做着自己并不喜欢的事情，劳累一天，甚至有人还只是在温饱线上挣扎，相比较而言，我似乎又是极为幸运的那个。

我的办公室依旧是花房的模样，小妖每天负责打理，经过青木乙罡梳理过经脉的植物长势甚好，我办公桌旁边的一株兰花，有一个客户竟然提出来用十万的价格买

走，真的是让我觉得很不可思议。

刚刚送走一位唠叨得让我想揍人的肥婆，清静了一会儿，桌子上面的内线响了，我看了一眼在会客区的茶几上教朵朵练习书法的小妖，接通，电话那头传来了苏梦麟的声音，他告诉我有一个特殊的客人前来这里，说是大明星关知宜介绍过来的，问我要不要接待一下。我考虑了一下，点头，让他把人给我带进办公室来。

过了一会儿，办公室的门敲响，传来了苏梦麟的声音，我让人进来。门被推开，走进来一个让人眼前一亮的年轻女人。这个女人算不上很漂亮，然而她温婉淡雅的样子和得体时尚的打扮，将她衬托得十分有气质，让人越看越有味道。

我的办公室整体偏暗，只有办公桌上面的台灯开着。威尔这个家伙本来是在角落的沙发上睡觉的，听到有客人来，便立刻跑到了我的身后，束手站立，像个英国管家，又或者像《教父》片子里面的保镖，十分地有派头。

苏梦麟热情地跟这个女人介绍，说："我们陆先生在你询问的那个领域里，整个东官城，他要说第二，没有人敢说自己是第一，妥妥的头把交椅。傅小姐，你来这里就算是找对人了，放心，就是有天大的事情，只要我们陆先生接下来，都会烟消云散的。你看他后面的那个老外帅哥，英国灵学会的成员，现在也就只有给我们老板做跟班的资格。好，你们聊，我先出去忙了。"

这个年轻女人有些不放心地退了一步，堵住门口，看着我们这龙潭虎穴的派头，犹豫了一会儿，说，我这个东西比较隐私，能不能找个女先生，或者人少一点？

苏梦麟有些为难，说，我们这里的女性咨询师出外勤了，而且她也不擅长你说的那一块儿……

我见这个年轻女人有些顾虑，将轮椅推出办公桌前，跟她商量道："讳疾忌医，这是《扁鹊见蔡桓公》中的桥段，世人警鸣。这样吧，我让威尔出去，我们再谈吧——请相信我的职业道德。"

听我说得严肃，又看到了会客区两个正在做功课的小屁孩子，她的戒心放松了一些，伸出手来跟我紧握："傅小乔，久闻陆大师的大名……"她倒是知道我的名字，想来刚刚的表态，似乎因为有外人在而已。

苏梦麟和威尔走出门去，我将她带到了会客区的沙发前坐下。朵朵乖乖地端来一壶茶，给我们各倒一杯龙井，然后与小妖转移阵地，跑到办公桌那边去，继续功课。

待她坐定，我跟傅小乔聊了几句轻松的话语，然后问她有什么需要我们解决的问题。

傅小乔脸色开始变得有些白了，贝齿紧紧咬住自己红润的嘴唇，很纠结，沉默了两三分钟，她鼓足了勇气说，陆大师，你是高人，我也不瞒你，直接给你看吧。

说完，她双手交叉，居然把衣服给脱了下来。

第五章　恐怖的莲蓬乳

　　傅小乔突然的动作，让在旁边的我顿时有些错愕，不知所措起来。
　　说实话，茅晋风水咨询事务所开了这么久，我也算是接待过许多客户，见过了世间百态，闻多识广，阅历丰富，处理客户这一块儿，基本朝着杂毛小道、张艾妮这些大忽悠靠拢。然而像傅小乔这般生猛的女客户，却让我不由得身子往轮椅后面靠去，然后急忙叫她停下来，先讲清楚。
　　我别的倒是不怕，怕就怕在这暗室里，孤男寡女，宽衣解带的，影响实在不好。
　　要知道茅晋事务所在东官，乃至整个南方省的一定范围之内，都有着一些比较好的影响力，如果有"咨询师猥亵女客户"这种事情传出来，而且那咨询师还是事务所的合伙人，估计这块招牌铁定就砸了、臭了，大家辛辛苦苦做出来的所有努力，就给一笔勾销了。
　　口碑、口碑，做我们这一行的，最重要的就是客户口口相传的这个名声。
　　然而傅小乔并没有因为我的制止而停止她的动作。她穿着一件草绿色的小外套，里面是一件黑色性感的紧身裙装，将小外套脱下，然后把长裙脱下一半之后，露出一件70C丰满的浅黄色蕾丝边内衣来。到了这少儿不宜的尺度，她依然没有停下来的意思，而是将手往后面伸去，准备将内衣的扣子给解开来。
　　而就在这个时候，一只手阻止了她的下一步行动。
　　傅小乔扭过头去，发现那个梳着马尾辫的漂亮少女抓住了她的手，怒目圆瞪；而旁边那个可爱的小女孩，则将婴儿肥的精致小脸鼓得圆乎乎的，愤怒地谴责她："坏女人，不许勾引陆左哥哥，他伤还没有好呢——你是坏人！"
　　两个小家伙如临大敌，警戒地看着傅小乔。小妖朵朵一边将衣服扔在了傅小乔的脸上，一边回过头来，娇滴滴地训斥我："陆左！看什么看，还不赶快把你的眼睛闭上？小心长针眼……哼！"她们两个生气起来，脸红扑扑的，十分可爱。
　　不过小妖似乎真的生气了，那天生的媚眼里面，带着熊熊的怒火。傅小乔又羞又急，急忙跟两个小朋友解释，不是你们想象的那样的，不是的……朵朵使劲儿摇头，急得眼泪都出来了："不许带坏陆左哥哥，坏女人，大咪咪了不起吗？"
　　在两个朵朵一番喧闹声中，我的脸色开始逐渐严肃起来。我之所以严肃，并不是因为小妖和朵朵坏了我的眼福，而是我闻到了一丝腐烂腥臭的味道，而从傅小乔的整个气场之中，我发现了有一丝丝与她生命气息所不对劲的古怪与邪恶。说不上来是什么，但是让人感觉十分不好，仿佛有什么很恐怖的事情，在延续。

而我所感受到的所有邪恶和恐怖,都来自傅小乔胸前这女性的美好特征中。

"不要闹了!"

我大声制止住两个小女孩儿的一番喧闹,用极为凝重的语气说道:"这阿姨身上有病,你们看不出来吗?"听我这般说起,小妖首先正常起来,扭过头去打量了一番傅小乔,然后把目光集中在了这个年轻女人的胸脯前面来。朵朵"啊"了一声,看这气氛也知道自己错怪了人,顿时把食指放在嘴巴里,小脸羞红,一副可怜巴巴、生怕我怪罪她的模样。

我带着歉意,向手忙脚乱的傅小乔笑道:"不好意思啊,两个小家伙误会了。不过,她们都是能通阴阳的小孩子,所以你不介意她们在旁边,出出主意吧?"

傅小乔回过身来,脸上有一丝诡异的红色,担忧地说怕吓坏了小孩子。

我摆摆手,说无妨,这两个小鬼头,打小见过的事情,比你这辈子见过的恐怖事儿,都多,所以你不用想太多。既然来了,就不要遮遮掩掩,有什么事情,都跟我说便是,免得有什么遗漏,导致解决不了,最后受到伤害的,还是你自己。

听我这般谆谆劝导,傅小乔点点头,深呼吸,将裙装下拉,内衣扣子给缓缓解开,然后搞了半天,终究没有勇气,将自己上身最后的布料给取下,露出她的女性象征来。

不过,在稍微解开的乳罩上方,竟然露出两个黑色的圆孔,黄豆大小,边缘沾满了红黄色的黏稠组织液,里面有粉色的皮肉翻了出来,像是被虫啃咬过一样,堆在洞口,一阵阵腐臭的味道从黑洞里飘散出来。我凝神,才发现那孔并不是黑色,而是它已经深入胸脯里,才显得黝黑——这两个孔,得有多深啊……

虽然早就有了心理准备,但是看到这副场景,我仍然忍不住深吸了一口凉气。

鬼使神差,我中邪一般地伸出手,扯住胸罩,猛地往下一拉,她的乳房整个弹了出来。当看到第一眼,我简直就要跌落到地上去。她胸脯的顶端,居然满满当当的,全是这种极深的黑孔,密密麻麻,遍布整个浑圆之上,看起来……就像是莲蓬一样。

我深呼吸,眯着眼睛瞧,傅小乔有着一对硕大挺拔的大白兔,白皙滑嫩,但是在顶尖的位置,却出现了一副让人脊梁骨发麻的场景:那圈红晕内外,有许多蜂巢一般圆形的小孔,密密麻麻,黑色,滑腻而黏稠,有些鼻涕一样的反光;在这些小孔边缘,大多数是些翻白的烂肉,也有粉红色,嫩嫩的,是发炎的迹象,散发着腐臭的味道;而在小孔里面,则有些小东西在蠕动,不断地翻转身子。

我咬着牙仔细看,只见这些小东西都是白色或者透明的蛆虫,而没有蛆虫的孔洞,里面则有好多密密麻麻、黏结在一起的黄色卵体,这些黄色卵休跟我们寻常所吃的鲫鱼的那鱼蛋一样大,看着让人直起鸡皮疙瘩。

整体来看,就仿佛傅小乔的一对乳房上面,长出了莲蓬一般的虫孔来。

我有一种赶快逃离、呕吐出来的冲动,然而为了装波伊,却不得不做出风轻云淡的模样来。不过我仍然吓得不轻,深深地又吸了一口气。

说实话，这两年来我见过的场面，是常人所难以想象的，有的东西述诸文字，很多人都会因为和自己的生活和经验相差太远，而觉得太假，觉得不真实。然而当我们知道得越多，就越不敢信任自己的经验和直觉，不敢轻易地去判断对与错，真与假。作为一个蛊师，一个养蛊人，我见过的更加恶心的东西都有，这些蛆虫算不得什么恐怖的玩意儿。

只是它附着于这一对美丽的乳房上面，美与丑的极致对比，就让人感觉到万分的不适应起来。

人的恐惧分为很多种，最强烈的莫过于代入感，将自己置身于这恐怖当中去。当我看到这红晕内外如同莲蓬一般的恐怖虫巢，咽了咽口水，不由自主地想象自己胸前也长出这么一片烂肉，无数蛆虫在里面滋生繁衍，那是怎样的一番情形？

倘若是女性看到这副场面，我相信她们会更加恐惧，立刻地代入进去吧？

果然，看到这东西，朵朵和小妖都吓得大声叫喊起来，惹得办公室的门立刻被苏梦麟敲响，问怎么回事。旁边还有一个女人的声音，想来是跟着傅小乔一起过来的。我瞪了一眼那两个小鬼头，朵朵直哆嗦，捂着自己的飞机场，小妖也是脸色惨淡，揉着自己高耸的酥胸不说话。我回苏梦麟一句，说没事，两个小屁孩子闹着玩呢。那个女人关心地喊，傅小姐，你没事吧？

傅小乔红着眼睛，把内衣放了回去，遮盖住自己的胸口，朝外面说，潘姐，我这里没事。说完，她小心翼翼地问我，陆大师，我这病有救吗？

我皱着眉头沉吟。因为蛊师的身份，我也会看一些相关的医学和生物书籍，她这个病，我记得应该是一种寄生虫疾病，好像是一种叫做人皮蝇的昆虫所致的，然而并不确定。过一会儿，我问她，有没有去医院，看过医生？医生是怎么说的？是不是叫做乳房多重蝇蛆病？

傅小乔眼睛一亮，说：“哇，陆大师，没想到你居然一眼就能够看得出来，就是你说的这种病。不过，我看过了几家医院，他们告诉我，这种病一般只发生在热带雨林或者非洲，在我们国家从来没有见过，他们不敢确定是不是这种病，甚至连治疗方案都没有。我在南方市看了一家，结果主治大夫跟我说，要把整个胸都割下来才行。"

我看着她，瞧到她十分不情愿的模样，知道漂亮女人靠胸吃饭，割下来，这辈子就毁了。

不过如果不彻底清除，当她全身都长出虫蛆来的时候，命就会没有了。

我问她有没有拍过片子，片子里面的情况，有没有波及五脏六腑？如果是波及了，那么基本上都没有什么好瞧的了，该吃吃该睡睡，好好玩乐，等待死亡而已。她摇摇头，说没有，都集中在这两坨肉上面。她找了几家医院，都没有确诊。后来她问过几个朋友，才知道了一些事情，怀疑自己被人下了降头，或者蛊毒，才会变成这个样子的，如果能够解，说不定就会好一些的。所以才在知关宜的介绍下，过来找我。

我听她这么说，才想起自己的老本行来。一开始见她这样，我不由自主地想起白

纸扇罗青羽的腐烂之身,却忘记了她有被下蛊的可能。

　　沉吟了一番,我让小妖朵朵去公司的杂物间,把医疗箱拿过来。不一会儿,小妖拿了过来。我取出里面干净的医疗手套,又从里面拿出一套镊子,用医用酒精消过毒,让她把手拿开一些,我朝着上面最大的一个空洞探去,然后稳稳地夹住一根白色的蛆虫。

第六章　验蛊

那蛆虫在蠕动，肥头大耳，它们呈圆形，长条环节状，头部已经退化完全，仅有一点点黑色腭嘴。被我用细长尖嘴的镊子夹住头部，顿时一阵死命扭动。我想要活的，力道适度地拔出来，然而我这边刚一用力，傅小乔就脸色发白，惨无人色，痛苦地大声叫喊：疼、疼、疼！呜呜，好疼啊……

小妖朵朵给我递过来一支强光手电，我打开，往窟窿里面照进去。只见那蛆虫的尾巴末端，已经开始连结上了里面的肉，俨然一体，我这边拔虫，简直就是从她心口里剐肉，自然痛苦得要命。

没办法，我另外找到了一些只有蛆蛋的孔洞，将那些蛆蛋掏弄出来，放在了一只金属盘中。我仔细观察，这东西跟普通的蝇蛆确实有一些区别，颜色偏黄，也小。我开始回忆起《镇压山峦十二法门》中，对于"育蛊"所描述的细节，却没有与之吻合的地方。

所谓蛊，粗分十一类，细分无数，这是为何？因为蛊是一种通过人工培育而产生的毒虫，或者毒素，因为培育这种毒虫的手法不一样，蛊毒便有千差万别。这世界的物种多变，而养蛊的原理却有着共通之处，蛊师因地制宜，炼化出来的蛊虫数不胜数，哪里有能全部都知晓的大拿？

由此，也能够看出金蚕蛊的利害之处，这小东西不论等级，可解百毒，就这方面而言，蛊中之王，当之无愧。

中国古代数次禁锢巫蛊，从汉至清，盖因此法实在简单易学，而且诡异莫测，超出了官方的控制范围。

没有金蚕蛊在，这东西到底是不是蛊，我也不能够马上确认。推动轮椅，来到办公桌前拨通电话，让老万速去买些泡发的黄豆、一寸甘草和农家土鸡蛋（煮熟）回来，我有急用。老万说好，半个小时之内，一定办妥。吩咐完这事儿，我回转来，让朵朵帮我把医药箱整理好放回，又叫傅小乔将衣服穿上，然后跟她说，我们聊聊吧，你说一说，到底是怎么回事。

傅小乔将衣服穿上，还没有开始说话，情绪便崩溃了，眼泪哗哗地流着，根本抑制不住。

劝慰女人，我并不擅长，即使有些心得，也只是对自己有肌肤之亲的女子（你们懂的），这种客户类型的女人，我也不知道如何开口。倒是朵朵这个小丫头，小嘴儿甜如蜜，愔愔懂懂地跟傅小乔道歉，说了一些傻乎乎的话语，萌得不像话，傅小乔哭了一阵,倒是被她逗乐了,又哭又笑,好一会儿,才接过朵朵递过来的纸巾,将眼睛周围的妆擦得花作一团,拿出化妆镜来看,哭着说要补妆。看得出来,她是一个对自己外表十分在意的人,而越是这种人,越容易受到打击。

说实话,我还真的有些佩服她,换作是我,说不定早就崩溃了。

傅小乔喝了一口水,然后开始讲述起她的故事来。

傅小乔 1985 年 10 月出生,冀南人。2009 年的时候刚满二十四岁,她毕业于北京一所名校,两年前来到南方市,进入了一家世界五百强的公司里就职,一年前的时候认识了现在的男朋友。她男朋友给她在南方市某著名的富人区,买了一套价值近千万元的别墅豪宅,并且让她辞职在家休养,平日里养养猫狗,侍弄些花草鱼鸟,与熟悉的闺蜜购物美容,生活倒也悠闲自在。

她男朋友是一家私企的老板,平日里工作十分忙碌,一周里也就只有一两天时间能陪她,所以其他的时间里,傅小乔都是在跟圈子里几个玩得要好的姐妹淘厮混,倒也不觉得有什么忧愁。

这样的日子过了大半年,今年五月份的时候,跟男朋友一起去了马来西亚、新加坡以及马尔代夫等地游玩,差不多一个月。在马来西亚的首都吉隆坡的时候,便感觉胸口有些瘙痒,起红疹了,然后发高烧,感觉如同坐在火炉中一样,昏迷不醒。她在吉隆坡住了半个月医院,其间她男朋友公司有事,便提前回国,她也随后返回了国内。

本以为这趟糟糕的旅行结束了,所有的倒霉事都会随之而去,然而她不知道的是,噩梦才刚刚开始。首先是之前诊断轻微皮肤过敏的胸部,开始变得异常瘙痒,总是感觉里面有异物,去医院看,又瞧不出什么所以然来,只说是过敏,开一些昂贵的药物,也就没有什么说法了。她总是忍不住地挠,感觉皮肤的表面之下,真皮层或者血管中,有细长的软虫子在爬行,紧紧附着在肉里面吮吸。

她开始做噩梦了,总是梦到死去的牛羊尸体,浸泡在水里面,上面有密密麻麻的蛆虫翻滚。这样的梦做多了,就有些神经衰弱。然而最可怕的事情终于发生了——就在上个星期的某一天,她早上起来,感觉胸部瘙痒难耐,迷迷糊糊地就抓了几把,突然看到手指上面尽是鲜血,睡眼蒙眬的她连忙把空调被掀开来,一看,只见这胸部上面沾满了红黄相间的黏稠血液和组织液,里面的粉色的皮肉大部分破开,露出了深幽幽的孔洞来,如同莲蓬一般,将她整个胸部,都掏空了。

……

傅小乔几乎是哭泣着说完这些,她说她去找了几家医院,都表示爱莫能助。

她男朋友因为去法国参加考察和展销,故而没有跟她在一起。她十分恐惧,她花的所有钱,都来自一张信用卡,而那信用卡的主卡却是在她男朋友身上。因为害怕男朋友抛弃自己,所以她没有接受医院给出的治疗方案,甚至连全面一些的检查都不敢做,把自己闷在房间里面待了好几天,在绝望中,想起关知宜跟自己谈过的茅晋事务所，说十分神奇，所以才当作救命稻草，过来求助。

我叹气，经济不独立的未婚女人，永远都不会有什么安全感。

我问傅小乔：你们在马来西亚旅游的时候，有没有被什么古怪的东西给叮咬到？

傅小乔摇头，说没有，她和她男朋友去过好几个地方，住的都是当地条件最好的星级酒店，卫生措施比国内都强。至于去海滩或者旅游景点，记忆中也没有什么不对劲的地方。她的那红疹也是突然出现的，当时在医院的时候，也没有说出什么理由——啊，当时有个老医生，似乎在皱眉头，跟旁边的人说了几句，似乎要吵了起来，难道他发现了什么东西？

我跟傅小乔谈了好一会儿，大概知道了她的这病，有可能就是在马来西亚犯下的。不过潜伏了很久，一直到国内才开始发作，弄成这个样子来。

说实话，倘若肥虫子在的话，驱使它去将这里面的蛆虫和虫卵吞噬干净，并且将余毒吸净，再开几个固本养气的方子，别的不说，性命是能够保住的；至于这胸，到时候填一些硅胶进去，照样能够用得上，说不定还能挑战波霸之名，手感更好呢。

只可惜，现在肥虫子在休息，无论怎么叫唤，这贪吃的小畜生都醒不过来，导致我现在不得不依靠别的手段，跟其他蛊师一般，需要对症下药，而不是"一招鲜，吃遍天"了。

这时办公室的门被敲响了，朵朵去开门，从老万手里面接过我找他采办的物品，递到了我的面前来。我从那泡发过后的生黄豆中，选取了一些饱满浑圆的，十来颗，让傅小乔咀嚼，吞咽进口。她照着做，我问她感觉怎么样？她皱着眉头说难吃，泡发的水里面好像加了福尔马林。

我问她有没有闻到腥臭之气？她摇头，说没有，就是感觉这黄豆有些异味，可能是跟那泡发的水有关系。我点头，又把那一根一寸的甘草放在她的面前，让她继续嚼，然后深呼吸，将产生的浆汁吞咽下去。她拿起来往嘴巴里面放，没有十秒钟，像吃到了什么很恶心的东西一般，一大口甘草汁和着口水，全部呕吐到了桌面上的烟灰盒里，乌黑一片。

我神情凝重，将老万给我煮好的土鸡蛋敲破，然后把蛋壳剥开，露出里面水嫩嫩的蛋白来。我让她含在嘴里，半个小时，不要动，完了再看。

她接过来，颇为熟练地放入口中，乖乖含着。我让小妖把我推到办公桌旁，拿起电话来，给在外面帮人家看阴宅的杂毛小道说起这事。听到这样的事，杂毛小道猛地吸冷气，说，小毒物，这事情你比较擅长，我就不参与了，你看着办吧！

我毫不留情面地批评他，救人一命，胜造七级浮屠，怎么能够当撒手掌柜，不管了呢？

好一通骂，杂毛小道不得不求饶，说他尽量早点回来，帮着一起想办法。

半个小时很快就过去了，我来到了傅小乔的前面，她将嘴里面的鸡蛋掏了出来，上面有津津亮的口涎。我让她将这个熟鸡蛋给弄开来，她照做了，掰开鸡蛋，只见里面的蛋黄一小半都变成了黑褐色，而边缘靠左的位置，上面则凝结出密密麻麻的虫卵来。

第七章　重逢

　　看到这黑色的蛋黄和边缘那一串密密麻麻的虫卵，我终于可以确认，傅小乔胸前这如莲蓬一般的孔洞和虫蛆，果然是被人下了降头。

　　我之前有专门介绍过降头，这东西分为灵降、蛊降和混合降三种；而这蛊降，便是我所学"巫蛊之道"的一部分。降头和巫蛊以及祝由、道法、茅山黑巫术等，其实都是这世间神秘面纱的一角，你中有我，我中有你，相生相连罢了。

　　若为蛊降，这东西只要找对方法，其实是很好解决的。然而若是走错了方向，贸然治疗，只怕不但医治不了什么，反而会加速受降者的死亡进程。倘若如是，只怕到时候黄泥巴掉裤裆，不是屎也被说成屎，由不得我不谨慎了。经过与傅小乔的这一番沟通，我能够预计到这种蛊毒，应该是用那南亚热带雨林中特有的人皮蝇炼制而得，利用其疯狂的孳生习性，潜入受降者身体里，以人体的组织为养分，繁衍出大量后代来。

　　不过，我对这种异国的蛊毒并没有多少研究，贸然下手，只怕会适得其反。在这一刻，我不由得深深地怀念起了肥虫子来——即使它老是死性不改地偷吃东西。

　　当年雪瑞身中了更加麻烦的玻璃降，也是靠着肥虫子钻入她的体内，将其残余毒性给解开的。然而没有了肥虫子，我基本上就是半个废人，根本就不是一个合格的蛊师。

　　我问小妖朵朵，能不能够有什么方法，将傅小乔身体里的虫子给全部杀死？

　　小妖朵朵摇摇头，她告诉我，这蛊毒之所以厉害，是因为它已然附身到了傅小乔的身上，即使将我们眼中这些孔洞里的蛆虫全数弄死，它还是会源源不断地从血肉里面孳生出来，继续繁衍生息，将傅小乔的身体彻底变成一个巨大的虫子培养皿，直到傅小乔的生命走到了尽头，这些虫子才会断绝生机。而且如果处理不当，它们或许还会接着祸害旁人，如此生生不灭，永无断绝之日。贸然地将这些虫子弄死，虽然一时会见效，不过三五天之后，又复生长，而且还越发严重，得不偿失。要想解蛊，除了用金蚕蛊这种万能型的蛊中之王外，便须要那下降之人去耗精力，帮着给傅小乔解脱，再用中药调和的方子，将这些蛊虫通过肠道，或者催吐的方法，全数逼出来。

　　我回想起《镇压山峦十二法门》中的一些相关记载，然后又给傅小乔作了一些相关的测试，陆续地将其所受的蛊毒给确认出来。说到所受下降的原因，我皱着眉头说，傅小姐，从你刚才的描述中，我听到了一些谎言——这也没有什么，每个人都有着自己不为人知的秘密。不过你这病已经对你的生命有了致命的危害，如果你对我还

有着保留的话，只怕我很难跟你再交谈下去。

傅小乔有些惊慌，说，陆大师何出此言，是我有什么做得不对的地方吗？

我点点头，举例说，比如你说你男朋友如何如何，恕我冒昧，你的这位男朋友，应该是有家室了的吧？她一愣，脸色阴晴不定，说，你怎么知道的？我笑了笑说，能够在南方市买得起千万豪宅的人，想必都是在商海或者宦途上有着一定成就的男子。你又说你男朋友很忙，一个星期跟你见不过几次面，还有一些其他的东西，这些线索总结起来，我自然能够知道很多事情。

傅小乔红着眼圈说，陆大师，你是不是特瞧不起我们这种靠男人养着的女人啊？你是不是觉得我破坏了别人的家庭啊？其实我跟他是很相爱的，而他跟他妻子的结合，完全就是一个错误，他们……

傅小乔想要辩解一番，我摆手制止了她，说，我对每个人的生活方式，都不会去胡乱指责，因为我不是当事人，所以无法站在道德的高度，去批评别人，我只是就事论事而已。试想，倘若你的老公跟别的女人去马尔代夫旅游一个月，你不但要独守空房，而且如果有孩子，你还要整日伺候那小祖宗，孝敬公婆，那么你对那个女人恨不恨？若恨，你会不会想要报复她？怎么报复，如何报复……

傅小乔浑身一震，说，陆大师，你的意思，是我男朋友家里面那个黄脸婆请来了降头师，然后谋害于我？

我摇摇头说，这只是你的臆想。是与不是，这些都是需要调查的，所以我才会让你把忽略的或者隐藏的事情，说个清楚。倘若真的是他老婆请的人，我们就可以顺藤摸瓜，找到那个降头师，让他给你解了这降头，免得让你生不如死，过着这行尸走肉的生活。

"行尸走肉，行尸走肉……"傅小乔喃喃地念着这四个字，突然泪水狂涌，哇哇地大哭起来。她情绪激动，说她现在的生活，还真的是行尸走肉一般，成天生活在恐惧里，活着还不如死去，真的没什么意思了。说到死，她似乎又惊醒了一些，拼命地摇头，一双眼睛瞪得大大的，惊恐地看着我说，我不想死，我不想死……我还没活够呢！

我好生宽慰她，说不会的，事情一定会圆满解决的，不用怕。

我帮她回忆了一些细节，不仅是在国外，而且在国内的衣食住行等细节问题，都一一作了记录。太阳下山的时候，我们结束了谈话。因为没有金蚕蛊，也缺少一些必要的信息，我并没对傅小乔做什么具体的动作，只是吩咐她回去买些大荸荠，不拘多少，切片晒干为末，每早空心白滚汤送下；中午时选雄黄、蒜子、菖蒲三味，用井水吞服；至晚上，头来头嘴似鼠，身有刺毛似蚝猪箭的母刺猬炖汤……如此这般，多少也可以缓解那些蛊降的蔓延。我这边，则跟她约定了时间，后天的时候复谈。

小妖给傅小乔输入一些灵力，将她胸脯那些蛆虫催眠。停歇了一会儿，傅小乔感觉好些，千恩万谢，起身离开。

她临走的时候告诉我，她想找一家私人侦探所，去调查一下那个黄脸婆到底有没有私下里谋害她。如果找到证据，应该可以逼迫那个黄脸婆将下降的师傅给找出来，到时候也许会对她的治疗有帮助。我点点头，表示知道，但并不发表意见，以免牵扯进豪门恩怨中去。我们开的是风水咨询事务所，并不提供福尔摩斯的服务。

傅小乔走后，小妖和朵朵两个小女孩叽叽喳喳地说了一大通。朵朵拍着小胸脯后怕，说那个阿姨胸虽然大，但是变成了这个样子，好可怜哦，要是朵朵，我宁愿一直都平胸……小妖朵朵在旁边教训她，说朵朵，你这样子是不对的，像陆左这样的臭男人，都喜欢大胸部呢！为了自己以后的幸福，你可一定要加油发育啊……

朵朵懵懵懂懂，拉着我的手问，陆左哥哥，小妖姐姐说的是真的吗？你真的喜欢大胸部吗？

面对着这两个小家伙，我一阵无语，去洗手间狠狠洗了一回手，然后回到办公桌前，打电话给曾经在青山界有过患难之交的杨操，让他帮我找一下吴临一的联系方式，我有事情问他。我到底是年轻经验少，类似这种问题，像吴临一这种专家，或许能够知道得更多些。

接到我的电话，远在黔阳的杨操十分高兴，很快就给我报上了吴临一的联系方式，还抓着我聊了好一会儿的天，说了些分别的事情。末了的时候，他突然告诉我，小周杀人逃跑了。

我当时脑子短路，问，哪个小周？

杨操帮我回忆，说就是我们在青山界那边逃生，活着回来的那个战士，就是将发狂了的贾微击毙的那个！他回到部队，后来有人通过手段将他打压，将他陷害到了监狱里面。在押运过程中，他打死了押送的战士，自己跑了。这是五月末的事情，后来查出来他原本没罪，是贾微的母亲客海玲在整他，不过现在他手上真的有三条人命，结果亡命天涯了。

我的脑海里不由得回忆起那个倔犟而锐利的年轻人，听到共过生死的同伴有着这样的遭遇，我心中一阵叹息：小周是个人才，只是太偏激，时运不济啊。

之后我联系了吴临一，一开始没有接通，后来是一个小姑娘接的，问我找吴教授有什么事情。我并没说什么，只是将我和吴临一的关系跟她说明，让他有空给我回电。

傍晚的时候，杂毛小道从江城风尘仆仆地赶回来，告诉我李家湖帮我们找的风水师今天到了，苏梦麟在酒店预订了位置，让我也出席一下，表示欢迎，顺便面试一下是否合格。我百般推辞不过，于是在忙完事务所的事情后，与杂毛小道、苏梦麟一同前往酒店。

当被推着走进包厢里面的时候，我感觉呼吸都细了，万万没有想到杂毛小道口中的风水师，竟然是这位大小姐。

雪瑞。

第八章 死路

见到坐在轮椅上面傻愣愣的我，穿着一身蓝色波西米亚小长裙的雪瑞笑了起来。

又是有大半年没见，雪瑞比以前更加漂亮了。这个十八岁的女孩儿完全到了花儿开放得正绚烂的年纪，清纯中已然有了些成熟端庄的气息。小巧的瓜子脸上面，满是温婉如水的笑容，巧笑倩兮，又带着一点儿小调皮，肤如凝脂，雪一般的白皙。今天出席这个见面会，雪瑞穿得很随意，乌黑亮泽的头发编成了村姑一般的长辫子，她皱着鼻子来到我的面前，这妮子穿上杏黄色的高跟凉鞋，差不多跟我一样高。

她低下头来，笑意盈盈，美目盼兮，说，陆左哥，没有想到会是我吧？

我首先看到了她的眼睛，晶莹黑亮，璀璨如若天上最美丽的星辰，灼灼其华，里面有着动人的神采。见到她眼中蕴含的笑意，我有些激动，说，雪瑞，你的眼睛好了吗？

她说是啊，陆左哥，多亏了你的鼓励，我在缅北的寨黎苗村里面待了三个月，终于把眼睛给治愈了呢。

我伸出手，揉了揉这个小妮子的脑袋，说，不错，一双大眼睛怪明亮的，跟小燕子的一样。雪瑞见我将她刚扎好的辫子弄乱，有些不满意，推开我的手，得意地说，我一直都有在进步噢，可是你，现在都坐上轮椅了，哼！一点都不懂得照顾自己，真让人头疼啊……

我讪讪地笑，说三十年河东，三十年河西，我们风水轮流转，现在该你厉害几天了。

说着话，我低下眼眉，突然看到雪瑞躬身时，胸前所露出来的半截雪腻的白，里面的内容已然颇有规模、蔚为壮观了，不由得咽了一下口水——现在的小姑娘，营养是不是太好了一点儿？然而我这个咽口水的动作，似乎有些猥琐，被雪瑞瞧了个正着。小妮子哼了一声，低声骂了一句臭流氓，然后站起来，小脸儿红扑扑，跟其他人打招呼："萧大哥好，苏叔叔好，这位是陆左哥的堂妹陆天天吧？你好呀……咦，你是？你是哪个……"

威尔走上前来，很绅士地给雪瑞施了一个吻手礼："威尔岗格罗。我亲爱的女士，一年未见，你越来越漂亮了。赞美你的眼睛，它让我想到了意大利最美丽的湖泊加尔达，这是一个奇迹。"雪瑞颇有淑女风范地安然接受，然后跟这个英俊的外国帅哥寒暄了一阵，互诉离别。我注意到小妖的态度并不是很热情。

李家湖站起来招呼我们入席，而顾老板则跑过来接替小妖的位置，郑重其事地推着我来到了主席位,宣布说今天陆左来坐主席,但大家都不要灌他酒,等他康复之后,不醉不归——话说回来,陆左有病在身,还日日坚持到事务所上班,实在是值得表扬,这一点,让我和老李颇为感动啊,这不,给你们送来了雪瑞,分担压力。

我推辞不过,坐在主席上,小妖在我旁边照顾我。我指着旁边这两个大老板,苦着脸说,我之所以轻伤不下火线,还不就是你们两个资本家在我后面逼迫着,不然谁会这么拼命?

李家湖呵呵笑,说自从上次的茶楼讲数之后,现在的茅晋事务所,不但在东官打开了局面,而且名声在外,便是香岛、宝岛等地,也常听生意上面的合作伙伴提及,颇受好评啊!这些荣誉,我和老顾实在是愧不敢当,都是陆左和萧道长的功劳,所以呢,今天什么话都不说,我们大家先敬两位主事人一杯!

来、来、来……顾老板张罗着大家起身碰杯,我不能够起来,所有人便都朝着我这边碰过来,李家湖、顾老板、雪瑞、苏梦麟、威尔还有小妖朵朵,一起举杯,同饮杯中酒。我身体并未康复,但是少许红酒还是能尝一尝的,小妖朵朵在旁边,像个敬职敬责的小管家照顾我,挟菜倒水,无微不至。说实话,我总感觉这个小妮子不对劲,似乎有些热情过了头。

酒过三巡,菜过五味,李家湖谈及雪瑞要到事务所来工作的事情,一脑门的头疼。他告诉我们,雪瑞这个年纪,最好不过的,就是在大学里面念书。不过她从前年就开始身体不好,去年治眼睛又花了一年多功夫,今年眼看有了起色,本想把她送到美国或者加拿大去学习,可这小妮子并不听他的话,偏偏要出社会历练一年,才肯静下心来考学,磨蹭半天,结果是想来这个事务所里上班。

李家湖本来并不愿意,不过女儿这一病两三年,他也算是看开了许多。知道对于雪瑞这种经受过太多苦难的女孩儿,能够做一些自己喜欢的事情,也算是不错;再说,雪瑞师承天师道北宗罗恩平门下,也算是专业对口,不会误了事务所的生意。

说到这里,李家湖这个老狐狸开始绕起弯子来,对着我和杂毛小道诚恳地说道:"你们两个才是茅晋事务所真正的话事人,我和老顾都只是帮衬而已,至于要不要这个小女子,还是你们两位决定。可以考考她,如果不及格,那就不要招进来,免得砸了我们事务所的招牌不是?"

看着雪瑞气鼓鼓地瞪我,我低下头,李家湖的千金,我们哪里敢不收?这老狐狸倒是希望我们不要,他也好让自家女儿按照他的计划走。再说了,事务所忙得要死,多一个天师道北宗传人,等于加个壮劳力,我们自然是乐意的。

杂毛小道举着筷子呵呵笑,说雪瑞能来,求之不得。呃……这样吧,公司里面空间有限,但是陆左的办公室却最是宽敞。他最近带病上班,来得也不多。老苏,你明天在陆左的办公室里加一张办公桌,他俩先凑合着挤一挤吧?等我们财务宽松了,再把旁边的办公区给盘下来。陆左,你觉得怎么样?

我白了他一眼,为何不去挤他的办公室呢?不过李家湖在看呢,于是点头,说

好，反正我不经常去。

李家湖连忙摇摇手，说不行，雪瑞刚来，让她在外面的办公大厅做事得了，搞那么隆重干吗？

没人知道他到底是真情还是假意，我和杂毛小道都连说不妨事的，不妨事的。雪瑞的脸上洋溢着笑容，不待李家湖再推辞，便跟苏梦麟说，苏叔叔，办公桌我要自己选，你明天采购的时候，记得叫上我噢！

苏梦麟见我们都不反对，点头说好，这个没问题。

小妖朵朵不经意地扁了一下嘴。

把正事确定完之后，席间的气氛就更加热烈了。我作为主宾高挂免战旗，李家湖和顾老板这两个酒国高手便轮番围攻杂毛小道。与我相比，杂毛小道的酒量真心不行，不过他能说会道，与两个老狐狸推酒起来，也好是一番喧闹。

酒到半席，我接到了一个陌生电话，显示地址是铜仁的，想来应该是吴临一的电话。席间太吵，我便让小妖朵朵把我推到了包厢的休息区去。一接通，果然是那个会使阴蛇蛊的老苗人吴临一。

这老头一开始对我蛮冷淡的，经过了青山界事件之后，对我的印象才有所改观。他因为性格的原因，话并不多，寒暄几句，便直接问起我找他何事？我将白天所遇到的情形，跟吴临一叙述，并将我的推测给他做了参考，问他以前有没有遇到类似的事情，一般都是如何处理的？

吴临一沉默了一阵，说有，他在2005年的时候就遇到过，而且还是一连两起。

我有些激动，忙问当时是怎么个情况？

吴临一说他2005年的时候，还在遵义医学院任教，当时就遇到了这样的案例。其中有一个，还把照片发到了网上，十分恶心。他当时对这个病症十分上心，后来查阅了典籍，发现跟建福泉州蛋（蜑）家人所传闻的藕身蛊很像。蛋家人是常年生活在水面上的乡人，以船为家，又唤作龙户或艇户，崇拜蛇灵。蛋家人的巫师常年习蛊，通常用这种手段来威胁官员，抗击官府的苛捐杂税，屡屡见效。后来到了明末清初，直至清廷粘杆南下，杀了许多，这才失传，谁曾想落到了南亚各国。

我问他如何救治。吴临一沉默了一番，说他遇到的那两个病人，相继在两个月之后，全身生蛆而死，死状如同蜂窝煤，特别难看，吓得医院停尸房的员工都连续做了三个月的噩梦，后来还自杀了。

听到吴临一沉重的声音，我的情绪便有些低落，草草又说了几句，把电话挂了。

很多时候，当我们面对着别人期盼的目光，而不得不说"No"的时候，总是有一种无地自容的感觉。不管怎么说，傅小乔是个活生生的生命，当面对着她离开人世，而我无能为力的时候，我肯定会内疚。将电话递回给小妖朵朵的时候，我不由得长叹了一口气，显得十分神伤。

难道傅小乔，就只有死路一条了吗？

第九章　隐忧

当天晚上众人尽欢，杂毛小道喝得酩酊大醉，最后还是顾老板的安全助理阿洪把他送回了家里。

临走的时候，李家湖找我私下谈了一下，如我所预料，他并不是很乐意雪瑞加入事务所，正式面对这个残酷的社会。雪瑞这个年纪，最需要的是接受更高学府的深造和学习，在当今这个竞争不断激烈的社会里，没有经受过那种人文和自由气息熏陶的女孩子，会变得很没有竞争力。不过事情既然如此，还请我好好照顾一下她，雪瑞是他和 Coco 唯一的女儿，从小身体又柔弱，他总是有些不放心的。

我点头，说这个我晓得，平日里我定会多加注意的。

李家湖说他在南城一个环境和安保措施都不错的小区，买了一套高层复式。雪瑞一个人住有些孤单，那孩子性子又变得要强起来了，不肯用保镖。他有一个想法，就是请萧道长和我搬过去住。一呢算是他作为合伙人对于事务所负责人的一种福利，二来有我们两个的保护，雪瑞也不会出什么事情。

我摇头，表示我们在东官有住的地方，搬来搬去比较麻烦，而且我现在还住在疗养院呢，不知道什么时候能够出院。不过我们事务所几个女职员都是租房住，张艾妮、简四还有小澜，要不然把福利发给她们吧？

李家湖不乐意，不过时间有限，说改天再跟我讨论。

第二天早上，我并没有去疗养院的复健室进行常规的锻炼，而是让小妖推着我来到疗养院最高处的一个亭子里。看着秀丽的风景，我深呼吸，开始尝试让体内那股热流，往下半身流去。

所谓行气或者热流，这是一种道门巫家观想的法子；武学或者体能练至一定境界，也会产生这种感觉，也就是所谓的气感。气功师所秉承的这些东西，知道的人知道，不知道的人不知道，靠的是悟性，一种对身体、对人生的体悟，便是师傅也只能引导，传授不来。

山阁老在怒江深谷地府的石床上留下的行气法诀，总共分为三条道路：其一起于小腹内，沿脊柱上行，上达项后风府，进入脑内，复行巅顶，途经长强、陶道、大椎、哑门、风府、脑户、百会、水沟、神庭各穴，返行一圈，为周天一回合，此乃阳脉之海；其二亦起于小腹内，沿着腹内脏器，向上经过关元等穴，到达咽喉部，再上行环绕口唇，通行五官而回，此乃阴脉之海；另外还有一法，起始于足底，乃足阳明内经法，为偏脉。如此说明，未免太过晦涩，便不予细说。我前两路可缓慢运行，温

润经脉,后一路因为瘫痪的原因,并不能够联系,唯有期待时间的推移。

因心有所感,我将前两路法门反复运行十二遍,即十二个周天,感觉自己的精神似乎好了很多。

我以前虽然厉害,但大部分都是硬功,或者是依靠金蚕蛊给我带来的力量,以及双手被诅咒而形成的威慑、杀伐之力。这样的力量,或许能够堪比杂毛小道的气力,但终究是旁门左道,根基不牢,再高的大厦都是摇摇欲坠的样子,算不得心底沉稳。黑水深潭一战,那潜意识将体内每一分力量都榨压干净,导致我现在瘫痪不起,此番重新修行,有了这法门,也算是浴火重生,将底子打得牢靠。我相信,经过内外兼修的自己,一定能够如同凤凰涅槃,比以前华而不实的我,更加厉害。

小妖在我身边静立,说实话,这个小狐媚子不说话的时候,显得格外美丽,沉静中,有着一种让人爱怜的力量。我能够感觉到她的麒麟胎身,每时每刻都在与外界,与我们肉眼看不见、炁场不得闻、唯有如林齐鸣那日用传功法螺讲课时才能体验到的世界作交流。小妖正在逐渐强大,虽然缓慢,但是坚定,从不停歇。

或许有一天,小妖朵朵的成就会比我,比杂毛小道更加高远,她并不用再去找寻什么靠山,相反,她甚至可以成为别人所依赖的对象。事实上,这两个月以来,都是小妖朵朵在照顾我。

这个泼辣嘴犟的小狐媚子,已经渐渐长大了,变成了一个阳光明媚的少女。

下午的时候我去事务所,看到有老万和小俊两个家伙在我办公室里进进出出,忙得不亦乐乎。

小妖推着我来到门前面,雪瑞正好走出门口来,手上面捧着一小盆仙人掌,看到我,快乐得像个小喜鹊。兴奋地问我,陆左哥,这间办公室是你布置的啊?简直是太棒了,这哪里是CBD里的格子屋啊,简直是城市里最美丽的植物园,你是怎么做到的?你知道么,我拿来的这些小盆栽,全部都没有用到哎——太棒了!

我不敢居功,隆重地推荐我身后这位后现代设计师,陆夭夭小姐。都是这个丫头通过淘宝网购,祸害了不少银子才弄出来的,花花草草的,太多了,我其实是不喜欢的,只是敢怒不敢言而已。

雪瑞听我这么一说,顿时满眼都冒小星星,跑上前来对小妖朵朵好是一顿崇拜,拉着这小狐媚子虚心请教。小妖是个没什么心机的丫头,听到雪瑞这一番夸赞,便骄傲得将脑袋高高昂起。对于这办公室的布置风格,她听多了我打击她的话,雪瑞这一番毫不掩饰的崇拜一出,顿时让她心花怒放,觉得找到了知己,便与雪瑞叽叽喳喳,聊起了设计理念来,颇为开心。

雪瑞拉着小妖,说她搬进了这办公室里来,需要重新布置一下办公桌,拉她去参谋一番,免得破坏了她的一番苦心,小妖欣然前往。

老万见我没人理,便要推着我进办公室,一同进行参谋。不过我是个随遇而安的人,并不介意,便让她们女孩子忙去,我去杂毛小道的办公室坐一会儿。进了杂毛小道办公室,这家伙居然在打盹,宿醉未醒的模样。见我进来,连忙站起来,接过老万的手,将我推到会客区的沙发前面坐下,拿起茶几上面的陈茶,猛地喝一口,摇摇头说,老了,喝点酒,到现在还没清醒。

我见他一副惊吓慌张的样子,说,我又不是查岗的,再说了,你他娘的自己就是老板,怕个毛?

他摇摇头说,没有怕啊,就是打个盹而已。

我说,你昨天喝得烂醉,我就不想说你了,你让雪瑞跟我挤在一起算个什么意思?你天天出外勤,这个办公室长期空着,让雪瑞在这里不行吗?又或者像威尔一样,让雪瑞在外面办公大厅做事,也是一样的。我估摸着你小子没安什么好心思,还不快快招来?

杂毛小道嘻嘻笑,我还不是为了老兄弟你的终生性福?你看你跟以前那个女朋友分手这么久了,长期这么憋着也不是一个事儿。这玩意儿,憋着憋着就会变态的,还不如找一个双修伴侣,白天忙碌,晚上嘿咻。我觉得雪瑞这个妹子不错,又漂亮,肤白貌美,又是同道中人,给你们创造机会而已……

这个家伙满嘴扯闲,我跟他笑闹两句,便不再言,谈起工作。

杂毛小道告诉我,上次我给他介绍的那个叫做郑立章的商人,可能有些麻烦。可以肯定,他一定是惹到什么高人了。其实使出几瓢大粪的下作手段,也不算是什么高人,最重要的是这类人懂也只懂一些,而且隐秘,防不胜防,这就有些麻烦了。他跟郑立章约了一个阳气十足的日子,给他先除去煞气。

谈到这里,我突然拉着杂毛小道的手说,老萧,我们是兄弟,说老实话,我体内的这个东西,到底是什么?

杂毛小道一愣,说,这件事情,虎皮猫大人不是说过了么,最好不要问。

我呸一口,说,那肥厮的话语,有几句算得真?我知道你们私下有过讨论,你直接跟我说,免我心中焦急,胡思乱想,倒是变得疑神疑鬼,更加麻烦。

杂毛小道沉吟一番说,陆左,我和虎皮猫大人确实有过一些想法:你家这小肥肥,是经过不为人知的方法提炼而出的,是蛊中之王。什么是蛊中之王?绝对不仅仅是它现在所表现出来的实力,它隐藏着很多秘密,等待挖掘,就像你这次昏迷前燃烧所有的潜力,便是它在作怪,它有着另外一个意识,是潜意识,很凶恶的东西。目前来看,还没有影响到你,所以我们还不好做判断,你自己要小心,强大自我的意识,不要被那违背本心的东西,给困扰到了……

我和杂毛小道谈了很久,心情沉重地回到自己的办公室,发现差不多都布置好了,原本的办公桌挪动了一些,侧面则是雪瑞的。此时,她正和小妖朵朵趴在电脑前逛淘宝呢。想起明天跟傅小乔约好的见面,我就头疼,突然想起一事,便问雪瑞,问她在寨黎苗村待了那么久,懂不懂蛊啊?

雪瑞回过头来,笑吟吟地说道:"当然!"

第十章 暧昧

  雪瑞当初去缅北的寨黎苗村，我给她的劝告，就是最好不要由她师父罗恩平送着去。

  之所以这么说，我其实留了一些小心思的，不过估计冰雪聪明的雪瑞也能够明白其中的含义。当初蛊丽妹将多年炼就的青虫惑给了雪瑞，想必就有一些传承的意思。后来又让雪瑞在半年后独自回去，名为医治眼睛，实际上的情况，或许便如我所猜，想收一个徒弟。

  跟我们小学到大学不一样，老辈人对传承这个东西，讲究得比较严苛。雪瑞既然拜入了天师道北宗罗恩平的门下，那么再入蛊丽妹门墙，双方长辈都有疙瘩，所以我才会说这么一出。只是不知道雪瑞在寨黎苗村的那几个月，到底发生了什么事情，获得了多少机遇，这些因为涉及私密，我昨日倒是没怎么提及。我甚至都没有问那头吉娃娃的情况。

  听到雪瑞肯定的答复，我便知道她必然是得到了一些好处，食指敲敲桌面，让她仔细说来。

  雪瑞清了清嗓子，并没有开口，而是扭过脑袋去。过了一会儿，她平伸左手，拳头张开，我看到了一条青白色的软虫。这小东西只有尾指大，身下有许多细密的触足蠕动，黏稠发亮。我像地铁里被摸屁股的小妹儿一般，失声叫了起来："青虫惑，蛊婆婆居然将这虫子，传给你了？"

  雪瑞地笑，说那当然，我师父说了，当年她只身进入苗疆，打遍苗家十二峒，几近无敌，只一招败于你太师祖洛十八之手，终生引以为憾，再没重回中国之地。她老人家走不开，但是找了我这么一个女弟子，衣钵传人，定要跟你比斗一番，将你踩踏下去，也好消得她心头仇怨。我太弱了也不行，毕竟你这个家伙身体里面，可有着金蚕蛊这般的存在，所以这才将青虫惑传了我。

  她围着我绕了一圈，说，哪知这次回来，才知道陆左哥你参加什么官方行动，落了个半身残疾的下场，金蚕蛊也沉眠不见了，哪里能够跟你斗得盅，于是守在身边，等待你好了，再拼斗一场，也好交差不是？

  看着这个骄傲的小公主，我摸了摸鼻子说，雪瑞，你改投师门，罗老先生什么意见？

  雪瑞笑了，说她师父可开明着呢。当初她去缅甸的时候，老头儿就跟她交代过，说那蛊丽妹是一代奇人，倘若她有收徒之意，绝对不要犹豫，纳头便拜。规矩是死的，可是人却是活的，本事也是自己的。老头儿还说多一个师父，就多一个靠山，女孩子家家的，关系多了，才好在这个圈子里面混。

我平摊双手，说，你当初发下宏誓，如今果然是一言成谶。我本来以为我已经够走狗屎运了，但我好歹也是个蛊二代，小妮子你倒是步步走红，势不可挡啊！

每个蛊师都有着秘密，我也不再跟她聊细节，只是将傅小乔的这个事情，说与雪瑞知晓，问她师父蛊丽妹有没有跟她说过这些东西。

仔细听完，雪瑞表示不知晓，不过这没关系，等人过来了再看，说不定她的青虫惑还会有办法呢。我看着她白嫩手掌上湿漉漉的青虫惑，不知道哪根筋搭错了，突然就问了一个问题："雪瑞，你这虫子，平时是从哪里出入的啊？"这话说出口，我立马后悔了，而雪瑞的脸色则像蒙上了一层红布，颊生飞霞，红艳艳似火，瞪了我一眼，说，呸，要你管？你自己不是有一个么，问什么问啊？

雪瑞在我额头上面敲了一下子，自己忍不住笑了，拿着办公桌上面的卡通马克杯，跑去茶水间。

我很无辜地揉着脑袋，这小妮子的手劲很大，我的脑门儿生疼。看到小妖朵朵笑得花枝乱颤，我可怜巴巴地抱怨说，我一变成废人，你们这些家伙，个个都来欺负我……

小妖噘着嘴巴，媚眼儿如丝，指着我娇嗔，说活该，你就是一个欠揍的家伙，比杂毛还可恶！

下午三点，茅晋风水事务所在会议室正式召开了一个内部小会，将新入职的雪瑞，和正式以职员的身份加入事务所的老外威尔岗格罗，介绍给所里面的每一个成员。这段时间事务所特别忙碌，对于新成员的加入，大家伙儿自然都是表示欢迎的。在我和杂毛小道的支持下，简四重新做了财务报表，将本季度的季度奖金提前发放，顿时引来了欢呼声一片。

当天晚上的欢迎晚宴我也参加了，不过并没有饮酒，也没有随着大部队移师量贩式KTV，继续狂欢。

我问了一下雪瑞的住处，她告诉我目前仍然住在酒店，她老爸新买的房子虽然已经布置妥当，但是仍然欠缺一些东西，她还提出让小妖去帮她弄一下，不然简直没法住人。对于这位大小姐的问题，作为一个睡过大通铺、天桥洞的男人，我表示很无解，不过小妖朵朵似乎有做设计师的嗜好，当下就坐不住了，连夜便要赶过去，而朵朵最近很黏小妖姐姐，也要跟着去。

好吧，这女人一扎堆，简直就不让男人好生过活了。好在还有威尔岗格罗这个不领工资的保镖在，我倒也不是很担心安全的问题。

次日，我早早地去了茅晋事务所，发现茶水休息室里，杂毛小道正跟前台小澜聊得热切，见威尔推着我进来，他打住了谈话，问我为什么过来得这么早。

我看他和小澜的脸色都有些不自然，不禁暗笑，不过也并不点破，让小澜给泡一杯醒神的菊花茶。支使开后,我看着桌子上面的水晶包、虾饺等一应广式早餐,拈一个来吃,说,你不是说兔子不吃窝边草吗?怎么这漂亮的前台就落入你的手里了,这让把小澜奉为女神的老万和小俊,情何以堪?你这算是潜规则吗?

我一边嚼着美味的早点,一边数落他。杂毛小道见我吃得飞快,忙过来护住一些,说,你这个小毒物,人家给贫道带个早餐,你吃的哪门子飞醋?你这个禽兽不是有雪瑞了么,难道你对小澜也有意思?

我们两个边吃边互损,当桌面上的早点一扫而空的时候,我开始跟杂毛小道商量起今天预约的这位客户来。我说我曾在怒江的一个山洞里,研习过一篇巫蛊之术的总纲,似乎隐隐有一些线索,但是我目前还是没有什么头绪。傅小乔这病症,吴临一告诉我这整个身体已经变成了蛆虫的培养皿,是没得治的,不过我还是寄希望于雪瑞。救人一命,胜造七级浮屠,我真不忍心一位年轻的女性,在生命最好的年华,就这样黯然凋零了。

杂毛小道取笑我怜香惜玉,我并不否认,这世上,最值得人尊重的,无非就是生命而已。

我来得早,傅小乔却没有如约而至,一直到了下午四点,她都没有出现,这让我有些担忧。其间我也接待了几位客户,并且顺带着把雪瑞带上岗位。

事实上,我们目前开展的业务,跟杂毛小道之前在大街上摆摊所做的事情,是一样一样儿的,所区别的也仅仅是客户稍微高端一些,而且价格也比较黑。因为苏梦麟采取的商业模式,我们现在基本上着眼于楼盘开发、风水咨询以及帮人消灾之类的主业务,客户开始逐步减少,盈利反而逐渐增高。雪瑞师出名门,而且还被罗恩平引导开了天眼,又跟蛊丽妹学了不少本事,身兼众家之所长,对付这些并不是很吃力。有的时候,她反而要比我更加利索一点儿。她唯一的缺点,就是过于年轻和面嫩了,很多客户看到这么一个美丽的小姑娘,都会下意识地不信任。

不过,年轻也正是茅晋事务所成员的主要特点。

对于雪瑞的成就,我这个没有师父的可怜娃儿,表示十分羡慕嫉妒以及恨,各种哀怜。

差不多等到我们准备结束的傍晚时分,我办公桌上面的内线响了,苏梦麟告诉我,那位傅小姐过来了,要不要见一下?我一天都牵挂着这件事情,听到消息,连忙说让她赶紧进来。过一会儿门被敲响,傅小乔出现在门口,跟身后的一位中年女士说道,潘姐,我进去就好,一会儿出来。

略显憔悴的傅小乔走到我面前跟我打招呼,然后有些诧异地看着我侧面办公桌旁的雪瑞。

我帮她介绍,雪瑞,雪瑞李,我特意为你从香岛请过来的专家,对你病情的治疗应该会有一定的帮助。

傅小乔恭敬地跟这个漂亮得过分的小专家打招呼,然后坐到了我办公桌前面的皮靠椅上。她的眼睛通红,黑眼圈浓重,显然很久都没有好好睡觉了,困倦至极,精神颓废,又带着一些气愤。她将手头的一个文件袋摔在我的桌子上面,怨毒地说:"您猜得果然没错,真的就是那个黄脸婆干的!"

第十一章 买凶

我将傅小乔摔在桌子上面的文件袋拆开来,里面有六七张照片、录音带以及一些文件记录。

我拿着其中的一张照片,上面是一个风韵犹存的半老徐娘,正在跟一个穿着花衬衫的中年男子交谈,那个男子似乎手上拿着几张照片给那半老徐娘看,两人脸上都有着淡淡的笑容;再翻其他几张,都是一副场景,走进或离开,不过有一张特写,是男子手中的照片,虽然很小,但是依然能够看得出来,正是傅小乔发炎过后的胸部,背景似乎是医院,虽然因为是偷拍的,角度不是很好,但是依然显得很恐怖。

我又翻了一下文件记录,其中有一份银行的流水清单,分三部分,支出金额总共有一百二十万元。

我不明其意,问傅小乔这些都是什么。傅小乔指着照片上面的那个女人,说这个就是她男朋友那个感情破裂了的老婆。她当天从我这里回去之后,立刻通过她的朋友潘黎,找到了本市私底下最好的侦探公司——"闲人"事务所,进行这件事情的调查。那家事务所在东官,相当于李永红的金星公司在风水咨询行业的地位,属于龙头老大。不过因为从事的业务多属于灰色行业,并不能够得到国家的认可,也只是地下产业,名声多为江湖传闻,内部圈子的交流而已。不过到底是一流的侦探事务所,他们当天就出动了最精干的外勤人员,携带最专业的设备,通过蹲守、监听、偷拍以及黑客手段,在两天之后,也就是一个半钟以前,把所有的证据,都收集完成,移交到了她的手上来。

这个世界上,没有永恒存在的秘密。

傅小乔指着照片上面的那个男人,告诉我,这个家伙是南方省的一个地下掮客,专门揽这种打击报复的活计,那个黄脸婆就是通过他联系的降头师。她并不知道,是听闲人事务所的高级侦探员说的,后来她回忆,这个男人确实有跟她坐同一班飞机到达新加坡,后来在马来西亚,也仿佛见过几次面。

至于这些文件,账单是支付掮客的酬劳,分三次,分别是事前、实施中以及昨天下午。而录音则是他们两个人交易完成的时候,交谈的话语是用一种高科技手段收集到的,通过信息还原,虽然有些失真,但是依然能够明白整个的交易过程。

傅小乔的情绪有些激动,她泣不成声地指着照片上那个女人,哭诉说这个女人实在是太恶毒了,一百二十万啊,她居然花了这么多钱,就是要把我整成这个样子,夜夜噩梦,这个该死的黄脸婆,她真的是要下地狱了!天啊……

听到傅小乔的哭诉，我没有说什么话，只是沉默。

这个世界上的人，很多都是自私的，只知道从自己的角度去思考问题。傅小乔被下了降头，变成了这般模样，当然值得可怜，但是她破坏别人家庭，当了小三还理直气壮。带着别人的老公去南亚和南印度洋旅游一个月，她何曾想过一个作为正牌妻子的感受呢？当然，在这里面，最可恨的，便是那个从来没有露面的男人，如果不是他贪图欲望和虚荣，他的妻子就不会成为恶毒的买凶杀手，而这个名校毕业的校花儿，也不会变成如此模样，随时都会凋零。

不过作为开门做生意的事务所，有时候虽然并不认同客户的观点，但是也不能够随意地站在道德制高点，按照自己的情绪去判断问题。便比如关知宜，她的行为令人发指，但我所能做的也仅仅是给她解脱缠扰，并且劝其向善，不要再造冤孽。我们不喜欢别人左右自己的命运，那么也别随意裁决别人行为的对错。

大家所要做的，只是让事情朝着一个好的方向前进而已。这是人生哲学上面的力量和心法，这样才能够不让自己的人生陷入失控、走火入魔的状态。

傅小乔哭诉得差不多，收敛了好一会儿情绪，问我她现在该怎么办，是应该报警，去将那个恶毒的妇人抓起来，还是直接去找那恶妇，让她把那个降头师给弄过来解降？她有些六神无主，不知道如何是好。我问她，那个男人知道这件事情吗？她摇摇头，说不敢告诉她男朋友，她害怕……

我叹气，两个人在一起，除了爱欲，更多的是能够相互依靠，依偎在对方的温暖中。傅小乔害怕这个，说明她对自己的优势和劣势清楚得很，知道倘若那个男人知道了这件事情，看到她现在这副模样，十有八九是会抛弃她。

看到她现在这副一点儿安全感都没有的样子，我叫过雪瑞来，让她帮忙瞧一瞧，看看她在蛊丽妹那里，到底学到了多少本事。与此同时，我打电话给东官局的曹彦君，让他帮我调取一下那个叫做黄一的掮客所存档的资料。像这种恶性买凶事件，不管是他们，还是警察，都是要管的。

我本以为雪瑞见过了她师父蛊丽妹地下那恐怖的虫池，心理承受力应该会强大很多，然而电话没有打到一半，便听到一声让我耳膜震动到要失聪的尖叫声，从那个丫头片子的喉咙里吼出来。

过了好几秒钟，电话那头的曹彦君焦急地喊叫，陆左，陆左，你没事吧？我回答他说，没事，这里有个姑娘在练嗓子。呃，这个东西什么时候能够搞好？曹彦君告诉我没问题，他马上带队过来，并且通知下去，让人把那个掮客尽快给找出来。

我回过头来，看到惊魂未定的雪瑞都已经退到了自己的办公桌旁去，而傅小乔则一副无奈的表情看着我，似乎对我介绍雪瑞时的话语，十分怀疑。

我并不理会她的质疑，而是对着吓得小心肝儿直颤的雪瑞问道："你的青虫惑，能不能够将她胸口的这些虫蛆给割裂出来，并且将余毒清除？"

雪瑞脸吓得雪白，捂着胸口，好一会儿都没有回过神来。看着她这副模样，我才意识到虽然雪瑞会越来越厉害，但是这个才十八岁的女孩子，依然有着柔弱的时候，她或许见过了各种狰狞恐怖的毒虫蛇蚁，但是对类似于莲蓬乳这种极具视觉冲击的东西，依然不可能淡定。

小妖和朵朵两个调皮鬼在沙发旁边，捂着眼睛，幸灾乐祸地咯咯直笑。

好几分钟后，雪瑞回过神来，深吸了几口气，告诉我，说她的青虫惑重在精神幻觉，而不在于对虫蛊的压制，虽说殊途同归，但是终究走的是两个不同的路子。不过既然是蛊虫出生，天性就会有一股子斗性，让它来试试，也未尝不可。

说罢，她让傅小乔来到了会客区的沙发上面坐好，唤出青虫惑，然后将这条小青虫放在了傅小乔那满是深深黑孔的胸脯上面。

为了不让傅小乔尴尬，我并没有上前去观摩过程，而是打开电脑，将我整理在里面的《正统巫藏—携自然论述巫蛊上经》，细细地看，试图能够找出一些线索来。大概半个小时，我差不多草拟好了两副方子，一副用作驱杀虫蛆，一副用来温养身子。这些均需以那母刺猬作药引子，如果能够持之以恒地进行，或许能够活个三年五载。

这会儿雪瑞也忙得满头大汗，招招手，要我过去瞧瞧。

小妖推着我来到了沙发前，只见事先准备好的钢化托盘上面，有上百条指甲盖儿长的蛆虫死去，密密麻麻的，而那条青虫惑则爬在傅小乔满是黑色孔洞的胸口吱吱叫唤，那白嫩的肌肤上面流下了一道道黄红色的印迹，皆为脓血，还有几条蛆正在青虫惑的指挥下爬出来，跌落到雪瑞单手拿着的托盘里。想到这些虫子都是从肉里面爬出来，那种诡异的摩擦和爬动的感觉，我就浑身直打哆嗦。

一阵腐臭的气味飘散，雪瑞的嘴唇咬得发白。她告诉我，这里面的虫子基本已经清除了，但是附着在肉里面的蛊毒，却难以消除，这些东西已然配合着傅小乔的身体，生生不息了。如果不能够找到方法解降，或者如同我以前救治她一样使用金蚕蛊吸取余毒，只怕不出三五天，还会复发。

我点了点头，我们目前的方法已经用尽，真拖个三五年可以，彻底治愈，还需要找到真凶才行。

傅小乔胸口的蛆虫被掏了个干净，感觉浑身都轻了几斤，好一会儿精神才回转过来，整理衣物。我给了她那两个方子，让她暂时先用着，维持性命才是。

曹彦君大概是晚上六点十分到的茅晋事务所，见到了傅小乔的情况，又确认了证据，决定带着她去那个买凶的妇人家中去，直接会面。曹彦君问我要不要一同前往，毕竟我对这东西很熟悉。我想了一下，觉得自己回去也放不下心，还不如一同前往，于是带着两个朵朵、雪瑞和威尔，跟着去了现场，查探一番。

至于杂毛小道，他下午的时候出差去了洪山，帮郑老板解决厂子里的问题，便没有一同前往。

第十二章　大妇

　　傅小乔的男朋友叫马炎磊，是做男装生意的，早年先就有好几个厂子，后来又发展成一家贸易公司，家大业大，产业遍布南方、东官和会州市等地。不过算起来，他还是在会州发的家，故而家也安在了会州市会城区一处知名的高档别墅小区，而我们所要找寻的那个买凶者，也正在那儿住着。
　　曹彦君通过电话联系了会州那边的同事，然后叫了两辆车，带着我们前往。
　　东官离会州的距离并不算远，道路通畅，我们只行了两个多小时，便来到了那片别墅小区前。在出示了证件之后，我们很快就来到了马家，并且顺利进入了马家的别墅里。在这个家里面，除了马炎磊的正妻汪若阳之外，还有马炎磊八十多岁的老母亲和两个小孩，一个十五岁的女孩儿，一个八岁的小男孩，虎头虎脑，十分可爱。
　　至于马炎磊，还真的如傅小乔所言，去法国参加一个外贸交易会，还没有回来。
　　马太太和照片上面一样，是个体态优雅、享惯优裕生活的主妇，而且聪明。当见到我们这一群人持着证件涌进来，又看到人群后面脸色苍白的傅小乔时，她便已然知道了我们的来意。不过她并不惊慌，而是将我们请到了一楼书房，然后把家里面的老人好声安慰回房里，又叫来阿姨，把孩子给哄去写作业，张罗完这一切，她才回到书房里去，亲手给我们沏茶。
　　为了照顾老人和小孩的情绪，我们一直默默地等待着马太太张罗完这一切，并没有发言。
　　书房里，给我们请完茶之后，马太太淡淡地看着双目喷火的傅小乔，然后看向我们，说，怎么，你们是过来逼宫，让这个小三转正的？她的嘴角含着笑，而傅小乔一下子就怒火中烧了，站起来，指着马太太的鼻尖怒骂，好狠毒的婆娘，你倒是还有脸笑？我被你弄得不死不活的，你还有脸笑？我要是死了，你一定要给我赔命！你不得好死……
　　马太太很无辜地看着面前这个歇斯底里的女人，然后看向了曹彦君身穿制服的同事，说，我想知道，你们这一伙人闯入我的家中，然后把我丈夫在外面养的野女人也带进来，到底是怎么回事？
　　我只是一个看客，并没有说话，曹彦君是此行的头头，坐在木椅子上面的他用骨节轻轻叩动茶几，发出"叩叩、叩叩"的动静来。看着有恃无恐的马太太，曹彦君笑了，说，马太太，你自己心里面其实清楚我们的来意，又或者你信服黄一的名声和保证，不过你可能不知道我们到底是什么样的一个部门。任何人，只要做了坏事，在这

个世界上就会留下印迹，我们便可以帮你还原出来。

他盯着马太太的眼睛看："你的孩子很可爱，你现在坦白，我算你主动自首。若不然，孩子以后可能就没妈了……"

马太太眼睛不由自主地往下瞅，这是人下意识紧张的表现，虽然她又迅速抬起头来，说不知道我们在说什么，不过此时看她的表情，感觉似乎做贼心虚的成分更多一些。

毕竟不是电视剧皇宫里面那些工于心计、擅长宫斗的娘娘贵妃们，马太太本来十足的信心，很快就被曹彦君这厢的沉默打破了。

见马太太咬着牙不承认，已经掌握确凿证据的曹彦君也不跟她绕圈子。十秒钟过后，开始将傅小乔从侦探事务所里获得的证据，给一一摆弄出来。到底只是一个在家侍弄孩子、老人的家庭妇女，在这些确凿的证据面前，马太太在嘴犟了几次之后，再也不复一开始的那种淡定，崩溃了，身子躺到黄花梨木椅上面，号啕大哭，大声喝骂着自己负心的丈夫，以及勾引她丈夫的狐狸精。

曹彦君的功力或许不如集训营之前的我，但是刑侦审讯方面的本事，却甩我好几条街。马太太全面崩溃之后，他便连哄带吓，循循善诱地盘问起马太太的犯罪过程来。

抛开降头之事，这个案子其实就是一起最简单的买凶杀人。据马太太交待，她是在某会所通过中介，找到的那个叫做黄一的掮客，在网上经过一番交谈之后，她约了黄一在现实中见面。黄一是一个很好的推销员，将他以前的一些案例吹得天花乱坠，在得知马太太"生不如死"的要求，以及她丈夫即将携带者小三前往东南亚之后，他竭力推荐这种降头的方法。其恐怖之处，令人发指，不过正中了心中嫉恨得发狂的马太太下怀，马太太当即同意了，要求分三步走账。

她满心怨毒地期待着那个女人陷入无尽的恐怖深渊。终于，在昨天，她得到了关于傅小乔受到降头折磨的躯体照片，心中欢喜如同炸开了一般，然而随之而米的，却是恐惧。看到那恐怖的图片，她昨天晚上彻夜未眠，出了一身又一身的冷汗。

黄一却很肯定地告诉她，事情做得很隐秘，根本不会牵扯到她头上来的。只要她将自己这边的账面弄平，就绝对不会有问题。即使有人过来盘查，一概当作不知就好。黄一这般信誓旦旦的话语，马太太信以为真，就等待着丈夫发现小三那恐怖的模样之后，回心转意。她开始憧憬起丈夫回到她身边，各种幸福的场面，一时间却又淡忘了担忧。

从某种意义上来说，马太太是一个很不错的女人。她作为马炎磊背后的女人，媳妇、母亲和妻子，这三个角色她饰演得很好，辛苦地操持着这个家庭，孝敬婆婆，教育孩子。她最开始的动机，只是严惩一下那个让自己丈夫迷恋的第三者，以表示自己的存在。

她愤怒爆发的临界点，就是马炎磊和傅小乔那一个月甜蜜而温馨的度假计划。当偶然得知这一个消息的时候，马太太觉得不能够再忍了，她必须作出反击，让那个第三者得到应有的惩罚。不过真正让这件事情变得残忍的，是那个叫做黄一的掮客，他如同一个恶魔，为了从客户的钱包里掏出更多的财富，他主导和策划了这场耸人听闻的降头事件。至于那个给傅小乔下降的降头师是何许人，马太太则一无所知。

马太太要受到什么样的惩罚，那该是由法律去制裁，现在我们所想要知道的事情是，黄一在哪里？

谈话期间，马太太的电话响起，是她远在法国的丈夫马炎磊打过来的，这是她在卧室休息的婆婆慌张通知了自家的儿子。曹彦君接的电话，将他妻子涉嫌买凶杀人的情况简单做了说明，更多的内容，要当面才能够知晓。马炎磊显然并没有像傅小乔所说的一般，与妻子的感情破裂，他很关心妻子的事情，并表示他马上订最近一期航班，立刻赶回来，并通知他的律师，在此之前，他的妻子有权保持沉默。

所谓有权保持沉默，等待律师在场这些话，并不适用于我们的国情，很快，马太太交待了她与黄一的联络方式，是通过 QQ 来完成的。

懂程序开发的朋友应该知道，这个联络方式并不安全，很容易被人肉到。不过我们急于找寻到黄一，并没有多少耐心，于是让马太太谎称这件单子还有一些首尾没清，约他来见面，因为怕财货两清，黄一不理，还说有朋友也很感兴趣，如果合作愉快，还有新的生意。

采用这种钓鱼的方法，马太太很快就和黄一取得了联系。这个掮客似乎很注重自己的名声，对于售后服务这一块儿相当重视，回复也很快。不过他终究是一个谨慎的人，提出了很多刁钻的问题，以确定马太太目前的情况，甚至还开了视频，要求确认。不过道高一尺，魔高一丈，曹彦君这帮人都是玩弄人类心理的专家，一一化解，最终马太太与黄一确定了在次日早上，于上次约见的星巴克咖啡厅见面。

好吧，黄一这个家伙还挺有小资情调的，这种隐秘的事情，居然约在那里见面，果然奇葩。

在结束了与黄一的钓鱼行动之后，马家被正式封禁了。我们向她的家人进行了沟通，让他们知道，如果马太太能够戴罪立功，在判刑方面，会从宽处理的。尽管如此，马炎磊母亲还是把傅小乔骂了一个狗血喷头，场面一时失控。

这里的事情有曹彦君他们收拾，雪瑞和我便不再参与后续的过程，在威尔的带领下，我们在附近找了一家酒店住下。一夜无话。第二日，见不得阳光的威尔留在酒店，我与雪瑞前往约定的星巴克咖啡馆。在那里，我第一次喝到蓝色美人鱼标志的正宗香浓拿铁，以及松软香甜的巧克力蛋糕。不知道为什么，我并不觉得像是一次抓捕行动，反而更像是一次约会。

是我想多了吗？

好吧，我想多了……

第十三章 文身

  我之前还疑惑黄一为何会选取星巴克作为交易的场所,然而当雪瑞推着我来到这家位于商业中心附近的咖啡厅的时候,我才真正了解到其中的便利——人多、通畅。这家星巴克咖啡厅在一栋大厦的二楼,东西南北,加上员工出入通道,足足有五个出口,而且外面人流又密集,四通八达,熟悉这附近环境的人,很容易就能够借助这错综复杂的地形,浑水摸鱼,脱身而出。而且,人来人往,想要设伏于此,也十分不便利,容易暴露行踪。

  小妖平时就是一副明眸皓齿、俏丽萝莉的模样,出入于这种场合,似乎有些突兀,于是她分到了一项任务,去守住前往三楼购物中心通道的出口。除了我们之外,曹彦君的人也出现在这附近,各自蹲守,相比我们,他们才是真正的专业人士,驾轻就熟,往那里一站,怎么看怎么像路人。不过我们倒也不错,大风大浪都经历过了,现在这点事情,还真的跟玩儿一样,所以我更多的注意力,都集中在了咖啡和甜品上面。

  见我吃得不亦乐乎,雪瑞嘴角含笑,她搅动杯子,轻轻含了一口香浓的拿铁,让这香味融化在自己的唇齿之间,然后偏头看我,说,陆左哥,问你一个问题。

  我说,好,啥事儿?

  她抬起手,指着我脑门子上面那个淡淡的蝙蝠印记说,你这是什么东西?为什么我会觉得有种不祥和厌恶的感觉?我揉了揉脑门上面的血族诅咒,说,这个啊,我杀了一个西方传说中的吸血鬼,然后就被诅咒了,解开这个东西有些麻烦,不过好在并不用很担心,一则国内少有西方这些乱七八糟的东西出现,第二就是威尔通常都会守护在我的身边,他对同类的出现十分敏感,也可以起到预警的作用——哦,你应该知道威尔岗格罗的身份吧?

  雪瑞点头,说国内确实少,但是在美国,她听师父说过,也亲眼见过,虽少,但并不稀奇。

  也是闲聊,我说我也有一个问题啊。

  雪瑞点头说,你问嘛。我伸出手掌,半握,说当初苗家汉子熊明送到人其力,给你的那个咒灵娃娃呢,几天了都没有见那个小东西露面。她说哦,吉祥跟小青有一点儿不对路,而且它不喜欢白天,所以就扔在了现在住的宾馆里。每个像它们那样的独立个体,都有很强的地盘意识,彼此不相容。你是怎么让你的金蚕蛊、朵朵和陆夭夭和平相处的啊?

我耸了耸肩膀，说我也不知道，都说小鬼善妒，但是朵朵却善良如雪；其实要说地盘意识最强的，应该就是金蚕蛊吧，不过它就是个傻乎乎的二愣子，又很喜欢朵朵它们，所以并不会有你的这种问题出现。

我们轻松地聊着天。清晨的星巴克里有上班匆匆的白领，也有穿着情侣装过暑假的大学生（或许是中学生，从身材发育上面我表示看不出来），以及其他人等。这儿生意很好，不过等过了上班高峰期之后，座位倒也还算是宽松了。

马太太大概是八点半到的这里，点了一杯咖啡，局促不安地坐着，也不喝，两眼无神地看着前方。

因为有黄一的照片，所以我总是不经意地打量，看看那个家伙是不是早就已经到达，只是在这附近观察而已。雪瑞更加专注于我们之间的聊天，身怀天眼的她，能够在任意时间，将对手看个通透，并不需要如我一般。

我们谈雪瑞入缅学艺的事情。雪瑞告诉我，说她师父蛊丽妹长得极美，但是不常露面，通常都是那个垂垂老朽的蛊丽花陪伴着她。谈及新认的师父，我感觉雪瑞心中畏惧的成分，似乎比崇拜、尊敬要多得多。不过我也能够理解，一个整日把自己包裹于白茧中、又浸泡虫池里的女人，很多时候，我们都不能够用人类来形容她。

粗略估计下来，蛊丽妹的年纪已经超过百岁，然而我记忆中却只是一个年仅双十的绝世美女。所以说，巫蛊的神奇之处，还真的不是一般人所能够理解的。

太多的细节，雪瑞也不太敢跟我提及。不过"士别三日，当刮目相看"，她在缅甸那些日子里，收获确实很大。我与她交谈的过程中，也为她丰富的巫蛊学识所折服，言之有理、言之有物，当真是学了不少。

大约九点钟的时候，雪瑞抬起手来拍了拍我，说不要回头，那个黄一来了，化了妆，沾了胡子，模样改变不少，看来他还挺谨慎的。我没有回头，拿起桌子上面的瓷杯轻轻喝了一口。在我的余光中，一个身型魁梧的男人从我的身侧走过，正大步朝着马太太旁边的位置走去。

我不经意地扭头看去，只见马太太露出了慌乱的表情，十分不自然，就像学生在课堂上开小差被老师抓到了一般。我心道不好，只见那个男子开始折转方向，朝着西边的那个出口大步走开，很快就走到了门口。

这变故十分突然，直到那人就要出了门口，我才反应过来，而此时曹彦君已经从角落中冲出来，协同几个同事冲向了那人。我是个伤员，本就是个看戏打酱油的角色，只能干着急；不过雪瑞倒是身形一扭，蝴蝶一般穿梭而过，朝着西门疾奔而去。

那个黄一也是一个练家子，身手灵敏得很，领先所有人一步，已然风一般地冲出了玻璃门。然而很快他又回来了，而且还是倒飞回来的，胸口上一个小小的脚印子。

在咖啡厅的顾客眼中，一个穿着素雅的马尾少女出现在了门口，根本不作停留，前走两步，将还在空中的黄一拽到了地上来。在她面前的是一个缩成了大虾状的络腮胡中年大叔，不过马尾少女还不依不饶，她精致得过分的脸蛋儿上面满是愤怒，将这个中年大叔的衣领揪起来，然后小手开始扇耳光，啪啪啪，又重又疾，没两下，这可怜的掮客妆容尽毁，假络腮胡子被扇得满地都是，一缕一缕，露出了一张丑陋的马脸来。

我勉力推动轮椅过去，只听到小妖一边扇耳光，一边骂，坏人，打死你……

黄一口鼻之间尽是血沫子，眼睛翻白，可见小妖并不只是在跟他开玩笑，而是用了真力气。曹彦君等人在旁边劝着，却拿这个火爆少女一点儿法子都没有。中国人爱热闹的天性是永恒的，旁边围了一大圈闲人，看着这个马尾少女，都觉得恐惧，曹彦君和同事不得不出示了证件，表示清白。

我上前去，拉住小妖的手说，好了，干吗下这么重的手？

小妖捂着胸口，说人家和朵朵看到那东西，做了好几天噩梦，就指着打他撒撒气呢。我愕然，这两个小东西还能做梦？梦这东西，不是纯粹的潜意识大脑反应吗？我拉着她的手，说我们还要回去审他呢，留一口气。小妖噘着嘴巴说，那我也要喝拿铁咖啡，我也要吃巧克力蛋糕，我还要……

我忙不迭地点头答应，让旁边的雪瑞赶紧去给这小祖宗点过来，免得她又爆发了。完成了这次抓捕行动，我们赶紧逃离咖啡厅，以免被人围观。小妖并不满意，拿着打包的东西，说一点儿气氛都没有，感觉东西也变难吃了。我总感觉她是在为我们刚才把她安排守西门而不爽，不过也不敢冲撞这小祖宗，好言相劝。

曹彦君没有将黄一押回东官，而是让会州的同事就近安排了一个地点，然后开始审问。和预想当中的一样，黄一是个十分熟悉规则的老油条，他比马太太的心理素质，至少要高好几个等级，他拒不承认自己所犯下的罪行，并且声称根本就不认识马太太，也不知道我们为何要抓捕他。他熟谙法律，引申各类法律条文来给自己作辩解，并且声称他的律师没有到场之前，他所说的每一句话，都不会签字画押的。

曹彦君他们见多了这样的家伙，并不着急，气定神闲地慢慢消磨着，然后将手中获得的证据，一点一点地放出，准备击垮黄一的心理防线。

然而黄一却扬扬得意，他指出这些偷拍的照片，跟他本人根本就不像，至于所谓录音，这些技术还原后的声音完全失真，这些偷偷收集的东西，哪里能够作为证据去上法庭？至于银行账单，天啊，他的银行账号可不是这个，不带这么诬陷人的。

这家伙做得缜密之极，与马太太会面的时候也化了妆，至于流水账的接收账户，户主叫做冯建虎，而钱早已经被转到海外账户了。我们之前查过那个叫做冯建虎的人，是一个普通的外来务工者，而那个账户显然是被盗用身份证给办的。

虽然我们都可以肯定黄一的罪行，但是由于这个家伙的谨慎和油滑，证据链根本就形成不了，所以这个家伙有恃无恐，拒不交待所有的罪行。不过他显然低估了我们的手段，在最后，曹彦君脸色一变，忍不住将拳头捏得咔咔作响，而雪瑞则提出由她来想想办法。曹彦君同意，并且开始清场，而一直在旁边的我眉头不由得一皱。

我看到黄一的脖子左侧后，居然有一个黑色的人面蜘蛛文身。

第十四章　报应

在雪瑞开始之前，我叫曹彦君把黄一拉到审讯桌前趴下，低下头仔细观察。

这黑色的人面蜘蛛文身活灵活现，跟我以前在缅甸所见到的那个身手不错的女刺客，以及大其力湄赛河畔上的情报掮客差猜身上的，几乎是一模一样。据我所知，拥有这样文身的人，多半都是契努卡的成员。契努卡是东南亚黑巫僧和降头师的联合团体，这个由博罗尊者领导的组织是一个强大的泛国际联盟，在泰国、缅甸、越南、马来西亚等地都有着很大的势力，威尔以前的狱友巴通，便是其中的成员。那个巴通可是能够肉身悬浮的班智上师的师弟，也是能够凝聚佛光的一流高手。

我本来以为此次前来，只是一件小事情，只是帮傅小乔解开降头，恢复健康而已。然而如果黄一跟契努卡联系上的话，那么这里面的情况就变得复杂起来，只怕还会牵连到很多水面以下的东西。我拉过曹彦君，将这里面的关系跟他讲清楚，曹彦君脸色凝重，咽了咽口水说，这个家伙真的大有来头？我摇摇头表示不知道，这个要等待雪瑞的结果，如果真的是，那你这次可又要立大功了。

审讯室里人都清得差不多了，连曹彦君都被雪瑞撵了出去，就剩下坐着轮椅的我、小妖和雪瑞。黄一被反扣在了椅子上面，正在用一种仇恨的目光打量着我们。我笑了，说，看毛线啊，出来混都是要还的，你当初赚钱赚得爽利，但有没有想过受者会是一个什么样的心情呢？我知道你有些本事，不过你也看到了，就你这点吃饭的本领，这里谁不比你厉害十倍百倍，你这一番掩耳盗铃，好像别人就拿你没有办法似的。

黄一故作镇定地说，我是无辜的，你敢拿我怎么样？如果你敢刑讯逼供，到时候我出去了，一定投诉你，并且发动所有的社会力量，让你们名声扫地！

我摇摇头说，你越是这样，说明你的心里面越是虚。在这个行当里混了这么久，想来你也是见过了很多恐怖的东西，不过不知道，你有没有亲身体验一下那种绝望的滋味呢？放心，你不会有活着出去，到处煽风点火的机会的。

我们这边说着话，雪瑞已经背过身去，将那条青虫惑给唤出，平托在了手心上。根本不用吩咐，小妖朵朵便将黄一给一把推到了审讯桌前，脑袋摁在了桌面上，雪瑞将手上蠕动的青虫惑放到了黄一的面前，那条小拇指粗细的小东西开始缓慢地爬行，爬过雪瑞春笋一般细长的指尖，爬到了黄一的鼻梁上面，然后沿着他的脸庞，慢慢爬到了额头的位置。

这个过程十分缓慢。青虫惑有无数双触脚，在脸上爬行的触感也有些恐怖，而我则在旁边缓慢地说道:"正如我所言,你总是喜欢把痛苦加诸别人身上,但是从来没有想象过自己会面临这样的恐惧。被这虫子爬过,你的身体里也即将生满肉眼所看不到的小虫子,它们吃你的血肉,然后将你发大的神经系统给慢慢撩拨,让你受尽比别人更多的痛苦——你看,我们并不需要什么证据,只是让你得到报应而已……"

黄一的脸色铁青,当青虫感盘踞到他的额间印堂之时,他终于忍耐不住了,怨毒地盯着我说道,我们上面会为我报仇的,小子,我死得有多惨,你就有多惨!

我笑了,说,关我毛事啊?抓你的是有关部门,而我们只是路过的无关人等,怎么查也查不到我们头上来啊?再说了,这个世界,谁会闲得无聊,为了一个死人去跟偌大的有关部门纠缠不休啊——躲躲躲不及呢,不得不说,你还真的是幼稚啊。

听到我的这一番话语,黄一气愤地大吼一声:"啊……"然后双眼呈现出了白色的瞳孔来。

他吓昏过去了。

我和雪瑞对视一笑,击掌庆贺。

在我循循善诱的威胁,以及青虫感乘虚而入之下,黄一昏迷醒转,开始老老实实地交待起来。

黄一是南方省道上比较著名的掮客,也是一家讨债公司的业务合伙人。他平日里最多的业务,也不过是讨讨债、处理一些商务纠纷,以及盗窃商业机密的事情,下线有十来个处理相关业务的人,是合作关系。他负责招揽业务,然后从中抽成,二十多年厮混下来,手底里倒也有几个有勇气杀人的汉子,也就是所谓的职业杀手。

黄一是在2006年的时候,经过一个客户介绍,认识了一个泰国的胖子。那个胖子也是一个情报掮客,却是个名动一方、只手遮天的人物。然后在以后的接触中,他开始逐渐地折服,而那个胖子又有意拓展在中国区的势力,故而介绍他加入了一个叫做"契努卡"的互助会组织。

自从加入契努卡之后,黄一的业务开始得到了很大的拓展,他其至已经可以挑战南方省 些老牌的会所,成了地下世界里炙手可热的金牌掮客。很多本地人无法完成的任务,他都可以从契奴卡找到足够厉害的高手,过来将这些事情完成。

不过黄一并不是单纯的契奴卡成员,当他开始逐渐地接触到普通人视线之外的东西时,另外一个叫做厄勒德的组织开始进入了他的视野。那个组织不比契努卡这种松散联盟,管理很严苛,有着明确的目标和级别体系。因为厄勒德的潜势力很大,而且它的目标耸人听闻,让人心生向往,所以他跟厄勒德也有着一定的业务往来,算是外围人物。

如此说来,黄一倒是一个多重身份的家伙。

这次给那个叫做傅小乔的女人下降,他是亲自跟的,主要还是因为马炎磊的身家丰厚,有很多重复挖掘利用的可能。为了自己的野心,黄一需要狠狠地干上一笔,所以马太太一开始出现,他便开动脑筋,想着有没有侵夺马家资产的可能。所以即使这次马太太没有约他，他也会另外找来，施展各种手段，尝试将马家的财产给生吞下来。

至于给傅小乔下降的降头师，则是通过那个叫做差猜的泰国胖子联络的，马来西亚人，在南亚一带也算是个厉害角色，而且为人很实际，只要给钱，什么都敢干。

我问黄一知不知道如何解降，他摇头说不知道。对于一个降头师来说，除非是衣钵相承的师徒，即使是至亲之人，都不会将这个秘密告知别人的。因为很多东西，就如同魔术一样，没有揭穿时神奇得一塌糊涂，但是将谜底公布出来之后，原来并不如我们所想象的那般复杂。再有，像傅小乔那种情况，虫入肉中，除非是降头师吟诵特有的解脱咒，耗尽精神断绝蛊毒的孳生力，不然，光是用药物，只怕很难奏效。

……

整个过程，黄一都处于一种梦游般的状态，这是青虫惑在起作用。十年为蛊，百年为惑，雪瑞的这条青虫子还是有其独到之处的。当然，这也是黄一精神陷入崩溃的时候，才能够有如此的效果。

我们这边弄清楚之后，把曹彦君叫过来，问是不是让黄一把那个降头师给引到国内来，这样子也好进行抓捕工作，总比万里迢迢地跑过去的好。曹彦君问黄一现在能不能够接受控制，不要到时候反水，功亏一篑。

我看向雪瑞，而她则摇摇头，说不会的。惑分为两种类型，一种是短暂的迷糊，还有一种，是潜意识里面的植入。现在的黄一既然已经有了恐惧，那么就很难做出抛弃掉自身安危的事情。

我听得寒冷，这能够控制人意志的虫子，果然是让人害怕的存在。

审讯完毕，曹彦君有很多事情需要处理，我便不一直跟随。在此之前，黄一已经联络到了那个降头师，用高额的酬劳将其诱骗到国内来，准备配合进行抓捕。

在傍晚的时候，马太太的老公、傅小乔的男朋友马炎磊来到了局子里，探望被关押着的老婆。

我发现这个儒雅的中年男人脸上并不是焦急，而是怨恨。这种怨毒的眼神，让人想到了恐怖片里的恶鬼，看着有些毛骨悚然。然后，我发现了一个很奇怪的地方，七月的南方省炎炎夏日，然而马炎磊却戴着一双黑色的皮手套，也不嫌热。我若有所思，果然，在曹彦君与马炎磊的会面中，这个中年男人跪倒在地，拉着老曹的手哭泣，说他也被感染到了，求求政府帮忙给他一并治疗。

曹彦君有些疑惑，看着这个成功人士打扮的男人，问，你是哪里感染了呢？

马炎磊缓缓取下了戴在手上面的皮手套，伸出双手，我眯着眼睛瞧过去，只见在他的双手指尖处，十根手指，竟然有六根都已经开始溃烂，浆汁横流，露出了里面黄色结垢的烂肉来，里面空空如也。

第十五章　印记

　　马太太在得知自己丈夫也被那人皮蝇蛊虫所感染，手掌皆废之后，几乎崩溃。

　　其实马炎磊跟他太太汪若阳的感情还可以，两人是患难夫妻，从一贫如洗的时候共同走过来的。不过马炎磊这个人比较花，或者说男人有钱就变坏，在外面就喜欢勾搭女人。而马太太呢，又是一个很容易妥协的女人，为了家庭和子女，也常常是睁一只眼闭一只眼，百分忍让，只要马炎磊不要闹得太过分，都当作不知。

　　不过说实话，抛下老婆孩子去度一个月的假，也难怪他老婆会突然爆发，去找来黄一这样的祸害。

　　傅小乔、马炎磊和马太太汪若阳现在的关系变得十分微妙。傅小乔和马炎磊同病相怜，又相互嫌弃，汪若阳是马炎磊的正牌妻子，但马炎磊对自己的老婆恨之入骨，而汪若阳对自己将马炎磊害成了这副模样又内疚不已……

　　曹彦君请示了上面，将黄一和马太太汪若阳带至省城，至于傅小乔和马炎磊，因为并没有触犯什么法律，便让他们各自离去，等候通知。

　　我不理这两人见面是如何嘘唏，给他们留下了联络方式，让其先回去静养，而我和雪瑞则会合威尔，搭车返回东官，等那个降头师的消息。回来的路上我一直在想一个问题，那就是什么是爱情呢？这三人之间的感情，到底算是什么？如果马炎磊能够稍微收敛一些，懂得尊重一下自己的结发妻子，那么这些惨事是不是就能避免，不再发生了呢？

　　一切都不得而知，时间滚滚朝前，永远不会停歇。

　　会州离东官很近，我们下午就回到了事务所。杂毛小道见我回来，招呼我到他办公室坐。我推着轮椅过去，他给我倒了一杯茶，说辛苦了，你身体都成这个样子了，还到处乱跑，真的是拼命啊，至于吗？

　　我笑了笑，说今天倒是大开了眼界。然后把今天发生的事情，一一说予他知晓。

　　杂毛小道皱着眉头说，真黑，怎么哪儿都有邪灵教的影子。

　　随后，他跟我谈及这两天所遇到的事情。他昨天去洪山，给上次我介绍的郑立章郑老板看场子。这件事情我记得他跟我说过，这个郑老板身上有一股子血光之气，印堂又发黑，说明是中了小人算计，究其源头，还是因为三月的那几瓢大粪。杂毛小道已经约了时间，帮那个郑老板给清除邪气，神清气爽，又说了诸般注意事宜，以及破解的法子，避开了降临到头上来的灾祸。至于洪山的厂子，杂毛小道却是第一次去瞧。

他告诉我，之前萃君帮他们布的汇聚气运的风水局，被人破了，大吉变大凶，往日气运如虹，财源滚滚，如今惹祸招灾，霉运连连——其实风水一说，不过是联系天地万物的规律，但凶煞凝结过多，总会使量变引发质变的。他忙前忙后，布置了一个"三合寅火纳甲局"，好歹将这股邪气给压住，一直到了今天早上才回来。

如今局势也算是扭转了，不过那祸害郑老板的家伙，却不知道到底是谁。

郑老板分析了几个有可能弄这事儿的仇家，除了当年经商时候的老对头，还有的便是现在的竞争对手。如果是竞争对手，那么用这招数也未免太下作了。此事并无结果，杂毛小道只因为是我当日点头答应的，所以才会跟我谈及这些。我们又交流了一些，比如我额头的血族诅咒，比如三叔此刻的伤势，比如追杀周林的消息，还比如我们在青山界共同的战友小周……

我那办公室几个小女子叽叽喳喳吵得很，我便赖在杂毛小道这里，熬到了下午。

又过了几日，曹彦君打电话给我，说那个给傅小乔下降的降头师，已经来到了国内。但是那个家伙很小心，并没有告诉黄一太多东西，只是说最近几天，会过来找黄一的，到时候电话联系。他告诉我，最近局里面抽调高手去了南海，腾不出人来盯着他这边，问我能不能过来，给他帮帮忙，镇一镇场子。

我思索了一番，想着好人做到底，送佛送到西，这件事情既然我已经参与了，恐怕也是因果。若我推托，倒是落入了下乘，便说好，要我到哪里去？

曹彦君说他主要是需要一个懂蛊毒降头的专家在场，免得到时候被那个家伙给阴了。越快越好，我派人过来接你吧？哦，对了，最好还是带上你们事务所里面的那个雪瑞小姐……

当天下午我跟雪瑞赶到了会州市区。这次威尔并没有跟随，作为一个血族，他每个星期都需要沉眠两天，这是雷打不动的惯例。曹彦君派了人过来接我们，很快就来到了一处别墅区，这里的别墅并不如马家那么奢豪，但也是独门独户，倒还算是一个不错的去处。

狡兔三窟，这里是黄一在会州市的一个地点。

经过几天的牢狱生活，黄一的精神有些萎靡不振。见到我们，他还是略有些惊慌，回头去看曹彦君。我不懂黄一为何变得贪生怕死起来，不过也正因为如此，才让我们有了突破性的进展——或许雪瑞会知道原因。

我们进驻了黄一的据点，通过交流才得知，为了封锁消息，不打草惊蛇，黄一这条线上的那些家伙都没有动，也没有人知道黄一已经被生擒了。而且他全天二十四小时都被人监视着，身子也被特勤局的高人用银针扎在穴窍里，行不得气，根本就是一废人。

接连几日，那个降头师都没有消息传来，我们等得心烦，直以为黄一在忽悠我们。倒是远在洪山的阿东打了一个电话过来，闲聊了一会儿，问我认不认识一个十七八岁的小年轻，那个小伙子想跟他打听关于我的事情，这让他觉得有些不对劲，

这才想起来问我。

洪山古镇苗疆餐房的业务我已经多日没有理会，都差一点忘了这事。我郑重其事地告诉他，一旦有人问起我，就说不知道，不要理会就好，免得招惹祸端。

第四日，那个降头师打来电话，说今天晚上造访黄一，问他的地址在哪里，到时候直接过来找他。终于得到这么一个肯定的消息，我们都大为振奋，听电话那头的声音，似乎年纪并不大，而且中文讲得还算是清楚。

我们开始忙碌起来。像降头师这样的人，一般都是十分谨慎细致的角色，如果大家都埋伏在房子里，说不定就给看了出来。所以曹彦君和他另外三个同事便离开了别墅，到了周边接应，等待敌人的到来；至于我，还有雪瑞、小妖，在收敛气息之后，不过是一瘫子、一小女子，还有一个小娃娃般的少女，基本上没有什么威胁——而恰恰是我们这些人，才是真正生擒对头的主力。

曹彦君打了报告上去，申请来一个班的武警，负责外围。当然，整体还是需要外松内紧，跟平日里一样，如此方能够引得对方上钩来。

为防万一，雪瑞还是弄了一颗碧绿色的药丸给黄一服下，倘若这次我们抓捕失败了，黄一没有解药，照样不得善终。

夜幕降临，别墅一楼大厅明亮，黄一坐在沙发上面默然无语，而我们则都隐入黑暗之中，默默地等待着。我坐在轮椅上面，旁边是一扇窗户，可以瞧见西侧的道路来往。大概晚上十点多钟，门卫那里来消息，几分钟后，别墅的门铃"叮铃"一响，终于有人上门来了。

黄一浑身一震，脸上隐约有冷汗流出来，而雪瑞则站起来，走到门口去开门。

我的视线一直停留在窗外，我看到在绿化带的不远处，有一个瘦小而熟悉的背影一闪而过，不知道为什么，我的心脏就猛地抽搐一下，虚得很。

门开了，走进来一个西裤白衬衫的光头佬。这个光头年纪不大，肥脸上面尽是密密麻麻的青春痘，着实难看得紧。

雪瑞扮作是黄一的助理或者小蜜，之前黄一电话里有提及，所以这个年轻的降头师并不起疑，只是忍不住多瞧了雪瑞几眼，然后走过去与站起来迎接的黄一紧紧握手。然而寒暄没几句，降头师突然扭头，看向了位于角落处的我——这眼神，如同利箭一般尖锐。

年轻的降头师盯着缩在角落里不说话的我，突然脊梁骨一挺，缓缓走到了我身前四五米的地方，发问道："你……是谁？你身上，为什么会有我师父留下来的记号？"

我眉头皱了起来，我身上哪里有什么记号？

见我有些莫名其妙，不知道来历，年轻的降头师自我介绍，说他叫巴达西，来自马来西亚丁加奴州的首府，瓜拉丁加奴婆恩寺，居士，你身上为什么会有我师父的印记？

第十六章　故怨

　　我还在为窗外那个熟悉的背影而心悸，听到面前这个年轻的黑巫僧问我，没有回过神来，发愣，喃喃地问，巴达西，外面那个人，是跟你一起来的？

　　巴达西一步一步逼近，脸上的神色阴晴不定，有些奇怪，盯着坐在轮椅上的我说："是的，他是我此行的向导。居士，你身上为何会有我师父所独有的印记？一般出现这种印记的人，是因为解除了我师父的法术，被他老人家给标识出来的，你也是这样的吗？"

　　我转动轮椅，慢慢往后退："我不知道你在说些什么，我听不懂……"

　　巴达西脸上开始逐渐浮现起了残忍的笑容来，他说，我师达图曾言，破我法术的人，就是仇人。你身上有他的印记，哪怕你是黄老板的朋友，我也要杀你。

　　这话一说完，他从随身携带的包里面掏出一小包粉末，解开，半寸长的指甲一挑，朝我弹射而来。对于他来说，我不过就是一个坐着轮椅的残疾人，他完全掌握我的生死，并不用大费周折。然而这些黄白色的粉末还没有飞临到我的身上，便返了回去。口中念念有词的巴达西见此情形，不由错愕，抬起眉毛，看见我的胸前白光大现，一个精致漂亮的女娃娃正鼓着腮帮子，朝着他这边吹气。

　　鬼气，森森然，如同冰水，扑面而来。

　　巴达西嘴角一扯，冷笑连连，往后疾退两步，从脖子处翻出一串深紫色旃檀的挂链佛珠来。此佛珠共有二十七颗，表示小乘修行里四向四果的二十七贤圣位，即前四向三果的"十八有学"，与第四阿罗汉果的"九无学"。这串佛珠经过功德祭炼，自有一股磅礴于物外的气息，正好能够将朵朵给压制。

　　只见他将脖子上面的佛珠挂链取下，化为持珠，手指一动，捻动一颗，立刻有一股黑佛之气，荡漾而起。

　　朵朵躲在我的身后，脸色发白，拉着我的轮椅就往旁边跑。我眼角的余光中，看到巴达西在屋子外的那个向导低下了身子，朝着远处跑去。然后见到曹彦君他们已然包围上来，两拨人一跑一追，有枪声响起来。我浑身运不得劲儿，唯恐伤了修养还算不错的经脉，于是任朵朵拉着我往旁边躲。巴达西冷笑连连，手一搓，一颗旃檀珠不知怎么就出现在了他的手心处，朝着我身后的朵朵打来。

　　这颗珠子蕴含着专门针对鬼阴的阳罡之气，朵朵若是被打中，神魂只怕会受重伤。

　　不过这颗珠子飞到了一半，停滞了下来。

小妖朵朵倏然出现前方,将这颗荫檀佛珠接住。事实上她并没有接住,而是用双手虚托住,一股黄绿色的光芒,从大师兄送给她的那块伏蛟道符中倾泻而出,将这颗荫檀佛珠上面蕴含的灼热之力,给逐步消解。而也就是在这个时候,一双玉手出现在黑巫僧巴达西的身后,啪啪啪,疾拍了几记,将这个家伙的身体打得一阵颤动,疼痛不已。

巴达西回转过身来,却见雪瑞这个娇滴滴的小娘子居然铁板硬招,将他打得如同沙包一般。

他有些愤怒了,那佛珠居然生出缕缕寒光,往周遭一荡,将围攻上来的雪瑞和小妖朵朵给逼开,又往后退了几步,朝着在沙发旁发愣的黄一问道:"黄老板,你的这些朋友,到底是什么人,居然敢围攻我?你若再不制止,我就要施下遮天大阵,让你们所有人,都变成虫子的沃土!"

黄一苦着脸,听到这话,忙往门口跑去,结果他还没有跑到门口,大门就被人猛地踹开,曹彦君倒提着七星剑冲了进来,正好将他堵住。

此时,小妖和雪瑞还在围攻巴达西,攻势猛烈。

这个巴达西在正面交锋上,其实并不是什么厉害人物,他所凭恃的也只不过是手上那一串二十七颗佛珠的挂串而已。不过也就是这法器,让小妖朵朵来不得硬的——她虽然有伏蛟道符可以防身护体,但是那蕴含无数先人加持力量的一记挂打下来,还是吃不住疼。雪瑞却不怕,她跟随罗恩平时开了天眼,在缅北的时候就展现了格斗的天赋,小范围的腾挪移动,自然不在话下,没一会儿,巴达西就已经挨了雪瑞的两记半步崩拳,口吐鲜血。

听到那两记沉闷的拳脚相交声,我感觉这小妮子的力道大得可怕。

三下两下便落了下风,巴达西耍狠不成反被痛殴,顿时脸色一阵火辣辣的红。他恼羞成怒,又见大门口有人冲了进来,知道自己中了埋伏,顿时大叫一声,将自己的那一包黄白色粉末凌空一抛,然后劲风吹动,将房间四周都布满了黄色的烟雾。

那些粉末一沾在我的手上,就感觉钻心地发痒,好像这些黄白的粉末都化作了无数细小不可见的虫子,通过我的汗腺,穿过表皮,穿过真皮层,到达了皮下组织,然后立刻蔓延起来,吸食着我的血肉。我大叫小心,让曹彦君退出去,这边我们可以对付。

曹彦君是见过傅小乔和马炎磊的惨状的,知道这些黄白色的粉末正是给人下降的媒介物,蛊中之毒,因此没等那灰尘扬起,人就往门外退去。黄一想要跟着冲出去,结果门轰然关上,防止粉末遗漏出来。黄一并没有逃脱,那些黄色的烟雾附着在他的身上,然后开始缓慢融入进去。

巴达西大声地唱诵着,他自以为这一包黄色粉末撒完,房间里面的人,除了他,都得倒下。然而事实是,我和雪瑞两人都若无其事地看着他,像看傻子。

身俱金蚕蛊的我和拥有青虫惑的雪瑞,哪里是这等人所能够下得蛊的?朵朵突然光华大亮，把这些黄色粉末给驱赶；而雪瑞的身体里则冒出蒙蒙的青光，再次突前，趁着巴达西一阵错愕，伸手就将那一串深紫色旃檀挂链佛珠给拉扯住；旁边一直久待的小妖则前冲，起身，小脚柔韧得厉害，高高抬起来，一记窝心腿，就直截了当地踢在了巴达西的胸口处。

仿佛被一辆东风重型卡车撞上，我还没有注意过来，巴达西便轻飘飘地往后倒飞而去，然后重重地砸了客厅正中的电视上，刺啦一声，那五十多寸的背投火光四冒，而巴达西则无力地滑落在地。

因为雪瑞紧紧拉着巴达西手上的佛珠，结果佛珠被扯断了，剩余的二十六颗佛珠子立刻掉落下来，满地乱跳，滴溜溜地滚动。

"小小老鼠，还敢装烤羊肉串？"小妖朵朵并不解恨，冲上前去，对着这个降头师又是一阵胖揍。

短短几分钟，让我们头疼不已的黑巫僧巴达西，就被揍得成了一副猪头样。

小妖厉害，但是也知道轻重，在将那个黑巫僧揍得七荤八素之后，停下了手脚，然后蹲下来，将巴达西手脚的关节都给卸了，疼得他哇哇大叫。空气中仍然有黄色的尘雾在飘散，一直在我后面碌碌无为的朵朵这个时候前踏一步，高举起双手，然后在手心处，出现了一团墨绿发黑的水汽，不断凝聚旋转，将空气中所有的黄色烟雾，全部都给吸到了里面儿去。

巴达西躺倒在地，看到不远处的黄一，大声诅咒，说去你的价值百万的生意，你这个骗子，你就不怕受到组织的惩罚吗？

待空气不再是那么混浊，雪瑞蹲下来，一把揪住巴达西的衣领，恶狠狠地说道，你说陆左哥身上有你师父下的印记，你说你出生于马来西亚的婆恩寺，你师父达图，是不是一个行脚僧人？

巴达西显然并不愿意相信自己已然失手被俘的事实，不断扭动身子，然而他的手脚关节被小妖给全数卸了，一切挣扎都只是徒劳。被雪瑞揪得呼吸困难，不由得吐口水，说，是啊，怎么了？你们别得意，我若死了，我师父定然会知晓的，我是他最喜欢的人，他到时候一定会过来报复的。

啪——

听到他的大话，小妖朵朵二话不说，又给他扇了一大耳刮子，半边耳朵都嗡嗡嗡响，再也说不出话来。

外面的曹彦君担忧地大声询问，陆左，你们怎么样，不行就撤，别把自己给搭进去了。

朵朵催动水汽成球，将巴达西撒出来的黄色粉末吸收殆尽，我这才出声，让曹彦君进来收拾场面。曹彦君听到，立刻冲了进来，身后还有好几个人。见躺倒在地板上、一副猪头模样的巴达西，说，这家伙老实了？我点头，说妥妥的，后面的事情，就看你们六扇门里的本事了。

曹彦君点点头说,这个没得说,绝对专业,到时候傅小乔他们应该还有救。

我拉着他问,刚才外面那个接应的人,抓到没有?

他摇头,说那人实在太过机灵,在他们还没开始合围之前就察觉不对,跑出了包围圈去,他已经派人去追击了。

我总感觉不对劲,俯下身来,问巴达西,你的这个向导叫做什么名字?

在小妖朵朵和雪瑞的逼迫下,巴达西终于从口中吐出了三个字:"王万青……"

第十七章　祸不及家人

"王万青！"

说实话，我已经有很久没再听到过这个名字了——中仰蛊苗一脉三人，罗二妹发了血咒病亡；罗聋子监狱自杀，以怨灵召唤附体，有凝聚重生之意，妄图报复于我，最后被我和杂毛小道焚烧殆尽；从此只剩下了那个戴罪潜逃的少年。

我最后一次听到青伢子的消息，是马海波告诉我，说有人在滇南边防线上看到过他，想来是潜逃到了缅甸，或者更远的东南亚去了。

不过时至如今，我依然忘不了当年那个十四五岁的少年，忘不了他眼中所蕴含的怨毒和愤恨。那是一种堪比矮骡子那种异类生物的冰冷和深刻，让人遍体生凉。我总有感觉，这个拥有无边愤懑、十几岁就能够挖坟炼鬼的少年，很有可能成为我一生之中的大敌。这种感觉并没有随着我的成长而改变，反而越发强烈起来。

听到这年轻的黑巫僧巴达西说出这三个字，我眉毛一挑，紧紧抓着曹彦君的手，告诉他那个逃走的年轻人，是个大祸害，一定要抓到他！

曹彦君很奇怪我对于青伢子的重视，不过他对我有着足够的尊重，当下也没有质疑什么，立刻吩咐身边的同事，加强警力，务必要将那个逃走的年轻人给抓捕归案，不得让他走脱。

然而世事皆有不尽如人意之处，青伢子滑若游鱼，尽管曹彦君发动了足够多的警力，但是终究还是让他逃走了。会州是一个相当重要的城市，如果想要封锁道路协查，会造成很重大的不良后果，曹彦君虽然提交了申请，却没有得到批准。

也就是说，青伢子从我们的眼皮子底下，溜走了。

因为巴达西身份特殊，所以接下来的手续十分繁复。对于曹彦君来说，那个开溜的青伢子只是一条小鱼，无关大局，他此番的主要目标已经实现了。现在要做的，就是突击审讯巴达西，然后从他口中掏出解除人皮蝇蛊的法子，好让傅小乔和马炎磊这一对苦命鸳鸯，得到解救。

坐在轮椅上面的我根本没有任何办法去做什么，其实连我自己都不是很确定，或许只是因为青伢子炼制朵朵时的狠辣，才让我的潜意识里有那种不安的感觉。既然曹彦君做过了努力而无果，我也不再纠结，此案差不多就了结了。

依旧是上次的审讯室里，不过我是在单面透射玻璃后面，围观曹彦君等人对于巴达西的审讯工作。

这个来自马来西亚的黑巫僧人办的是来华旅游签证，和他同行的便是青伢子。两人于南方市白云机场落地之后，青伢子告诉巴达西，说带他先在南方省玩一圈，开开眼界，再去找那个黄老板，挣那一百万。巴达西虽有本事，但是人生地不熟，而且从南亚小城瓜拉丁加奴，来到南方市这国际化大都市，顿时有一种看花了眼的兴奋感，所以也有心到处逛一逛。拖延一点时间，也可以让那个黄老板上点心，更加重视。

他们在几天的时间里，到过南方市，也去过东官、鹏市和江城，以及洪山市，巴达西发现青伢子也没有来过这边，所以也有些迷路。不过那个小家伙，整日拿着地图研究，似乎早就知道此行危险。

以上都是巴达西说的，他对于这些事情并不介意，有问就答，但是当说到来这里的目的时，他只说是给人治病，其他的一概不知。作为一个厉害的降头师，他自然也是极聪明之辈，知道什么该说，什么不该说，油滑得很。

我给曹彦君准备了一些问题，比如青伢子为什么会跟巴达西一同来华，青伢子在马来西亚做什么，巴达西知不知道青伢子以前是干什么的，诸如此类的问题，巴达西一概不知，直推说青伢子是旅行社的翻译，陪着他一同过来，以免他口语不佳，不知道如何行路。

巴达西在审讯的时候一再明确表示，他是一名医生，也是一名侍奉佛祖的僧人。虽然佛教在马来西亚式微，伊斯兰教肆行，但是他师父达图上师却是当地宗教界鼎鼎有名的人物，如果他被中国有关部门抓捕的消息传到了他师父耳朵里，我们就等着收外交抗议吧。

不愧是能够做上百万生意的降头师，他倒是蛮懂得游戏规则的，水泼不进，针扎不穿。

审讯完第一回合，曹彦君打电话往上级汇报后，换了一副笑容，说巴达西大师既然是过来治病的，我们这里正好有两位病人，恳请帮忙先行治疗，至于酬劳，也是一百万，妥妥的人民币。听到自己一提外交抗议，对方的态度就软了下来，巴达西表示很满意，表示在保证他自由以及人身安全的情况下，他可以考虑给我们的病人，提供医疗。

当谈判进行到这里的时候，尘埃落定，我便没有了再参与下去的想法，与曹彦君商量了一番，与雪瑞一同返回了东官。

路上，我打电话给洪山的阿东，问他上次跟我提起的那个年轻人，到底长得是啥样的。阿东告诉我，不高，矮矮瘦瘦的一个，讲的也是晋平话，不过有青蒙那边的口音，苗话很重。我这才想起来，那个年轻人，说不定就是青伢子。只是就连晋平的熟人都很少有知道我在洪山开了餐厅，那个早就逃亡海外的少年，究竟是怎么找到那里去的呢？

不过这对我也是提了一个醒儿，我出道这么久，仇家无数，他们来对付我还好说，要是对付我的家人，只怕我就真的无力了。虽然这世界上很少有这种祸及家人的无节操之辈，但是把希望寄托于敌人的仁慈，这本身就是一件幼稚和愚蠢的事情，我要提早想办法，让我的父母隐姓埋名才行。

我拨通了马海波的电话，把我的担忧说给他听。他沉默了一会儿，告诉我，最近黔阳的楼市在上扬，但是大体还好，如果我有意，他可以帮我张罗一下，搬到黔阳去住得了。这些事情简单，不过主要还是怕老人住得不习惯，故土难离。

我请他帮我看看，到时候我把父母劝好了，就直接搬过去。

我那几天都是心神不安，想着青伢子的事情，也不知道自己为何害怕。

不过日子一天一天过去，并没有任何消息传来，那个少年仿佛消失了一般。我那几天打了好多次电话回家，说我准备在黔阳买套房子，以后准备回来发展，让我父母先过去住着，适应适应。我父亲还好说，他本身就没什么主意，也无所谓，我母亲却舍不得自家的小店和房子，总是下不定决心，我也只是好言相劝，然后暗地里凑买房子的钱。

曹彦君那边依然在联系，他们搞这一块的，整个南方省都跑，不存在跨区办案的弊端。七月中旬，他打电话告诉我，说巴达西已经给傅小乔和马炎磊解了蛊毒。至于是什么法子，他依旧不告诉别人，偷摸着解的。不过虽然解了蛊毒，那些蛊虫不再附身，各自脱落死亡，但是它们原来对受降者造成的危害，却并不能够消除。傅小乔的胸脯肌肉已经全部烂死，即使没有蛊毒，大范围的发炎溃烂，使得她即使能够容忍自己那满是黑洞的蜂巢，也不得不将这一对乳房给割掉，不然就会有性命危险。至于马炎磊就更加惨了，他的十根手指中，六根空心，一根溃烂，勉强完好的只有三根……那些空心溃烂的手指，割不割倒可以随意，只是手部神经已然全部萎缩，根本就没有任何知觉。而且据说马炎磊感染的并不只有手指……

不过不管怎么说，性命总算是保住了，这是万幸的事情。傅小乔的咨询费用很及时地到达了茅晋事务所的账户里。虽然此件事情因为事主的隐私，并不可能广泛流传，但是在小圈子里并不是秘密，所以茅晋事务所在这方面的业务，定然会成为众人传颂的精品。说到这里，顺便提一句那个马来西亚黑巫僧巴达西的后续，他并没有得到所谓的一百万。他虽然在降头术上面有着一定的成就，但到底还是太年轻了，装出来的油滑，完全不是老奸巨猾的有关部门所能够看在眼里的。现在的中国并不是百年前的风雨境况，有着足够的底气，不是谁敢摆脸子，就得捧臭脚的时候。

至于他最后到底去哪里了，也许我会讲，也许不会。我在想，某年某月某一天，某一个光头和尚大汗淋漓地搬着砖头，会不会感叹自己太年轻，然后痛哭流涕呢？

七月末，我通过马海波在黔阳买了一套房，精装修，然后怂恿我父母过去帮我看一看，说是我用来准备新房的，让二老帮我参谋一下。听到这善意的谎言，我老娘终于心动了，多年没有出过远门的她，在马海波的护送下，和我父亲先行去了黔阳。

不过我的压力也很大，因为我母亲给我下了死命令：到2009年春节的时候，一定要领一个可以结婚的女朋友回来，不然以后不要进这个家门。

我的天啊，我可是自己挖坑自己埋，到年关了可该怎么办啊？

第十八章　浴室

经过我持之以恒地行气、食疗药补,以及配合疗养院的康复治疗,到了七月末,我下半身的神经系统终于有了恢复的迹象,麻、酸、痒——每次电击治疗的时候,我已经开始能够有很明显的感觉了。进入八月,我的泌尿系统也恢复了正常,终于摆脱了纸尿布的困扰。

呃,没提过纸尿布吗?算了,你们跳过吧,这么有损自尊的事情,我是不会告诉你们的。

总之,正如我以前所说,所有的一切,都在往更好的方向发展。

事务所方面,苏梦麟的商业化进程一直在进行,新的风水师还在招,而小俊和老万的培养工作,也开始慢慢地接近尾声了。其实并不是要他们学究天人、能掐会算,能够有张艾妮那样的成就,只是旁门及类地都知道一些,懂一点儿,然后就是破邪应鬼的事务、现场的调查报告和整理观察等这些"粗活儿",可以给我们省一些不必要的麻烦事而已。

雪瑞的名气已经开始打响起来,作为留学归来的高人,她不但精通天师道的五炼之道,而且对塔罗牌也颇有研究。当然,这主要得益于罗恩平老先生的融汇东西。她的主要客户群,便是那些所谓的豪门贵妇,也就是富商权要的太太和小姐。

说完这些,不得不提起事务所的外籍员工威尔岗格罗。这位国际友人不远万里而来,不但要给我当保镖,定期给我掩盖血族诅咒,还要给我卖苦力——作为牛津大学的 MBA 和多家企业幕后领导者的威尔岗格罗,在经过我和杂毛小道的一次次怂恿之后,不得不重拾旧业,补充起事务所的短板,当起了高级经济咨询师。

自从叛出秘党之后就没有搞过管理的威尔对于国际经济形势并不算陌生,精益生产和改善计划等管理措施,也让人眼前一亮,很多只是过来看看风水运势的商人听到这个大鼻子老外一顿乱侃,顿时如获珍宝,恨不得将这尊大神,给请回自家公司里供着。威尔自然不会答应,不过却帮我们赢得了不少高质量的合同。

时光匆匆,八月中旬的一天下午,临近下班,我在茶水休息间里面饮茶,老万在门外徘徊了好久,然后走进来支支吾吾地打招呼。这家伙表情奇怪,我就知道有事发生,问他怎么了,有事说事,不要搞那种虚头巴脑的事情——是预支工资,还是中镖了?

老万摇头说都不是,不过倒是有一件事情,可能要找陆哥你来帮忙。

我放下杯子说,你讲讲。

老万坐在我对面，咽了下口水，说，陆哥，我有一个远房表妹，胡蔚，就是万江汽车总站的那个，你还记得吧？是这样的，我表妹两公婆在万江买了一套小三居的二手房，翻修过后，在一个月前住了进去。他们两公婆在东官这里打拼了十来年，按理说住进了自己的房子，是一件很高兴的事情，但是我表妹就是高兴不起来。

为什么呢？他们那房子是西北朝向，背阴，光线不足，然后晚上的时候总感觉阴森森的，我表妹老是做噩梦，我表妹夫也做。两个人提心吊胆住了大半个月，在上个星期天，我表妹在浴室里面昏倒，被我表妹夫送到了医院里，醒来就说有鬼，不肯回家了。

老万告诉我，他表妹夫知道他在我们这里上班，便找他去看了一下。他去那房子里走了一圈，果然很阴，有一种很压抑的感觉，瘆得慌，不过他学艺未精，也说不出个所以然来。

说到这里，他结结巴巴地说道："陆哥，我这个表妹跟我很亲。你也知道我一直都很混蛋，手里面也留不住钱，总是喜欢往酒店跑，这些年也受过他们不少的接济。作为事务所的员工，按理说我应该知道我们这儿规矩的，不过咱们事务所的咨询费用实在太高了，我表妹她家刚交完首付，装修的钱也都是借的，所以才厚着脸皮，过来找你……"老万说完，有些局促不安地搓手，完全不像在酒店里面的洒脱和爽利。

我笑了，说老万，虽说你这个家伙一直在我手下混事，当我是老板，不过咱们相处都这么久了，多少也算是朋友，既然你都开口了，哪里有为难的道理？这样吧，你去买一束看病人的鲜花，我们等太阳下山了，便去看看你表妹。她还在医院吗？

老万苦笑说，是呢，赖着不肯走，说是死都不敢回去了，要再去租房子呢。

到了差不多晚上七点半，天色稍暗，我与老万一起出发，同行的只有小妖——威尔需要去觅食，所以没有跟随。开的是我的那辆蓝色帕萨特，差不多半个小时，到了老万表妹住的医院。老万停好车，又去附近的花店买了一束康乃馨，然后到门口与我会合。

在六人病房里面，我见到了老万的表妹和表妹夫。老万给我介绍过，他表妹叫胡蔚，是汽车站的检票员，他表妹夫叫朱洪翔，是一个普通的小学老师。狭窄而拥挤的病房里，老万兴奋地跟自家愁眉苦脸的表妹、表妹夫介绍我，说这是他老板，茅晋风水事务所的话事人，有真本事的高人。

老万显然跟他们吹嘘过我的某些事迹，所以这对夫妇对我显得格外热情，可以说诚惶诚恐了。朱洪翔是个带着厚瓶子底眼镜的男人，紧紧握着我的手，哽咽地道谢。

小妖把我推到床前来，我打量这个躺坐在床上的胡蔚。她是一个脸色苍白的女人，年纪有三十多了，姿色平平，眉目间倒是和老万依稀相似。我跟她说放松，我过来看看，如果真的有你说的那些东西，破了就是，不用留下什么心理阴影的。

旁边病床上有一个妇人取笑胡蔚，说，哎哟，祥林嫂，你讲的鬼故事都是真的啊，还真的请人来看？

老万扭过头去，虎着脸说，大姐，别人家的事情，你少管，万一你哪天背时运，就不会这样取笑人家了。那妇人嘻嘻笑，说，我闭嘴，我闭嘴，不过你家表妹逢人就讲，她不觉得烦厌，我们倒是被吓得厕所都不敢上呢……哦，我闭嘴。

胡蔚和朱洪翔两人脸上虽然有不快之色，但是并没有跟这妇人争执，显然都是不太爱惹事的人。

其实这病房里并不是什么谈话的好地方，六个床位，再加上照顾病人的家属，将小小的病房塞得满满当当，腾挪不开，而且人一多就吵闹，容易分散注意力。不过条件便是如此，我也不挑，只让胡蔚把当天的情形给我好好说一说，我也好知道如何下手。

胡蔚回忆起当日的状况，深呼吸好几次，都忍不住发颤。她丈夫伸出宽厚的手掌，紧紧握着她的手，这温暖给了她一些安慰，终于心安了，然后开始讲述起自己的经历来。

胡蔚和朱洪翔都是很普通的工薪阶层，因为都不是什么高福利的单位，所以这些年来，一直都是租房子住。拼搏多年，终于买了一套二手房，是六楼，只有四十多年产权的老房子，简单翻新了一下之后，兴高采烈地住了进去。

然而住进去没多久，胡蔚就总感觉房子里面除了她和她老公，好像还有第三个人一样——在餐厅里面吃饭，就听到卧室里面有响动；而睡觉的时候，总是听到厨房或者卫生间的水嘀嗒嘀嗒响，起床去看呢，又发现水龙头锁得死死，根本没有漏水的迹象。

这种事情多了，人也就会变得疑神疑鬼起来，所谓日有所思，夜有所梦，最直接的表现就是总做噩梦。这噩梦的内容有些单一，要不然就是梦到自己的床下面躺着一个白衣服的死人，披头散发，目光呆滞；要么就是梦到门后面有一麻袋的东西，解开来一看，全部都是剁烂的手脚。有一回她老公做梦，吓醒了，发现床头柜上面放着一个女人的脑袋，脸色惨白，对着他笑，咧开一口森森白牙，吓得他哇哇大叫，后来才发现，还是一个梦。

朱洪翔是个男人，他还好一点儿，胡蔚却是有些神经衰弱，搞得白天上班的时候，精神不集中，总是犯错误。

上个星期天，正好是她轮休。她老公晚上要帮学生补课，早早地出了门，她有些害怕，于是想早点洗澡睡觉。他们买的房子小，而且格局是1990年代的那种，厕所和浴室在一起，有些狭窄。不过相对于以前的出租房，却是好了很多。胡蔚向来喜欢洗澡，很享受泡沫在身上滑过的感觉，有的时候甚至能够洗一个多小时。只可惜家里面太小，没有搞浴缸。

那天洗澡的时候，她依然是先洗头，将头发揉得满是泡沫，然后拿花洒冲淋，结果没洗到一半水就停住了。她的眼睛外面都是泡沫和水，根本睁不开来，摸索着弄了好几分钟，终于又来了水。然而她冲着冲着，就感觉有一些不对劲儿，总感觉闻到一股很腥膻的味道,连忙扯了条干毛巾,将眼睛擦干,往浴室的镜子里面一看。这一看不要紧,吓得她半死:那镜子里面,居然是一个血淋淋的女人,正在表情狰狞地冲着她,怪笑。

而那花洒往外面喷出来的,居然是鲜红的血。

第十九章　高坎

　　胡蔚本来就是长期处于高度紧张的状态，一看到镜子里的自己，如同一个陌生人中邪般地冷笑，而她全身上下，都是鲜红色的血。这血附着于她的身上，就像活动的蚯蚓，蜿蜒流动，将她整个儿给衬托成一个古怪的血人。胡蔚吓得瞬间就爆发出来，惊声尖叫，感觉天地都朝自己挤压而来。

　　叫完之后，她只以为是幻觉。低头看了一下自己手上擦脸的毛巾，只见上面红殷殷，凝结发黑；而她的脚部发凉，冷飕飕的，往地砖下看去，那花洒一直不停，积了半指深的血水并没有从通道流走，而是蔓延开来，将她的足踝处都给浸没了。

　　直到此刻，胡蔚才感觉到自己所遇到的真的不是幻觉，也不是梦，她顾不得自己还光溜溜，冲过去拉卫生间的门，然而那门的对面好像有人在紧紧拉着样，她用多大的力，对方就用同样的力，怎么拉也拉不开来。

　　胡蔚到底是一个女的，即使此刻因为恐惧而力量显得尤其大，也坚持不了太久。一分钟后，她终于没有力气再跟门对面的那个人较量了，她的嗓子也已经尖叫得沙哑。巨大的恐惧感将胡蔚给紧紧抓住，在那一刻，她有快要窒息的感觉。

　　在冷静了片刻之后，胡蔚突然发现自己的双脚被一种力量给紧紧吸住，那红幽幽的血水已经蔓延到了她的膝盖处，有很多滑腻的东西游过她的小腿，有的如同鼻涕虫，有的却软中带硬，似乎还有一些倒刺……她在一瞬间，全身的鸡皮疙瘩都冒了出来，牙齿打战，往下面一看，只见在水面之下，有一个白衣女人的身形，浮现出来，双手张开，头发在血水中飘浮，散落得如同黑色的水草……

　　突然，胡蔚的双脚被一双泡肿得发白的手给紧紧抓住，然后往下使劲地拽去，她天旋地转，仿佛整个世界都崩塌了，感觉浑身阴冷潮湿，脑子一热，就昏迷了过去。

　　胡蔚讲述这一段经历的时候，语言支离破碎。我自己脑补好久，才拼凑出上面那一幅稍微完整些的场面来。

　　我皱着眉头，问脸色苍白的胡蔚，你确定你形容的一切，都是真实存在的？

　　胡蔚很肯定地点头说，我说的每一个字都是真的，现在回想起来，都还历历在目。旁边那个妇女忍不住冷嘲热讽，说我看你不应该住在这里，应该去精神科看下脑壳了。我扭过头来，平静地看着这个说话刻薄的女人，她见我看过来，不满地回过头去，喃喃自语："哼，扑街仔！"

　　我笑了笑，没有理她，凝神，仔细看了看胡蔚，发现她眉宇紧缩，眼圈发黑，而嘴唇边缘确实有些发紫——通常这样面相的人有两种，一种是纵欲过度，还有一种，就是中了邪。

朱洪翔接着胡蔚的话语讲述，说他给学生补完课，回到家里面的时候，发现他的妻子浑身赤裸地倒在浴室的地面上，浑身的皮肤铁青，双手紧紧地抓着脖子，好像透不过气来一般，昏迷不醒，而地上则湿漉漉的，花洒淅沥沥地将水洒在地上。

朱洪翔第一反应是煤气中毒了，过了一会儿才想起来，他们新家用的，是电热水器。

他俯下身子，拉起妻子，发现妻子的呼吸很微弱，而且喉咙里面好像塞着什么东西。他顾不得其他，用手伸进妻子的喉咙里划拉，催吐，在经过一阵刺激之后，胡蔚终于应激性地吐出了一大堆乱七八糟的呕吐物，这时候呼吸才通畅了许多。然后他才打120，叫来救护车，送到了医院里来。

讲完这些，胡蔚突然伸出手，紧紧抓住我的胳膊，神经质一般地说道："陆大师，你要相信我。他们说我是因为吃得太饱，又洗热水澡太久引发的晕厥。但是我敢肯定，我那天是碰到鬼了，真的！"胡蔚的情绪很激动，似乎在这几天里面，她受到了很多质疑。而她丈夫则在旁边好言安慰她。

看到这一幕，我不由自主地想起了一个月前的傅小乔，她若是能够甘于平凡，想必也能够生活得很幸福吧。

听完了胡蔚和朱洪翔的表述，我差不多能够肯定她真的撞到了鬼。不过若那鬼真想害人，其实只要把那浴室的地漏堵上，说不定老万的这个表妹已然就溺死了，看来它的目的并非害人，而是想跟胡蔚表达一些什么，或许是想显示自己的存在。

为什么要显示自己的存在呢？我心里有了一个想法，但还是要去现场看一看才好。

我把我的思路讲给他们听，朱洪翔听我说要上门去瞧一瞧，自然十分高兴，说要领着我们去。他们两口子还有一些话儿要说，我让小妖先推我出病房，还没出门口，就听到刚才那个多嘴的妇女突然高分贝地尖叫起来："啊……鬼啊，天啊，鬼，鬼！"

病房里面一片惊慌，那个妇人就像发了癫症一样，双手挥舞，眼睛挣得大大，死鱼眼一般，嘴歪着，口中有白色泡沫流出。

我愣了一下，立刻反应过来，扭头看向了我身后的小妖朵朵。

这小狐媚子眯着一双好看的眼睛坏笑，见我瞪来，吐了一下舌头，继而有些得意，露出期待我表扬她一般的神情。我摇摇头说，小妖，别闹了，赶紧收手，别惹麻烦。

小妖哼了一声，说，就不。我问她，为什么要吓唬她？

小妖皱着鼻子说，那个死肥婆，她居然敢骂你，我就让她见一下真正的鬼！看她以后还敢不敢再乱说！哈哈……她看到一大帮人都围了上去，笑得眼睛都弯成了月牙儿。这小丫头的性子很拧，我也不好直截了当地说她，只好告诉她，行了，适可而止，我们做人做事，总是要得饶人处且饶人，要懂得宽容别人才好。这样子，你的朋

友才会越来越多，敌人越来越少……

她有点不耐烦我的说教，捂住耳朵说烦死了，你这个大木头，老学究，跟你妈妈一个样！

不过她虽然不喜欢，还是停止了手脚，刚才那个妇人没有再嘶嚎了，只是像一条死鱼一般，张开嘴巴，使劲儿喘息。

看到病房里面的胡蔚和朱洪翔，我问旁边的老万，说你表妹两公婆年纪看着也有三十多岁了，怎么还没有小孩？他耸耸肩膀，说他表妹性子倔强又好胜，说房子都没有，生完孩子往哪里放？就一直没要，有了两次，都做掉了。现在买了房，准备造人了，却又出了这档子事情。

我点点头，没有再说什么。

出了医院，我们开车来到了朱洪翔家里。确实是很老的小区，设施破落，还不是电梯房，他们家在最顶楼，将我弄上去，都花了好一番功夫，等到了他们家门口，老万和朱洪翔累得一脑门子的大汗。说实话，被人抬着的我都出了一身汗，总担心自己被人失手摔下去。

然而等朱洪翔掏出钥匙，将门给打开来的时候，不知怎么的，我不由得就打了一个冷战，浑身直哆嗦。老万也抱着膀子，埋怨他表妹夫，老朱，你们这房子的朝向也太成问题了，这么热的夏天都有些冷飕飕的，冬天还不得冻僵啊？

朱洪翔把灯打开，无奈地回答没办法，现在房价忒贵了，朝向好的多几万呢，能省就省吧。

我眯着眼睛瞧这房间里面，布置都很简单，并没有什么很贵的大物件，当然，更谈不上风水布置了。我由小妖推着轮椅，在房间里大概转了一下。在电视柜的旁边，放着几根芦荟盆栽，而厨房的灶台是朝着南方的，墙上有根彩带吊垂而下，这几处都有些不伦不类，不过对房子的格局影响真的不大。

稍微转了一圈，我们来到了浴室的门前。朱洪翔家的浴室和厕所是一个房间，用帘布隔着。不知道怎么回事，这浴室有一个坎，整体高出过道约十几公分，我不解其意，问是为什么？朱洪翔说当时他也问了，中介说因为是顶楼，所以防水要做得比较足一点，而且似乎还跟水压有关系，他也讲不清，见没什么影响，也就算了。前户主装修不错，为了省钱，这里面他们就换了一个马桶，其他的都没换。

因为这个坎，我的轮椅进不去，在外面瞄了一眼，总感觉心里面十分不舒服，觉得他们新换的马桶一点儿也不和谐，跟整个浴室格格不入。我伸长脖子看，只见那马桶与地板的位置，有一条裂缝，有点大，不知道是马桶的原因，还是装修工人的手艺太潮了。

老万见我看得辛苦，问我要不要把轮椅搬到浴室里面去瞧？在这外面看，也瞧不出个所以然来。我点头，说好。朱洪翔和老万就一前一后地准备把我抬进去，而当我正悬在半空中的时候，仰首的我突然看到朱洪翔的脖子上面，居然坐着一个白衣姑娘，脸上蒙着一张皮，模糊不清；而就在这个时候，朱洪翔竟松开了手，使悬在半空中的我，往后面猛地跌去。

第二十章　超度

两人相抬,一人松手,后果自然是跌倒在地。

我看着那个白衣女人低下头,丝带一样柔顺的头发垂下来,一直垂到了朱洪翔的手上,而我则随着轮椅,往后面狠狠摔去。这只是一个小坎,老万本来并不在意,哪知这么猛一跌,自己的脚倒是扭到,歪到一边儿去。眼看着我就要重重摔倒在地,一只小手伸出,稳稳地托住了那轮椅。

在旁边的小妖将轮椅扶正,大喝一声"好胆",如藕小手往前一挥,腾空而起,朝着朱洪翔的身边跃去。

我虽然安全着陆,但是被抖得厉害,等稳定下来,抬起头看去,只见朱洪翔直挺挺地躺在浴室的地上,而小妖朵朵则蹲在马桶前面,撅着小屁股瞅那道裂缝。

老万摔了一个大马趴,揉着背爬起来,唉声叹气。然而当看到自己那表妹夫仰首朝天而躺,顿时吓了一大跳,抓着我的肩膀,着急地说,陆哥,这、这什么个情况啊这是?我虽然已成废人,但是有小妖在,并不是很担心,回想起刚才的场面,嘴角挂着笑,说无妨,不过就是个小玩意儿而已。老万,你去接一杯水,喷在你表妹夫脸上,一激灵,立刻就醒过来了。

老万不敢耽误,马上去客厅找水杯。我则问浴室里的小妖朵朵,怎么样,发现些什么没?

小妖伸了一个懒腰说,你的鼻子又没坏,仔细闻一闻呗。

见这小丫头似乎还有些生我的气,我没有继续问,而是深深地吸了一口气。果然,我闻到了很淡的尸气,这股气味不重,但是游离进了我的鼻腔里,却显得格外滑腻,然后往我的胃部里滑落下去,将我中午吃的食物都给翻腾出来。我皱着眉头,知道这件事情可不是我一个人所能够解决的。

老万拿着满满的一杯水跑过来,喝掉大半杯,然后朝着朱洪翔的脸上喷去,朱洪翔抹着一脸的口水醒了过来。他睁开眼,有些懵懂,脑门子上面挂着好多水珠,爬起来,问到底怎么回事,他怎么眼前一黑,就成了这个样子?

老万不知道自家表妹夫中邪的事情,将嘴巴里的水叶到一边,破口大骂,说好你个老朱,你抽什么羊角风,你差一点摔到陆哥你知不知道?他今天肯过来,是看在我多年鞍前马后的辛苦上面,是给我面子,要是把他老人家给摔坏了,我老万以后可没法做人。

朱洪翔抱着头不说话,额头处的青筋直跳,显然是什么也回忆不起来了。

我拉住了老万，说不能怪老朱，他刚刚不是故意的，应该是中邪了。这样子，老朱，你打电话报警，等警察来了，我们可能要把你这浴室的地板砖给撬下来；老万这边你熟不？去附近的香烛店里买九根线香、两沓纸钱还有一对红蜡烛过来，对了，如果菜市场还没有关门，你去买一只芦花大公鸡、一对萝卜和半斤籼米来，我有急用。

见我说得凝重，老朱将信将疑地掏出了电话，给110报警，而老万则二话不说，直接出门下了楼。

等着警察，我问朱洪翔，说你这房子之前的房主你认识不？是干什么的？老朱有些恐惧，咽了咽口水，说见过一次，听中介讲是一个装修公司的老板，但是他感觉那素质，顶多也就是一个包工头，四十多岁的男人，好像说是换了大房子准备结婚，所以就把这个地方给卖了……

说到这里，这个厚眼镜男人忍不住抱怨，说不管是干什么的，总比他们这些拿死工资的人强，辛辛苦苦攒点钱不容易，结果现在这房子又弄成这个样子，唉……

我好声安慰他。说话间房门被砰砰敲响，朱洪翔跑去开门，走进来几个膀大腰圆的警察，我一看为首的那个，不由得乐了。那个中年警察看到我，也笑，说陆左，没想到是你。咦，你怎么回事，咋坐上轮椅了？

这警察复姓欧阳，叫什么就不太清楚了，我最开始和杂毛小道碰面的时候，是那家伙处理一桩楼道女鬼案。那个时候的老萧到处招摇撞骗，当时这个欧阳警官就在场，只是不知道他竟然调到这一片来了。

既是熟人，便不用解释太多。几句寒暄过后，我将这里的情况说给欧阳警官知晓，说我怀疑这浴室的地板下面，可能会有脏东西，需要警察在场见证一下。欧阳警官本来不是很高兴，但是这会儿却积极很多，打电话联络消防队请求支援，没十分钟，便有几个穿消防服的兵哥哥，带着钻头和八磅锤赶了过来。

一番协商之后，消防队兵哥哥们带着电钻和八磅锤子，就在浴室里面开工了，噼里啪啦响。门外不知不觉就围过来好多不明就里的群众，都是些打酱油的好手。朱洪翔站在过道的门口朝里看，每听到"喀啦"一声响，眉毛就不由自主地跳个几下，肉疼不已。

为了不影响消防队员开展工作，小妖推着我回到了客厅，我和欧阳警官聊了几句，看到他眉头不展，似乎有些抑郁不得志。也不好细问，只是说一些这几年的事情，也不说太真，大概而已。

没聊几句话，便听到浴室那边传来了一阵喧闹，欧阳警官起身便往着那边冲过去。我听到有很多声音传过来，知道应该是有一些发现的。过了一会儿，欧阳警官捂着鼻子走过来说，陆左，你说得果然不错，这浴室的地板砖下面，藏得有一具高度腐烂的人体，面目已经分不清了，不过应该是个女性。我已经通知了区刑警队，到时候会有法医和上面的人过来接手的。

我点头说，可以注意一下这套房子的前业主，要想将一个人完全埋到这里面去，估计是瞒不过那个业主的,或者说,他有可能就是凶手。欧阳警官笑了,说他也想到了,已经安排同事去物业公司调查资料了,尽早把准备做足。

这时门口有一些吵,我看到老万在门口跟封锁现场的警察说话,便告诉欧阳,说那是我手下的弟兄,去买超度亡灵用的祭品。这个东西很邪门,还是要超度一下的好,不然你的兄弟也说不定染上邪气,到时候生一场大病,可划不来。

欧阳警官说好,然后让人把老万放了进来。

我让小妖把我推到浴室的门前,这个时候消防队的那几个兵哥哥已经把里面的整个地板砖全部撬开,然后在一堆碎地砖中,露出一具用三色塑料袋装着的尸体来。因为打开了一部分,整个房间都是尸体腐烂的臭味。兵哥哥们脸色苍白,而朱洪翔根本就坚持不住,跑到厨房去一阵呕吐,肠子都恶心得纠结起来。

我见惯了这种场面,只是皱着眉头看。那三色塑料袋已经被掀开了,露出一张模糊不清的脸。她的皮肤和肌肉已经腐烂得差不多,眼睛也没有了,鼻梁也塌了,嘴巴便成了一个黏嗒嗒的黑洞,让人记忆深刻的东西是在她的额头上面,钉着一根乌黑的木钉子。

头部以下,这大半具身体已然高度腐烂,膨胀的皮肉挤出许多恶臭的组织液来,上面翻滚着白花花的蛆虫,已然将她的肚子吃了个空。我不是法医,估算不出这具尸体死了多久,不过看到脑门子上的那根木钉子,便知道这里面的门道,很深。

那个凶手肯定有一些相关的常识,他将人杀死之后,把这个女人填入浴室中,将底垫高,然后布置了一番,压制着女人的怨气。不过因为朱洪翔他们嫌那马桶太脏,换了一个,导致这浴室密封的格局漏出了一条间隙,才会有后面一系列的事情发生。

其实正如我所说,这个女人死后形成的怨灵倘若再怨毒一些,老万他表妹两口子,说不定就活不下来了。所以她应该算得上是个好鬼,善良的鬼魂。

我将萝卜切成几段,然后在上面插上蜡烛和香,四周撒下籼米,屏退众人,开始念起了超度亡魂的超度法咒。这个东西用不了太多的道力,只要心存怜悯和真诚,便能够奏效,所以我还是可以完成的。念了一会儿,我的意识中突然感觉这里缠绕的那亡魂似乎还有怨恨,心中难平,硬拖着不肯离去。

我叹了一口气,将老万和小妖帮我折好的纸钱放在蜡烛上面点燃,说,你速离去,你的尸体定然会得到好生安葬的;至于杀你的凶手,既然你的尸体已经大白于天下了,那么就不怕他能够跑得了,你不用在人间等待了,免得被那阴风吹没了意识。归去吧,归去吧,人间的一切,都会有结果,有报应的。

在纸钱的冉冉燃烧中,我闭上了眼睛。朦胧之间,我似乎看到了一个白衣女子朝我深深一躬,然后朝着房顶飞去。我睁开眼睛,微笑了。这小女子倒还是蛮识趣,就不用我将那只芦花公鸡给宰了。

第二十一章 幕后

将这具被埋在浴室瓷砖下面尸体的亡灵超度之后,我双手合十,静坐了很久。

她终究是善良的,不知道经历了多少初一十五,无数阴风洗涤,虽然有着恶的一面,但没有想着要害人性命,给自己替身。她的遭遇,不由得让我想起了朵朵,这个小乖乖也是受尽了苦难,结果在被罗二妹驱使过来害我的时候,也只是鼓着腮帮子,朝我吹冷气而已。她们的区别在于,朵朵已经凝结了小鬼之身,而这缕亡灵终究只是一段意识,一丝挂念。她甚至已经没有了具体的形象,就如同一段脑电波,怨念消解,终有消逝的一天。

在那清水萝卜上面的香燃到一半的时候,房门口又是一阵吵闹。我转过头去,看到一个红鼻子警官带着几个人走了进来,而后面还有穿着白色衣服的法医。那个红鼻子警官跟欧阳警官打招呼,大大咧咧的,舌头都有些不清楚,在得知了情况后,那个红鼻子走到这边来,看到我,大声呼喝一番,小妖将我往旁边推开,那个家伙从我身边过,一身酒气。当我们来到客厅的时候,就听到后面有翻江倒海的呕吐声传来,搞得我都有陪着吐一下的冲动。

事情基本查明,给办案人员录了一份口供之后,我和小妖离开了这个房间,朱洪翔失魂落魄,还是老万和欧阳警官帮忙把我抬下的六楼。这边走不开人,我让老万不要送我,我打电话让杂毛小道接我就可以。老万有些担心自家表妹夫,便也不再客气,匆匆返回楼上去。

欧阳警官跟我说,这案子一旦有消息,他会第一时间通知到我的。

我看得出欧阳警官似乎混得不怎么样。不过也没有多说什么,跟他握手之后,催促他上去。给杂毛小道挂了电话,不到十分钟,他就打了一辆出租车过来,我闻到他身上有香气,很熟悉。问他怎么这么快,他告诉我,说就在这附近陪客户呢,听到了就抛开客户过来了,先把我送回疗养院再说。

我没说什么,在他的帮助下上了车。路上跟他谈及此事,他叹息,说在这水泥丛林里,人多了,什么稀奇古怪的事情都会发生。老万他们家亲戚还真是倒霉,碰上这档子事儿。不知道他们要怎么办,是找上家打官司退房呢,还是咬牙接着住?如果是后者,那得要给他们弄几张安宅的符纸,镇压一下阴灵才行。

我说是,奋斗好多年才买的房子,事到临头,竟然发现是这样子,真的是有无数脏话要骂。

关于凶手,我们都倾向于那栋房子的上一任业主。不过说起来,这人的心理素质还真的是厉害：他把人杀了之后，居然会想到把死人给填到浴室的地砖之下，为此还特意垫高了整个浴室；杀人是死罪，知道的人越少越好，恐怕这拆地板、填沙、布水管、重新铺砖、布置浴室……这所有的程序，都是由一个人来完成的。而且，这个人居然还在这里住了这么久，简直就是让人感叹。这种精神，跟罗二妹那种活了一辈子的养蛊人，是一样一样的。

第二天老万请假了。我打电话过去询问，他告诉我，说他表妹夫也吓得不轻，现在正在找那黑心中介的麻烦，准备打官司呢。不过目前十分棘手，因为房子的产权已经在转移了，而且相关的房贷手续，都已经办理妥当。如果现在要退房子的话，涉及的东西太广，很复杂，可能要搞好长一段时间，而且还不一定能够搞成。至于那房子，打死他们两口子，都不敢再住了……

老万告诉我，说他表妹和表妹夫现在对浴室有应激性恐惧综合征，特别受不了淋浴，搞得洗澡都要跑到澡堂子里去，不然就不敢，仅能够擦擦身子而已。

我笑了，说这恐惧只是一两天的事情，过一段时间就好了，千万不要因噎废食。我这里准备了两张符，到时候给他们两个一人一张，基本上是不会再碰到什么怪事了。

老万在电话那头千恩万谢，各种狗血，不一而足。

这件事情过了就忘。那段时间我的下肢已经开始恢复了一些知觉，电击和膝跳反射的测试也开始有反应了，负责我复健的那个医生，很吃惊地说他从来没有见过哪一个病人，恢复有我这么快的。我含笑不语，并不会告诉他我之所以能够有这速度，第一是肥虫子一直在影响我的体质，第二是因为山阁老留在石床上面的行气法门，让我的根基牢固。

不过我依旧不能够剧烈行气，暴怒或者情绪的急剧转换，都会让我全身酸疼，仿佛不受自己控制一样。这是因为我周身的经脉，都还处于十分脆弱的状态。虽然有着虎皮猫大人的中药补阳，还有我那行气的缓慢温养，但是因为破坏得实在太过严重，使得我的身体一直不能够恢复完好。

八月初的时候还发生了几件事情。第一就是小妖开始经常夜不归宿了，这里面主要的原因是雪瑞的出现。自从雪瑞邀请小妖去帮她设计家居，并且允诺淘宝、京东上面的东西任意买，随时都可以找李大小姐报账之后，小妖便疯魔了一般，开始整宿整宿地跑到雪瑞的那套大复式去，顺便还把朵朵这个小屁孩子给拐带了。

在差不多小半个月的精心布置之后，雪瑞在东官的住处终于搞定了。从她们拿到办公室来炫耀的照片上看，我个人也觉得这个水准确实不错，超一流。

雪瑞给小妖和朵朵留了一个房间，给杂毛小道也留了一个房间。小妖自然就名正言顺地搬了过去，朵朵有些舍不得我，但是又舍不得小妖，于是一天疗养院，一天雪瑞那里，两头住着。更加让我气愤的是，杂毛小道这个家伙居然也恬不知耻地搬进了大复式里面去，回头便把我的那套房子转租给了小澜、简四和张艾妮。这件事情，他甚至都没有问我的意见,直接在某一次非正式的会议上宣布了。

我心中一阵诟病,虽然我跟这厮好得可以同穿一条裤子,但是不经过我的同意就这么做,似乎有些草率了。为此我特地找到了他,结果他轻飘飘地回了我一句,我也是为了你好,不然你以为我愿意住进那个好像是人猿泰山老窝的房子里面去啊……我华丽地败退下来,欲哭无泪。

我的下半身(包括腿)有了一些知感后,更多的时间都在疗养院配合医生治疗,连下午的坐班都时去时不去,反正有雪瑞和威尔这两员猛将盯着,我和杂毛小道也轻松很多。

我在月初的时候接到一次欧阳警官打过来的电话,他告诉我凶手已经确定了,是一个叫做石柳的装修公司老板。早年先是装修队的,后来做大了,就成立了公司,而死者也已经确认了,是他的老婆胡雪琪。

我听得眼皮直跳,说,这个狗东西居然把自己老婆给杀了,然后埋在浴室里,脑子抽了?

欧阳警官说,能为什么呢?别人说中年男人有三喜,升官发财死老婆。这个家伙不知道怎么就勾引到了一个二十多岁的漂亮女孩子,想跟他老婆离婚,结果他老婆死都不肯离,说不看她的面子,也要看在老家那两个孩子的分上。结果石柳鬼迷了心窍,伙同那个女人把自家老婆给毒死了,然后丧心病狂地将其封在了浴室里。这些事他一个人,花了十五天时间全部搞定,不过关于里面器件的布局,都是那个女人给做的。

我问,那个石柳抓到了吗?

欧阳警官说抓到了,差不多已经审讯完成,准备过几天公诉了。

我隐隐感觉不对劲,说那个小三儿呢?

欧阳警官说没有,没抓到。那个石柳在莞太路那边重新买了一套房子,都准备住进去跟那女子结婚了,结果那个女人却消失不见了。石柳找了她好多天,都没有找到,担心得要死。这一次他被逮到,还真巧了,就是他到派出所去报案,结果被闻讯而来的警察扑了个正着。那人其实心里面也挺虚,扛不住事儿,一吓唬就什么都招了。他说所有的事情都是他干的,不过根据审讯记录来看,那个女人也参与了大部分杀人过程。

我笑了笑,说那个女人还真的是个了不得的家伙呢,事了拂衣去,深藏功与名……唉,她叫做什么?

欧阳警官答,王姗情。

日子晃晃悠悠到了八月中,我堂妹小婧决定早一些过南方来,先到我这里玩几天。她坐的火车,从晋平转车到湘南靖县,然后坐西川达州至南方市的火车,差不多要一天多时间。我行动不方便,让小俊去接的她。洪山大学在南方省有好几个校区,她要就读的公共卫生学院在南方市内。不过开学还早,我便先接她来东官玩几天,没有住处，就放到了雪瑞那边去。

　　不过我知道，小婧既然过来了，我需要好生对付一番，不让我老娘知道我的现状才好。

第二十二章　枪击

　　果然，小婧见到坐在轮椅上面的我，不由得大惊失色，忙着问这是怎么回事。

　　因为不方便说起我在特勤局就职的事情，我便只推说是出了车祸，伤了腿脚，不过也无妨，几个月过去了，现在已经处于恢复期，过不久就可以站起来。小婧本来是满心欢喜地过来玩儿，却没承想我成了坐着轮椅的伤残人士，顿时就有些难过，不知道说什么好，局促不安。

　　我好声安慰，然后要求她绝对不能告诉我父母。小婧是个没什么主意的人，见我说得严肃，便点头答应，说可以——难怪上次没有回去喝她的升学酒，原来是出了这档子事情。不过这心忧也只是一点点，当天晚上我让老万帮着定了一家东官很有名的海鲜酒店，帮她接风洗尘，也算是补办了升学酒。说实话，搁下学业小半年，还能够考上这么好的大学，确实是值得庆贺。

　　我并没有叫太多人，老万、小俊还有杂毛小道，女孩子就只叫了雪瑞，都是极熟络的朋友。小婧是个没见过什么世面的女孩子，见到这豪华的场面，便有些心慌，悄悄拉着我问这一顿要多少钱，还说一些让人发笑的话。场中气氛很好，老万对南方这一片混得熟悉，说到开学了由他来送小婧过去，所有的一切都由他来搞定，妥妥的。

　　我小叔有两个孩子，老大陆华虽然考上了鲁东一家普通的二本大学，但并不是一个省油的灯，时而自负，时而自卑，还总是跟家里面要钱，搞得我小叔经济十分拮据。小婧当初去打工，其中的一部分原因，也是想给自家哥哥筹学费。后来我把小婧从江城带回晋平，然后又托了杨宇的关系，把她送到市一中读书，花费都是从我这里拿的，而大学的费用，自然也由我来垫付。虽然小叔一再言明，以后这费用小婧要还给我，不过我却并不是很在意。

　　其实我的心中很满足。没有我，小婧或许就是血汗工厂里面一名很普通的计件女工，每天最大的期盼，也就只是去附近的街上租几本大部头的盗版小说，来丰富自己空虚的精神世界，然后浑浑噩噩地谈几场恋爱，接着回家嫁人。而如今，她朝气蓬勃，准备进入全国一流的高校，拥有着无限美好的未来。虽然她背后不知道付出了多少汗水。作为改变小婧命运的人，我有着很强烈的自豪感。

　　我之前说过，我这个人没有太多很高的追求，只是希望自己身边的人，也就是在乎我的和我在乎的人，生活得越来越好。这便是我自己定义的成功。

　　席间，我发现坐在角落吸食奶油冰淇淋的朵朵兴致不高，在她看向小婧、雪瑞和小妖的眼神里面，充满了小孩子那种很直接的羡慕。我看着她那一双期盼的大眼睛，心中不由得一痛。两年过去了，我当初给这个小女孩的承诺依然没有实现，我终究还是没有能让她自由行走于阳光之下。要知道，这是我最开始给自己树立的目标，并且一直不断前进着。

然而我这一段时间在干吗？

所有的一切，都因为周围的人而转移，朵朵渐渐地淡出了我最急迫的关注点。我脑海里不由得又回忆起了第一次碰到朵朵时，那种如获珍宝的幸福感。鬼妖之体虽然厉害，但终究不是正途，我在心里不由得再次暗下决心，此番伤势复原之后，我一定要多方打探，看能不能够让朵朵回复人身。

接风宴完毕之后，我们送小婧去雪瑞处住下。那也是我第一次过去，感觉实际上的场景，比照片要舒服一些，不过依旧还是如在花房的风格。杂毛小道已经住了进来，拉着我在这近两百坪的大复式里面走动，说，考虑到你腿脚不方便，我们特意给你留了楼下的一间，你看看还行不？

我埋怨说，我又没说我要住过来，你小子搞得我无家可归，还好意思说？

不过当我看到房间的布置之后，说这话的底气，也就变得不是那么充足了。

之后的几天里，事务所的事情不再是那么忙碌，我便带着小婧去好几个景点玩了一回。也不是很特意，只是在自然中呼吸呼吸新鲜空气，也是极惬意的事情。

除此之外，雪瑞还带着小婧去著名的商贸中心，买了些年轻女孩子的漂亮衣服，换上之后，焕然一新，不再那么土气。作为考上大学的礼物，我给她买了一台苹果的笔记本电脑，很贵，小婧推辞不要。我对她说女孩子要富养，就是要眼界宽广，不要浮于表面的虚荣，让人看不起。在大学里面的时候，会有很多男孩子追，不过要把持住自己。每个人年轻的时候都会碰到一两个人渣，但是次次都是，那就只能说明眼光有问题，自己注意点……

小婧受过情伤，点头说知道，她会谨慎对待找男朋友这件事情，不会让我再操心的。

我见她神情黯然，怕她有心理负担，便跟她开玩笑，说那也不行，如果碰到像你左哥这样稳重、有责任感的好男人，那也是不能够错过的，不然你以后可要怪罪我了。

她便笑，说不会的，她到时候如果有，会抓过来让我们给参谋的。

我也忙，不能时时陪着，就把她扔在雪瑞那里，直等到报到的时候再说。

其间我偶尔会去一趟东官南城那边的特勤局二处，打听一些关于小鬼重生的信息。这东西耸人听闻，当然没有结果。不过跟那个门房老头儿倒是熟络了一些，他看着坐在轮椅上面的我直叹可惜，倒是对站在我后面的小妖朵朵眼光大亮，赞叹连连。麒麟胎身平日里一如常人，唯有眼招子厉害的高人，才能够瞧得出这里面的蹊跷来。

随着日子渐渐临近九月，我的大腿和脚部的知感也渐渐加强了起来。肥虫子虽然一直在沉睡，但是并不妨碍我的恢复。随着我行气的时间越来越长，感觉经脉之间的裂缝也开始有愈合的迹象,不再像以前,脆弱得玻璃似的,一碰就碎。

九月份的时候,老万他表妹家那起杀妻案庭审结束了。那个叫做石柳的装修公司老板因为手段实在残忍,影响恶劣,被判处死刑,剥夺政治权利终身。

这首犯是一颗花生米领了盒饭,但是怂恿他杀人埋尸的那个女人却是杳无音讯。我跟欧阳警官确认过,那个女人确实就是我以前饰品店的店员王姗情,一个人。我事后问过赵中华,得知这个女人确实已经在他们局里面留有档案,最近的一次是在鹏市,与人合谋杀害了一个小男孩,将其炼制成了小鬼。她的身份是邪灵教的外围成员,不过销声匿迹很久了,没有想到会在这里出现。

我闭上眼睛,还能够回忆得到以前在我手下干活的那个女孩,以及她那如月光下溢满井水的纯净眼睛。我往日不曾想过,这么一个女孩会变成蝗虫一样,四处为害。

人可以变得很善良,也可以变得很恶毒。

九月中旬,我已经可以依靠着拐杖勉强走几步路了。疗养院住着花销太大,便是如我也住不起,便决定搬到李家湖我们置办的房子里去住。在此之前,杂毛小道、虎皮猫大人和小妖都已经在那里安营扎寨了,就等我过去会师。当天下午我办了出院手续,医生嘱托我每个星期的星期六,都要回来作例行性检查,而且还要按时吃药。我点头,如鸡啄米。

那天大家都有些忙,杂毛小道出差去了鹏市,雪瑞在事务所顶班,就派了小澜和老万过来帮我办理。因为是下午,威尔也就没有跟在身边,就小妖在我身后推着轮椅,沿着道路两侧高深的林木树荫,往院门口走去。快到门口,我接到电话,疗养院说我有一些什么东西落在房间里了,让我回去拿。

我一听,正想指使着老万跑去拿,旁边的小澜说,我去吧,反正又不远,你们在门口等我就是。

我听得这电话有些陌生,也不明其意,来到疗养院门口,老万提着钥匙去开车过来,而我和小妖则在门口不远的树荫下等待着。刚一会儿,过来了三个衣着新潮的非主流少年,让人看着直想抽。他们三个瞧着小妖漂亮,过来言语调戏,继而开始动手动脚起来。

我并不在意。这三个战斗力为渣渣的非主流少年,从一出现就是个悲剧,我唯一担心的是小妖手脚过重,将这些小家伙弄成了重伤,不好处理。不过小妖似乎也知道收敛,要不然以她这十一二岁的萝莉少女样,把人给打飞上天,实在太惊世骇俗,所以与他们三个对踢了几脚。

疗养院门口有保安,看到有人过来闹事,而且是这里的客人被骚扰,吹着哨子就跑了过来。然而这哨子一经吹响,我耳朵突然一动,似乎听到什么激烈的破空声。这声音很小,隐约不可闻。

一阵惊悸突然就跃上了心头,我的心脏骤然收紧,感到从"炁"之场域中,有庞大的压力朝着我席卷而来。我抬头朝东边望去,下意识地知道自己被人狙击了。

第二十三章　代号黄鳝

砰——

因为感应灵敏,我比别人更早听到了那一记枪声。然而即使意识到自己被人伏击了,我的身体仍然跟不上思想的节奏,只感到胸口一记刺痛,却来不及躲避。瞬间,一道娇小的身影挡在了我的面前。是正在陪三个小混混玩儿的小妖倏然出现。

接着有一声沉闷的碰撞声在我耳朵边回荡。这声音是金属和玉石轰然对撞而发出来的。

小妖的身子腾空而起,重重砸在了我的身上。

我这边一时受力不当,轮椅倾斜,跟着她翻倒在地上。翻滚中,我看到小妖精致的瓜子脸疼得挤成了一团,眉头紧紧蹙起,显然她的麒麟胎身与那炽热金属流的撞击,让其难受万分。听到枪声响起,疗养院门口的那几个保安连忙缩退回去。不过是领一点儿工资,先保自家小命要紧,犯不着搏命。那几个小混混显然也吓得不轻,第一时间就趴在了地上,一动不动,屁股高耸。

我不敢停留原地,抱着小妖在地上翻滚,心中焦急万分。我所处的是疗养院门前的开阔地,以那个枪手的视野和预谋,绝对能将其囊括在内,如果他下一次再扣动扳机,我说不定就要命丧当场了。

就在这紧急时刻,从西边猛然冲出一辆汽车,急速行到我的身边,大转身刹车,然后横挡在我们的前面。车门打开,老万一脸惶急地嚷道:"陆哥,这什么个情况?怎么好像是拍电影?"

说话间,车子轰然一震,那人开了第二枪,打在了我那辆蓝色萨帕特的车身里。

我的背上出了一身小米汗,在老万的帮助下挣扎爬进了后车厢,还没攀上座位,后车厢对面玻璃窗户"砰"的一声响,玻璃渣子四溅,噼里啪啦地拍打在我的脸上。突然,我牵着小妖的手一松,便听到耳朵边传来了一声母老虎的娇喝:"太、太、太……过分了!对面的那个家伙,居然敢惹小娘,你摊上大事儿了!"还没等我反应过来,小妖朵朵就化成了一阵风儿,消失在了我的视线外。

车子已经在发动,轰鸣着朝车道中间疾驰。老万显然是吓坏了,车子犹如喝醉酒的汉子。摇摇晃晃行走了几十米,我还没有缓过劲儿来,便听到驾驶室里老万忍痛地喊道:"陆哥,陆哥,我中弹了,好像在屁股肉里面,好辣啊,怎么跟坐在火炕上面一样,怎么办?"

这个时候已经没有了枪声响起,显然那个枪手已经被小妖朵朵给盯上了。我在后面,看不到老万的伤势如何。若说医疗条件,疗养院倒是设备齐全,而且也有现成的医生,就是不知道那里还安全不?

我在思索了两秒钟后,决定吩咐老万往回开。然后掏出电话来,分别打电话给赵中华和杂毛小道,简短说明了我遭受袭击的事情。杂毛小道表示马上赶回来,而掌柜的则立刻通知了相关部门,过来协查。说实话,在中国,枪支管制十分严格,任何案子,一旦沾上了枪支,便是一等一的大案。不知道是哪个人,有什么深仇大恨,竟然会脑子发烧,用枪来伏击我。这得有多大的仇怨啊?

不过话说回来,对于我这样的人,下毒无效,近身击杀的话又敌不过我身边防范甚严的几个高手,在全国大力整顿相关组织、各路邪派高手纷纷隐匿的大背景下,对于普通人来说,唯有用枪,才有必杀我的希望。

只是这个要杀我的人,到底是谁呢?

我皱着眉头想了一会儿。发现我自出道以来,仇人无数,几乎每一个人仇人都有必杀我的理由。而很多奇葩的家伙,甚至没有理由也可以杀人。所以这个问题对于我来说,实在是一个无解的存在。

当老万开着破破烂烂的车子又重新返回了疗养院门口的时候,门口已经聚集了一堆人,老万将车子停在人群前方不远,打开窗子朝人群大喊:"有没有医生?我中枪了,我需要止血……"好在这里的工作人员认识老万,立刻有穿白大褂的医生冲上前来,将老万扶下车去检查。这个倒霉的家伙中了一颗跳弹,钻进了屁股肉里去,血看着哗啦地流,但其实并不严重。

警察反应很快,几分钟就到了,两辆警车。

疗养院门口的保安还算是比较称职,擒住了两个小混混,另外一个弄成爆炸公鸡头的小子见势不妙,早已经溜走。我心急小妖朵朵,这小狐媚子过了十分钟,都还没有露面,让人心焦。

没有伤的人自然要带回局子里面去审问,老万屁股中弹,我身上有好多玻璃渣子,都需要清创,便先到疗养院的病房里面,先行处理,而警察们也要进行现场取证。又过了五分钟,两个警察拖着一个被揍成猪头的矮子走了过来,一脸古怪,而他们后面,则是一个娇俏美丽的少女跟着。是小妖朵朵。我会心一笑,终于把悬在半空中的心放了下来。

在我完成了清创、录完口供之后,赵中华等人赶了过来。他跟这一票警察还算是熟悉,已然探听到了一些案情,告诉我那个枪手是掮客黄一手下的干将,但是他之所以跑过来杀我,并不是心血来潮,或者为旧主报仇,而是接到了新跟随的老大命令。那个老大没有名字,代号黄鳝,是分管南方这一片地界的邪灵教十二魔星闵魔新收的女弟子。

枪手知道得不多,那家伙也是在接到命令后过来执行任务的,就是个炮灰。他牙齿里面本来有毒药的,一咬破,不用几秒钟就毒发身亡,结果被小妖一拳头,给砸晕了。当然，他自己也没有存着必死的决心，不然也不会等到小妖赶到，还没有咬破毒囊。

事情很清楚，想杀我的，是一个外号叫做"黄鳝"的女人，而不是我想象中的其他人。这个黄鳝，如果我没有估计错误的话，她应该就是我饰品店的前店员、阿根的前女友王姗情。没想到，短短几年工夫，她居然越混越强，都混到邪灵教的中层位置去了。不过现在全国的风声都紧，但凡有这类人的苗头出现，就会遭受到严重的打击，真不知道她到底哪儿来的什么底气，敢这个时候，站出来惹事儿。

大家都在成长，没有谁，是弱者。

这边动静一出，顿时满城风雨。那个枪手和三个混混都被逮到局子里去盘查。我们这边稍微盘问过后，就没有什么事情了。警察告诫我要注意防范，赵中华问要不要派人过来保护我。我摇头说不用，他们最近人手也挺紧的。

兜兜转转，太阳落山时分，威尔开了事务所的一辆车过来接我。连说抱歉，他白天虽然能够穿着连帽袍子出没，但这里又不是中世纪的欧洲，太惹人眼目，所以出了这么大的事情，他这保镖却不在身边。同行的还有雪瑞，她脸色阴沉，没怎么说话，不知道在想些什么。

尽管我被盯上了，但雪瑞还是坚持让我住进她所命名为"空中花园"的家中。当天晚上八点半的时候，杂毛小道从鹏市赶回来，在听到了我的解释之后，说邪灵教的人还真的是硬骨头，现在风声这么紧，还敢顶风作案，当真是牛得一塌糊涂。你们都没什么事吧？

我指着正在教朵朵功课的小妖，说小妖帮我挡子弹受了点儿轻伤；小澜当时没在现场，事后吓得个半死，哭了好几回；至于老万，这个家伙的屁股中了颗跳弹，刚才得到消息说手术很成功，不到一个月，就又能够活蹦乱跳了。人没什么事，车子倒是不能够用了，要返修。

杂毛小道对事务所跟过来的苏梦麟说，老万这个小子表现不错，下月发双倍奖金，薪资提高一档。一会儿老苏你代表事务所去看他，该买的东西买足，该办的事情办好，莫寒了员工的心。

苏梦麟点头说，陆先生已经吩咐过了，慰问金都准备好了，一会儿过去。

杂毛小道又交待了几句，苏梦麟一一记下，然后告辞，先回去处理事情。等苏梦麟走了，杂毛小道一脸寒意，说张伟国这个屌毛，阳奉阴违。现在全国都在暗地里忙着整改，这个家伙却以阻碍经济发展为理由，就是不肯积极配合，搞得连黄鳝这种小鱼小虾都能够闹腾了。什么"大内高手"，就是个捧臭脚丫子的眼高手低之辈而已。

发了几句牢骚，我、杂毛小道、雪瑞和威尔聚拢在一起，说了一些安全的注意事项。俗话说得好，不怕贼偷，就怕贼惦记，一旦我们被那臭娘们儿给盯上，确实就是一身骚，甩也甩不掉。

碰到这样的事情，按照我以前的性子，说不定惹不起就躲了，不过现在却想着挖根掘底，把那个幕后凶手给找出来。她既然有害人意，那么就让她或者死，或者关起来，起不得这歹心。

说到这里，雪瑞突然问了一个很尖锐的问题，陆左哥今天出院，这个消息是怎么透露出去的？

第二十四章　踪迹

其实这是一个很奇怪的问题。

对手倘若真的盯上了我，以我目前的这种防范水平，被找到其实并不算奇怪。

但是雪瑞一提及，我们就有一种被人窥探的感觉，仿佛行踪已然被对手给掌握，知道我在那个时候出院，特意埋伏在门口。这一点，是赵中华跟我谈及案情的时候，我才发现的。那几个小混混也说有人让他们在今天下午四点钟的时候来闹事，分散我的注意力。这说明对手是有预谋、有准备的。

这让我有一种强烈的不安感，我不知道王姗情为何会对我如此仇恨，欲杀之而后快。但是这种被人惦记的感觉，十分不好，让我心头膈应，难受。

前一段时间青伢子出现，我也是同样的感觉。

我们都知道，雪瑞之所以这么提及，是怀疑我们内部有人将我的行踪，给透露了出去。不过今天要出院搬家的事情，只有事务所内部的人才知道消息，如果真的有这么一个人把我的事情透露出去，那么这个人，最有可能是谁呢？

当这个问题一过脑子，我脑海里就闪现出一个个活灵活现的脸孔来。想了好一会儿，觉得这也有可能，那也有可能，但倘若真的要说是谁，还就是说不上来。

猜疑是魔鬼，是毒蛇，让我们大半年建立的友谊和信任，荡然无存。

或许是我们太敏感，多想了呢？杂毛小道打断了我们的猜想，说："事情既然已经这样了，那么就不要想太多，小毒物，你这几天就搁家里面休息吧，至于其他的事情，由我们来办。到时候，就算是深挖三尺，也一定要将那个婆娘给挖出来，有背地里算计人的心思，就不要怕被报应。那个小娘皮要么就跑出东宫，不然煎炒烹炸，咱们不带重样儿的。小毒物，上次那个傅小乔说的那个闲人侦探事务所，你有联系方式吗？我们联络他们一下，看看能不能够找到些线索。"

雪瑞点头，说对，黑白两道，我们都要抓起来，不要让那些家伙阴完人，拍拍屁股，还能地道逍遥法外。

我自然没有闲人侦探所的电话号码，但是老万这个老油条倒是留得有。杂毛小道立刻打电话给老万，从半睡半醒中的老万手里要到了号码，然后连夜联系了闲人侦探所。除此之外，雪瑞和威尔在旁边献计献策，纷纷发言。

看到他们一副着紧的模样，我心中不由得暖洋洋的，感觉有这么一帮子朋友关心，还真的不错。

到了十二点多钟的时候，我才睡意渐起，朵朵端来给我煨好的中药，大家才发现时间不早了，拍拍我的肩膀，各自回房休息。这房子也大，各自都有房间，只是威尔这个家伙过来，要把小妖的房间给占去，惹得小娘发了好一通脾气。后来协调，威尔住我的房间，我则住在预留给小妖的公主房里，她这才勉强停歇了一些，不再闹事儿。

反正小妖和朵朵晚上不用休息，大部分时间都是在修炼。而且我们在一个房间也住惯了。

我喝完药，推着轮椅来到了楼梯口，杂毛小道一只手将我拎起来，而小妖则是更加轻松地提着我的轮椅，上了二楼。进了房间，里面一派花仙子的公主范儿布置，大大的粉红心型床位，让我后脊梁一阵发麻，感觉自己或许跟杂毛小道或者威尔共一个房间，似乎更加合适一些。不过杂毛小道哪里管我，把我往床上一扔，拍拍屁股下楼去。

当天晚上，睡得我腰酸背疼，翻了一晚上的烙饼。

清晨，我被虎皮猫大人的聒噪声吵醒，一屋子的"傻瓜"，脏话飞扬。

这段时间不怎么提及大人，实在是因为它忙得跟老牛一样，大清早就出去，披星戴月而归，有的时候三两天不着家，也是常事。不过它忙碌，倒也不是为别人，而是因为我体脉虚弱，需要一味叫做"白莲忝"的药引。这东西其实跟燕窝一般，是某种鸟类的唾液凝结而成，有滋阴润肺、疏导经络的作用，是那龙涎水的替代品，常出现于沿海山涧崖壁、茂林高树之间，十分难找，也不曾为人所知。然而常人不知不闻，虎皮猫大人却并非常人，故而能够找寻。这几个月来奔波忙碌，东官这一带又少有山脉，它的行程遍布南方各地，搜罗白莲忝，肥硕的身子都瘦了好几圈。

出了门来，躺在沙发上跟小妖显摆功劳的虎皮猫大人看到我，"虎躯一震"，上前来拜见于我，口中高呼曰："小婿拜见岳父大人，祝岳父大人福如东海，寿比南山，千秋万代，一统江湖。"雪瑞和小妖在旁边看着，被这个疲懒的肥母鸡逗得直乐，花枝乱颤。

正巧曹彦君打电话过来向我问好，谈了一下那个马来西亚降头师巴达西。结束之后，我想起在香岛第一次见到麒麟胎的时候，大人似乎发现了上面附着的念头，几下就解决了，便谈及此事，问它能不能够帮我消除一下，不然那个叫达图的老降头师徒子徒孙碰到我，还不都抄刀子搏命，多划不来啊。

麻烦！大人说，你智商缺陷啊？当初就是因为那印记太久，已经融入你的精神，无法分离，才没有一并解决的，不然哪里要拖到现在？再说了，被人惦记怕个啥？打铁还靠自身硬，说一万遍，终究靠的还是自己。

说完这些，大人展翅一飞，说看看老外去，好久没练英语，口语越来越不行了！

我记起我们昨天讨论王姗情的事情，不由得想起了我那倒霉的哥们儿阿根。没承想我们两个似乎有心灵感应，刚刚想起这个念头，阿根便打来了电话。我被袭击一事，十分保密，阿根并不知晓，所以我有些奇怪，接通电话，问怎么回事。

阿根也没什么事情，说心情不好，问我在东官吗？有没有空，有的话，过去陪他喝酒。

我说，你和那个新女友欧立夏整日缠绵，现在倒还记起了我来。阿根叹气，说现在的娘们儿真不好伺候，他就是烦这事儿呢，不要提。以前阿根谈起欧立夏，各种敬畏和爱怜，此刻这称呼，我倒被勾起了好奇心，问，你们俩又咋了？不是都已经搭伙过日子了吗？

阿根说城里的女人，太矫情。他们现在冷战了，欧立夏都搬回单位提供的住处去了。

我听他话语里满腹的怨气，知道这里面的冲突不少，出于朋友的立场，听他倒了好一会儿垃圾心情。最后我心中一动，问他最近有没有见过王姗情？阿根下意识地回答说有啊……说完他闭上了嘴巴，不肯讲。我见他那边有信儿，便严加盘查，并将王姗情买凶谋害于我的事情，说予他听。

他在那边沉默了一会儿，似乎很难接受。不过最终他还是倒向了我。告诉我王姗情在厚街一带做鸡头，现在的艺名叫做红姐，他上个星期还见着呢。如果要找她，去那里或许能够见着。

听到阿根这个消息，我不由得精神一振，问清楚详细的事由之后，叮嘱他不要走漏风声。阿根说晓得。当初还以为这贱人只是生活所迫呢，没想到居然还谋害起你来了，有什么要帮忙的，直说。我说不用，又跟阿根草草说了几句，便挂了电话，接着把这个消息告知了杂毛小道。

杂毛小道大喜，说怕就怕她光席子薅被面，单独一个卷铺盖儿溜走。如今有家有业，一时间跑脱不得。他这就让闲人侦探所确定方向，估计今天下午就会有消息。

我问，要不要通知赵中华他们，由官方出面，似乎会好一些？

杂毛小道耸耸肩膀，说现在很多东西说不准，大家都在玩无间道，你中有我，我中有你，不分彼此，相互都渗透得厉害，所以有时候单独行动，比凡事求助于官方，更加靠谱一些。

我点头说对，确实是这么一个道理。

因为枪击事件，我便没有再去事务所上班，再说有雪瑞和张艾妮，事务所基本上也足够开张了。我在房子里逛了几遍，然后开始按照固体的法子，来复健我的上半身；至于下半身，我则依靠着拐杖艰难地上下楼。小妖朵朵看着咯咯笑，说我的动作像僵尸。

因为小妖特意布置过，窗帘一拉上，屋子里透着股阴凉，朵朵在里面也可以撒着欢儿跑。这也许就是这小狐媚子非要搬过来的主要原因吧？她嘴上不说，心里面不知道有多重视朵朵这个妹妹呢……

我找了一个宽敞的阳台，躺在靠椅上，眯着眼睛看书，感觉颇为惬意。如此美妙的一天过去，到了傍晚的时候，杂毛小道打电话给我，说他在厚街那边，准备去堵王姗情了,说不定今天晚上,他就能够把那祸害娘们儿给搞定了,妥妥的。我问他在哪里,他说了一个地址。我心中不由得痒痒,说我也去。杂毛小道说,你疯了,你一残疾人士,昨个儿差一点丧了命,今天又要去弄什么幺蛾子?

我说我就是去看看,再说晚上有威尔和小妖,怕个啥子?那个女人我也算是认识,过去凑凑趣儿。

杂毛小道说,你就是个睚眦必报的角儿,行,过来吧。

第二十五章　大头

或许有的人会质疑我都瘫痪在轮椅上了，为何还兴致勃勃地到处跑动惹事，这不是添乱吗？其实我这里是有缘由的。

不知道是天性使然，还是跟随虎皮猫大人学到的臭毛病，我身体里面的那条肥虫子，喜欢做一锤定音中的那最后一锤，总喜欢在我最危险无助的时候，苏醒过来，救我于危难之中——比如它第一次沉眠的时候，苏醒就是在湘西凤凰阿拉营王氏大屋僵尸群体的围攻之中。

不知道这个样子，它是不是特别有成就感。

人其实很多时候，很依赖于习惯。我往日没有金蚕蛊的时候，也好端端地活了二十多年，并没有觉得有什么不好。但是当我在2007年夏的时候，被外婆种下了金蚕蛊，却觉得自己永远地离不开它了。这种感觉不能拿男女之间的感情来形容，金蚕蛊就仿佛我的手指、我的脚趾、我的××……反正就是我身体里面的一个器官。

我感觉当我的肾上腺激素大量分泌的时候，便是金蚕蛊苏醒之时。而当这小家伙开始苏醒，我便能够让它给我舒经活络，激发潜能，并且很快就能够站起来了。坐了差不多小半年的轮椅，我连在梦中，都想着奔跑，想着不依靠任何人，行走在任何自己思想所达的地方。这种期盼，是正常人所不能够理解的，也是我想着去冒冒险的缘由。

而且，有小妖朵朵在我身边，我根本不用有太多的担忧。

我的那辆车被送回修车厂维修，不知道多久能够回来。在威尔的带领下，小妖推着我，来到小区门口打车。因为这边一般都是私家车，所以出租车很少有路过，差不多耽搁了小半个小时才出发，路上又堵，到了约定的地方时，已经晚点很久了。

华灯初上，灯火闪亮。

我们下了车，看到小巷子口有一个瘦弱的身影在那边守着，是小俊。见我们过来了，小俊迎上来低声打招呼。

经历过许多事情，这个年仅二十岁的年轻人脸颊消瘦，目光锐利，炯炯有神，行为举止也十分得体妥当。他跟我们说萧道长已经和闲人事务所的高级业务员老丁过去了，雪瑞小姐在楼后面监视着，他待在这边等待着我们。我问，事情结束了没有？他摇头说，应该没呢，如果抓到目标了，他们应该会过来，并且通知赵中华的人过来接收。但是现在并没有动静。

我问，现在到底什么情况，大家都去哪里了？小俊告诉我，根据我从阿根那里得到的消息，闲人侦探事务所已于今天早上对这一片进行了排查，然后确定了那一栋出租楼，就是黄鳝的驻地。她平日里和麾下几个打手以及十几个直系的红牌子住在那儿，有时候还在这楼里面开房间接客。不过从中午到刚才，人来人往，就是没有见到那个女人，萧道长在半个小时之前，已经以查访的名义进去接触了。

我眯着眼睛，打量前面不远处的那栋建筑，看着门口不时有人出入，知道这里依然还在正常运转。

这里是个城中村。所谓城中村，即是城市包围农村，城市化进程的奇怪造物。生活在北上广深等一线城市或者长江、珠江三角洲流域大型城市的朋友，或许并不陌生。这里属于城市的一部分，却又有着农村常见的脏、乱、差，建筑密集、人员拥挤，因为低廉的生活成本，使得它成为绝大部分外来人口的首选之地，鱼龙混杂，环境堪忧。

因为鱼龙混杂，便容易藏污纳垢，治安十分差劲。

在这狭窄而黑暗的建筑和巷道里面，生活着无数的低收入人群，就像蚂蚁一样，忙忙碌碌地生活着，在城市的边缘地带挣扎。

我看了一下周围，感觉我们的人手其实有点少，如果真的确定了王姗情就在这里，那恐怕根本包围不了，倘若让她趁乱逃脱，只怕下一次再遇到这小娘们儿，又不知道是何时何日。杂毛小道不在这儿，我也来不及跟他商量，便打电话给赵中华，说我们这边有了昨天枪击案幕后凶手的消息，问他们能不能派人过来察看一下。赵中华问我在哪里，我报了一个地名，他在电话那头表示知道，他们也刚刚查到，有人在这附近呢，立刻就叫人过来。

我这才安心，与威尔、小俊在不远处小巷子的黑暗处等待，目不转睛地察看进出的人们。

威尔已经摩拳擦掌许久，说那个女人一旦出现，他就冲上去，将其一顿猛抽，好挽回他昨天的失职。

等了差不多十分钟，赵中华那边的人还没有过来。而我们身处的巷子前后，却被六七个膀大腰圆、一脸凶残的汉子给围堵住了。我们收拢戒备。从黑暗中走出了一个穿花衬衫的中年男子来。

此人是个大光头，左眼紧闭，畸形，一道狰狞的刀疤从他的嘴角开始，途经左眼，一直蔓延到了耳际边缘，如同一条张牙舞爪的蜈蚣虫。就是这一道刀疤，将他整个人的气质都衬托得凶狠而戾毒，江湖气浓重。

光头独目人走到了我们的面前，粗声粗气地说，你们几个，在这里鬼鬼祟祟盯了大半天了，当我们是瞎子吗？说，你们到底想干吗？

这些汉子的后腰处鼓鼓囊囊，想来都塞着砍人的工具。这些人我在南方见得多，以为都是附近收地皮费、床位费的地痞，见我们在这里停留太久，又是成群结伙的，所以才上前来盘查。不过看这架势，他们这边的防范倒是挺严的，不知道是不是跟最

近创建文明卫生城市有关。

我见识也多，赔笑说，老大，你看我这一残疾人士，既不是条子，也不是随便放大炮的记者，我们几个在这里等人而已，你忙你的，不用招呼。

光头独目人狐疑地打量着我们这一伙人——一个俊朗有型的老外，一个刚抽条儿的小萝莉，还有一个坐在轮椅上面的刀疤小子，唯一正常些的，就是旁边那个眉目如刀的年轻人。这样的组合，确实不像是我口中对他们最有威胁的两类人。然而旁边的一个矮个儿却低声嘀咕，说刚哥，红姐吩咐过了，最近市面不太平，让大家伙儿都注意一点。

这个被称为刚哥的光头佬眉毛一挑，似乎有些不太满意矮个儿的提醒，不过他终究还是拗不过红姐，厌恶地朝着我们吐了一口唾沫，说，滚、滚、滚远点，少来这边闲晃，想招惹麻烦不是？

这家伙有口臭，杀伤范围两三米，这一口唾沫星子飞出，全都沾染到了我们的身上来。

我们本来都有回避的意思，然而这个家伙的生化攻击一出，有点儿小洁癖的小妖朵朵立刻就不满了，杏目圆瞪，大骂道："扑街仔，滚开去，你知不知道你的嘴巴臭得跟粪坑一样？你作死咩！"小娘搭架对骂的水准，便是虎皮猫大人也不遑多让。这一通骂，让这伙人顿时就有些发愣，不知如何回复。

见到小妖情绪爆发，威尔嘿嘿一笑，捏起了拳头，咔咔直作响。

刚哥见这情形，不怒反笑，说，哎哟，你们还真的是想作死啊？此话刚一出口，周围的这帮汉子立刻扑了上来。威尔早已防备，出脚如鞭，径直攻向为首的刚哥面门，有"擒贼先擒王"之意。那家伙也是很厉害的练家子，轻松抵挡下来，看这起步和拳法，竟然有咏春一路的讲究，跟威尔你来我往，倒能够支撑几招。

除了光头刚哥，还有六条大汉，一水闲养的打手，走路打横的家伙儿。小俊和小妖上前护住了我。这架一开打，我便不往前面凑趣，自己推着轮椅，往后面躲闪。

威尔和光头刚哥交手几个回合，猛然一发力，便将这厮一掌击飞，重重跌倒在地上去。我刚刚要叫好，突然从黑暗的巷道中蹿出一个短发少女，蓝色磨砂牛仔裤，黑色T恤，健步如飞，手中挽着一把雪亮的银刀，朝着威尔扑去。血族天性怕银，威尔也不例外，见到这骤然而来的袭击，下意识地往后退去。

这少女不过十六七岁，比雪瑞还小，小妖见威尔往后退，哈哈大笑一阵，说，威尔叔叔，让我来助你！她放开手中一个被揍成猪头的汉子，欺身而上，与那个新来的少女对上。

那少女刀法精湛，而且刀锋锐利，似乎有一些门道，便是小妖朵朵，也一时奈何她不得。我感觉有些不妙，往那边的出租屋看去，只见一大堆衣着暴露的女人开始往外涌出，然后四散逃去。

糟了！我心中暗叫，不知道哪里出了问题，眯着眼睛盯向出口的那些女人，试图从中找出王姗情来。然而并没有,我只看到杂毛小道出现在门口,正在和两个一身赘肉的肥婆拉扯。

　　我的脖子后面突然一凉,寒意顿生。回过头去,只见在巷道墙头处,居然骑着一个脑颅硕大的小男孩,正诡异地盯着我,朝我吹气。

第二十六章 减肥妙术

见到这个皮肤如同水泥一般灰白的小鬼头,我心中顿时一阵猛跳。

它的头颅比身子还大,就像我们平日里所看到的那种公仔。四肢短小,如同累赘,眼睛里有着一种非人类的阴冷光芒,让人看到便浑身不寒而栗。而它最明显的硕大头颅里,光溜溜的脑壳下面,有蚯蚓一般游动的青色血管,几乎透明,稍微仔细,还能够看到里面的脑浆翻涌。

吓——

这个孩子我曾经见过,是在鹏城某地的一处出租房内。它生前是个活泼可爱的小孩子,一双眼睛天生能够通辨阴阳,可看得清我们身边那些游离的灵体。而恰恰就是这一体质,使得它被人算计了生辰八字,在特殊的日期里,头顶凿孔、脐下二刀,以其尸油和牙齿寄托神魂,炼制成了这般的恐怖小鬼模样。它的大名叫做米小哲,小名唤作闹闹,母亲钟大姐原籍栗平。栗平毗邻晋平,与我还算得上是老乡。

此刻,它已然被王姗情炼制成了凶煞之物,一双白仁儿眼睛中,满是仇怨之色。见我抬头望去,它张开嘴巴,如同昆虫口器一般黏稠古怪,里面还有密密麻麻、满是小米大的细碎牙齿。它在叫唤,若同乌鸦夜啼,声声古怪而泣血,让人心底里直打哆嗦。叫了两声壮胆撑场面,那小鬼便从墙头纵身扑下来,朝着我的头部猛地一抓。

瞧这小鬼的模样,几近实体,我便知道在这一年多的时间里,它定然进步很多,强大了不少。此类灵体不比常人,只要吞噬得当,并不用多长时间,便能够变得很厉害。我全身功力皆废,行动又不方便,哪里是这小东西的对手?旁边小妖脱不得身,便指望威尔帮忙。然而周围那几个打手如同打了鸡血,抄起家伙围攻上来搏命,小俊险象环生,威尔也忙着照顾周围,倒是没怎么着紧头上。

我在小鬼闹闹从墙头往下扑的那一刻,就在奋力地呼唤着金蚕蛊。

结果那小肥虫子自顾自地呼呼大睡,并不理睬于我,倒是我胸前的槐木牌子大亮,朵朵从我胸中飞出,身形未稳,便朝着前面那个畸形鬼娃娃一掌拍去。

同样是出身小鬼,一个已然成就百年难见的鬼妖之身,一个却是洞察天机、命藏至理的新晋之辈。两掌相击,不同属性的两种力量狠狠相撞,朵朵和闹闹的身体均是一阵狂抖,倒飞出去。

我看到朵朵朝着我跌来,心中不由得大为震惊。要知道,朵朵跟随我两年有余,特别是虎皮猫大人出现之后,所受到的好处数不胜数,又修得《鬼道真解》一书,其实已经算得上半个修行者,比那一般的小鬼,要厉害得多。他日成就,说不得还在我之上。然而即便如此，她与这个闹闹相比斗起来，竟然是不相伯仲，而以凶戾程度而言，这个闹闹似乎更胜一筹。这样的结果，怎能让我不诧异？

朵朵撞在了我的身上，巨大的作用力将我重重地撞到了墙根处，轮椅和墙壁发出好大一声响。

稍一安稳，我将缩到我怀里面的朵朵抱起来。这个平日里乖巧可爱的小丫头虽然依旧是一张精致娃娃脸，但是满脸青筋暴露，显然已经进入了恶鬼状态。进入这个状态的朵朵，跟平日里完全不同，凶煞莫名，嘴中发出一声撕心裂肺的嚎叫，怒发冲冠，腾的一下，从我怀里跳起，又冲向墙头去。

朵朵和那个叫做闹闹的小鬼，在空中开始凶狠地厮打起来。

说实话，朵朵很少这般模样。不知道她为何会如此，是因为这个闹闹和她一样，都是小鬼吗？

见到小鬼闹闹的出现，威尔便知道此事已难善了，他眉毛一低，回头问我，陆，我认真出手啦？到时候你可要帮我负责啊！

我心急两个朵朵的安危，也怕走了目标，拍着胸脯说，妥妥的，只要不杀人，你就放手去干吧！

得了我的保证，威尔脸色立刻变成了青色，眼球里涌现出一大股绚烂的红色，艳丽如血，然后双手一伸，朝着向自己挥舞精钢西瓜刀的汉子冲去。缩头缩尾的威尔并不厉害，然而当他真正释放出血族那股恐怖气息来的时候，这些学过一招半式的街头混混，简直就不能称之为对手，而是被活活虐待的试验品而已，一时间血光滔天，攻守转移。

朵朵性子属阴，能操癸水，也使得青木乙罡，而那个闹闹却是个火爆的鬼娃娃，阴火燃烧得厉害，与朵朵正好是互克的一对儿，而且战斗的经验更加充足，即使是进入了恶鬼状态的朵朵，也只是棋逢对手，锣鼓相当。两个小鬼于空中恶斗，卷起阴风阵阵，好一派恐怖景色。

我的视线从朵朵的身上转移开来，瞧向了杂毛小道那边。只见那两个日本相扑手级别的肥婆朝着杂毛小道推搡了一会儿，突然有一个脸色一变，以腰肢带臂膀，如棕熊一般相互摇蹭。她这一抖动不要紧，那颇呈规模的肥肉大范围地晃荡起来，蔚为壮观。

杂毛小道似乎也很少有跟如此肥胖的女人打交道，而且还是大力推搡，伸手就是一手油。他虽然喜欢红颜脂粉，然而面对这种猪油一般的脂粉，却仍然接受不了，故而皱着眉头，有些困惑。

那肥婆依然在快乐地抖动，媚眼如丝，似乎在享受着什么。

正当这场景向着暧昧戏分发展的时候，诡异的场面出现了——那肥婆本来穿着宽松的裙装，露出大象腿一般的臂膀，这臂膀白嫩渗油，在剧烈的抖动中，身上的肥肉突然纷纷掉落到地上去，变成了一条条白色的肉团，如同初生的老鼠，蹦跳着，朝杂

毛小道扑去。

整个过程不过三两秒钟，一个四百来斤的女人在一番变化之后，竟然完成了天下最奇妙的减肥方法，将一身的好肉，都给抖落下来。

然而让人觉得恐怖的情形是，这些肉抖落下来之后，那女人并没有如我想象的那般，变成一个秀美标致的美人儿，而是如同榴莲一般，坑坑洼洼，丰满的地方依旧肥硕，而肉抖落得多的地方，却可以看得见骨头粘连的黏膜。这种整体的不和谐感，仿佛在一具骷髅上面，随意堆集了些白花花的肥肉。

情形如斯恐怖。面对着这密密麻麻窜过来，如同老鼠异兽的白色肉团，杂毛小道却微微一笑，露出了一口白牙。

这家伙大叫一声"来得正好"，往后一跳，那把不知藏于何处的雷击桃木剑"雷罚"，便已然出现在右手上，左手掐动剑诀，雷罚凭空一划，绕了一个大圈子，顿时有一种如同实质的气场出现，由上而下，磐石一般，紧紧压住了地上那一堆白色肉团。

就这么简单一招，便显示出了杂毛小道数月以来，功力一直在增长，而且开始有了大家风范。一招一式，皆如随手拈来，却恰当万分，如此效果，乃习天之道也。

另外一个胖女人则狂吼一声，浑身肥肉也抖动，抽出一根笤帚，朝着杂毛小道扫去。那笤帚坚硬有寒光，竟然是钢铁所做，前方的铁丝摇荡。这东西就如同当年抗倭名将戚继光所布鸳鸯阵的利器狼筅的缩小版，前后皆可护住，颇为难缠。杂毛小道抽身后退，那些被压制的肉团又恢复了活力，有的彼此相连，有的又分裂开去，然后围绕着杂毛小道，零零落落布置出一种阵法来。

拿笤帚的胖女人攻势凶猛，杂毛小道怕碰坏了他的雷罚，并不与之正面冲突，往后缓退；而割肉的那女人双手舞动，几近疯狂，口中白沫飞溅，大声唱和着什么，地上的一堆肥肉开始越发地活跃了。突然，肥肉粘连，一股黄色的烟雾生成，围绕着杂毛小道旋转。

杂毛小道冷哼一声说，区区小术，竟然敢拿出来丢人现眼，我给你来个有去无回，也好让你哭丧一回脸儿！说罢，他手中的雷罚急速连刺七剑，正应了那北斗七星罡的气数。桃木与空气摩擦，有隐隐雷声响起来，这七剑刺完，他的剑势一定，遥遥指向了最前方。

那个割肉的女人突然一声凄厉的惨叫，眼睛、鼻子和嘴巴处，突然涌冒出鲜血来，将整个脸染成了恶鬼模样，龇牙咧嘴，尤为恐怖；而那些黄色的烟雾则顿时萎靡，消散不见。

阵法一破，杂毛小道便没有了再与之纠缠的心思，侧身躲开铁笤帚的扫荡，左手紧握，硕大的拳头便印在了那个嚎叫的女人胸口。这女人原本有四百来斤好肉，轻易不好硬扛，然而地上那些老鼠一般的肉块脱下后，只剩下百来斤，被杂毛小道凶猛一拳，顿时所有的尖叫都噎在了喉咙里，往后飞去。

281

一招得手，杂毛小道乘胜追击，闪了两个身位，终于避开了铁笤帚，重重一拳，打在了另外一个女人的脸上。那女人被揍得头一偏，吐了口血，若无其事地伸出一双手，将杂毛小道一把搂入自己的怀中。杂毛小道的头被埋入篮球一般大的胸脯中，气都换不过来。

一道倩影出现在出租楼门口。

第二十七章 红姐

此人好久不见,正是那化名为红姐的王姗情。

与往日青葱年少的店员小妹相比,此时的王姗情显得更加风尘,化着精致的烟熏妆,发髻高高挽起,身材就跟女明星出名前后的对比一般,突然就波涛汹涌了起来。穿一身淡蓝色OL制服、戴着典雅黑框眼镜,十分从容,似乎我们这处的打斗与她并无关系,而她,仅仅是出来透个气、散个步,去远处遛一个弯而已。

不得不说,人是会变的。王姗情与我印象中那个热情能干的小姑娘模样,越发地远了。这前后的变化有如天壤之别,云泥一般。

在王姗情身边有两个人,一个满脸络腮黑胡子的壮汉,一个粗手粗脚的中年妇人。这两个家伙,前者犹如刚从牢里面放出来的饥荒贼,饿得眼睛发绿的那种;而后面那个,则就像是苦情电视剧里面的苦命媳妇儿,又或者是大户人家的老实保姆,怎么看怎么都是路人的角色。不过第六感告诉我,这两个人,都是一等一的高手。

而此时的杂毛小道也终于挣扎着抬起了头来,他面前这位吨位四百多斤的大妹子胸口内容实在很足,把老萧差一点都给闷背过气去。不过杂毛小道这老兄家学渊源,知道怎么跟这种纯粹依靠身体力量的家伙打交道,身子油滑如游鱼,几番扭动,就挣脱了这大妹子的热情拥抱。

杂毛小道显然对这肥婆并不感兴趣,他刚才似乎受到了莫大的侮辱,脸上面的青筋浮动,两颊通红,第一次露出了极端愤怒的表情。说实话,我很少有见到整日笑嘻嘻、没个正型儿的杂毛小道,有过这么愤怒的表情。显然,肥婆刚才那没有半点商量的拥抱,让杂毛小道有一种被逆推的痛苦。

逆推啊……

"啊……"杂毛小道发出了高分贝的吼叫声,身子便如同安了弹簧,一退,继而凶猛前进,身子腾空而起,双脚收缩之后,复踢出去,重重地砸在了面前这肥婆的胸口。他竟然以自己的身体为武器,借助巨大的惯性,来对那肥婆展开攻击,这种巅峰的搏斗技巧,真的让人叹服。

果然,那个手持铁笤帚的肥婆根本来不及反应,仅仅将手抵在了胸口前,便迎来了杂毛小道的贯力一击。杂毛小道自小便有一牛之力,多年来的体格打熬,早就更上一层楼了,如今又使出这拼尽全力的一招,自然是凶猛得很。一击即中,那四百多斤的肥婆腾空而起,朝着后面摔去。她重重地砸在了地上,轰然作响,正好挡住了王姗情等人前行的道路。

283

那女人杀猪一般嚎叫着，然后被王姗情一脚踩到。

提着LV包包的王姗情抬起眼眉，看向了从地上翻腾而起的杂毛小道。两人曾经在阿根的家中打过照面，自然是认得的。杂毛小道一见到这女人出现，想到她最近闹腾的各种行为，还有指使杀手伏击我的事情，顿时怒火中烧，几步就朝着前方冲去，口中大叫，你这妖孽，休走！

王姗情一声冷笑，口中大叫道，闹闹，回来……

正在与朵朵交锋的小鬼闹闹收敛起满头的恐怖獠牙，一挥手，几朵幽蓝鬼火浮动，阻住了朵朵的进击，自己倒是返身，越过了十几米的距离，朝着王姗情飞回。杂毛小道前冲两步，那个络腮胡子一步踏前，接过了杂毛小道的进攻。

这络腮胡子表面看着粗豪，身手却是一等一的细腻，走的是咏春的路子，而且腿功厉害，交手的瞬间，在空中连踢了好几个刚猛的弹腿，破空炸响。

鬼脚七，佛山无影脚！对手并不是妖魔鬼怪，杂毛小道便与那络腮胡子硬碰硬。那络腮胡子却是格斗搏击的高手，对上杂毛小道，他也不落下风，有声有色地回击着。

我眉头紧紧皱起，看着身边这些激烈的战斗，不知道说什么才好。

说实话，来之前，我们并未曾想过此行竟然会如此艰难。在我的印象中，那个女人还只是一个任由我们宰割的小角色，见到我们的第一反应是逃跑，而不是这般淡定从容。然而先是那个持银刀的短发少女，然后又是两个古怪的肥婆，再加上王姗情身边这两个锋芒乍现的随从，都让我开始有一种奇怪的感觉出现。

士别三日，当刮目相看；王姗情，已非昨日阿蒙。

我不知道王姗情为何能鲤鱼跃龙门，身边竟然会聚集如此多的高手，但是知道不能够让她再次溜走，于是吩咐正在虐跟前这几个混混的威尔，别让那女人给跑了。片刻功夫，威尔然将面前的这一伙混混儿打得七零八落，正准备与小妖共同擒住那个挥舞银刀的少女，听到我的喊叫，立刻点头，扭身朝着道路对面奔去。

见到我焦急万分，小妖也有些沉不住气了。她的这个对手要说厉害，其实远远不如她，但是这短发少女凭借着一把银刀，一套泼风刀法，却能够将小妖给牵制住，不得寸进。小妖的麒麟胎身即使可挡子弹，但也不是万全之物，特别是融入了神魂，便有缺点。我见那少女的银刀，似乎有能够牵制小妖的东西存在。由此可见，那银刀应该是件不错的宝贝。

杂毛小道被那络腮胡所挡；威尔前扑，却被那中年女人给迎上。那女人一搓手，鼓弄出了一把拂尘，朝着威尔一刷。这玩意儿，竟然和往日青虚所用的一般，都是特定的钢丝拂尘，但凡沾惹到一点儿，就是一道血印子，而且那拂尘上面久经供奉，似乎也有让威尔不爽的气息。

不过威尔的加入，也让王姗情压力大增，她朝左转向之后，竟然朝着暗处小跑而去。那头头颅硕大的小鬼闹闹紧紧相随，想来它的主人就是王姗情。

我有点儿糊涂了。我所看到的那三人，每一个都应是名动一方的角儿，然而他们竟然汇聚在了王姗情麾下。瞧这架势，下面的这三个人，都在牺牲自己，做阻拦，不让我们追踪。

这短短两年不到的时间里，王姗情究竟是有何际遇，竟然混上如此地位？赵中华不是说她也就是个邪灵教的外围成员吗？她果真是闵魔新收的女弟子？

当王姗情就要遁入黑暗的时候，一袭白衣出现，雪瑞挡在了王姗情的面前。

这个女孩子本是个千金大小姐，拳脚功夫并不利落。然而后来被种下玻璃蛊，解蛊之后眼睛又出了毛病，看不得东西，所幸碰到了流落海外的天师道北宗传人罗恩平，帮着开了天眼。这天眼为何物，道家之法，不知者无从形容，只是她的身手从此开始变得厉害起来，总是能够洞悉别人的肢体，预知接下来的动作，故而先知先觉，躲闪功夫一流。讲到攻击的手段，雪瑞却也不差，紧握着手掌，三两下，就扇了王姗情一大耳刮子。

啪……

这一声响动，让王姗情的左脸立刻如同火烧，也使得这个女人开始发起怒来。只见她往后退了两步，双臂一展，浑身一抖，那小鬼闹闹便从后方，乖乖地附在了她的肩膀上，张开一口细密的獠牙，然后融入她的身体里去。

经过小鬼上身之后的王姗情青面獠牙，一双眼睛幽蓝发绿，口中涌出了黑色的唾液，朝着雪瑞一把抓来。

雪瑞往后面飘退，并不与其缠斗，而是祭出了青虫蛊。那小虫子甫一出现，就发出尖锐的叫声。

王姗情被那声音扰得烦乱，形如恶鬼的模样也就有些溃散，脑袋不断摇晃。我推着轮椅的轮子，朝着前面走去，想要看得更加真切一些，好知道王姗情到底有什么本事。然而那女人突然一声厉叫，如恶鬼啼哭，陡然冒出来，让人的心底里都瘆得慌，莫名地一阵惧怕，眼前发黑。

当我再睁开眼睛的时候，王姗情已然没了踪影，而在雪瑞面前的，是那个彪悍的络腮胡子。

那家伙在一瞬间用开了杂毛小道，状若疯虎，腿出如钢鞭，朝着雪瑞猛力踹来。雪瑞虽然并没有瞧见这一杀招，却很自然地躲开了去，正想着往黑暗处出击，却见那个中年女人一拂尘刷来，差一点儿就抚到了脸上。雪瑞被这稍微一阻挡，顿时身型一滞。络腮胡子突然将身上的衣服一扯，露出了一身结实精干的腱子肉来，古铜色的皮肤上面，文得有一个三头六臂、凶神恶煞的青面恶神。他仰天一吼，口鼻处都流下了鲜血来；同时，中年妇人将拂尘往天一扔，顿时光芒万丈，刺目之极。

我的眼睛顿时又遭荼毒，白花花一片，等我流着泪睁开眼睛的时候，只见络腮胡子身形大了一圈，黑雾萦绕，止在跟杂毛小道对战，雪瑞在旁掠阵，而那个中年妇女，和威尔一同，消失不见。

第二十八章　闵魔弟子

我正滚着轮椅往前走，突然听到后面传来一声娇喝。"不要跑！"

我回过头去，只见将小妖朵朵缠住的那个短发少女，正在转身开溜，而小妖则恼怒地叫喊起来。

那短发少女也是个厉害之人，一见自己的任务完成，自己定然敌不过面前这凶猛的小萝莉，顿时扭身便逃。可恨这城中村的小巷之中，垃圾遍地，而那花草树木，却缺乏得很，小妖朵朵空有那青木乙罡的缠人妙法，但巧妇难为无米之炊，留她不得。

不过那短发少女刚走没两步，一个浮空小女娃娃便出现在她面前，一挥手，一道冰蓝出现。这冰蓝，蕴含着极为寒冷的癸水之力，倘若打中这少女，必然是妥妥的冰雕，晶莹剔透。然而一道森森白色的骷髅头，从这少女的胸口冒出来。那骷髅头的嘴巴一张，冰蓝立刻入了那黑黢黢的口中，消失无踪。那短发少女用一种很古怪的姿势，倒提银刀，抢前两步，唰，一刀朝着朵朵劈去。那银刀的刀面上有许多蚯蚓一般的符文，大匠制作，朵朵第一时间便感到了危险，抽身往后躲开。

小妖朵朵见这女人欺负自家妹妹，早已按捺不住，提着小拳头就冲了上去。

短发少女似早已预料到身后有人衔尾追击，手腕一抖，顿时一大蓬绚烂的银光，就从她的手中绽放开来，朝着后面的小妖笼罩而去。小妖浑然不惧，素手前伸，径直插入这刀光之中，想要将持刀的那手给打折了。那一只白森森的骷髅头刚刚吞噬完朵朵的冰蓝癸水，现在又朝着小妖的手上咬去。

我还待仔细瞧一瞧，只见那短发少女趁着那骷髅头啃咬小妖的空当儿，从怀里掏出一张黑漆漆的奇怪符纸，指间一搓，立刻有一道刺眼而阴森的光芒陡现。我知道厉害，立刻闭上了眼睛，当睁开时，那个短发少女也已经再无踪影。

小妖恼恨地挥了挥手，想要去捉缠住她的骷髅头，可惜那玩意儿滑如游鱼，抓了几次都堪堪溜开。

后面的朵朵冲上前来，双手结印，口中娇喝一声："封！"她的手中立刻出现一股巨大的力量，将那白色骷髅头给吸附在白嫩嫩的手掌之上，须臾之间，那狰狞的骷髅头便已然销蚀大半，化作散沙。小妖往前冲了几步，趴在短发少女消失的地上摸了一下，一运劲儿，便将一大块轻薄的水泥板子，给推了开来。她心中虽忿恨，但仍旧意外地叫道："五行遁术？"

望着这黑黢黢的地下通道，这小妮子想也未想，便要纵身跳下去追。我却吓了一跳，大喊，小妖，穷寇莫追，别进去，免得遭人算计了！

听我说得严肃，小妖便没有再追，那坑道里污秽横流，她天性爱洁，也不想进去滚上一滚。然而她刚刚被那短发少女纠缠那么久，临到头还让那女子给跑了，好胜的小妖脸面上挂不住，双手一拍，竟然有一股荒凉而恐怖的气息陡然冒出来。这是麒麟胎身所蕴含的远古麒麟之威，最精华的那一部分，被她激发出来，朝着坑道里面拍去，顿时从里面传来巨大的回震声响，嗡嗡嗡，不断回荡，搞得里面似乎要塌下来了一般。人若在其中，耳膜定然要被震出鲜血来，难受不已。

这下小妖满意了，拍拍手说，那只小老鼠，震你个半死，留个纪念，也不枉跟小娘交手半天。

不过强行催动那股陌生的力量，刚刚寄身麒麟胎身不过半年的小妖也并不好受，莹白如玉的脸上，有着一抹古怪的红色，似乎也鼓荡到了心脉。她四月间的时候，被那传奇男爵爱德华临死的血液夺舍，虽然依靠强大的意志，勉强压制，但是也不得不停歇了一两个月，运劲消磨，不得贸然运气；而后虽然一直相安无事，然而那东西却已然转化为了隐疾，小强一般，每到她脱力的时候，便化作心魔，前来夺取。

不过她终究是出了一口恶气，此刻即便是难受，她也依旧开心不已。这小狐媚子，便是如此好强。

小妖这边的打斗稍歇，我回过头，朝着杂毛小道那边看去，战斗却是渐入佳境。也不知道从什么时候起，冒出了好几个身穿便衣的男人，他们应该是特勤局的弟兄，赵中华叫过来的马仔，面熟，但名字却一个也说不上来，都是属于酱油、龙套的角色。他们围上了那个络腮胡子，一阵狂殴。

只可惜被狂殴的对象，反而是这几个可怜的便衣。

那个络腮胡子光着膀子，胸背之上三头六臂的恶鬼神像发出了青色光芒，使得他高大了几分，身体陡然又长了几寸，如同北欧巨人，身高手长，力量刚猛，仿佛身上附着了很恐怖的恶灵。找一破绽，一挥手，有一个上班族打扮的龙套应声而飞，重重地砸在了出租楼前的台阶上，落地便是一大口鲜血喷出。

这家伙此刻表现出来的实力，比那魔化了的青虚还要刚猛几分，便是杂毛小道也不敢硬碰硬地顶上，只是在外围牵制，不让其突围而走；而雪瑞则在更外围游走，那只青虫惑已然在空中摇晃，它倒不是很畏惧那络腮胡子发出的青光，只可惜此刻的络腮胡神灵加身，青虫惑根本就对他下不了手，施展不得手段来。

不过那家伙虽然凶戾，杂毛小道却也不是易与之辈，此子脚踏北斗罡步，围绕牵扯，不时刺出雷声凌厉之剑，化解危难，使得络腮胡虽然有如天神返世，却也逞不了太多的凶威。以柔化刚，以多欺少，杂毛小道深谙此道。

场面一时僵持，谁也奈何不了谁。

我不由得有些热血沸腾，心中模拟着倘若我还有集训营之前的实力，此刻果断冲上前去，能不能够与那汉子斗上几个回合，或者让肥虫子给他咬上一口，即使他再威势凶猛，但是身体总还是凡胎肉身，说不得还是会毒发身亡的……

只可惜，此刻的我仅仅能做一个旁观者，远远遥望。

该死的肥虫子，你睡够了没有？

见那边打得热闹，小妖吩咐朵朵护住我，掠身飞了过去。

我看到这小狐媚子像一只海燕，轻盈地冲了过去，接过了一个刚刚被甩飞的便衣，攥紧拳头，朝着络腮胡子下盘攻去。那家伙眼如铜铃，放目一瞪，立刻有一道青光照到小妖身上，这青光阴冷中又带着数分灼热，小妖顿时失声痛叫，抬头一看，吓了一跳："波诺，你这个多手怪，竟然是你……"

络腮胡面色凝重，见来人愈多，再僵持下去，只会越来越不利，于是双手结印，准备逃遁。雪瑞在旁边看得真切，她前冲两步，高声提醒道，我站的这位置下面，有一个通道，大家注意，不可让他再逃了！

那络腮胡见自己的退路被识破，恼羞成怒，吼一声，鬼神一般，朝着雪瑞冲来。

一直凝而不发的杂毛小道终于将罡步法阵踏完，他将雷罚往身后一插，左手掐出一个标准的剑诀，右手从怀里摸出了祭炼已久的血虎红翡，口中念念有辞，往前一递，那劲力一催，"吼"的一声，一头身形如蛮牛的剑齿猛虎，从那小小的玉刀之中狂涌出来，奔腾着朝络腮胡子冲去。

就在那血虎即将抵达络腮胡前方，虎爪就要拍到他的脸上时，那个家伙突然往后疾退数步，身子一震，一个青面獠牙、三头六臂的恶汉从他背上的文身中剥离出来，朝着那血虎扑去。那血虎为魄，恶汉为魂，皆是灵体，又是一方大拿，翻腾斗将起来，好一派风云突变的景色。

龙盘虎踞，凶煞莫名。

两者相斗，而络腮胡却陷入了最虚弱的状态。杂毛小道正待拔剑前突，一直静候机会的青虫惑顿时张牙舞爪，那络腮胡子眼皮一翻，双目之中，白的多于黑的，没有焦距，变得没有神采。这是青虫惑控制了络腮胡子。那透体而出的人形怪物回头一看，顿时大怒，慌张返回，被血虎瞅准机会，大嘴一张，竟然就将它的头颅给一口咬了下来。

头颅被噬，那三头六臂的家伙又不是神话传说中以乳为眼、以脐为口的刑天，顿时一阵恍惚。

杂毛小道前踏罡步，雷罚带着风雷之声，唰的一声，将这家伙的身体给斩破。

剑光透过灵体，空空荡荡，无数青光就此湮灭融散，消失不见。砰——

推金山倒玉柱，络腮胡子轰然倒地，脑袋跟地上那水泥板子磕出了一大摊血来。失去了"神灵"附体，他也不过是一个傻大个儿。

尘埃落定，我让朵朵推我上前，凑到前面去瞧。还未走近，西边的街道那儿人影憧憧，赵中华和曹彦君联袂而至，带着人从黑暗中走出来。

当看到面前的这一切，赵中华皱着眉头，走上前来，将地上那个络腮胡子一把翻过来，瞧见这脸，不由得暗吸了一口冷气："大猛子，闵魔的大徒弟？"

第二十九章 一梦

大……猛子?

我看到赵中华将地上这个昏迷过去的男人给小心翻转过来,伸出手,几把就将那又粗又浓的络腮胡子给撕扯下来,才知道此人是化过装的,便问他大猛子是谁。

赵中华看着地上这个长着马脸的中年男子,神情严肃,又似乎带着些惊喜,从旁边的工作人员手上接过手铐来,将这个家伙给反铐住。这才回答我,说这家伙本名田咸,行内人叫他大猛子,是掌控南方省整个邪灵教的大档头闵鸿座下的大弟子,很厉害的角色——哎,他这是怎么了?

雪瑞围上来,将青虫惑收起,解释说没事,他只是附身恶灵被萧大哥给收拾挂掉了,神魂受了严重的伤害,不过也无妨,若想审问,随时都可以醒过来。

赵中华凝神观察了一下,摇摇头,说算了,拉回去再说吧,现在唤醒了,只怕压制不住这家伙。他叫来几个兄弟,把大猛子先行押回去,然后带着人收拾场面,也有人进楼里去调查取证,而曹彦君,则早已带着增援的人,朝着远处追去。杂毛小道将血虎红翡收起来,脸色阴晴不定,朝着旁边那个跌倒的肥婆吐了一口唾沫,狠狠地说,那娘们又跑了。

我眯着眼睛看向远方,那里堵着好多围观群众,朝着这里躲躲闪闪地看来,而王姗情那娘们却早无踪影。

这功亏一篑的感觉,果真是让人气愤。

赵中华他们的弟兄有两个受了些伤,骨头都断了,于是也叫来了救护车,呜哇呜哇地在人群外面叫唤着。我们也不好在此多作停留,钻进了小俊他们开来的车里,然后拨打威尔的电话。半天都没人接,我有点担心。穷寇莫追,王姗情此次的力量出乎我们所有人的意料之外,赵中华口中的大猛子,可是闵魔的大弟子,竟然为了刚进门不久的小师妹,牺牲自己逃脱的时间,这是什么情况?实在是太奇怪、太反常了,让人有很不好的预感。

威尔没有回来,我们也不敢走,就待在现场不远的车子里。车小人多,我跟雪瑞、小妖在后车厢人挨人挤着。前头副驾驶位上的杂毛小道在跟我们讲述他装客人混进去的事情。不经意地说起,化名红姐的王姗情手下,倒是有一些妹儿条子很顺,有个脸蛋儿长得像电视上面的那谁谁谁,说得高兴,竟然把放走王姗情的怒气,给消得差不多了。

小妖在我旁边皱着眉头听,见我抽空插几句嘴,还说了表示羡慕的话语,立刻扭住我的耳朵说,陆左,你要也敢这么乱来,我就带着朵朵离家出走。坐在我膝盖上面的朵朵小鸡啄米地点头,一脸认真,说嗯嗯,我离家出走。

看着身为残疾人的我被小妖教训得龇牙咧嘴,头疼不已,雪瑞在旁边没心没肺地笑,还不时煽风点火,落井下石地说几句。

差不多过了十分钟,车门被敲响。杂毛小道把车窗摇下来,窗口探出一张精明而平凡的脸孔。杂毛小道跟我介绍,说这是闲人事务所的高级业务员老丁,丁思澄,刚刚就是他帮忙找寻到王姗情老窝;老丁,这是陆左,我的合伙人,好兄弟,昨天被狙击的倒霉蛋儿,就是这位仁兄了。

我身子不方便,只是跟老丁点了点头。老丁告诉我们,跟我们同来的那个老外,跟着红姐朝汽车站那个方向去了,双方都太快,来不及盯上,实在抱歉。

杂毛小道说没事,这个怨不了你。他一回头,小俊从包里掏出一个厚厚的信封来,杂毛小道接过,递给了老丁,说今天的事情,就到这里,麻烦了,说不定我们还有再次合作的机会,事后的相关信息,你们发邮件到我说的那个邮箱里面,即可。

老丁点头,接过信封,稍微用手指捏了一下后,拱手告辞。

待他走后,杂毛小道跟我说起,王姗情化名红姐,在此处当鸡头,已经有一年多。此人偶尔失踪,又复出现,做过什么事情,都无人知晓,神秘得紧。根据闲人事务所给的资料显示,王姗情在此处有利用阴功害人的嫌疑,他们有消息得知很多跟这里的小姐春风一度的人,没几天就萎靡不振,从精神到身体,都极度疲倦,似乎被人吸取了精元。

我表示理解,王姗情养的小鬼闹闹竟然会这么厉害,想必她平日里没有少害人。就比如老万他表妹家发生的那案子,想来也只是很普通的一件。

又过了差不多半个小时,我们都急得想出去找寻的时候,威尔岗格罗一身血肉模糊地狼狈而回。他这副模样将我们给吓坏了,一边慌忙安置他,一边问,到底发生了什么事情?以王姗情和那个中年妇女的道行,不可能将威尔这个吸血鬼,弄成这副模样啊!便实在是打不过,威尔若想要逃,也比之前的那几个邪灵教徒,要利索许多的。

威尔仿佛也受到了一些惊吓,说他当时追着王姗情和那个中年妇人,朝着南边跑去。穿过城中村无数建筑,然后到达一片黑压压的工地。那两人持续跑路的能力不行,其间几次被他赶上,不过那个大头娃娃十分烦人,每次都化作一溜烟,朝着他扑来。他虽不惧怕这类阴灵浸体,但是拖延了好些机会。

然而正当他瞅准机会,将那鬼娃娃甩飞的时候,突然来了一个瘸腿老汉。那家伙,一出来就能够让空气都变得似乎凝固,跑动不得。威尔一听到前面的那女人叫老头儿师父,便感到不妙,转身就跑。不过那个时候哪里走脱得了,被那老头弄得半死。好在他融合了爱德华的血液精华,习得了一种血遁的手段,才勉强从瘸腿老汉的魔爪中逃脱出来……

师父？我们面面相觑，听这动静，难道邪灵教十二魔星中的闵魔，也在这附近？

我们听得遍体生寒，在这大夏天里（南方省的九月份，是最热的时候），冷汗直流。

我看到远处正在处理现场的赵中华，让小俊把他叫了过来，将这个消息告知了掌柜的。听到邪灵教的大人物在这附近，掌柜的打量着身边这些兄弟，顿时一种强烈的不安感，袭上心头。他二话不说，立刻拿起电话来，拨通，哆哆嗦嗦地告诉处长，问能不能让张伯过来一趟，镇一镇场子，闵鸿那老头儿没有躲起来，就在这附近，他们怕是搞不定这里。

电话那头的处长也慌了，说他立刻去找张伯，让我们坚持住。

听到这里如此危险，我们也坐不住了。我一个残疾人，威尔一个重伤员，自然没有在这里耗着的道理。我们草草商量一番，杂毛小道自愿留下来帮衬，而我、小妖、雪瑞、威尔和小俊都乘车返回"空中花园"，回避一二。我虽然不情愿让杂毛小道一个人在此冒险，但是自己确实又帮不上什么忙，故而驱车离开。

回到了家里，雪瑞拿出急救箱，给威尔诊治。血族的体质十分强悍，只要心脏没有受损，并不会出现很重大的伤害。这个吸血鬼被包裹成了绷带僵尸之后，饮了几杯私藏的鲜血，便沉沉睡去；我们则都在房间里等待，到了晚上十一点半，杂毛小道一身疲倦地回来。我们都睡不着，连忙迎上前去，问后来怎么样，那个闵魔出现了没有？

杂毛小道一脸倦容，说有，那个家伙遣人去截自己的大弟子，未果，然后跟张伯交上了手。具体的战况，他也没有见着，双方都是高来高去的厉害角色，可能就只比他师父差一点儿。他们后来赶到交手现场的时候，看到张伯半边身子都焦黑一片，不过没有死，而那个闵魔已然鸿影无踪。据张伯对赵中华的说法，闵魔也受了重伤，若没有什么天材地宝，三两年内，应该是恢复不了的。

我们瞪起了一双眼睛，都不知道这高手较量，到底是怎么样的一个境况。

不过既然闵魔与张伯两败俱伤，那么邪灵教最近应该是过街老鼠一般，不会再傻乎乎地找上门来了。如此，我们也能够安息一些，不用那么头疼。

当夜，我们都度过了一个难眠的夜晚。

到凌晨的时候我做了一个梦，莫名地梦到了一个回荡沉浮的池子，池子中有一个白色巨茧，里面露出一张完美到了极致的美女脸孔，那一双黑色眼眸中仿佛藏着云海天空，以及绚烂瑰丽的星辰宇宙。她平静地看着我，这平静代表着波澜不惊，没有任何情绪，无悲无喜，仿佛石头，仿佛佛陀，仿佛天空，仿佛自然。我一晚上，都被这个美丽的女人看着，感觉自己浑身赤裸，被看了个通透。

早上我起来的时候，才发现自己裤裆一片冰凉，居然可耻地梦遗了。

我一边头疼怎么跟人解释这东西，一边皱着眉头思虑，为何我会梦到蛊丽妹，梦到那个无数虫尸的虫池？为什么？

第二十五卷 洪大校园笔仙杀人事件

第一章 笔仙之诡异密码

接下来的几天里,风轻云淡,没有任何值得提及的事情发生。

我们忐忑了好一阵子,结果王姗情和闵魔一起消失无踪了,再也没有任何消息出现。敌人缩起了头颅,我们便轻松了许多,不用紧张兮兮的,生怕对头会找上门来。

当然,到了闵魔这种层面,跟我们简直就相差得太远,倘若不是王姗情想要杀我,或许人家根本就不知道我这小人物,姓甚名谁。

星期天,我去特勤局二处签收工资条,发现门房换了一个戴黑眼镜的老太太,一脸严肃地看着我。经过询问得知,张伯受了很重的伤,要到山里面去休养,不能够再待在门卫室这个重要岗位了。

不过话说回来,这个严肃的老太太,实力似乎也很强。至少她盯着我的时候,我的后脊梁骨便发毛。

东官那几天外松内紧,风声鹤唳。我听曹彦君说起,张伟国遭到了总局的严厉批评,认为他有些消极怠工,才导致了后面一系列恶性案件的产生,上面似乎对张伟国的能力开始有了一些质疑。而这个消息我在赵中华那里得到了确认,掌柜的难耐兴奋,说近年来东南这一片的问题比较复杂,总局十分不满意,有可能会对东南局进行一个很大的调整,而据小道消息称,黑手双城陈志程有可能会就职东南局的老大。

额外说一句,表面上特勤局虽然每个省份都有,但是实行真正职能的二处,却跟沈阳、帝都、兰榆、鲁南、金陵、锦官天府、南方这七大军区,是一般无二的设置。

听到这个消息,我有些愕然。在集训营的时候,曾听秦振和滕晓讲过这个可能,但当时也只是当作小道消息,听听而已,如今再次听这风声,却是有很大的可能性呢。一想到大师兄要到东南来任职,我的心便开始热了起来,有这位大佬在身后罩着,我们以后的日子,定然是滋润无比;而一想到张伟国那半秃子,我便忍不住地笑——老爹是机要单位的退休气功师又如何,在大师兄手下当差,那个唯赵承风马首是瞻的家伙,定然会十分郁闷吧?

当然，别人再强，终究还是别人的，想要人尊重自己，最主要的，还是自身要硬。

不知道是不是由于压力的原因，我的身体竟然恢复得出奇的好，九月中旬的时候，我已经可以摆脱拐杖，勉强步行，开始朝着正常人的方向发展。这一点跟雪瑞有很大关系，她在缅甸似乎是学到了一些东西，自从我搬进来之后，每日便帮我按摩双腿。

她的手指灼热，指尖似乎有磁力，这手法，舒经活络是一等一的强，弄得我舒爽不已，时不时发出杂毛小道斥责为"淫荡"的喊声。

小妖和朵朵见雪瑞的按摩卓有成效，也不甘示弱，纷纷用青木乙罡和癸水之力帮我梳理，哪知这两个小家伙天生都是当公主的料儿，下手没轻没重的，朵朵还好些，小妖差一点儿把我搞残，亏得虎皮猫大人及时帮我回复经脉，才没有出大事。

做了一段时间的试验品，九月末我已经能够如同正常人一样，勉力行走，如果不用走太久的话，基本上没有人能够看出我几个月以前，还是个躺床上的瘫子。

我去疗养院复检的时候，主治大夫把我的恢复情况称之为医疗史上的奇迹，还说要用我的病例，写成一篇论文，拿到国际上去发表。他激动的样子吓得我一阵害怕，做咱们这一行的，最重要的保命措施，就是低调，都像苏联克格勃的尤里马林大师一样出名，那就不要生活了。我费了不少口舌，甚至进行了恐吓，终于把这个妄图出名拿奖的医生给制止了。

即使摆脱了轮椅，我依然还是一个虚弱的人，不能够剧烈运动，情绪不能大起大落，也动用不得往日的力量，运用不了我这一双恶魔巫手……我仅仅是一个普通人，甚至比普通人，还要虚弱。

这些都取决于我的经脉，实在是太过于脆弱，根本还没有好好恢复。虎皮猫大人给了我一个大概的数字，如果持续服用它的方子，差不多到2011年的时候，我才能够恢复如常。这是一个遥远的过程，不过我却并不气馁，人有了希望，便一切皆美好。

《镇压山峦十二法门》中的固体，《正统巫藏—携自然论述巫蛊上经》中的行气。这是我们敦寨苗蛊世代沿袭的法门，前者练体，后者练气凝神，都是一招一式打基础的方子，我练得勤，只要身体还适应得了，便从无停歇，将自己每一分精力，都用到了恢复的进程中来。

杂毛小道见我练得入迷，便索要了一份参详，结果当天晚上，朵朵告诉我杂毛叔叔一夜没睡，如痴如狂。第二天杂毛小道没去上班，下午吃晚饭的时候出现了，告诉我，说山阁老学究天人，如果不是隐居于苗疆，定然是个大大有名的角儿，你这师祖，是哪朝哪代的人士？

我摇头表示不知道，但是看这文章风格，或者清朝，或者民国吧？

当时我们四个人在吃饭，我、雪瑞、杂毛小道和小妖朵朵，威尔在休眠，而小当家厨娘朵朵,则在旁边跟我们端茶倒水,十分可爱。雪瑞的吉娃娃少有地出现,舔着小碟子里面的食物,很开心。我盯着桌子上面那个巴掌大的小狗儿,心不在焉——雪瑞这吉娃娃不知道怎么了,自从我们搬进来,就很少露面,一开始我们都不知道是怎么了,后来我才明白,它是怕极了虎皮猫大人。

作为咒灵娃娃出身的吉娃娃,它对虎皮猫大人有一种天然的畏忌。

杂毛小道表示他看了我的这两套东西,虽然并不能立刻捡起来就用,但是对他有很重要的参考作用,如果他的境界在近期有所突破,说不定就是因为我的这东西。我说好,能有用就行,咱也不是那藏私掖着的人,雪瑞,你要不要也看一看?说不定也会有用。

雪瑞摇头说不用,她师承两门,自己都还觉得头疼呢,再多学一门,杂而不精,这是最忌讳的。

时间晃晃悠悠,马上就要国庆了。因为是新中国成立六十周年,有阅兵仪式,我想着在南方市读书的小婧也许会放假,便打电话,问她要不要过来玩几天?哪知打过去,听到小婧心不在焉地说了几句,我觉得气氛不对劲,便直接问她,说发生了什么事情,感觉魂不守舍的,是不是拍拖了?小婧不承认,说没有。又聊了几句,她很突兀地问我说,左哥,你在家帮人算过命,我还听我爸说你很厉害,鬼都不怕,而且又在南方开风水公司,你说,这个世界上,到底有没有鬼啊?

我摸了摸鼻子,心底里发笑,这个小妮子真是个笨蛋,她过来时整日跟她疯玩的朵朵小妹妹,便是一个小鬼儿,如今却傻乎乎地问我,这世界上到底有没有鬼,岂不可笑?

不过笑完之后,我感觉到了她心中的恐惧,便问怎么了,为什么会这样子问,你是不是遇到了什么不干净的东西?

我这一问,小婧竟然哇的一声,号啕大哭起来,把我吓了一大跳,连忙问她怎么回事?

小婧在电话那头哇哇大哭,说左哥,我不读书了,我要回家,我们这里闹鬼,我害怕,不敢在这里呆着了。

我这堂妹子在电话那头抽噎哭啼了好一会,我才得知了一个大概,说她进校的时候,参加了一个叫做灵学研究会的社团,然后在某一天,跟社团里面的一帮同学玩校园里经久不衰的灵异活动"笔仙",当天玩出来的结果,那白纸上面,画出了四个颤抖的符号,依次是"4、4、=、2"。

小婧告诉我,说她们当时点燃了一根红蜡烛,在一个很幽暗的房间里,气氛很浓重,火光闪动之下,每个人脸上都有着诡异的笑容,当那笔开始行动的时候,冷风吹过,仿佛真的有笔仙降临。当时玩这个游戏的,总共有六个人,每个人都有参与。玩完之后,社团的社长就开始讲鬼故事,讲笔仙的原理,十分吓人。

不过这也只是年轻人寻找刺激而已,作不得真,大家相互吓唬之后,喝喝啤酒,散场而去。

　　哪知在第三天,那个带着他们一起玩笔仙游戏的社长,游戏的主持者,在半夜三更的时候,从男生宿舍楼五楼一跃而下,摔成了烂泥,脑壳都破了,一地豆腐渣。这个时候,所有人都回味过来了,那所谓的笔仙提示,那几个数字组成的密码,莫非就是……

第二章　社团之诡异活动

参与笔仙游戏的，总共有六个人，那么这"4、4、=、2"的意思就是死四个，剩两个。

这是其他五个同学在去看了社长林陌死后的惨状后，共同的猜测。

这个猜测像是毒蛇，啃噬每一个人的心，每个人都害怕至极。不过学校和警方在调取了楼道监控录像，又经过盘查之后，给出的死亡原因是，梦游中不慎跌落。为此，校方还额外花了一笔钱，给内墙栏杆上面加装了防护栏，防备这种事情的再次发生。

而让人恐惧的事情是，林陌的室友表示，林陌这大学三年里，根本就没有梦游症。别说是梦游症，便是梦话，都基本没有，磨牙倒是常见。

不过这件事情学校既然已经有了定论，而林陌的家人也接受了这个解释，处理妥当后，大家也就安心下来，只当作是青春岁月中的一抹伤痕，让时间来将它慢慢抚平。听到这里，我有些疑问，说："小婧，这不是挺好的么，为什么你还说闹鬼呢？"

小婧在电话那头幽幽地说道："我室友杨紫汐，昨天疯了……"

经过小婧断断续续地描述，我能够想象出，几个闲暇无事的大学生，为了寻找刺激，或者别的目的，在午夜玩起笔仙，或者问姻缘，或者聊天逗趣，结果引来了恶灵，附身人体，要将参与者一个一个当作替身，拉入幽府——这仅仅是小婧的片面之词，没有亲眼所见，我并不能够得出结论。不过我忍不住叹息，所谓好奇害死猫。我记得一年前湾浩广场里，那城市神鬼论坛的老孟等人也是如此，最后导致仅三人逃出。

这都是血的教训啊！

我心里有点儿不高兴，小婧上了大学，不好好学习，参加什么灵学研究会，还去玩什么笔仙，真是让人不省心。

什么是笔仙？其实是一种招灵游戏，在一天阴气最足的子时，点一盏幽火，三五好友聚拢，两人反手握住一只祭炼祷告过的笔，有人主持请灵仪式，毕恭毕敬，诚心诚意。如此种种讲究之后，便有所谓的魂灵，附于笔上，与人交谈，帮参与者预测未来等。

这种法子，其实是中国一种很古老的占卜手段"扶乩"的简化版，也是少数普通人与灵异面对面的方式。不过这东西跟白露潭请神一样，要机缘巧合才行。而那些所谓的魂灵，有的是孤魂野鬼，有的是动植物，但更多的，则是怨灵。

我们知道，世间万物，尘归尘、土归土，从什么地方来，到什么地方去，都是有一定规律的。而这些规律，便是道。大道五十，天演四九，而那遁去的一，便是变化。死后的灵魂不归幽府，留在凡间的，要么是有大念想；要么就是有怨气，化解不开的仇怨。这些本有的东西还不算，再加上每月初一十五的阴风洗涤，即便是善良而无害人之心的魂灵，倘若无寄托，要么烟消云散，要么就加害于人。

这便是道，是老天运转的规律所在，能逆天而为的人，终究稀少。

就如同帝王求长生，如同朵朵复活，所要走的道路，实在是太过艰难。

不过，我一会儿后就释然了，小婧想要融入大学生活，就不得不和周围的朋友保持一定的兴趣爱好，不然太过于疏远，反倒显得孤僻了。那时候，我身体恢复得差不多了，到底才二十来岁，又不是老头子，在轮椅上憋屈了大半年，不由得想去外面走走。而且小婧是我小叔最疼爱的女儿，她有事，我也不能够不管。便让她等待些时间，我会赶到学校，帮忙看看。

小婧在电话那头高兴极了，说："左哥，多谢你，我这就跟那几个同学说去。"

结束通话之后，我找到了杂毛小道，问他要不要去？

杂毛小道说："去不了。金陵的那个郭瞎子你还记不记得？就是铁齿神算刘的徒弟，那个屌毛明天要过来玩儿，得招待一下，还准备叫你一同去嗨皮呢。这样，你先去探探路，倘若搞不定，我带着郭瞎子随后就到。"

我点头表示知道，让杂毛小道好好招待。

杂毛小道走不开，但是雪瑞却表示很有兴趣。虽然茅晋风水事务所越来越红火，但是这位大小姐跟杂毛小道，是一个德性，并不觉得钱有多重要，该休息便休息，没事就翘班，当听到这件事情，她紧紧抓住我的臂膀，说她正想去大学校园看一看呢，同去，同去……

我想着，我虽然跟普通人一样可以自由行走，但是功力却几乎荡然无存，就剩下一对眼招子厉害。虽然有两个朵朵陪在身边，但是如果雪瑞同去，似乎可以省掉很多麻烦，便说可以，一起去呗。

雪瑞是个急性子，头天晚上刚刚说定此事，便整理行李，让苏梦麟在南方市的酒店订了两个房间，第二天清晨，便拉着还在做固体瑜伽的我出了门，开着她那辆新买的红色奔驰小跑，驱车前往南方市。

东官和南方市相隔不远，差不多两个多小时，我们便来到了小婧她们大学。

小婧接到我的电话，早早地在校门口等着。我不想太过张扬，让雪瑞找了一个僻静的地方停了车，然后和她、小妖一同步行，前往校门口。到了地方，发现除了小婧之外，还有三个人在。小婧跟我介绍，胡雪倩、车宏保、杨奕，这三个同学就是当初一同玩笔仙的人。

我打量了一下这三个人，发现他们的精神都不是很好，萎靡不振，黑眼圈，似乎睡眠不足，或者担惊受怕太久，显得不是很有活力。

当然，换位思考一下，倘若我是一个普通大学生，碰到这样的事情，自然也会吓得睡不着。

小婧的这三个同学犹豫地看着我，不是很相信的样子。

的确，我穿着打扮十分寻常，并不是那种一看上去就有高人范的家伙。倒是雪瑞和小妖，一个校花级的清纯美女，一个娇艳如花、超乎同龄人成熟的俏萝莉，似乎更惹人眼球一些。在短暂的尴尬之后，那个叫做车宏保的年轻人提议说："我们去前门的咖啡馆坐坐吧，把事情的来龙去脉，跟陆哥聊一聊。"

看到车宏保和杨奕这两个大学生对雪瑞，很明显地咽了口水，我笑了，说好吧，我们去谈一谈，了解清楚再说。

大学城里有不少环境很好的咖啡厅、西餐厅，我们来到附近的一家，落座，然后各自点了些饮品，一切完毕。几个人相互推托了一番，最后由杨奕把事情完整的过程一一讲来。

杨奕是一个戴着黑框眼镜的年轻人，从穿着上来看，家庭条件似乎不错，谈吐也得体。他告诉我，说他和死去的林陌是同班同学，也是一个寝室的室友，今年读大三了。他们是在大一的时候，加入的灵学研究会。这个社团最早是一个英国留学生开办的。不过那个学生后来回国了，因为有趣，社团延续了下来。

杨奕很坦诚地告诉我，之所以加入这个社团，除了对灵异、特异功能、UFO等感兴趣之外，主要的原因，还是因为这个社团容易丰富自己的感情生活——当妹子陷入恐惧的时候，通常会抓紧身边的男性朋友，这搂搂抱抱多了，日久生情，感情生活自然不会太差。

作为重点大学医学专业的学生，要说真的信这个，其实有些扯淡。

灵学研究会因为涉及封建迷信，校方并不是很支持，不过因为年轻人很喜欢，倒也不愁没会员。林陌目前是这边学区灵学研究会的社长，他因为在大一的时候，跟那个留学生学了不少东西，所以相关的知识储备都十分充足。那些不定期举行的笔仙、碟仙以及杀人游戏、塔罗牌等活动，都是由他来主持的，也算得上学校的风云人物吧。

与往常一样，他们那一次笔仙游戏，是由新加入的社员小婧、杨紫汐、胡雪倩、车宏保，再加上主持人林陌和他这个老成员，一同进行的。

当天的事情经过，和小婧跟我描述的差不多。不过杨奕那天却觉得有些奇怪，他往日没有这样的感觉，但是那天结束之后，却感觉心里面很压抑，沉甸甸的，难过得很，脖子后面有丝丝凉风。等到第三天林陌跳楼身亡之后，他才反应过来，觉得那几个数字，似乎预示着他们的下场。

说到林陌跳楼，车宏保吞咽着口水，跟我说："陆哥，你是没有看到那录像，场面诡异极了，好像有鬼在牵引着他一样。"

我眉头一扬，问有录像吗？他说有，被封存起来了，不过他可以找小王老师

借到。

我点头,说好,我们去看看录像吧。

图书在版编目（CIP）数据

金蚕往事. 7 / 南无袈裟理科佛著. — 上海：上海社会科学院出版社，2020
 ISBN 978-7-5520-3017-4

Ⅰ. ①金… Ⅱ. ①南… Ⅲ. ①长篇小说－中国－当代 Ⅳ. ① I247.5

中国版本图书馆CIP数据核字（2020）第001227号

金蚕往事. 7

著　　者：	南无袈裟理科佛
责任编辑：	王　勤
封面设计：	人马设计
出版发行：	上海社会科学院出版社
	上海市顺昌路 622 号　　邮编 200025
	电话总机 021-63315947　销售热线 021-53063735
	http://www.sassp.cn　　E-mail:sassp@sassp.cn
印　　刷：	上海盛通时代印刷有限公司
开　　本：	890 毫米 ×1240 毫米　1/32
印　　张：	9.375
字　　数：	367 千字
版　　次：	2020 年 10 月第 1 版　2020 年 10 月第 1 次印刷

ISBN 978-7-5520-3017-4/I·381　　　　　　　定价：49.80 元

版权所有　翻印必究